Le labyrinthe du doute

*

Une famille aux abois

DEBRA WEBB

Le labyrinthe du doute

Traduction française de
ISABEL ROVAREY

BLACK ROSE

HARLEQUIN

Collection : BLACK ROSE

Ce roman a déjà été publié en 2020

Titre original :
THE STRANGER NEXT DOOR

HARPERCOLLINS FRANCE
83-85, boulevard Vincent-Auriol, 75646 PARIS CEDEX 13
Service Clients — https://www.harlequin.fr/contenu/contactez-nous
ISBN 978-2-2805-2546-6 — ISSN 1950-2753

Édité par HarperCollins France.
Composition et mise en pages Nord Compo.
Imprimé en janvier 2026 par ScandBook UAB en Lituanie
en utilisant 100% d'électricité renouvelable.
Dépôt légal : février 2026.

FSC
www.fsc.org
MIXTE
Papier | Pour une gestion forestière responsable
FSC® C021394

Pour limiter l'empreinte environnementale de ses livres, HarperCollins France s'engage à n'utiliser que du papier fabriqué à partir de bois provenant de forêts gérées durablement et de manière responsable.

1

Winchester, Tennessee,
Vendredi 2 août

« Meurtrière. » Cecelia Winters considéra l'horrible mot barbouillé à la peinture rouge sur la porte blanche. Jetant un coup d'œil par-dessus son épaule au taxi qui, déjà, s'éloignait sur la chaussée poussiéreuse, elle soupira et posa son sac à dos sur le perron.

Son frère Levi était censé l'attendre devant la prison à sa libération mais, apparemment, il avait eu un empêchement. Se dressant sur la pointe des pieds, elle essaya d'atteindre la moulure courant au-dessus de la porte mais n'y parvint pas. Elle attrapa l'une des deux chaises qui, d'aussi loin qu'elle se souvienne, s'étaient toujours trouvées sur le perron de sa grand-mère – à l'instar de la balancelle qui oscillait doucement. Le grand cache-pot en osier posé entre les deux sièges était vide et aurait eu besoin d'un bon coup de pinceau. De petits flocons de peinture écaillée jonchaient le sol tout autour.

— Délabré, comme tout le reste, grommela-t-elle en tirant la chaise devant la porte et en grimpant dessus.

La clé était à sa place, sur le rebord poussiéreux, là où elle avait toujours été. Ce serait un vrai miracle si la maison n'avait pas été vandalisée et vidée de tout ce qu'elle pouvait contenir de valeur. Mais Cece, ainsi qu'on l'avait toujours surnommée, n'avait pas à se plaindre. Sa grand-mère lui avait légué cette vieille maison ainsi que les dix acres de terrain qui l'entouraient. Les murs tenaient encore debout, et le toit semblait en relativement bon état. Que demander de plus ? Cece s'estimait déjà chanceuse d'avoir un endroit où dormir, les membres restants de sa famille lui ayant tourné le dos depuis bien longtemps.

Exception faite de sa grand-mère maternelle, qui n'avait jamais ajouté foi à tous les mensonges proférés à son encontre, et du plus jeune des frères de Cece… Du moins avait-elle *cru* que lui ne l'avait pas reniée. Seulement, il n'était pas venu la chercher à la prison, donc elle ne savait plus que penser. Le mois précédent, lors de sa visite au parloir, il avait semblé sincèrement ravi de sa libération prochaine.

Pas autant qu'elle-même l'était, évidemment. Elle avait enfin purgé sa peine.

Elle considéra une nouvelle fois les grandes lettres rouges tracées sur la porte avant de pousser le battant et d'entrer. Bien qu'il ne soit que 2 heures de l'après-midi, la pénombre régnait dans la maison qui avait été le refuge de Cece durant toute sa jeunesse. *Les persiennes*, songea-t-elle. Se déplaçant de fenêtre en fenêtre, elle remonta les stores à l'ancienne pour laisser entrer la lumière. Des myriades de grains de poussière dansèrent, en suspension dans l'air, tamisant les rayons de soleil comme autant de minuscules flocons derrière le verre jauni par les ans d'une vieille boule à neige qu'on aurait retournée.

Emily Broward était morte un an plus tôt. La maison était restée vide durant ce laps de temps, attendant que sa nouvelle propriétaire en prenne possession, à sa remise en liberté. Levi avait juré être passé s'assurer de temps en temps que tout allait bien mais Cece n'avait que sa parole. La poussière exceptée, les lieux, en tout cas, étaient nets et bien rangés, ce qui n'avait rien de surprenant si l'on songeait quelle maîtresse de maison méticuleuse sa grand-mère avait été. La propreté des lieux ne devait probablement rien aux hypothétiques passages de Levi.

L'habitation était petite. Un séjour, une cuisine, deux chambres et une salle de bains. Il y avait un grenier et, en sous-sol, un petit cellier aux murs de brique et au sol en pierre. C'était bien suffisant, avait toujours dit sa grand-mère. Le mobilier était celui que Cece avait vu durant son enfance. Emily Broward n'était pas femme à dépenser de l'argent pour changer des meubles qui remplissaient encore parfaitement leur office.

Ce qui expliquait, supposait Cece, qu'elle ait pu garder ce qui restait de la petite exploitation familiale pendant près d'un demi-siècle. L'unique enfant d'Emily, la mère de Cece, était morte depuis plus de vingt ans. L'endroit appartenait donc désormais à Cece. À la vérité, s'il n'y avait eu cette maison, jamais elle ne serait revenue à Winchester. Elle s'était juré de ne jamais y remettre les pieds.

Et pourtant, elle était là aujourd'hui...

Qu'aurait-elle pu faire d'autre ? Elle ne possédait que les vêtements qu'elle avait sur le dos et le sac qu'elle avait lors de son arrestation près de neuf ans plus tôt. Elle n'avait rien. Pas d'argent. Pas de travail. Pas de famille – sauf si l'on comptait le jeune frère qui lui avait posé un lapin, le seul proche qui ne l'ait pas définitivement reniée.

Cependant, subsistait la question de la vérité. Elle avait eu beau se dire des milliers de fois qu'elle n'en avait cure, ce n'était pas tout à fait vrai. Quelque part, ici, en ville, quelqu'un connaissait la vérité, et elle avait bien l'intention de trouver cette personne. Pour prouver qu'elle n'était pas la meurtrière qu'on croyait. Pour montrer qu'elle était bien la gentille fille que sa grand-mère Emily avait toujours vue en elle.

Repoussant les douloureuses pensées qui l'assaillaient, Cece décida que ce dont elle avait le plus besoin dans l'immédiat était un pot de peinture. De n'importe quelle couleur – pourvu qu'elle masque cette ignoble inscription qui souillait sa porte d'entrée.

Le matériel de peinture était stocké dans l'ancien fumoir. Sa grand-mère avait cessé de l'utiliser comme tel voilà des années, après le décès du grand-père de Cece, et l'avait transformé en abri de jardin. La culture des fleurs et des plantes potagères avait été l'activité favorite d'Emily.

Cece sortit par la porte de derrière. Le petit porche arrière était moins stable que celui de devant. Orienté au sud, il avait essuyé le gros des intempéries et l'ardeur du soleil. Il lui faudrait s'en occuper sans tarder. Sa grand-mère avait été de ces femmes qui refusaient systématiquement toute aide extérieure. Elle avait appris à manier le marteau et le fusil avec la même habileté. Cece suivrait son exemple puisqu'elle n'avait pas de ressources.

Mais, d'abord, il lui fallait trouver un travail.

Elle ouvrit la porte de l'ancien fumoir et promena son regard à l'intérieur. Elle frissonna, se demandant si le fusil de sa grand-mère se trouvait toujours rangé au même endroit. Probablement dans son placard ou sous le lit. Elle prit une grande inspiration et s'avança, la main tendue vers le haut à la recherche du cordon pour allumer la lumière. Ses doigts se refermant autour du filin, elle tira dessus. L'ampoule nue inonda la petite pièce remplie de poussière et de toiles d'araignée.

Après quelques recherches, elle dénicha un vieux pot de peinture blanche entamé. Lorsqu'elle eut retiré la pellicule sèche qui s'était formée à la surface puis eut vigoureusement mélangé son contenu, il lui sembla qu'il en restait assez pour l'usage qu'elle comptait en faire.

Lorsqu'elle eut également trouvé un pinceau, elle éteignit la lumière, ressortit du fumoir et embrassa la propriété du regard. Il allait y avoir pas mal de travail. Heureusement, nota-t-elle, quelqu'un avait tondu l'herbe du jardin, ce qui était vraiment une bonne chose. Les mois d'août étaient torrides ici, avec très peu de pluie. Les serpents devaient être à l'affût des moindres sources d'eau. Il n'y avait rien qu'elle détestât plus au monde que les serpents – à part les araignées, bien sûr. Chassant l'image des bestioles exécrées, elle se mit à l'ouvrage, recouvrant progressivement les lettres rouges de peinture blanche. Il faudrait plusieurs couches avant que le mot disparaisse totalement, peut-être même l'application préalable d'un apprêt.

À ceci près que tu n'as pas de quoi l'acheter, Cece.

Après avoir nettoyé le pinceau et refermé le pot de peinture, elle décida de jeter un coup d'œil à la chambre qui avait été la sienne avant d'aller croupir en prison. Elle laissa la porte d'entrée repeinte de frais entrouverte et prit sa direction. Son père l'avait renvoyée du domicile familial quand elle avait seize ans. Sur le moment, elle n'avait été que trop contente de s'en aller. Elle ne serait pas restée aussi longtemps s'il n'y avait eu sa jeune sœur. Elle s'était fait du souci pour Sierra, de quatre ans sa cadette... pour découvrir par la suite, à son grand dam, que sa petite sœur était parfaitement capable de se débrouiller toute seule.

Sa grand-mère l'avait mise en garde, mais Cece n'avait rien voulu voir. Sierra s'était muée en une adolescente égoïste, belliqueuse. Petite, elle avait toujours pris Cece pour modèle, s'accrochant à sa main chaque fois qu'elle le pouvait. Se glissant dans son lit quand elle avait peur. Elles avaient été si jeunes, toutes les deux, quand leur mère était morte – Sierra tout spécialement. Elle n'avait que deux ans alors. Cece avait donc essayé d'être plus qu'une simple grande sœur. Pour ce que cela lui avait rapporté...

Sierra et Marcus, leur grand frère, étaient des fanatiques, comme l'avait été leur père. D'après Levi, Marcus avait repris le flambeau après sa mort et était devenu le chef de file de la prétendue église – pour ne pas dire « secte » – que Mason Winters avait fondée. Et Sierra était son bras droit.

Autre raison pour laquelle Cece aurait préféré se trouver n'importe où plutôt qu'ici.

Mais, inutile de se leurrer, elle ne pouvait pas partir – pas tant qu'elle n'aurait pas découvert la vérité. Dans son ultime lettre, sa grand-mère lui avait écrit que son fidèle avocat et ami, Clarence Frasier, avait engagé un détective privé pour trouver la vérité.

Malheureusement, Frasier était mort deux mois plus tôt sans avoir transmis aucun fait nouveau. Son associé lui avait adressé un courrier pour l'informer qu'il ne serait pas en mesure de poursuivre son affaire ni de la représenter. Son dossier était tenu à sa disposition si elle souhaitait le récupérer. De plus, il avait confirmé ses craintes, soulignant que son ex-associé n'avait trouvé aucun élément permettant de jeter un nouvel éclairage sur l'affaire.

Elle passerait récupérer les documents dans un jour ou deux. Pour l'instant, tout ce qu'elle voulait, c'était être seule et jouir de sa liberté retrouvée. Ensuite, elle plaçait en tête de liste un bon bain chaud, puis la confection d'un repas fait maison et le choix des vêtements qu'elle porterait. Personne ne pouvait imaginer l'importance que revêtaient ces menues décisions, futiles en apparence, quand on en avait été privé pendant de longues années.

Les vêtements qu'elle avait possédés avant d'être arrêtée étaient toujours pendus dans le placard. Sous-vêtements et pyjamas étaient soigneusement pliés en piles nettes dans les tiroirs – l'œuvre de sa grand-mère, à n'en pas douter. Cece n'avait jamais été ordonnée à ce point. À l'idée qu'elle avait supplié en vain pour obtenir l'autorisation de rendre visite à sa grand-mère à l'hôpital alors qu'elle vivait ses derniers jours puis, après sa mort, d'assister à ses obsèques, elle sentit son cœur se serrer. Son insistance lui avait valu chaque fois une semaine de mise à l'isolement. Elle se rendrait très bientôt au cimetière. Et elle fleurirait sa tombe sitôt qu'elle aurait suffisamment d'argent pour acheter quelque chose de joli.

Devant la commode, elle hésita avant de se détourner. Une photo encadrée de sa mère et de sa grand-mère datant de vingt-cinq ans en arrière retint son attention. Cece avait les mêmes cheveux flamboyants et bouclés qu'elles deux. Elle était la seule de la famille à avoir hérité de cheveux roux et d'yeux verts. Marcus et Levi avaient les cheveux châtains avec des yeux marron tous les deux ; quant à Sierra, elle avait les cheveux et les yeux plus foncés encore. La couleur de ses cheveux était l'une des choses que lui avait reprochée son père, clamant que les cheveux roux étaient la marque du diable. Elle le revit, disant la même chose à sa mère. Sa mère était décédée quand Cece avait six ans, mais elle n'avait jamais oublié ces cruelles critiques.

Son père avait été d'une singulière méchanceté, et elle ne gardait de lui que des souvenirs de paroles et d'actes durs, blessants. Elle se prit à espérer qu'il brûlait en enfer aujourd'hui.

Si sa grand-mère avait été encore de ce monde, elle lui aurait tapoté la main, disant qu'il n'y avait que là qu'il pouvait se trouver – en train de griller dans l'antre du diable. Emily avait détesté de toute son âme Mason Winters. Le fait que sa fille unique ait épousé cet homme lui avait brisé le cœur.

Cece se secoua, refoulant ces douloureux souvenirs. Elle avait tant à faire. À commencer par garnir les étagères de la cuisine. Même si la nourriture n'était pas sa priorité absolue, il fallait bien manger. L'avocat l'avait informée qu'un compte crédité de cinq cents dollars avait été ouvert à son intention au supermarché de la ville. Initiative de Frasier, probablement. Il avait plaint Cece et adoré sa grand-mère. Cece s'était souvent demandé s'il n'avait pas été amoureux de sa grand-mère ; il en avait présenté tous les signes. Il était veuf, comme elle, mais, pour autant que Cece sache, leur relation était restée amicale et platonique.

Elle referma la porte d'entrée et la verrouilla puis, glissant la clé dans la poche de son jean, se dirigea vers la cuisine pour voir si les clés de la camionnette de sa grand-mère étaient toujours rangées dans la console, près de la porte arrière. Elle en ouvrit le tiroir. Bingo ! Elle s'empara du trousseau, sortit et se dirigea vers la grange que ses grands-parents avaient utilisée comme garage. Elle souleva la lourde barre, et les deux battants s'ouvrirent. Elle grimpa sur le siège de la camionnette bleue qui avait deux fois son âge et inséra la clé de contact, récitant mentalement une courte prière pour que Levi ait, ainsi qu'il l'avait promis, maintenu le véhicule en état de marche.

Ses grands-parents l'avaient toujours bien entretenu mais la batterie serait morte si personne n'était venu faire tourner le moteur de temps en temps. Levi lui avait promis de conduire le véhicule une fois par semaine jusqu'à son retour.

Retenant son souffle, elle enfonça la pédale d'accélérateur et tourna la clé.

Le moteur rugit instantanément.

Soulagée, elle enclencha la marche arrière et recula. Sa grand-mère lui avait appris à toujours refermer les portes du garage quand elle se servait du véhicule. Ainsi, personne ne pouvait savoir qu'elle s'était absentée. Même à la campagne, on n'était pas à l'abri des vols.

Les petites villes, d'ailleurs, n'étaient pas non plus exemptes de forfaits autrement plus graves. Simplement, les criminels les plus dangereux savaient mieux se cacher.

Le trajet jusque chez Ollie, à Winchester, lui prit une petite vingtaine de minutes. Contrairement à ses craintes, les premiers kilomètres ne furent pas difficiles. Sa grand-mère lui avait assuré que les réflexes de conduite ne s'oubliaient pas, et elle avait eu raison.

Mais la circulation – même dans une petite bourgade – lui fit taper le cœur un peu plus vite. Ses doigts agrippèrent le volant tandis qu'un filet de sueur coulait sur son front.

Évidemment, le fait qu'il fasse 35°C n'y était pas étranger non plus. La vieille camionnette ne disposait pas de l'air conditionné, son grand-père ayant décrété une fois pour toutes que l'ouverture des vitres constituait un système de climatisation largement suffisant.

Le bruit ambiant achevait aussi de lui mettre les nerfs à vif. Oh ! elle ne s'en plaignait pas... Il lui faudrait juste un certain temps de réadaptation au monde extérieur.

Cece ne respira librement que lorsqu'elle se fut garée dans le parking du petit supermarché, après avoir tiré le frein à main – par mesure de sécurité. Elle rangea les clés dans sa poche sans avoir verrouillé le véhicule pour la bonne raison qu'il n'y avait rien à voler à l'intérieur. C'était juste une vieille camionnette – ni rouillée ni cabossée mais simplement fonctionnelle. La seule option dont elle était munie était la boîte automatique, point sur lequel sa grand-mère avait refusé de transiger quand son grand-père s'était décidé à acheter une voiture.

Elle se dirigea vers l'entrée du magasin, l'asphalte fumant sous ses pieds. Il n'y avait que quelques voitures dans le parking, et elle espéra ne rencontrer personne de connaissance. Huit ans, c'était long. Avec un peu de chance, la plupart des gens l'auraient oubliée.

Tu parles ! Comme si les gens risquaient d'oublier une gamine accusée du meurtre de son père !

Cette image-là lui collerait à jamais à la peau, qu'elle soit innocente ou pas.

Ses doigts s'enroulèrent autour de la poignée du chariot, et elle remonta la première allée, face à l'entrée. Le magasin était différent aujourd'hui. Ses rayons avaient été réagencés si bien qu'elle ne savait plus où trouver les articles, mais elle aurait préféré repartir bredouille plutôt qu'attirer l'attention sur elle en demandant de l'aide.

De toute façon, elle n'avait besoin que d'articles de première nécessité. Du pain, du lait, des œufs, du fromage. Peut-être des toasts. Quant aux fruits et légumes, le rayon s'ouvrait droit devant elle. Elle choisit des pommes, des framboises, des oranges et des bananes avant de se rendre compte qu'elle n'avait aucune idée des prix qui se pratiquaient aujourd'hui. Comme elle disposait d'un montant limité, elle devait faire attention.

Elle garda les pommes et les bananes et reposa le reste. Elle les achèterait la prochaine fois. Lorsqu'elle atteignit l'allée des thés et cafés, elle songea qu'elle aurait à tout prix besoin de sa dose de caféine matinale. Comme sa grand-mère avait été une adepte du thé, elle ne possédait pas de cafetière et offrait aux invités du café instantané. Elle opta donc pour une boîte de café soluble avant de poursuivre sa progression, ignorant, malgré l'envie, l'allée des confiseries, pour s'engager, guidée par la raison, dans le rayon des laitages. Lorsqu'elle eut tout ce qu'il lui fallait, elle se dirigea vers les caisses.

Heureusement, la caissière était jeune, peut-être dix-sept ou dix-huit ans, et ne risquait donc pas de la reconnaître.

Lorsqu'elle eut scanné le dernier article, elle leva les yeux et annonça :

— 62,58.

L'incertitude fusa en elle. Comment expliquer le crédit dont elle disposait dans le magasin ?

— Puis-je voir le responsable... S'il est disponible ?

La jeune fille la regarda, l'impatience se peignant sur ses traits.

— Bien sûr... Une seconde.

Elle empoigna son micro et appela le directeur au haut-parleur.

Cece s'efforça d'ignorer les regards qui convergeaient vers elle. Et si le directeur n'était pas au courant, pour le crédit ? Son estomac se tordit d'anxiété. Elle aurait dû appeler le cabinet de l'avocat avant de venir ici.

— Madame a une question, déclara la caissière, ramenant l'attention de Cece sur l'homme qui approchait de sa caisse.

La cinquantaine, il lui parut vaguement familier. La tension lui comprima la poitrine, l'empêchant de respirer. Lorsqu'il fronça les sourcils, son appréhension grimpa d'un cran.

— Cece ?

Elle hocha la tête, d'un mouvement hésitant.

Un sourire étira les lèvres de l'homme.

— Notez le montant, ordonna-t-il à la caissière. Madame a un compte qui couvre le total de ses achats.

À l'adresse de Cece, il ajouta :

— À chacun de vos passages, vous n'aurez qu'à demander à la caisse qu'on inscrive mon nom au dos du ticket et qu'on me le transmette.

Cece fouilla désespérément dans sa mémoire mais... rien à faire. Son nom ne lui revenait pas.

— C'est noté, monsieur Holland, dit la caissière, lui sauvant la mise in extremis.

Un peu rassérénée, Cece acquiesça.

— D'accord, merci.

Holland inclina à son tour la tête avant de s'en retourner à ses occupations.

Quand la caissière se fut conformée aux indications de son patron, la file d'attente s'était allongée derrière Cece. Elle chargea les sacs dans son chariot tandis que la caissière la saluait d'un cordial : « Merci, madame, et à bientôt. »

Cece avait presque atteint la porte lorsqu'une voix féminine la héla :

— Hé ! Je vous reconnais... Vous êtes la jeune fille qui a tué son père, c'est ça ?

Cece continua son chemin sans se retourner, se concentrant sur la vieille camionnette bleue qui l'attendait dans le parking. *Du calme.* Tout ce qu'elle avait à faire, c'était atteindre le véhicule, y transférer ses courses et s'en aller. Sitôt qu'elle aurait un peu d'argent, elle irait à Tullahoma ou dans une autre ville proche où les gens seraient moins susceptibles de la reconnaître. Mais, pour l'heure, même avec de l'argent, jamais elle n'aurait osé s'aventurer si loin : ses réflexes de conductrice étaient trop rouillés pour cela.

Elle se souvenait bien de la façon dont les choses fonctionnaient ici : comme dans la plupart des petites villes, en un rien de temps, la nouvelle de son retour se serait répandue comme une traînée de poudre. Ouvrant la portière côté passager, elle déposa rapidement ses sacs sur le siège et par terre. Sa tâche terminée, elle s'obligea à respirer.

Respirer – lentement, à fond. Bien... OK. Elle allait monter dans sa camionnette et dans une minute elle serait partie. Sa première apparition publique touchait à sa fin.

L'espace d'une seconde, elle songea même à laisser son Caddie planté là où il était, mais le directeur du magasin s'était montré très aimable et il ne méritait pas qu'elle abandonne son chariot dans le parking, où il pouvait rayer une voiture en stationnement ou rouler vers la rue et causer un accident. Sans compter que l'espace de rangement des chariots était tout proche. Le cliquètement métallique, lorsqu'elle aligna le chariot à la suite des autres, lui fit grincer les dents. Quand la peur d'être agressée s'atténuerait-elle ? Une vigilance de tous les instants était indispensable pour survivre en prison. Bien des choses l'avaient été – des choses qu'elle préférait ne pas se remémorer.

— Sale meurtrière !

Cece se retourna pour faire face à la femme qui venait de lancer l'accusation... La voix n'était pas la même que celle qui l'avait apostrophée dans le magasin.

Elle n'était pas seule. Trois autres femmes et quatre – non, cinq – hommes étaient postés entre Cece et sa camionnette. Elle ne les avait jamais vus mais les identifia sans peine à leurs vêtements. Ternes, d'une simplicité et d'une modestie exagérées. Des Survivalistes du Salut, les membres de la congrégation de son père. Elle refusait d'accorder à cette organisation le statut d'église. Ces exaltés n'avaient rien à voir avec Dieu.

— On ne laissera pas le mal infiltrer notre communauté ! cria l'un des hommes.

Cece demeura parfaitement immobile. Si elle prenait la fuite, ils la pourchasseraient. Et appeler à l'aide ne servirait à rien puisqu'il n'y avait personne pour l'entendre.

Le bras droit de la femme qui l'avait accusée la première se balança en arrière puis se détendit subitement. Cece grimaça de douleur comme un objet la frappait au côté avant de tomber sur l'asphalte.

Un caillou ?

Des souvenirs de pierres lancées sur une femme effleurèrent son esprit.

Un autre caillou fendit l'air. La toucha à l'épaule.

Elle recula, se cogna contre la file de chariots emboîtés les uns dans les autres.

— Faisons-lui payer son monstrueux péché ! beugla l'un des hommes.

Cece se détourna, prête à prendre ses jambes à son cou. Elle n'avait pas le choix. Les pierres pleuvaient sur son dos, ses jambes, ses épaules. Lorsque l'une d'elles atteignit sa tête, elle se mordit la lèvre pour retenir un hurlement.

Avant qu'elle ait pu s'élancer, un homme se mit en travers de son chemin. Grand, brun, athlétique... les yeux foncés.

Elle ouvrit la bouche pour crier.

Il l'attrapa par le bras et la poussa derrière lui.

— Reculez ! tonna-t-il à l'intention du groupe. La police est en route. Si vous ne voulez pas finir au poste, vous feriez bien de ficher le camp.

Cece se risqua à jeter un coup d'œil par-dessus une large épaule. Les pierres avaient cessé de voler mais le groupe, masse compacte et menaçante, était toujours là, comme échappé d'un mauvais film d'horreur.

— On se reverra, cracha finalement la femme qui avait ouvert les hostilités, son regard haineux braqué sur Cece.

Une sirène, au loin, les fit se disperser.

Cece les regarda monter dans deux SUV et s'en aller.

Le visage de cette femme ne lui évoquait rien, mais elle connaissait Cece, de toute évidence.

Le fait qu'ils soient venus en nombre suggérait une attaque planifiée. La colère, la douleur, la frustration, se le disputaient en elle.

— Ça va ? Vous n'êtes pas blessée ?

Cece reporta son regard sur l'homme qui était venu à sa rescousse et secoua la tête, se demandant qui il était.

La voiture de patrouille de la police de Winchester s'arrêta dans un crissement de pneus à quelques mètres d'eux et, au grand soulagement de Cece, l'inconnu prit d'autorité l'initiative d'expliquer l'incident au policier, ce dont elle lui sut gré. Du coin de l'œil, elle vit M. Holland sortir du magasin et approcher au pas de course.

— Ça va ? Rien de cassé ?

— Non, répondit-elle, se détendant un tant soit peu.

Le policier se tourna alors vers elle.

— Mademoiselle Winters, voulez-vous nous accompagner au poste pour porter plainte ?

Cece secoua la tête.

— Non. Je veux juste rentrer chez moi.

Holland se tourna vers le policier.

— Je pense que c'est une bonne idée. Elle a eu suffisamment d'émotions pour aujourd'hui.

L'officier inclina la tête en signe d'assentiment.

— Je dirai au chef Brannigan que vous êtes rentrée chez vous, mademoiselle Winters. Il passera vous voir. Mais n'hésitez pas à nous appeler en cas de problème. Le chef ne tolère pas ce genre de comportement.

Cece trouva le courage de balbutier quelques mots de remerciement.

— Je vais la suivre jusque chez elle afin de m'assurer que personne ne l'attend à son arrivée.

Le regard de Cece se posa sur l'inconnu. Pourquoi un

homme qu'elle ne connaissait ni d'Ève ni d'Adam prenait-il tant de peine ?

— Bonne idée, Ross, dit l'officier avant de s'adresser à Cece. Mademoiselle Winters, M. Ross habite tout près de chez vous. Il a acheté la vieille ferme Wilburn.

Les Wilburn. Elle se souvenait d'eux.

— Je suis sûre que ça va aller maintenant, monsieur Ross, dit-elle, croisant son regard. Merci de votre aide.

Elle n'avait qu'une envie, désormais : monter dans sa camionnette et s'en aller. Avant que quelqu'un tente de la faire changer d'avis, elle se hâta de grimper sur le siège conducteur et s'éloigna sans un regard en arrière. Elle atteignait la sortie de la ville lorsque les larmes vinrent. Elle les chassa d'un revers de main chargé de frustration et de colère... Une colère dirigée principalement contre elle.

Elle était de retour, bonté divine, et elle ne se laisserait pas chasser de cette satanée ville avant de connaître la vérité.

2

Deacon Ross se tenait à la lisière des bois, observant la maison. Cecelia Winters avait sorti ses sacs et les avait emportés à l'intérieur. Elle n'avait pas fait tant de courses que ça. Ses ressources étaient limitées. Il soupçonna l'avocat, Frasier, d'avoir prévu un arrangement quelconque avant sa mort prématurée.

Apparemment, si la culpabilité de Cecelia ne faisait pas de doute aux yeux de la majorité des habitants de Winchester, il en restait certains pour se montrer nettement plus circonspects. L'avocat, c'était compréhensible – c'était son travail, et il avait été un vieil ami de sa grand-mère. Quant au chef de la police et au shérif du comté, eux non plus ne ménageaient pas leur peine pour veiller sur elle et cela le mettait en fureur mais, là aussi, cela tenait à leur fonction.

Le chef Brannigan et le shérif Tanner avaient pris des mesures extraordinaires pour éviter que la date de sa sortie s'ébruite. Si Deacon n'avait pas diffusé la nouvelle, son retour à Winchester se serait déroulé sans tambour ni trompette.

Il ne pouvait pas le permettre.

La fureur l'embrasa tout entier.

Cecelia Winters n'avait probablement pas que le meurtre de son père à son actif. Un autre homme, un homme qui comptait beaucoup pour Deacon, avait disparu à la même époque. Il lui avait fallu des années pour réduire l'éventail des possibilités mais, voilà un an, ses efforts avaient commencé à porter leurs fruits, et Deacon avait eu des raisons de croire que Cece n'y était peut-être pas étrangère. À partir de ce moment-là, il avait passé sa vie et sa famille au crible et s'était juré, même si ce devait être la dernière chose qu'il accomplissait ici-bas, de découvrir ce qu'elle savait de la disparition de son ami. Comme la date de sa libération approchait, il était parvenu à une conclusion incontournable : la seule façon d'y parvenir était de se rapprocher d'elle.

Huit ans, sept mois et dix-neuf jours avaient passé depuis son arrestation et son histoire n'avait pas varié d'un iota. Elle était innocente, proclamait-elle. Elle n'avait pas tué son père. Quand ses possibilités d'appel avaient été épuisées, elle avait calmement purgé sa peine. Compte tenu des conditions dans lesquelles s'était déroulée son enfance, le juge avait fait preuve de clémence. Elle avait écopé de huit ans de prison alors que son crime aurait dû lui en valoir vingt.

Mais il en irait autrement s'agissant de la disparition – du probable *meurtre* – de son partenaire et ami. Si, comme il inclinait à le penser, elle avait joué un rôle dans sa mort, il veillerait à ce qu'elle soit arrêtée et condamnée à la peine de prison la plus lourde possible. La fureur, de nouveau, flamba en lui.

Jack Kemp avait été un homme bien. Et il avait été son mentor et son équipier. Deacon s'en voulait de ne pas avoir été présent pour le couvrir. Mais le Bureau avait décidé que l'un d'eux continuerait à travailler sur l'affaire à Gallatin. L'enquête, de ce côté-là, était sur le point d'aboutir. En fin de compte, une demi-douzaine de personnes avait trouvé la mort à Gallatin – tous les membres du groupe survivaliste extrémiste connu sous le nom de La Résurrection. Du fait de la disparition de Jack, rien n'avait pas pu être prouvé, mais, d'après son ami, les survivalistes de Gallatin avaient partie liée avec ceux de Winchester. L'église des Survivalistes du

Salut – le terme « secte » aurait été plus approprié – était le chaînon qui reliait les deux branches.

Le travail d'investigation mené par Jack avait été commodément enterré. Les pouvoirs publics n'avaient pas voulu admettre que l'influence du groupe La Résurrection pouvait être si grande et si profonde. Les éléments d'enquête avaient été passés sous silence pendant toutes ces années. Deacon se demanda si la vérité aurait jamais eu une chance d'éclater sans l'acharnement dont il avait fait montre. Mais, à ses yeux, il n'y avait pas d'autre solution. La famille de Jack avait le droit de savoir ce qui lui était arrivé. Et Deacon comptait bien tout mettre en œuvre pour percer le mystère de sa disparition et faire en sorte que son corps soit retrouvé.

La mort de Mason Winters, près de neuf ans plus tôt, avait eu pour effet d'inciter les membres du groupe à serrer les rangs davantage encore. En neuf ans, personne n'avait réussi à l'infiltrer et, pourtant, plusieurs agents s'y étaient essayés. En dépit des tentatives du FBI pour étouffer le cafouillage concernant Jack et son enquête, ils avaient continué à recueillir des informations de toutes les sources disponibles. À ceci près que, de l'avis de Deacon, ils cherchaient partout sauf au bon endroit.

Maintenant, avec Cecelia Winters, il tenait enfin le bon bout. Restait à dérouler le fil. Il s'emploierait à découvrir tous ses secrets aussi rapidement que possible. Le temps ne jouait pas en sa faveur. Si elle détenait des informations, ainsi qu'il le soupçonnait, d'aucuns auraient tout intérêt à s'assurer qu'elle ne les ébruite pas.

Elle savait ce qui s'était passé, il en était sûr. Elle appartenait à la famille sur laquelle Jack avait enquêté. Et elle était la seule à avoir une raison de dire la vérité. Tous ses proches lui avaient tourné le dos, donc elle ne devait plus éprouver la moindre loyauté envers eux. Deacon ne repartirait pas d'ici avant d'avoir trouvé la vérité, quel que soit le temps que cela lui prendrait et quoi qu'il doive faire pour y parvenir.

Tout avait été soigneusement mis en place. Il ne lui restait plus qu'à observer et à saisir les occasions qui se présenteraient de l'approcher. Ceux qui, dans cette communauté, la vouaient aux gémonies se chargeraient du reste. Cecelia Winters n'imaginait pas la haine que nourrissaient à son encontre les disciples de son père. Elle avait tué leur « messie », leur chef. Ceux qui avaient pris la tête du groupe après sa mort étaient plus virulents encore – en particulier son frère Marcus.

Elle n'allait pas tarder à regretter sa cellule de prison. Elle chercherait à partir – à fuir le passé qui la hantait. Mais elle n'irait nulle part tant que Deacon n'aurait pas obtenu ce qu'il était venu chercher ici.

Il se détourna d'elle et s'enfonça dans la futaie qui séparait la propriété dont il avait fait l'acquisition de celle dont elle avait hérité. Il était allé jusqu'à planter un bouquet d'arbres près de chez elle afin de pouvoir l'observer à sa guise. Si quelqu'un tombait par hasard sur ce petit bosquet curieusement dense, il penserait à un abri de chasse. L'ouverture de la saison était encore loin mais les chasseurs les plus passionnés se préparaient longtemps à l'avance.

Lorsqu'il atteignit la clairière, devant sa maison, il hésita. Une voiture était garée dans son allée. Un instant plus tard, le conducteur en sortit. Deacon le regarda traverser la cour et monter les marches du porche.

Le shérif Colt Tanner.

Sous le couvert des arbres, Deacon longea la cour arrière et entra chez lui par la porte de derrière. Il ne savait pas pourquoi Tanner venait le voir. Peut-être était-ce en rapport avec l'incident qui s'était produit dans le parking d'Ollie, mais Deacon avait rendu compte de ce dont il avait été témoin. Il ne voyait pas la nécessité de venir le questionner de nouveau. Mais le shérif ne s'était jamais départi de son scepticisme à son égard depuis qu'il s'était installé à Winchester. Rien de très surprenant à cela. L'homme avait l'instinct sûr.

Après la disparition de son partenaire, Deacon avait été

écarté de l'affaire. Il s'était donc trouvé contraint et forcé de mener l'enquête en sous-main, à l'insu de ses supérieurs. Cette décision lui paraissait totalement absurde. Ça aurait dû être à lui de rechercher des informations concernant Jack. Mais le Bureau n'avait pas vu les choses ainsi. Trop personnel, avaient-ils argué. Deacon avait reçu l'ordre de quitter Winchester et de ne pas se mêler de l'enquête. Il avait obéi – jusqu'à l'année précédente.

Moment où l'affaire avait été classée et son partenaire déclaré officiellement mort.

Deacon, alors, avait ouvert sa propre enquête – officieusement. À Winchester, Logan Wilburn avait été tué, et sa propriété mise à la vente. Il l'avait achetée les yeux fermés, sans même l'avoir visitée, uniquement en raison de sa proximité avec la miniferme que Cecelia avait héritée de sa grand-mère.

Cela fait, Deacon avait pris un congé du Bureau et était venu emménager ici pour mettre au point sa couverture. Il s'était familiarisé avec les lieux et les habitants, avait découvert qui était qui, s'était intégré à la communauté puis avait attendu. Mais Colt Tanner, dubitatif, l'avait gardé à l'œil.

C'était sans doute ce qui avait motivé cette visite, plutôt que le comité d'accueil agressif qui avait attendu Cecelia dans le parking de chez Ollie. Deacon posa son chapeau sur la petite table, près de la porte, et déverrouilla celle-ci.

— Shérif, dit-il en guise de salutation.

— Ross, répondit Tanner. Vous avez une minute ?

— Bien sûr. Entrez.

Deacon ouvrit la porte en grand et s'effaça pour le laisser passer.

Tanner s'arrêta au centre du séjour et retira son chapeau.

— Vous avez fait beaucoup de travaux pour rafraîchir cette vieille maison.

Deacon referma la porte et lui fit face.

— Pas tant que ça, dit-il en jetant un regard à la ronde.

Surtout de la peinture, à vrai dire, et quelques travaux d'entretien qui avaient été négligés.

— C'est du beau travail.

La rénovation entreprise par Deacon lui avait surtout servi à établir sa couverture. Étape indispensable pour asseoir sa crédibilité.

— Merci. Mais je suis sûr que vous n'êtes pas venu jusqu'ici pour me complimenter sur mes talents de bricoleur. Que puis-je pour vous, shérif ?

— D'abord, je tiens à vous réitérer nos remerciements, au chef Brannigan et à moi-même, pour être venu à la rescousse de Mlle Winters aujourd'hui.

Brannigan l'avait déjà dûment remercié. Deacon était donc à peu près certain que Tanner n'avait pas fait le déplacement uniquement pour le remercier également, en personne.

— C'est bien normal, en tant que voisin.

Tanner garda son chapeau blanc entre les mains. Comme tous les officiels d'ici, il portait un chapeau, des bottes et un jean usé de cow-boy. Deacon avait opté pour la même tenue, non pas parce qu'il se prenait pour un cow-boy mais pour se fondre dans le moule, se placer d'emblée du côté des « gentils » de Winchester. Quand Cecelia le regardait, il voulait lui renvoyer une image rassurante qui lui évoque le shérif ou le chef de la police. Quelqu'un en qui elle pouvait avoir confiance.

Le b.a.-ba de la psychologie. Jouer son rôle à fond.

— Ces gens sont des membres de la congrégation de son père, dit Tanner. Tout le groupe est sur les dents, très remonté. Je me demande bien à quelle partie de la Bible ils se réfèrent pour s'imaginer que c'est une attitude chrétienne de s'en prendre ainsi à une femme. J'ai parlé à leur chef, qui est le frère de Cece. Il m'a assuré qu'il n'y aurait pas d'autres problèmes mais je n'ai aucune confiance en sa promesse.

Deacon savait très bien qui ils étaient. De même qu'il connaissait également parfaitement le frère aîné de Cecelia, même si ce n'était pas directement. À la mort de son père, celui-ci l'avait remplacé, s'appropriant son rôle aussi naturellement que s'il avait planifié son décès. Il n'était d'ailleurs pas impossible que Cecelia et lui aient combiné ensemble le meurtre de leur père. Mais, là encore, le fait que Marcus et la plus jeune des sœurs, Sierra, aient renié Cecelia ne plaidait pas en faveur de cette thèse.

Et puis il y avait l'électron libre, le jeune frère, Levi. Il avait régulièrement rendu visite à sa sœur en prison mais n'était pas venu l'attendre le jour de sa sortie. Et n'était pas passé la voir depuis son retour.

— Je ferai mon possible pour ouvrir l'œil par ici, déclara Deacon même s'il doutait que le shérif soit venu le voir dans l'intention de lui demander son aide concernant Cecelia Winters.

— Connaissez-vous le jeune frère de Cece, Levi ?

La question surprit Deacon.

— De nom, admit-il. Mais je ne le connais pas personnellement, ni d'ailleurs aucun des autres membres de sa famille.

Il haussa les épaules.

— J'imagine que j'ai dû le croiser.

— Étrange, nota Tanner. Il y a trois semaines de cela, Levi est venu me voir pour me dire qu'il pensait que vous pouviez représenter une menace pour sa sœur. J'ai essayé d'en savoir plus mais il ne m'en a pas dit davantage.

OK. Donc, Levi s'était intéressé à lui. Il lui avait bien semblé le repérer une fois, sans toutefois en être certain. Maintenant, il était fixé. Deacon secoua la tête.

— Je me demande bien où il est allé chercher ça, shérif. Je ne connais ni sa sœur ni lui, autrement que par les rumeurs qui circulent.

Tanner déplaça son poids d'un pied sur l'autre.

— J'ai pris la liberté de faire une petite recherche sur vous, Ross. J'espère que vous ne m'en voudrez pas.

Deacon se mit à rire.

— Bien sûr que non. Je n'ai rien à cacher. Je suis nouveau ici. Il est de votre devoir envers les citoyens de votre comté de veiller aux éventuels troubles que pourrait causer un nouveau venu.

Tanner s'abstint de tout commentaire et ne parut pas impressionné ni soulagé.

— Vous êtes un agent du FBI. De Nashville. Célibataire. Sans enfants. Qu'est-ce qui vous a amené à venir vous installer à Winchester ?

— Les prix qui se pratiquent dans la région, répondit du tac au tac Deacon. L'immobilier à Nashville devient inaccessible. Je cherchais un endroit tranquille pour ma retraite...

Le shérif parut loin d'être convaincu.

— Vous avez trente-neuf ans. C'est un peu jeune pour organiser votre retraite.

Deacon secoua la tête.

— D'après mon conseiller en investissement, il n'est jamais trop tôt pour commencer à y songer.

Tanner hocha la tête.

— Oui, il n'a sans doute pas tout à fait tort, concéda-t-il en remettant son chapeau. Je suppose que vous avez l'intention de repartir à un moment ou à un autre pour Nashville étant donné que c'est là-bas que vous êtes affecté. Vous avez dû accumuler une sacrée quantité de congés...

Apparemment, le shérif ne paraissait pas décidé à se contenter des explications toutes faites de Deacon.

— J'ai pris un congé sans solde. En fait, je ne suis pas certain de souhaiter retourner sur le terrain.

Tanner l'étudia attentivement sous le bord du chapeau blanc.

— Oh ! vraiment ?

— Je suis dans une phase de réflexion, shérif. Je suis certain que vous comprenez... Je ne suis pas très sûr de l'orientation que je veux donner à ma carrière. J'ai besoin de paix et de tranquillité, ça, c'est sûr. Mais, au-delà de ça, je ne suis pas encore fixé.

C'était tout ce qu'il pouvait dire sans prendre trop de libertés avec la vérité. Sur le fond, sa déclaration était exacte. Suffisamment pour le tirer de ce mauvais pas, espérait-il.

— Oui, travailler pour le FBI peut être usant à la longue. J'espère que vous n'hésiterez pas à faire appel à moi en cas de besoin, ajouta-t-il.

Tanner partit d'un petit rire.

— Vous savez, nous sommes toujours à la recherche de policiers chevronnés au bureau du shérif. Si jamais vous étiez intéressé, passez me voir, et nous en discuterons.

— C'est noté... Merci, shérif. Et, pour ce qui est de Levi Winters, s'il s'inquiète toujours pour sa sœur, je serai heureux de le rencontrer en votre présence afin de le rassurer.

Tanner acquiesça d'un signe de tête.

— Je lui transmettrai votre proposition... Si je le vois.

Il fit clapper sa langue avant de reprendre, l'air perplexe :

— C'est vraiment très étrange...

Deacon se demanda ce qui allait bien pouvoir suivre.

— Je n'ai pas pu remettre la main sur lui depuis ce jour-là. D'après les gardiens, il ne s'est pas présenté à la prison pour ramener Cece chez elle. Or, je me souviens que Levi avait assuré qu'il serait là. Je suis très surpris qu'il n'ait pas tenu parole. C'est le seul membre de la famille qui ne l'ait pas éreintée au procès.

— Avez-vous demandé à Mlle Winters si elle avait eu de ses nouvelles ?

— Je m'apprêtais justement à me rendre chez elle. Un technicien doit venir brancher sa ligne téléphonique fixe. J'ai déposé une demande sitôt que j'ai été averti de sa libération. Je ne voulais pas qu'elle se retrouve ici sans pouvoir appeler en cas de besoin. Je doute qu'elle dispose déjà d'un mobile.

— Sans compter que le réseau n'est pas très fiable par ici, souligna Deacon.

— Raison de plus pour avoir une ligne fixe, acquiesça Tanner.

— Attendez, shérif, dit Deacon en attrapant un bloc-notes et un stylo.

Il griffonna son numéro de portable, déchira le feuillet et le lui tendit.

— C'est mon numéro de portable, au cas où. Si jamais elle avait besoin d'aide au milieu de la nuit, je suis son plus proche voisin. Je n'ai pas de ligne fixe. Peut-être que je devrais y songer, moi aussi.

— Elle appréciera votre geste, Ross, j'en suis sûr, déclara Tanner en empochant le papier.

Il se dirigea vers la porte. Comme il posait la main sur la poignée, Deacon ajouta :

— Je parlais sérieusement quand je vous ai proposé de rencontrer son frère... Tenez-moi au courant.

— Entendu. Je n'y manquerai pas.

Tanner prit congé, et Deacon le regarda depuis sa fenêtre monter dans sa voiture et s'éloigner. Le shérif était plutôt amical mais il n'était pas totalement satisfait de ce qu'il savait ou de ce que son instinct lui soufflait à propos de Deacon. Pour l'instant, il n'avait pas de raison de chercher plus loin, mais il continuerait à l'avoir à l'œil et peut-être à creuser encore un peu. Deacon n'était pas inquiet. Le Bureau ne fournirait pas d'informations concernant un de ses agents à qui que ce soit, fût-ce à un shérif un peu curieux. Le seul aspect du passé de Deacon qui pouvait être relié à sa présence ici était la disparition de son ancien partenaire, laquelle s'était produite il y a longtemps, et Deacon n'avait même pas été partie prenante de l'enquête.

Pour le reste, tout ce qu'il avait dit au shérif serait confirmé par son supérieur direct si jamais Tanner décidait de pousser un peu plus loin ses investigations.

Deacon attendit environ une demi-heure puis il reprit la direction du petit bois, chemin qu'il connaissait désormais par cœur, pour observer la maison de Cece. Tanner était entré, et le technicien de la compagnie de téléphone était arrivé et s'était mis au travail. Pendant la demi-heure qui suivit, l'homme entreprit de raccorder la maison au réseau téléphonique puis il procéda ensuite, à l'intérieur, à l'installation nécessaire. Dix minutes après son départ, Tanner s'en alla lui aussi. Deacon retourna chez lui et monta dans sa camionnette. Il recula dans son allée puis prit la direction de la ferme voisine.

Il se gara à quelques mètres seulement des marches du porche. Le temps qu'il pose le pied sur la première marche, il devina sa silhouette, derrière le rideau, regardant qui était ce nouvel arrivant. Il fit mine de n'avoir rien remarqué et s'avança jusqu'à la porte.

Le son d'une serrure qu'on ouvrait puis le grincement de la porte sur ses gonds avant qu'apparaisse son visage.

— Oui ?

Elle l'avait reconnu, il le lut dans ses yeux verts. Du reste, elle n'aurait sans doute pas ouvert si ce n'avait pas été le cas.

— Je suis votre voisin, annonça-t-il, choisissant cette approche plutôt que de lui rappeler l'incident déplaisant sur le parking. Deacon Ross.

Elle inclina la tête.

— Merci de ce que vous avez fait pour moi, au supermarché. Je suis à peu près sûre que personne d'autre ne serait intervenu.

— Vous n'avez pas besoin de me remercier, mademoiselle Winters. C'était la moindre des choses.

— Je vous dois une fière chandelle.

Son regard s'égara un instant derrière son épaule puis elle réussit à produire un petit sourire incertain.

— J'ai accroché votre numéro de téléphone sur le mur, près du téléphone. J'espère que je n'aurai pas à vous appeler mais je dormirai plus tranquille en sachant qu'il y a quelqu'un vers qui je peux me tourner en cas de nécessité.

Elle haussa les épaules.

— J'ai grandi ici mais je n'y ai pas d'amis ni... ni de famille, du moins pas de famille qui me fréquente encore.

— Je comprends.

— Je suis désolée, dit-elle en reculant de deux pas, ouvrant la porte plus grand. Voulez-vous entrer un instant ?

Il avait espéré qu'elle l'y inviterait.

— Merci.

Il passa devant elle tandis qu'elle refermait le battant, mais il était manifeste que sa présence la mettait mal à l'aise.

— Si vous préférez laisser la porte ouverte, ne vous gênez pas pour moi.

Elle leva les yeux et rougit, ses joues prenant presque la teinte de ses cheveux flamboyants.

— Je suis transparente à ce point ?

Il sourit, se forçant à laisser transparaître sur ses traits une bonhomie qu'il était loin de ressentir.

— Je le crains.

— Il faudra que je travaille à mieux maîtriser ma physionomie.

— En arrivant, j'ai remarqué qu'en un ou deux endroits le toit aurait besoin de réparations. Il faudrait aussi que vous songiez à trouver quelqu'un pour refaire les joints autour des fenêtres et des portes avant l'hiver. Je l'ai fait chez moi pour éviter les déperditions de chaleur.

Elle hocha la tête, l'air plus soucieux qu'hésitant.

— Je peux sans doute m'en charger moi-même.

— Peut-être bien mais je pourrai vous donner un coup de main si vous voulez. Je ne suis pas un pro mais je suis assez bon bricoleur.

Elle se mordit la lèvre inférieure l'espace d'une demi-seconde avant de répondre :

— Je crains que l'état de cette maison ne se soit beaucoup dégradé depuis la dernière fois que je l'ai vue. Mon frère Levi disait qu'il jetait un coup d'œil régulièrement mais je ne suis pas certaine qu'il y connaisse grand-chose en matière d'entretien d'une maison. Et puis, pour être tout à fait honnête, ma grand-mère s'est toujours occupée de tout. Elle débordait d'énergie. Elle m'en aurait appris beaucoup plus si je n'étais pas partie.

Elle considéra fixement le plancher pendant un moment avant de relever les yeux pour croiser son regard.

— Mais j'apprends vite. Je pourrai probablement effectuer moi-même le plus gros pour peu qu'on me montre comment m'y prendre.

Du menton, il désigna le pot de peinture et le pinceau posés près de la porte d'entrée.

— On dirait que vous vous êtes déjà mise à l'ouvrage.

Elle essaya de sourire mais n'y réussit pas tout à fait.

— Oui... Certaines choses ne peuvent pas attendre.

Elle avait recouvert de peinture le déplaisant rappel de l'accusation que certains lui avaient crachée au visage, mais le vilain mot se distinguait encore sous la couche de peinture blanche.

— Si je peux vous aider en quoi que ce soit avant de m'en aller...

Pour parachever son personnage de bon voisin, il était venu lui souhaiter la bienvenue mais il ne voulait pas s'imposer trop longtemps ni se montrer trop insistant d'entrée de jeu. Le mieux était d'opérer progressivement, lentement.

Elle humecta la lèvre qu'elle avait mordillée.

— Eh bien... En voulant faire chauffer de l'eau pour préparer du café, j'ai constaté que la cuisinière refusait de s'allumer, dit-elle, pointant le pouce par-dessus son épaule.

— Je vais y jeter un coup d'œil.

— Ce serait super... Merci.

Elle le précéda jusqu'à la cuisine. Non qu'il eût besoin d'un guide : il connaissait par cœur l'agencement de cette maison pour en avoir fait le tour au moins trois fois. Un certain nombre de surprises attendait sa nouvelle occupante.

Dans la cuisine, elle lui montra l'appareil récalcitrant.

Il tourna le bouton de commande d'un des brûleurs, puis celui du four. Fit mine de soupeser les possibilités avant de déclarer :

— Puis-je jeter un coup d'œil à votre tableau électrique ?

Elle fronça les sourcils.

— Les fusibles ?

— Oui, si un disjoncteur n'a jamais été installé.

Elle haussa les épaules.

— Je ne sais pas. Ma grand-mère parlait toujours de la boîte à fusibles.

Elle le guida en direction de ce qui avait été un porche arrière avant d'être converti en buanderie. Un nouveau porche, plus petit, était venu se greffer à l'habitation. Elle indiqua le mur, près de la porte.

— C'est là.

Le tableau électrique avait bel et bien été modernisé. De nouveau, il commença par fixer pendant un moment le panneau avant d'actionner un interrupteur – celui-là même qu'il avait abaissé une semaine plus tôt. Pendant qu'il y était, il activa aussi celui qui commandait le chauffe-eau. Celui-ci avait dû être abaissé par la personne qui avait fermé la maison après la mort de la grand-mère.

— Je vous ai aussi remis l'eau chaude, précisa-t-il en tapotant du doigt le fusible qu'il venait d'enclencher. Si jamais l'eau ne chauffait pas, coupez-le et appelez-moi. Allons voir si votre cuisinière fonctionne maintenant.

De retour dans la cuisine, il tourna le bouton pour allumer le feu sous la bouilloire. Un voyant rouge s'alluma.

Elle sourit.

— Merci. Je ne me voyais pas me passer de café demain matin.

— Si vous rencontrez un autre problème, appelez-moi.

Il se détourna et se dirigea vers la porte d'entrée. Elle lui emboîta le pas. À la porte, il s'arrêta un instant et la regarda.

— N'hésitez pas à téléphoner si vous voyez ou entendez quelque chose de bizarre. Je suis à une minute de chez vous.

— Merci encore, vraiment.

Elle fronça les sourcils.

— Je ne voudrais pas paraître ingrate, mais... Pourquoi faites-vous tout ça ?

Il fouilla son expression, se demandant ce que serait sa réaction s'il disait la vérité.

— Je ne sais pas ce qui vous est arrivé, mais vous avez l'air de quelqu'un qui a bien besoin d'un répit.

Et il s'éloigna avant qu'elle ait eu le loisir de répondre. Inutile de courir un risque en lui laissant le temps de lire la vérité dans ses yeux.

Depuis le seuil, elle le regarda reculer et manœuvrer pour repartir. Lorsqu'il stoppa au bout de l'allée pour voir si la voie était libre, il jeta un coup d'œil dans son rétroviseur et vit qu'elle le regardait toujours.

La demoiselle était seule et n'avait pas l'esprit tranquille. Parfait.

C'était exactement ce sur quoi il tablait.

3

Cece fourragea dans le placard qui avait été le sien quand elle était adolescente. Elle n'arrivait pas à croire que sa grand-mère n'ait pas jeté toutes ces vieilleries. Mais elle avait été la seule à croire Cece innocente, la seule à avoir espéré la voir rentrer un jour.

À la maison.

Elle promena son regard sur la pièce. Oui, c'était bel et bien ici qu'elle était chez elle, ici qu'elle avait passé la majeure partie de son enfance. Après la mort de sa mère, son père les avait plus souvent qu'à leur tour déposées ici, elle et sa sœur. Il emmenait toujours les garçons avec lui, en revanche, comme s'ils étaient plus importants que les filles.

Ce qui, dans son esprit, était le cas. Les filles constituaient à ses yeux, et aux yeux des membres de sa congrégation, une forme de vie inférieure.

Sa congrégation. Cece se refusait catégoriquement à employer le terme d'« église » pour désigner ceux qui avaient fait leurs les croyances de son père. Il s'agissait d'une sorte de secte. Régie par des règles strictes et qui ne laissait aucune place à la compassion. Comment le groupe avait-il survécu près de neuf années à son fondateur ? Marcus avait dû endosser pleinement le rôle qu'avait joué son père et se servir de son meurtre comme d'un tremplin pour atteindre ses propres objectifs.

Rien de surprenant à cela. Marcus avait toujours été roué et autocentré. Sierra aussi, d'ailleurs. Du moins après ses douze ans. Cece et Levi, eux, avaient été différents. Ils ressemblaient à leur mère, leur avait souvent assené leur père en guise de reproche. Et toutes ces fois où il avait laissé Cece et Sierra aux bons soins de leur grand-mère, le pauvre Levi s'était vu obligé, lui, de suivre son père et Marcus. Elle l'avait souvent entendu pleurer le soir, après leurs sorties. Mais chaque fois qu'elle lui avait demandé ce qui s'était passé, il avait refusé de parler. Elle ne pouvait qu'imaginer ce que Levi avait enduré au nom des croyances dévoyées de leur père.

Levi n'était toujours pas venu voir si son retour s'était bien passé. Elle espéra que rien ne lui était arrivé. Peut-être avait-il décidé qu'être de son côté ne lui causerait que des ennuis. Si tel était le cas, elle ne lui en voudrait pas. Marcus et Sierra, et leurs semblables, ne manqueraient pas de lui rendre la vie dure s'il s'affichait à son côté.

Cece sortit une chemise de nuit et un slip d'un tiroir et se dirigea vers la salle de bains. Elle rêvait depuis si longtemps d'un long bain chaud !

Armée d'une serviette, de savon et de shampooing, elle posa le tout sur le bord de la baignoire. Après avoir réglé la température de l'eau au plus chaud qu'elle pût supporter, elle ôta les vêtements qu'un organisme de charité lui avait donnés puisqu'elle n'avait rien à se mettre à sa sortie de prison. Elle nota deux ecchymoses dues aux pierres qu'elle avait reçues dans le parking du supermarché. Elle frissonna, essaya de chasser ce souvenir qui en évoquait d'autres, similaires, surgis du passé. Elle devait avoir une dizaine d'années, et les membres de la congrégation avaient décidé qu'un des leurs avait volé quelque chose à un condisciple. Ils l'avaient traîné hors de la grange qui leur servait alors de lieu de réunion et l'avaient lapidé.

L'homme avait fini par réussir à s'échapper, à fuir la torture qu'ils lui infligeaient, mais Cece ne l'avait plus jamais revu.

Elle se demandait s'ils l'avaient retrouvé et n'avaient pas achevé ce qu'ils avaient commencé. Elle ne détenait pas la preuve que son père ou l'un de ses adeptes ait jamais tué qui que ce soit, mais la haine et le mal qui émanaient d'eux étaient tellement extrêmes qu'elle ne pouvait s'empêcher de les en croire capables.

Elle se laissa glisser avec délice dans l'eau chaude et poussa un soupir. Jamais un bain n'avait été aussi bon.

Elle resta là, immobile, à profiter de ce luxe oublié, jusqu'à ce que l'eau commence à tiédir. Ses muscles se détendaient pour la première fois depuis... depuis si longtemps que cela lui semblait être une éternité. Enfin, elle parvenait à se débarrasser de l'odeur tenace de la prison qui collait à sa peau, à ses cheveux. Même le savon et le shampooing, là-bas, avaient eu une odeur caractéristique qu'elle n'oublierait jamais.

Quand elle eut frictionné sa peau au point de l'irriter, elle tira sur la chaînette de la bonde pour vider la baignoire. La serviette était propre mais dégageait une légère odeur de renfermé après être restée si longtemps pliée dans l'armoire à linge. Il lui faudrait tout laver, peut-être suspendre les draps à l'extérieur pour les aérer.

Habillée et se sentant plus fraîche qu'elle ne l'avait été depuis près d'une décennie, elle étendit la serviette sur le bord de la baignoire puis sortit de la pièce, les vêtements qu'elle avait portés à sa libération roulés sous le bras, pour les jeter à la poubelle. Elle ne voulait plus jamais voir quoi que ce soit ayant appartenu à cet univers.

Elle se prépara un sandwich et se dirigea vers la chambre de sa grand-mère. Sa main glissa sur le couvre-lit en chenille rose tandis qu'elle s'asseyait au bord du matelas. Le rose avait toujours été la couleur favorite de sa grand-mère. Cece regretta de ne plus avoir les lettres qu'Emily lui avait adressées au fil des années. Toujours sur du papier à lettres rose dans une enveloppe assortie. Deux semaines après le décès de sa grand-mère, elles avaient disparu de sa cellule, et elle ne les avait jamais revues. Elle avait eu beau réclamer encore et encore, poser des questions, elle n'avait jamais obtenu de réponse claire.

De guerre lasse, Cece avait fini par renoncer.

Sa grand-mère lui avait répété à de nombreuses reprises, dans ces lettres, que si, pour une raison ou pour une autre, elle n'était pas là quand Cece serait libérée, elle devrait se rendre à leur endroit à elles. Son regard se porta sur les rayonnages, près de la fenêtre, de l'autre côté de la pièce. Un petit sofa se trouvait à côté des étagères. Sa grand-mère et elle s'y étaient relaxées pendant des heures en lisant des livres. Quand Cece était petite, c'était sa grand-mère qui lui avait fait la lecture puis, plus tard, elles avaient lu en silence chacune de son côté, mais ensemble. Ce coin lecture avait été leur endroit à elles.

Cece termina son sandwich et se dirigea vers la bibliothèque. Elle tira l'exemplaire usé à force d'avoir été lu et relu du célèbre roman *Les Quatre Filles du docteur March*. Le poids de l'ouvrage et le parfum du papier lui tirèrent un sourire. Cela avait été un de leurs ouvrages favoris. Cece aurait été incapable de dire combien de fois elle l'avait lu.

Quelque chose s'échappa d'entre les pages et voleta jusqu'au sol.

Elle s'accroupit et tâtonna sous le sofa jusqu'à ce que ses doigts en retirent…

Un billet de cent dollars.

— Mais qu'est-ce que… ?

Prenant son temps, elle feuilleta page par page, roman après roman. Lorsqu'elle eut terminé, elle avait cinq mille dollars à côté d'elle, sur le sofa à fleurs. Pourquoi diable sa grand-mère avait-elle gardé une telle somme à la maison ? Alors qu'elle disposait d'un compte bancaire. Me Frasier avait dit qu'il y avait un peu d'argent sur le compte mais Cece devrait se rendre à la banque et faire les démarches nécessaires pour y avoir accès. Il ne devait pas y avoir grand-chose, à son avis, mais, quel que soit le montant, il serait de toute façon le bienvenu.

Mais pourquoi conserver une telle somme en liquide chez elle, où le premier cambrioleur venu n'aurait eu qu'à casser une vitre ou défoncer la porte pour s'en emparer ?

Sa grand-mère avait-elle eu peur que quelqu'un ne fasse main basse sur l'argent déposé en banque ? À moins que ce ne soit ce qu'elle appelait son bas de laine. Sa cagnotte secrète pour les cas d'urgence.

Cece préleva deux cents dollars de la pile de billets et rangea le restant au-dessus de la bibliothèque, à l'abri des regards. Sa grand-mère avait pensé à tout, semblait-il.

Elle avait toujours été prévoyante, médita Cece. Et ce bien avant que se tenir en permanence prêt à je-ne-sais-quoi ne soit devenu un mode de vie pour ceux qui étaient un peu trop zélés.

En l'absence d'une télévision à regarder, elle sortit un album de photos de famille et parcourut les pages remplies de souvenirs. Quand elles le regardaient ensemble, sa grand-mère ne manquait jamais de commenter l'histoire de chacune des photos. Cece se rappelait la plupart d'entre elles. Il y avait beaucoup de photos d'avant la mort de sa mère. Des photos des grands-parents de Cece avec toute la famille, même son père. Mais, après la mort de sa mère, celui-ci s'était investi de plus en plus dans la congrégation qui avait fini par devenir son royaume, le monde où il était adulé par une cour de disciples confits d'admiration.

Il avait repoussé les parents de sa mère et s'était concentré exclusivement sur la congrégation.

Cece venait voir ses grands-parents en cachette après l'école dès qu'elle le pouvait. Marcus ne manquait jamais de la dénoncer s'il la voyait. Levi et Sierra faisaient en gros ce que Marcus leur disait. Mais Cece n'avait jamais courbé l'échine. Elle et son père avaient eu de fréquentes disputes – jusqu'au jour où il l'avait jetée dehors alors qu'elle avait seize ans. Toute la famille l'avait rejetée à partir de ce moment-là. Puis, finalement, Levi avait commencé à chercher des occasions de la voir. Marcus et Sierra, eux, n'avaient plus voulu entendre parler d'elle. L'approbation de leur père était bien trop importante.

Elle passa un doigt sur une photo de son jeune frère. Pourquoi n'était-il pas venu la chercher ainsi qu'il l'avait promis ?

De nouveau, Cece se prit à espérer qu'il allait bien. Elle n'avait aucun moyen de le joindre – même si elle disposait maintenant d'une ligne téléphonique. Elle ne connaissait pas son numéro de téléphone, ne savait même pas s'il possédait un mobile, d'ailleurs. Leur père leur avait interdit d'en avoir. Cece s'en était acheté un lorsqu'elle était venue se réfugier chez sa grand-mère. Elle n'avait pas la moindre idée de l'endroit où il pouvait se trouver maintenant. Telle qu'elle connaissait sa grand-mère, celle-ci ne s'en était sûrement pas débarrassée ; il devait être rangé quelque part dans la maison. À moins que la police ne l'ait confisqué comme preuve matérielle. Des images d'interrogatoires, de sang, défilèrent dans son esprit.

Les souvenirs la replongèrent dans l'émotion.

— Ça suffit pour aujourd'hui.

Refermant l'album, elle décida d'enfiler un jean et un T-shirt, et d'aller dans le jardin. Il ne faisait pas encore sombre, elle avait largement le temps de se dégourdir un peu les jambes. Elle fut soulagée de constater que le jean qu'elle avait porté à dix-huit ans lui allait encore. Puis, avisant une paire de tongs qui dépassaient de sous le lit, elle les enfila. La porte vitrée grinça sur ses gonds quand elle la poussa. La chaleur était un peu moins écrasante maintenant que le soleil frôlait la cime des arbres.

Le jardin avait été bien entretenu. L'avocat avait dû engager quelqu'un pour venir tondre la pelouse. Elle avait vu la vieille tondeuse, toujours à sa place, en sortant la camionnette de la grange. S'il y avait encore du carburant dans le réservoir, elle devait toujours fonctionner. Elle pourrait couper l'herbe lorsque le besoin s'en ferait de nouveau sentir. Elle s'en était souvent chargée lorsqu'elle vivait ici. S'agissant de la répartition des tâches, sa grand-mère avait eu un côté vieux jeu. De son point de vue, tondre le gazon était un travail d'homme. Mais Cece avait fait fi de ses mises en garde contre les ampoules et autres callosités qu'elle allait se faire aux mains et avait mis un point d'honneur à accomplir toutes les tâches qui avaient incombé à son grand-père de son vivant.

Lundi, il faudrait qu'elle sorte pour se mettre en quête d'un travail et se présenter devant l'agent de probation. Si heureuse qu'elle soit d'avoir trouvé ces cinq mille dollars, ils ne dureraient pas éternellement. La maison et la camionnette avaient beau être payées, il restait les charges – impôts, factures d'électricité, nourriture, assurances.

Et son permis de conduire devait avoir expiré. Cela aussi, elle devrait s'en occuper au plus vite. Elle ne voulait pas courir le risque de se voir infliger une amende. Or, pour assurer un véhicule, il fallait posséder un permis de conduire valide.

Un bruit de gravier lui parvint à travers les arbres. Quelqu'un avait tourné dans son allée. Cece rebroussa chemin au pas de course, rentra par la porte arrière, qu'elle ferma à double tour, avant de se précipiter vers la fenêtre de devant pour regarder par l'interstice entre les rideaux.

Elle ne reconnut pas la voiture. Vieille. Verte. La portière s'ouvrit, et un homme en sortit. Il se tourna vers la maison.

Levi.

Un large sourire incurva les lèvres de Cece, et elle courut vers la porte, l'ouvrit à la volée et se rua au-dehors pour accueillir son frère. Il la regarda tandis qu'elle jetait les bras autour de son cou. Il semblait avoir grandi de vingt centimètres depuis qu'elle l'avait vu le mois dernier.

— Je commençais à me demander si tu n'avais pas quitté

la ville sans me prévenir, dit-elle en le serrant contre elle. D'autant que tu devais venir me chercher...

Elle le sentit se raidir. Il l'enlaçait toujours mais ses bras ne la tenaient pas vraiment. Elle se dégagea.

— Quelque chose ne va pas, Levi ?

C'est alors qu'elle remarqua la façon dont il était habillé. Un vilain jean bleu marine, une chemise informe. Des bottes de travail. Les cheveux coupés très court.

Il était l'un d'eux.

— Non, dit-elle en secouant la tête, sondant son expression, cherchant une explication.

Il baissa les yeux avant de les relever et d'affronter son regard.

— Ça devait finir par arriver.

Non. Non. Non.

— Levi, combien de fois avons-nous parlé de ce qu'ils sont ? Tu ne peux pas t'être rallié à eux, ce n'est pas possible !

Tout son être se révulsait à cette idée.

Ses mains se refermèrent autour de ses bras, la maintenant à distance comme s'il ne supportait pas qu'elle le serre affectueusement contre lui.

— C'est mieux ainsi. Marcus et Sierra veulent que je fasse partie de la famille.

Elle secoua la tête.

— Je me fiche de ce que Marcus et Sierra veulent. Tout ce qui compte à mes yeux, c'est ce que *toi* tu veux.

Elle plongea son regard au fond de ses prunelles.

— Est-ce cela que tu veux ?

— C'est ce que papa aurait voulu. Ce que Dieu veut.

Cece secoua la tête. Elle eut envie de lui dire que Dieu n'avait rien à voir avec tout ça mais à quoi bon le sermonner ? Tout cela, il le savait déjà. Il ne le savait que trop bien.

— Je voulais juste m'assurer que tu étais rentrée à la maison sans encombre comme je n'ai pas pu venir te chercher.

Il osa enfin la regarder vraiment en face.

— Je t'aime, Cece. Avec le temps, tu comprendras que j'ai agi comme je devais le faire.

Avant qu'elle ait pu répondre, il tourna les talons et remonta dans sa voiture. Elle avait envie de le retenir, de le contredire, de balayer ses arguments mais elle n'avait pas le courage de se battre. Elle était anéantie. Bien davantage que s'il était parti sans la prévenir, avait épousé sa dernière conquête ou avait été arrêté pour un menu larcin.

Elle le regarda s'éloigner dans l'allée tandis que la réalité la percutait de plein fouet : cette fois, elle n'avait plus personne.

Absolument personne. Elle était désormais totalement seule.

Pourquoi s'entêter à demeurer dans ce maudit endroit afin de prouver son innocence ? De trouver la vérité ?

Quelle importance ?

Qui restait-il pour se soucier qu'elle ne soit pas coupable ?

Personne.

Cece n'aurait su dire combien de temps elle se tint immobile, plantée là, à regarder dans le vide là où le véhicule avait disparu, mais le crépuscule était largement tombé quand, dans un sursaut, elle s'obligea à cesser d'attendre que Levi revienne et lui dise qu'il l'avait bien eue avec sa plaisanterie de mauvais goût. Elle tourna le dos à l'allée déserte, que les ombres envahissaient déjà, et revint vers la maison.

À l'intérieur, il faisait suffisamment sombre pour qu'il faille allumer la lumière. Elle appuya sur l'interrupteur.

Rien.

— Pour l'amour du ciel, qu'est-ce qu'il y a encore ?

Dans la cuisine, elle alla droit au tiroir où sa grand-mère rangeait les outils de première nécessité, parmi lesquels sa lampe de poche. Elle l'essaya. La lampe fonctionnait encore.

Elle poussa un soupir de soulagement et se dirigea vers l'ex-porche arrière devenu buanderie. Elle ouvrit la porte du tableau électrique et promena le faisceau de sa lampe sur les fusibles. Tout semblait en ordre. Alors, pourquoi n'avait-elle pas de lumière ?

À l'aide de sa lampe, elle alla tester les lumières des autres pièces. Aucune ne fonctionnait, ni les plafonniers ni les lampes de table.

Elle n'avait aucune envie de passer la nuit ici sans électricité. Certes, il y avait bien la lampe de poche mais ce n'était pas comme avoir une pièce bien éclairée. Elle retourna dans la cuisine et trouva le mot du voisin, avec son nom et son numéro. Dieu merci, il s'agissait d'un ancien poste à cadran qui n'avait pas besoin d'être raccordé au réseau électrique.

Au bout de deux sonneries, il décrocha. Elle prit une inspiration et se lança.

— Monsieur Ross, c'est Cecelia Winters, votre voisine. Je suis absolument désolée de vous déranger encore, mais je n'ai plus de lumière. Rien ne marche. J'ai regardé le coffret électrique mais je n'ai rien vu d'anormal.

Il lui assura qu'il allait venir voir. Cece le remercia et raccrocha.

Elle appuya le front sur le mur et laissa échapper un soupir las. Elle était à peine sortie de l'adolescence lors de son incarcération. Bien sûr, auparavant, elle avait eu l'occasion d'aider sa grand-mère et d'accomplir certaines tâches domestiques mais elle n'avait jamais été seule à devoir tout gérer dans une maison. Il y avait des tas de choses qu'elle ne savait pas faire.

Dommage que ce genre d'enseignement n'ait pas été dispensé en prison. Des leçons de vie pratique lui auraient été bien utiles.

Néanmoins, si frustrante que soit son incapacité à tout prendre en charge elle-même, elle s'estimait heureuse d'avoir une maison où loger. Tant de ses ex-codétenues n'avaient nulle part où aller le jour de leur libération... Cece n'avait peut-être plus de famille mais elle avait cet arpent de terre avec cette petite maison. Et elle avait un peu d'argent.

Elle s'en sortirait.

Si la preuve de son innocence ne pouvait être faite, elle pourrait toujours vendre et quitter Winchester.

Sans Levi, plus rien ne la retenait ici.

Des phares apparurent au loin, au bout de la longue allée. Elle resserra son emprise sur la lampe et espéra que c'était M. Ross. Se retrouver ici dans le noir n'était pas rassurant. Elle aurait dû prendre le temps de trouver le fusil de sa grand-mère et les munitions.

La portière conducteur de la camionnette s'ouvrit et, à la lumière de l'habitacle, elle reconnut le conducteur.

C'était bien lui. Deacon Ross.

Elle ouvrit la porte comme il atteignait le porche.

— Je suis vraiment désolée de vous déranger encore.

En rachetant la propriété Wilburn, l'homme ne s'était sûrement pas attendu à devoir prêter main-forte à une voisine récemment libérée de prison. Elle garda la lampe orientée vers le bas pour éclairer suffisamment le chemin sans l'aveugler.

— Pas de problème. Vous m'avez épargné le visionnage d'un mauvais épisode de ce qui était ma série préférée.

Il sourit, et elle se détendit.

— Je n'ai pas regardé la télévision depuis un bon moment.

Les prisonniers avaient accès à la télévision mais elle avait préféré lire. La lecture lui permettait de s'isoler des autres. Faire profil bas l'avait aidée plus d'une fois à éviter les ennuis.

— Croyez-moi, reprit-il. Vous n'avez pas manqué grand-chose.

Elle lui tendit la lampe.

— Vous allez avoir besoin de ça.

Il la prit et se dirigea vers l'arrière de la maison, Cece sur ses talons. Il était grand. Entre un mètre quatre-vingt-cinq et un mètre quatre-vingt-huit, jugea-t-elle. Autant dire qu'il dépassait largement son mètre cinquante-huit. Sa petite taille aussi, elle la tenait de sa mère et de sa grand-mère.

Contrairement à elle, Sierra avait hérité de son père : elle avait les cheveux foncés et était plus grande. Marcus et Levi aussi. Elle avait beau avoir dû supporter les moqueries de ses camarades qui la surnommaient Poil de carotte, étant enfant, elle se félicitait de ne pas leur ressembler.

Les lampes s'allumèrent.

— Comment avez-vous fait ?

Elle se demanda comment elle pourrait jamais témoigner sa reconnaissance à cet homme.

— Êtes-vous sortie sans fermer la porte à clé ?

Elle secoua la tête.

— J'ai pris un bain. Je suis allée faire un tour dehors.

Elle fronça les sourcils.

— Et mon frère Levi est passé. Je suis restée dehors quelques minutes à lui parler... mais pas très longtemps.

L'expression soucieuse de Ross la troublait plus que la question en elle-même.

— À moins qu'un problème sur le circuit électrique ne fasse déclencher le disjoncteur principal, quelqu'un s'est forcément introduit dans la maison pour le mettre en position arrêt.

Elle referma les bras autour de son corps.

— Oh !

Il éteignit la lampe de poche et la lui tendit.

— Avez-vous une arme, mademoiselle Winters ?

— Cece, corrigea-t-elle. Appelez-moi Cece.

Elle prit une grande inspiration.

— Ma grand-mère avait un fusil. Il est probablement toujours dans la maison, mais je n'ai pas le droit de posséder une arme à feu.

Elle n'avait pas pensé à ça jusqu'à ce moment précis. Elle aurait dû en parler au shérif quand il était venu la voir. Elle se sentit complètement idiote.

— Laissons de côté l'aspect purement technique étant donné que vous êtes ici, toute seule. Je crois que vous devriez le garder, bien caché, ici, sans en aviser qui que ce soit tant que vous n'aurez pas recouvré votre droit de port d'arme. En cas d'urgence, si vous deviez l'utiliser, un bon avocat ferait valoir le fait que l'arme appartenait à votre grand-mère et que celle-ci l'avait conservée chez elle. Que vous aviez oublié jusqu'à son existence. C'est aussi simple que ça.

Elle ne voyait rien de simple là-dedans mais n'avait pas d'autre idée.

— OK.

— Pour l'instant, dit-il, assurons-nous déjà qu'il est en bon état de fonctionnement. Et, si oui, qu'il est chargé et prêt à être utilisé en cas de besoin.

Il avait raison. Pourquoi ne s'en était-elle pas inquiétée plus tôt ?

Il la suivit jusqu'à la chambre de sa grand-mère. Toutes les lumières de la maison étaient désormais allumées. Le calibre .410 se trouvait dans le placard. Une boîte de cartouches était posée à côté.

Ross prit le fusil, caressant du pouce le cœur qui avait été gravé sur la crosse.

— C'est mon grand-père qui a sculpté ce cœur. Il avait acheté ce fusil pour ma grand-mère, car il était de petites dimensions tout en étant parfaitement capable de tenir un cambrioleur en respect – c'était le modèle le plus petit qu'il ait pu trouver, disait-il. Elle pourrait le manier sans peine.

— Choix judicieux, nota Deacon en hochant la tête et en retournant l'arme entre ses mains avant de la recharger d'un geste sec. Pas trop de recul. Le clic que vous avez entendu, c'était la cartouche entrant dans la chambre, donc il est chargé. Allons le tester, si vous voulez, pour nous assurer qu'il ne risque pas de s'enrayer le moment venu.

— D'accord.

Au moins pourrait-elle se protéger si le besoin s'en faisait sentir.

Il la précéda jusqu'à la porte arrière. Une fois dans la cour, il épaula, visa la cime des arbres et appuya sur la détente.

Quand l'écho du coup de feu se fut éteint, il hocha la tête d'un air satisfait.

— Bien. Il fonctionne à la perfection.

Il lui tendit l'arme en ajoutant :

— Gardez une cartouche dans la chambre. En cas de nécessité, cela vous évitera de perdre un temps précieux à le recharger.

Elle contempla le fusil entre ses mains comme s'il lui brûlait les doigts, pressée de rentrer le remettre à sa place.

— Merci mille fois. J'espère que je n'aurai plus à vous déranger.

— Je vous l'ai dit, n'hésitez pas à m'appeler.

Ils rentrèrent dans la maison, et il se tourna vers elle, une fois à l'intérieur.

— Veillez à verrouiller vos portes, même si ce n'est que pour aller prendre l'air dans le jardin.

— J'y penserai.

À la porte d'entrée, elle renouvela ses remerciements et lui souhaita bonne nuit.

Il l'étudia pendant un moment, puis hocha la tête et s'éloigna.

Elle le regarda partir, se félicitant une fois de plus de la présence de cet étranger, à côté de chez elle, qui se révélait être un si serviable voisin. Elle s'était attendue à tout sauf à recevoir de la sympathie ou de la compassion de la part de qui que ce soit dans cette ville.

Non sans un frisson, elle remisa prestement le fusil au fond du placard. Elle ne voulait pas s'attirer d'ennuis, surtout du genre de ceux qui risquaient de la renvoyer en prison.

Mais ce qu'elle savait avec une absolue certitude, c'était que les problèmes qu'elle avait eus jusqu'ici n'étaient qu'un avant-goût de ce qui allait suivre. Aucun de ceux pour qui son père avait été un maître à penser n'allait se réjouir de la voir de retour. À leurs yeux, elle était méprisable, abjecte – le mal incarné.

Oui, des ennuis, il y en aurait. Elle ferait donc ce qu'elle avait fait en prison : profil bas, tout en recherchant activement la vérité. C'était tout ce qui, désormais, présentait un quelconque intérêt à ses yeux ici.

Le plus dur serait de rester en vie assez longtemps pour la faire éclater, cette vérité.

4

Il était presque minuit lorsque Deacon décida de s'en tenir là pour aujourd'hui. Il surveillait la maison depuis des heures. Elle avait éteint toutes les lumières quarante minutes plus tôt. Par mesure de précaution, il avait installé des détecteurs de mouvement à l'orée du bois, orientés vers l'allée, si bien que personne ne pouvait approcher sans qu'il le sache.

Cecelia Winters avait beaucoup d'ennemis dans cette ville. Il n'était pas question de laisser l'un d'eux venir lui mettre des bâtons dans les roues. Certes, il avait voulu qu'elle sente pleinement la pression qui pesait sur elle – la haine, la honte – mais qu'on s'en prenne physiquement à elle ? Cela, non, jamais il ne l'avait souhaité. Même lui avait un cœur.

Il attendait depuis si longtemps d'élucider le mystère de la disparition de son partenaire ; il n'allait pas permettre au premier plouc venu de tout faire capoter parce qu'il avait une dent contre elle. Jack avait une veuve et deux enfants adultes qui méritaient de pouvoir faire dignement le deuil de leur mari et père.

Deacon n'avait pas fait deux pas qu'il entendit des voix. Le son était trop étouffé pour qu'il puisse déterminer s'il s'agissait d'hommes ou de femmes. Il dévia vers le bosquet, sur sa droite, pour ne pas se faire repérer.

Des silhouettes émergèrent des arbres, s'avançant dans la cour arrière. Grâce au clair de lune, il vit qu'il s'agissait de deux hommes. L'un d'eux portait ce qui semblait être une grande boîte noire. Non, pas une boîte. Un bidon d'essence. Comme ils se dirigeaient vers la grange, il ne lui fut pas difficile de deviner leur intention : ils allaient y mettre le feu.

Très mauvaise idée à plus d'un égard.

Il n'avait pas plu depuis plus d'une semaine. L'herbe, les taillis, les arbres, tout était sec. La conjoncture idéale pour provoquer un désastre. La colère l'envahit. Ces salauds se fichaient sans doute éperdument des dégâts qu'ils pouvaient causer, tout ce qui leur importait, c'était de nuire le plus possible à Cecelia Winters.

Sans bruit, Deacon revint sur ses pas, se coulant telle une ombre le long de la lisière des arbres qui bordaient la cour jusqu'à atteindre l'arrière de la grange. Les deux hommes avaient pris de l'assurance maintenant, ils parlaient un peu moins bas tandis qu'ils s'affairaient pour mettre leur stupide plan à exécution.

Une odeur d'essence emplit l'air. L'un des deux avait commencé à répandre le combustible devant la grange.

Ça suffit comme ça.

En silence, Deacon s'avança derrière l'homme qui tenait le bidon et posa le canon de son arme contre sa nuque.

— Pas un geste.

Le type, l'air, tout s'immobilisa l'espace d'un instant. Cet instant suspendu dans le temps que Deacon ne connaissait que trop bien. La réaction n'allait pas tarder.

— Si votre ami tente de gratter une allumette, s'il fait *le moindre geste*, je vous tire une balle dans la tête, gronda-t-il.

L'homme retint son souffle, puis appela :

— Hé ! Mac !

— Si vous tirez, contra le deuxième homme, celui qui répondait au nom de Mac. Je tire aussi.

Deacon pressa l'arme plus fort contre la tête de l'homme au bidon.

— Je n'aimerais pas être à votre place, l'ami.

Un coup de feu déchira la nuit.

L'homme au bidon lâcha le récipient et détala.

Deacon soutint le regard de son compagnon. La lueur pâle de la lune scintillait sur le canon de son arme.

— Je vous laisse encore une chance de filer, déclara-t-il, les pieds fermement plantés au sol.

— Il y a quelqu'un ? lança la voix, un peu anxieuse, de Cecelia.

Il reconnut le son du fusil qu'elle rechargeait.

La tension de Deacon grimpa d'un cran.

— Je vous préviens, j'ai appelé le shérif ! cria encore Cecelia.

Les deux hommes se mesurèrent du regard pendant encore une seconde puis Mac lâcha pied et, sans demander son reste, s'élança à son tour vers les bois.

Deacon le laissa partir. Mieux valait cela plutôt que déclencher une fusillade. Les deux hommes étaient des amateurs, de toute évidence. Probablement payés, ou incités d'une façon ou d'une autre, pour incendier la grange afin de terrifier la propriétaire des lieux.

— Ne tirez pas, c'est moi ! cria Deacon en rangeant son arme et en quittant l'ombre de la grange pour qu'elle puisse le reconnaître.

Elle abaissa le fusil et alluma la lumière du porche.

— J'ai entendu des voix, puis un coup de feu.

— Oui. Vous aviez de la compagnie.

Il s'avança jusqu'au porche, promenant son regard sur les arbres.

— Il nous faut un tuyau d'arrosage.

Tout en l'aidant à dérouler ce dernier, il expliqua qu'il avait entendu un coup de feu, avait accouru et était tombé sur ces visiteurs nocturnes. Ce n'était pas l'exacte vérité mais elle n'avait pas besoin d'en savoir plus. Elle était saine et sauve, et les fauteurs de trouble avaient détalé, pour le moment.

Au jet d'eau, Deacon dilua l'essence qui avait été aspergée sur le bas du mur de la grange, puis il reposa le tuyau et la suivit à l'intérieur. Elle avait enfilé à la hâte son jean sous sa chemise de nuit, et ses boucles flamboyantes étaient tout emmêlées. Elle agrippait toujours son fusil, mais avait commencé à trembler. L'adrénaline refluait, laissant place à l'émotion, à la peur. Deacon lui prit l'arme des mains et alla la ranger. Juste à temps, car deux adjoints du shérif arrivèrent, prirent leurs dépositions, puis allèrent jeter un coup d'œil autour de la maison. Le bidon abandonné fournirait peut-être des empreintes. L'homme qui avait arrosé la grange d'essence ne portait pas de gants. Ce qui prouvait bien à quel point il avait été bêtement sûr de son coup. Il ne s'était pas attendu à être pris la main dans le sac.

Deacon fournit une description détaillée des deux hommes. Il n'avait pas vu leur véhicule. En fait, il n'avait pas *entendu* de bruit de moteur. Or, le son portait loin la nuit, surtout à la campagne où tout était silencieux à cette heure tardive. Ils avaient dû se garer loin pour ne pas trahir leur présence.

Les adjoints assurèrent Cecelia qu'ils feraient leur possible pour identifier les intrus, mais Deacon doutait qu'ils y parviennent si les empreintes du porteur du bidon n'étaient pas répertoriées dans le fichier. Et il aurait donné sa main à couper qu'elles ne l'étaient pas, sinon l'homme aurait été plus précautionneux. En général, les gens qui étaient passés par la case prison faisaient de leur mieux pour ne pas y retourner.

Quand les adjoints furent repartis, Cecelia le considéra pendant un long moment avant de trouver le courage de dire le fond de sa pensée.

— Je ne comprends toujours pas pourquoi vous en faites autant pour moi.

Heureusement, il s'y était attendu.

— Nous sommes voisins. Quand j'entends un coup de feu, vous voudriez que je fasse comme si de rien n'était ?

Elle cligna des paupières, considéra son explication pendant quelques instants.

— Et donc, le fait que vous soyez mon voisin fait de vous mon protecteur attitré ?

Elle était presque en colère maintenant. Il avait devant lui une femme qui n'avait pas l'habitude de voir quelqu'un tendre la main à autrui sans raison apparente. Elle était soupçonneuse... et à juste titre.

— Je pourrais vous dire que mon père m'a appris à me montrer secourable et chevaleresque, notamment vis-à-vis des dames.

À son expression, il comprit que ça n'allait pas suffire.

— Quand j'ai acheté la maison Wilburn, j'ai fait la connaissance de votre avocat, Frasier. Il était venu ici, chez vous, jeter un coup d'œil. Je me suis arrêté pour me présenter, croyant avoir affaire à mon nouveau voisin, et il m'a expliqué la situation. Au cours de la conversation, il m'a demandé de bien vouloir avoir un œil sur vous lorsque vous seriez libérée. J'ai accepté.

Le masque de scepticisme vacilla quelque peu sur son visage expressif.

— C'était quelqu'un de bien. Il a vraiment essayé de m'aider.

— Je ne le connaissais pas comme vous mais il m'a donné l'impression de vous être tout dévoué.

Elle se détendit.

— Je crois qu'il était amoureux de ma grand-mère. Il a dû se sentir tenu de veiller sur moi à cause de ses sentiments pour elle, j'imagine.

Elle resserra les bras autour de son corps mince.

— Je ne maîtrise pas ce que les uns ou les autres pensent de moi.

— D'après vous, certains ont-ils des raisons d'être fâchés contre vous ?

Elle releva le menton d'un air de défi.

— Manifestement, certains *pensent* en avoir.

— Vous n'avez pas répondu à ma question.

— Je boirais bien quelque chose. Pas vous ?

Pris de court, il la suivit jusque dans la cuisine. Elle se pencha et tira une bouteille de bourbon d'au-dessous de l'évier. Il avait remarqué sa présence la première fois qu'il était venu fouiller la maison. Sa grand-mère devait toujours en garder une ici, à portée de main, pour des raisons thérapeutiques.

Elle en versa une rasade dans deux verres et lui en tendit un.

— Merci.

Il accepta le verre.

— Inutile de me remercier.

D'un trait, elle vida le contenu du sien, grimaça puis le reposa sur le comptoir.

— Dieu sait que j'en ai rêvé plus d'une fois, mais je n'ai pas tué mon père.

Elle exhala un grand soupir comme si le fait de formuler ces mots à voix haute la soulageait d'un fardeau qu'elle portait depuis beaucoup trop longtemps.

Il but à son tour, songeant qu'il aurait bien fait suivre ce premier verre d'un second, mais opta pour le reposer.

— Vous avez payé pour quelqu'un d'autre.

Elle s'adossa au comptoir.

— C'est ce que je pense, oui, même si je n'ai pas la moindre idée de l'identité du vrai coupable. La mort de mon père ne m'a pas attristée – au contraire. Pendant un certain temps, je me suis même moquée éperdument de qui avait bien pu lui régler son compte. J'étais persuadée que la justice apporterait la preuve que j'étais innocente… puisque je l'étais. Mais les choses ne se sont pas passées ainsi.

À la surprise de Deacon, elle attrapa de nouveau la bouteille et se resservit. Le bras en l'air au-dessus de son verre, elle l'interrogea du regard mais il déclina l'offre. Elle n'avait sans doute pas bu une goutte d'alcool depuis plus de huit ans mais ce n'était pas son cas, à lui, et l'un d'eux devait garder les idées claires.

— Et donc, vous avez attendu.

Il prit lui aussi appui contre le comptoir, de l'autre côté de l'évier.

— Mais, d'après la police, toutes les preuves étaient contre moi. J'avais toujours été le mouton noir de la famille donc je n'ai pas été surprise quand Marcus et Sierra se sont retournés contre moi. Levi a été le seul à me soutenir.

— Existait-il des preuves matérielles ou n'étaient-elles qu'indirectes ?

Il connaissait la réponse mais voulait entendre ses arguments de sa bouche. Et puis, il ne devait pas éveiller ses soupçons en dévoilant tout ce qu'il savait.

— Les mois qui ont précédé le meurtre de mon père, nous avons eu plusieurs disputes. Lors de l'une d'elles, au moins, j'ai déclaré que j'aurais voulu le voir mort. C'était vrai. Je voulais *vraiment* qu'il meure. Je le détestais. Parce qu'il avait rendu ma mère malheureuse. Parce qu'elle était morte et lui, toujours en vie. Je le détestais pour ce qu'il avait fait à notre famille – il nous avait montés les uns contre les autres.

Elle haussa les épaules.

— Bref, je le haïssais, point.

— Ce que vous décrivez là, ce ne sont pas des preuves factuelles irréfutables. Il devait y avoir autre chose.

— Il avait appelé. Disant qu'il voulait me voir. Ma grand-mère m'avait mise en garde et conseillé de ne pas y aller. Elle pensait qu'il allait tenter de me faire revenir dans le giron familial – autrement dit, de me faire rentrer dans le rang.

Elle se détourna, prenant appui sur le comptoir, le regard perdu dans l'obscurité, de l'autre côté de la fenêtre de la cuisine.

— J'aurais dû l'écouter. Elle m'avait raconté tout ce qu'il avait dit et fait à ma mère…

Un moment de lourd silence s'écoula tandis qu'elle demeurait immobile, abîmée dans ses pensées.

Pour l'arracher à ses souvenirs, il finit par demander :

— Pourquoi n'en avez-vous rien fait ?

— J'imagine que, jusqu'au bout, une part de moi a espéré

trouver en lui une facette moins sombre. Levi vivait tout cela très mal. Il méprisait notre père mais avait besoin de lui. Il était très jeune et avait besoin d'une figure paternelle.

Elle secoua la tête.

— Non que notre père ait été un modèle du genre, loin de là. Mais Levi ne pouvait s'empêcher de lui être malgré tout attaché. Bref… J'y suis allée. En me disant que, peut-être, avec un peu de chance, il serait revenu sur sa position, se montrerait plus raisonnable.

— Mais quelqu'un était passé avant vous ?

Elle hocha la tête.

— Quand je suis arrivée, il agonisait. Il avait reçu plus d'une douzaine de coups de couteau.

Elle prit une grande inspiration.

— Le rapport d'autopsie en a mentionné dix-neuf, je crois.

Deacon avait vu les photos de la scène de crime. Une scène particulièrement sanglante. Des dizaines de personnes étaient venues sur les lieux avant l'arrivée des forces de l'ordre, au nombre desquelles le frère aîné de Cecelia ainsi que d'autres membres de la congrégation.

— J'avais beau le haïr, j'ai quand même essayé de faire quelque chose, de stopper l'hémorragie. De pratiquer un massage cardiaque quand il a cessé de respirer.

Elle retomba dans le silence une nouvelle fois.

— Il ne vous a rien dit ?

— Si. À vrai dire, je ne sais pas s'il s'adressait spécifiquement à moi…

— Qu'a-t-il dit ? l'interrompit Deacon.

La réponse à cette question figurait elle aussi dans le dossier. Et cette réponse était l'unique élément de toute l'affaire qui posait problème à Deacon. Winters était déjà mort à l'arrivée de la police et des secours. Personne n'aurait pu savoir quelles avaient été ses paroles si Cecelia n'en avait pas fait état dans sa déposition. Il se demanda si elle l'avait regretté par la suite.

— Il répétait toujours la même chose.

Elle se tourna vers lui, croisa son regard.

— « Toi. » Il ne cessait de répéter : « Toi. » Comme s'il avait quelque chose à me dire ou à me reprocher mais qu'il ne parvenait pas à aller jusqu'au bout de sa phrase.

— Et vous n'avez aucune idée de ce que ça pouvait être ?

Elle secoua la tête.

— Nous n'étions pas en bons termes, nous ne nous parlions même pas. De l'avis de Me Frasier, ça ne signifiait probablement rien. Il agonisait. Peut-être que c'était simplement le seul mot qu'il arrivait à prononcer... Ou peut-être qu'il avait l'esprit confus, désorienté, qu'il ne s'adressait pas réellement à moi. Il est possible qu'il ne m'ait même pas reconnue.

— Qui, à part vous, avait des raisons de vouloir sa mort ?

— C'est là le plus étrange.

Elle ferma les yeux comme si l'effet du bourbon commençait à se faire sentir.

— Ses disciples le vénéraient. Bien sûr, bien des gens, dans cette ville, n'adhéraient pas à ses croyances mais ils se bornaient à l'ignorer. Pour autant que je sache, il n'avait pas d'ennemis jurés. Et rien ne manquait dans la maison. Quelqu'un était entré, l'avait sauvagement poignardé et était reparti.

— Les autorités ont dû vous expliquer que les conditions dans lesquelles le meurtre a été perpétré évoquent un crime passionnel. Il y avait beaucoup d'émotion en jeu. Le tueur devait être dans un état de surexcitation – de transe. Il n'était plus maître de ses pensées ni de ses actes.

Elle parut fouiller dans sa mémoire pendant quelques instants.

— Non, je n'ai pas le souvenir que quelqu'un m'ait dit ça.

Deacon chassa la pensée qui lui traversait l'esprit.

— Quand vous êtes entrée et que vous l'avez trouvé là, avez-vous remarqué des empreintes de pas dans le sang, autour de lui ? Un tueur qui perd les pédales et commet un meurtre dans un tel état de frénésie oublie tout le reste – comme, par exemple, d'éviter de laisser des traces.

Elle se frotta les yeux des mains puis passa les doigts dans ses boucles. Son visage était net, pur comme celui d'une enfant. Pas de maquillage, même pas un soupçon de mascara. Elle avait les ongles coupés court, dépourvus de vernis. Elle semblait si fraîche, si innocente. La femme qui se tenait là, devant lui, ne correspondait en rien à l'image qu'il s'était forgée d'elle.

— Je n'ai pas vu de marques de pas, non. Quand on m'a interrogée, l'un des adjoints a souligné qu'il n'y avait pas de traces de lutte. Pas de meubles renversés, rien de cassé. Il était juste étendu là, sur le sol du séjour, baignant dans son sang.

— Et personne n'a trouvé ça bizarre ?

Cette idée ennuyait Deacon plus qu'il ne voulait se l'avouer.

— En tout cas, si tel a été le cas, personne ne m'en a rien dit. D'après ce que m'a rapporté Me Frasier, ils ont pensé que j'avais caché le couteau sous mon pull pour entrer et qu'il s'était effondré dès le premier coup que j'avais porté. Que c'était pour ça qu'il ne s'était pas défendu.

Comme elle croisait les bras, il nota le tremblement de ses mains, qu'elle s'empressa de dissimuler sous ses coudes.

— Ils n'ont relevé aucune empreinte, continua-t-elle. Rien qui désigne qui que ce soit… Excepté moi.

— Frasier semblait de l'avis que la police n'avait pas réellement mené l'enquête, souligna Deacon. Parce qu'ils étaient persuadés de tenir leur coupable.

— C'est exactement ce qui s'est passé.

Elle croisa de nouveau son regard, la détermination se lisant dans ses yeux.

— Je ne dis pas qu'ils n'ont rien fait du tout, mais ce n'était pas suffisant.

— Les policiers aussi commettent des erreurs, lâcha-t-il.

Elle fronça les sourcils comme si quelque chose de significatif venait juste de lui revenir en mémoire.

— Vous connaissiez Me Frasier, n'est-ce pas ?

Il hésita un moment, soupesant le pour et le contre.

— Je lui ai parlé une ou deux fois après l'avoir rencontré ici, reconnut-il.

Un éclair passa dans le regard de Cecelia, comme une illumination.

— C'est vous, le détective privé qu'il avait engagé, n'est-ce pas ?

Cela avait été son premier mensonge à son arrivée à Winchester. Il s'était arrangé pour croiser le chemin de Frasier. Il s'était fait passer pour un « ancien agent du FBI » ayant ouvert son agence de détective privé et s'intéressant à l'affaire Winters.

— Oui.

— Pourquoi ne pas me l'avoir dit ?

— Me Frasier est mort. Ce qui a marqué la fin de mon enquête.

— Mais avez-vous découvert quelque chose ? Êtes-vous parvenu à une quelconque conclusion que je ne connaisse pas ?

Elle n'était pas contente de ses cachotteries.

— Non. Nous avons beaucoup parlé de l'affaire ensemble et de la façon dont l'enquête avait été conduite il y a huit ans.

— Donc, toutes ces questions que vous m'avez posées, c'était pour voir ce que je vous répondrais, déclara-t-elle d'un ton qui sonnait comme une accusation.

— C'est vrai. Les vieilles habitudes ont la vie dure.

— Votre opinion est déjà faite. Vous avez décidé que je ne pourrais rien toute seule.

Encore une accusation.

— Si, vous pouvez faire des tas de choses, Cecelia. La question est : cela changera-t-il quoi que ce soit ?

Il était de l'avis que non.

— Je ne l'ai pas tué, répéta-t-elle.

À son corps défendant, il la crut.

— À condition que vous me disiez tout, je verrai si je peux vous aider à trouver la vérité.

— Comment ça, que je vous dise tout ?

— Que vous me révéliez *votre* vérité, que vous me donniez accès au dossier.

— Vous ne l'avez pas vu ?

— Pas à travers vos yeux.

Elle se tut un moment, réfléchissant à toute vitesse, la pulsion à la base de son cou s'accélérant furieusement.

— D'accord. Par quoi commençons-nous ?

— Pour l'instant, par dormir. Vous avez eu une rude journée. Je reviendrai demain matin, et on discutera... On verra à ce moment-là.

— Entendu.

— Bonne nuit. À demain matin.

Il était presque à la porte lorsque la voix de Cece l'arrêta.

— Merci.

Il jeta un coup d'œil par-dessus son épaule, étudiant l'image de cette femme qui semblait si seule, si inquiète et si... Bon sang, oui, si *innocente*.

Ce n'était pas possible. Elle ne pouvait pas l'être à ce point.

5

Samedi 3 août

Vingt-quatre heures.

Il n'y avait pas vingt-quatre heures qu'elle était de retour et, déjà, des gens lui avaient jeté des pierres et avaient essayé de mettre le feu à sa grange.

— Tu perds ton temps, Cece, murmura-t-elle pour elle-même.

Elle resserra son emprise autour de sa tasse de café et se détourna de la fenêtre de la cuisine, au-dessus de l'évier. Pendant toutes ces années de détention, elle s'était dit qu'elle se moquait de ce que les gens pouvaient bien penser. Qu'elle se fichait bien que personne ne croie à son innocence. Que l'opinion des autres était le cadet de ses soucis.

Mais c'était faux.

Elle s'était menti. Les gens d'ici l'avaient toujours connue. Certains de ses professeurs, au lycée, avaient cru en elle, lui avaient donné le sentiment d'être intelligente, pertinente. Deux d'entre eux l'avaient même poussée à poursuivre des études supérieures, mais elle avait su que cela n'arriverait pas. Il n'y aurait jamais assez d'argent. Cependant, tout au fond d'elle, elle ne voulait pas que ces professeurs voient en elle une meurtrière.

Dans le séjour, elle contempla son reflet dans le miroir,

près de la porte d'entrée. Elle faisait plus que ses vingt-huit ans. Elle avait les traits tirés. Elle était fatiguée. Lasse de cette vie alors qu'elle avait encore à peine eu l'occasion d'y goûter ! Que pouvait penser un homme comme Deacon Ross quand il posait les yeux sur elle ? Voyait-il une femme ? Ou une gamine paumée qui n'avait rien d'autre que cette vieille bicoque et le terrain sur lequel elle était construite ?

Elle battit des paupières et chassa cette pensée. C'était un gentil voisin, prévenant, un homme qui avait promis à l'ami avocat de sa grand-mère de veiller sur elle. Sans doute la considérait-il comme une obligation – un engagement qu'il devait désormais regretter d'avoir pris.

— Ne commence pas, Cece.

Elle se détourna du miroir et se dirigea vers le petit secrétaire où sa grand-mère s'installait pour écrire son courrier. Jusqu'au jour de sa mort, celle-ci avait privilégié l'expression écrite, maudissant les téléphones portables et Internet qui, affirmait-elle, sonneraient le glas de la politesse et de la civilité.

Cece trouva un bloc-notes et un stylo. Même s'il n'y avait que vingt-quatre heures qu'elle était libre, une chose lui apparaissait certaine : elle avait besoin de quelque chose, un projet sur quoi se concentrer au-delà de la seule recherche de la vérité. Sa grand-mère lui avait confié cette maison – celle qu'elle s'était battue pour conserver et entretenir pendant toutes ces années, une fois devenue veuve. Que Cece reste ou non, elle se devait d'en prendre soin. Les améliorations apportées constitueraient un placement si elle finissait par décider de partir et de la vendre.

Ce seul mot sonnait dans son esprit comme une trahison. Mais, quel que soit son choix, Emily l'aurait compris, Cece le savait. Elle le lui avait dit et répété lettre après lettre.

— Peinture, énonça-t-elle avec conviction en notant le mot sur son papier.

Ensuite, elle inscrivit : « Toit » et « Revêtement extérieur ». Deacon avait offert de lui prêter main-forte, se souvint-elle.

Elle en ferait le plus possible toute seule avant de le prendre au mot. Elle se rappelait les membres de la congrégation de son père allant proposer leur aide aux personnes âgées pour réaliser ce type de travaux d'entretien. Curieusement, personne ne s'était porté volontaire pour venir assister sa grand-mère.

— Comme si c'était surprenant, marmonna-t-elle.

Les ouailles de son père n'étaient pas des gens bien, animés par l'altruisme.

C'étaient des adeptes de la haine et de la cruauté que Mason Winters avait portées en étendard.

Bien qu'elle ne l'ait pas tué, elle était heureuse qu'il ne soit plus là. Soulagée de ne pas avoir à se lever le matin en redoutant de le croiser ou de le voir débarquer à l'improviste pour la torturer de ses paroles fielleuses.

Comme elle ouvrait la porte d'entrée et sortait jeter un coup d'œil au toit et au revêtement, la vision d'une fourgonnette s'arrêtant dans l'allée la stoppa net dans son élan.

— Bonjour ! lança d'un ton jovial l'homme en uniforme qui en sortit et se dirigea vers l'arrière du véhicule portant le logo d'une société de livraison. Vous êtes Cecelia Winters ?

— Oui... Bonjour, répondit-elle, désarçonnée, en se demandant qui pouvait bien lui envoyer quelque chose.

Le livreur empila trois gros colis sur un diable qu'il poussa jusqu'au bas des marches. Il lui présenta un formulaire.

— Si vous voulez bien signer ici...

— Qui est l'expéditeur ? demanda-t-elle, perplexe.

— Clarence Frasier.

Cece écarquilla les yeux.

— C'est impossible. Me Frasier est mort il y a deux mois.

Le livreur haussa les épaules.

— Vous devriez appeler l'adresse de son bureau si vous voulez en savoir plus. Ce sera ouvert lundi matin.

Avec un signe d'assentiment, elle apposa sa signature et lui rendit le formulaire.

— Merci.

Le regard du livreur alla des colis jusqu'à elle.

— Écoutez, je ne suis pas censé entrer chez les clients, mais je peux porter ces boîtes jusqu'à votre entrée, si vous voulez.

— C'est gentil, je vous remercie. Elles ont l'air lourdes.

— Aucun problème, dit-il, un sourire éclairant son expression.

Il ne savait pas qui elle était, de cela elle était certaine. Sinon, jamais il ne lui aurait adressé ce sourire naturel, dénué d'arrière-pensée.

Sans perdre de temps, il porta les boîtes, l'une après l'autre, jusque sur le perron, avant de les charger de nouveau sur son diable qu'il fit rouler jusque dans l'entrée. Son chargement déposé, il ressortit et redescendit les marches rapidement, avec l'efficacité d'un professionnel qui connaît son travail.

— Bonne journée ! lança-t-il en remontant dans sa fourgonnette.

Cecelia le salua d'un geste de la main et attendit qu'il se fût engagé sur la route, au bout de l'allée, pour rentrer, claquer la porte derrière elle et donner un tour de clé. Deacon lui avait recommandé de garder les portes verrouillées en permanence. Et, après l'intrusion de la veille, elle entendait bien suivre son conseil à la lettre. Heureusement qu'il y avait le petit climatiseur de fenêtre et les ventilateurs de plafond sans quoi elle aurait fondu.

Munie d'un couteau à la lame aiguisée, elle coupa les bandes en plastique qui maintenaient les colis fermés. Chacun d'eux contenait des boîtes d'archives. Elle les aligna les unes à côté des autres sur le sofa et en retira les couvercles. Dans l'une d'elles, au-dessus des dossiers, elle trouva une enveloppe non cachetée, libellée à son nom.

Elle en souleva le rabat. C'était une lettre manuscrite, rédigée par Me Frasier.

Cecelia,

Si c'est une tierce personne qui t'a apporté ces colis, c'est que je suis mort – d'une cause naturelle vraisemblablement, sans doute une crise cardiaque. Mon médecin m'exhorte depuis des lustres à surveiller davantage ma tension, j'aurais dû l'écouter.

Tout d'abord, ta grand-mère t'a laissé une somme non négligeable à la First Union. D'après le dernier relevé que j'ai vu, elle se montait à un peu plus de cinquante mille dollars. Elle aurait voulu que tu t'achètes un véhicule en meilleur état que ce satané vieux tacot. Elle ne l'a jamais aimé, comme tu le sais.

L'air se bloqua dans la gorge de Cece. Les larmes emplirent ses yeux quand elle pensa à celle qui s'était comportée en parent bien davantage que l'homme qui s'était glorifié de son titre de père.

Fais-en bon usage. La maison étant payée, cela devrait te permettre de repartir d'un bon pied. De plus, ta grand-mère t'a laissé le montant qui t'avait été accordé par le Fonds de bourses d'études en vue de tes études universitaires. Cette somme ne peut pas être utilisée à d'autres fins, elle a fait en sorte qu'il en soit ainsi. Elle avait conscience de ton potentiel et voulait que tu puisses l'exploiter au mieux. Ne la déçois pas.

Pour terminer, tu trouveras dans ces archives mes dossiers concernant ton affaire. Je voulais que tu les aies pour que tu comprennes à quel point les faits étaient contre toi. Tu as désormais purgé ta peine. Ne perds plus de temps avec cette histoire. Va de l'avant, tourne la page. Prouver ton innocence ne te rendra pas ces huit années.

Le souhait le plus cher de ta grand-mère était que tu sois heureuse. Exauce son vœu, Cece. Pour elle et pour toi.

Bien à toi,

Clarence Frasier

Cece essuya les larmes qui coulaient sur ses joues. L'université. Elle n'avait même pas osé envisager de pouvoir y aller. Elle avait suivi quelques cours en prison, mais s'était estimée trop âgée pour entrer à l'université. Ce qui était faux, elle le savait. Des tas de gens bien plus âgés qu'elle reprenaient – ou entamaient – des études sur le tard.

Elle reprit son souffle d'une inspiration saccadée et posa la lettre sur la table basse. Elle se frotta nerveusement les paumes sur son jean puis ouvrit le premier dossier de la première boîte. Il contenait une copie du rapport d'arrestation ainsi que sa magnifique photo anthropométrique.

Seigneur, comme elle semblait jeune... Elle n'avait que dix-neuf ans. Une gamine. Des bribes de souvenirs s'entrechoquèrent dans sa tête comme autant de petites explosions.

Ses mains trempées de sang...

Son père répétant en la regardant : « Toi. »

Et puis plus rien.

La police était arrivée. L'avait soumise à un feu roulant de questions. Les plus proches adeptes de son père avaient défilé les uns après les autres, lançant des imprécations contre elle, priant avec ferveur, puis l'accusant de nouveau. Puis Marcus était venu. Il s'était déchaîné contre elle.

« Regarde ce que tu as fait ! »

On lui avait passé les menottes. L'adjoint lui avait récité ses droits tandis qu'ils l'emmenaient hors de la maison de son père, couverte de son sang.

Elle se souvenait avoir été poussée à l'arrière de la voiture de patrouille. Elle entendait encore le claquement sec, irrévocable de la portière qui se refermait sur elle. Le crépitement de la radio dans l'habitacle, le grésillement de voix qui formulaient des codes et des mots qui lui avaient été étrangers à l'époque mais dont elle ne connaissait que trop bien le sens aujourd'hui.

« Homicide » ; « Prévenue » ; « En état d'arrestation ». Et d'innombrables autres expressions qui ne signifiaient que deux choses : qu'un homme était mort, assassiné, et qu'ils tenaient la coupable.

Fin de l'histoire.

À ceci près que tout était faux. C'était une monumentale erreur. Un piège. Un mensonge.

Sous l'effet de la fureur, ses lèvres se crispèrent. Elle irait à l'université, exactement comme sa grand-mère l'avait souhaité. Mais, d'abord, elle avait une histoire à réécrire.

Son histoire.

Deacon regardait l'écran de son ordinateur. Cece était assise sur le sofa, les dossiers ouverts sur la table basse devant elle, alternant entre pleurs et jurons.

Une part de lui s'en voulait d'avoir posé des caméras chez elle et de l'épier en privé, dans des moments comme celui-ci. Il chassa ces scrupules. Il n'y avait pas de place pour le sentimentalisme. Il avait besoin de connaître la vérité. Éprouver de la sympathie – ou, plutôt, cette fichue attirance qui le poussait vers elle – ne ferait qu'aller à l'encontre de son objectif. L'important, c'était de garder les faits, purs et durs, bien présents en mémoire. Dix ans qu'il travaillait pour le FBI. Dix ans d'entraînement, de dur travail. Un entraînement qui lui avait appris à ne pas s'impliquer personnellement.

Mais, si intensif qu'il ait été, il n'avait pas suffi à l'en empêcher cette fois.

Il avait passé des mois à lire tout ce qu'il pouvait trouver sur cette femme. À l'observer en prison. Le directeur l'avait autorisé à passer voir comment se comportait la prisonnière quand il le voulait. Il avait aussi pu lire les rapports d'incidents, interroger le personnel pénitentiaire et ses codétenues.

Il n'ignorait donc rien de la plupart des choses qui lui étaient arrivées derrière ces satanés murs. Bien sûr, les incidents survenus n'étaient pas tous signalés. Les détenues avaient leur propre code. Cece avait fini par comprendre les règles du jeu. C'était le seul moyen de survivre – et, à n'en pas douter, elle était une survivante.

L'une des surveillantes dont il avait graissé la patte pour garder un œil sur elle lui avait parlé du gardien qui avait tenté de violer Cece au début. Une codétenue lui était venue en aide juste à temps. Il s'était avéré que la « bonne samaritaine » qui lui avait porté secours avait été payée par l'avocat, Clarence Frasier, pour veiller sur elle. Enfin, pas payée au sens littéral mais de façon détournée puisqu'il s'était occupé de sa mère et de ses deux enfants en échange du service rendu.

Frasier ne serait pas allé jusque-là s'il n'avait été convaincu de l'innocence de Cece.

C'était bien là ce qui tracassait Deacon. L'absolue certitude de l'avocat de l'innocence de Cecelia Winters ne cadrait pas avec le scénario élaboré par l'ancien shérif.

Deacon n'avait d'abord pas prêté attention à cette discordance. Mais, au cours des dernières vingt-quatre heures, son assurance avait commencé à s'effriter. D'une certaine manière, Cecelia avait réussi à percer une brèche dans ses défenses, à lui donner envie de croire qu'elle était innocente. Cela s'était produit quand il l'avait rencontrée pour la première fois en chair et en os. Tous ces mois qu'il avait passés à la surveiller de loin, à analyser les dossiers – ceux-là mêmes sur lesquels elle était présentement penchée – ne l'avaient pas préparé au face-à-face.

Il émanait d'elle une honnêteté foncière, et il s'en voulait d'en avoir eu une conscience aussi aiguisée dès le premier instant.

Il se passa une main sur le menton et détourna les yeux comme elle enfouissait le visage dans ses mains et se mettait à sangloter.

Où était la femme calculatrice, malveillante qu'il s'était attendu à découvrir ? Celle qu'il avait vue tenir vaillamment tête aux autres détenues, en prison ? Celle qu'il avait regardée prendre son mal en patience sans faire de vagues durant ses derniers mois de captivité ?

Comment avait-il pu voir cette facette-là de Cecelia et non celle qu'il avait maintenant sous les yeux ?

Il ferma les paupières comme la réponse résonnait en lui.

Elle avait porté un masque, joué les dures à cuire, pour pouvoir tenir le coup en prison. Il aurait dû comprendre, reconnaître la tactique mais il n'avait pas voulu voir la vérité. Il n'avait voulu voir que la tueuse impitoyable qu'il l'imaginait être.

Il avait visionné la vidéo de son interrogatoire, quand on la questionnait à propos de son partenaire. Elle avait assuré ne pas le connaître. Ne l'avoir jamais vu. Mais elle mentait. Deacon l'avait lu dans ses yeux.

Qu'elle ait ou non été mêlée à la disparition de Jack, elle détenait des informations concernant ce qui lui était arrivé.

Bon sang, il découvrirait ce que c'était.

Fermant son ordinateur, il attrapa son chapeau et sortit. Il aurait mieux fait de rester là où il était, à la surveiller de loin.

Mais cela ne suffirait pas.

Il devait être au plus près.

Plutôt que de marcher, il se rendit chez elle en voiture. Pendant le court trajet de quatre-vingt-dix secondes, il élabora le prétexte parfait de « s'arrêter comme il passait par là ». Facile. Il en avait préparé des dizaines du même genre pendant la longue phase préparatoire de sa stratégie. Il n'avait plus qu'à puiser dans le stock.

Il se gara, monta les marches et frappa à la porte.

Elle mit du temps à répondre. Sans doute parce qu'elle tentait d'effacer les traces de pleurs de ses joues et de reprendre contenance. Lorsqu'elle ouvrit enfin, il constata que ses efforts avaient été vains.

— Bonjour. Je vais en ville faire quelques courses… Je me suis dit que vous auriez peut-être besoin de peinture.

Il accompagna ses paroles d'un mouvement du menton,

désignant la porte, où les lettres rouges du mot « Meurtrière » transparaissaient encore sous le blanc, conférant à l'accusation un aspect fantomatique.

Ce mot, il l'avait inscrit avec de la peinture rouge qu'il était allé acheter dans une grande surface de bricolage choisie à dessein loin de Winchester afin qu'elle trouve ce message à son arrivée, qu'elle se sente submergée par la honte et la culpabilité.

Par la suite, en regardant Cece le recouvrir, le remords l'avait gagné.

Et maintenant, elle était là, sur le seuil de cette maison, les yeux rougis par les larmes qu'elle n'avait pas cessé de verser pendant sa lecture, et il s'en voulait davantage encore.

Pis, il était furieux de s'en vouloir.

Le comble !

Elle s'humecta les lèvres, s'obligea à les incurver d'un sourire incertain.

— Oh oui ! Ce serait super. De la peinture blanche pour extérieur. Attendez, je vais vous donner l'argent.

Elle se tourna et disparut à l'intérieur avant qu'il ait pu l'arrêter. Elle avait trouvé les billets que sa grand-mère avait cachés à son intention.

Il y en avait davantage mais il n'était pas absolument certain qu'elle le sache déjà.

Il avait discuté avec sa grand-mère. Cette brave femme avait paré Cece de toutes les qualités, bien sûr. Elle adorait sa petite-fille. Il avait prétexté vouloir l'aider. Avoir menti à la vieille dame le taraudait encore, même maintenant.

Cette dernière année, il avait fait beaucoup de choses qu'il n'aurait jamais dû faire. Par deux fois, il avait essayé d'oublier, de passer à autre chose. Il était parti, se disant qu'il stoppait là, que tout était terminé. Puis, une semaine ou deux après, il était revenu, s'était remis à la surveiller, à se renseigner discrètement. En quête de cette vérité qui persistait obstinément à lui échapper.

Il devait être complètement fou.

Elle reparut sur le seuil et lui tendit un billet de cent dollars.

— Je n'ai aucune idée de ce que vaut un pot de peinture aujourd'hui. Et j'aurais aussi besoin d'un pot de primaire, vous savez, ce produit qui masque les taches.

Il nota que ses doigts étaient agités d'un léger tremblement. Avant qu'il ait pu se retenir, sa main se posa sur la sienne.

— Pourquoi êtes-vous tellement nerveuse ?

Le fait que son corps tout entier aspire à presser contre lui bien davantage que sa seule main accentua encore son malaise et la colère qu'il éprouvait contre lui.

— J'ai reçu les dossiers que m'a fait parvenir le cabinet de mon avocat. Je viens de les parcourir et...

Elle secoua la tête.

— Désolée.

Elle chassa le nouveau flot de larmes qui débordaient de ses yeux.

— Je ne sais pas pourquoi je me mets dans cet état. Je n'ai rien lu que je ne savais déjà, pourtant.

Elle haussa ses frêles épaules.

— Mais lire le compte rendu mot pour mot de ce que mon frère et ma sœur ont dit de moi a été... plus douloureux que je ne l'aurais cru. C'est ridicule, je sais. J'ai entendu ce qu'ils ont répondu au procureur au tribunal – j'étais dans le box des accusés. Mais c'était il y a si longtemps... et tout est un peu flou et irréel dans mon esprit. Là, il n'y avait rien pour amortir le choc des mots.

— On peut être blessé par les propos des gens – y compris ceux qu'on croit connaître.

Elle leva les yeux vers lui. Des yeux agrandis par la tristesse et l'incertitude.

— J'ai fait de mon mieux pour être la meilleure fille, la meilleure sœur possible, mais je ne pouvais pas être telle qu'ils auraient voulu que je sois.

Elle baissa les yeux et secoua la tête.

— Pas même pour Levi. Je suis partie en les laissant, lui et Sierra, avec ce salaud alors qu'ils n'étaient que des gamins.

Le pouce de Deacon caressa l'intérieur de son poignet.

— Vous aussi, vous n'étiez qu'une gamine.

— Une gamine, oui, répéta-t-elle avec un petit rire amer. Qui a été inculpée du meurtre de son père à dix-neuf ans. Et a laissé sa sœur et son frère cadets se débrouiller tout seuls à seize et quinze. Il faut croire que je n'étais pas si bien que ça. Ce n'est pas le genre de chose que font les gens bien.

Il relâcha sa main avant de se ridiculiser davantage encore.

— Voulez-vous aussi un pinceau ? Une bâche ? Quelque chose d'autre ?

Elle lui fourra le billet dans la main.

— Oui, merci.

— D'accord. Je vous rapporte tout ça.

Tournant le dos, il s'apprêtait à s'éloigner lorsqu'elle l'arrêta d'une question.

— Deacon... Pourquoi faites-vous tout ça pour moi ? Je sais que je vous ai déjà posé la question mais...

Elle secoua la tête.

S'il s'en était voulu d'avoir agi comme il l'avait fait, il se méprisa franchement cette fois. Lentement, il se retourna.

— Il me semble que vous avez besoin d'un soutien.

Il haussa les épaules, tiraillé intérieurement par l'envie de lui dire les mots qu'il s'interdisait de formuler.

— Verrouillez bien votre porte. Je n'en ai pas pour longtemps.

Lorsqu'il se mit au volant, elle le regardait toujours.

Faisant vrombir le moteur, il remonta l'allée en trombe et bifurqua sur la route, dévasté par la colère. Il fallait absolument qu'il se reprenne.

Jack méritait mieux que ça.

Alors qu'il ne devait strictement rien à Cecelia Winters.

6

Quand Deacon revint, Cece s'était ressaisie. Ses yeux n'étaient plus rouges, et elle ne se sentait plus aussi affreusement désemparée. La fureur avait repris le dessus. Ce qu'avaient dit d'elle sa sœur et son frère aîné était ni plus ni moins qu'un tissu de mensonges de même que ce qu'ils avaient répondu au procureur.

Elle tournait comme un lion en cage dans le séjour, les comptes rendus de dépositions froissés à la main lorsque le coup que frappa Deacon à la porte la ramena au moment présent, lui rappelant qu'elle devait se calmer. Elle avait dompté les larmes, certes, mais la colère était une émotion autrement difficile à contrôler. De sa vie entière, elle ne se souvenait pas s'être sentie outrée à ce point. Pas même lorsque le jury l'avait déclarée coupable d'homicide. Ces gens n'avaient rien su d'elle. Ils avaient fondé leur jugement sur les preuves, qui l'accablaient toutes, et sur l'interminable défilé de témoins qui avaient soit brodé autour d'un semblant de vérité soit carrément menti.

Pas même lorsque les deux adjoints et le shérif l'avaient traitée comme une criminelle. Ils l'avaient trouvée couverte du sang de son père. Le couteau était par terre, à ses pieds, et bien qu'on n'ait pas relevé ses empreintes digitales dessus, le procureur avait suggéré qu'elle avait pu l'essuyer.

Mais là, songea-t-elle, vibrante de rage, en serrant les

feuillets entre ses doigts. Il s'agissait de sa propre famille. Ils la connaissaient. Ils avaient grandi ensemble, sous le même toit. Et ils avaient menti.

On frappa de nouveau, et elle cessa d'aller et venir, et se dirigea vers l'entrée. Les doigts sur la poignée, elle hésita, se rappelant qu'elle devait vérifier l'identité de son visiteur avant d'ouvrir. Ce n'était pas parce qu'elle *pensait* que c'était Deacon qu'il s'agissait bien de lui.

L'homme lui adressa un petit signe lorsqu'elle écarta le rideau, et elle se força à se détendre. Ce n'était pas possible. Son cœur palpita, et elle eut de nouveau le souffle court. Elle était vraiment, vraiment stupide. Ce type essayait simplement d'être gentil. Elle se montait la tête parce que la dernière fois qu'une personne du sexe opposé l'avait touchée datait d'il y a très, très longtemps. Ça avait été un garçon, pas un homme. Et il s'était révélé être un vrai butor. Elle avait été beaucoup trop naïve.

Elle baissa les yeux vers le pot que Deacon tenait à la main.

— Merci.

— Vous étiez en plein travail, on dirait.

Elle suivit son regard arrêté sur les documents qui jonchaient la table basse et le canapé.

— Oui... Je travaillais.

— Vous n'avez qu'à vous y remettre. Moi, je me charge de la porte. Cette peinture est opaque et conçue pour masquer les taches. En deux couches, le problème devrait être réglé.

Il ponctua sa déclaration de ce sourire qui ne signifiait rien de particulier, et pourtant le pouls de Cece s'accéléra.

Elle hocha la tête.

— D'accord. Merci beaucoup.

Prenant une grande inspiration, elle retourna à ses piles de feuilles. Elle s'agenouilla entre la table et le sofa et entreprit de rassembler les papiers éparpillés. Elle n'aurait pas dû laisser libre cours à sa colère. Elle n'était plus une enfant. Elle devait gérer en adulte les émotions qui l'agitaient.

Seulement, d'une certaine façon, elle avait toujours l'impression d'être cette jeune fille de dix-neuf ans qui ne connaissait rien du monde. Toute sa vie, elle avait vécu à Winchester. Elle n'était jamais allée plus loin que Nashville, au nord, et Birmingham, au sud, n'avait jamais vu l'océan. Alors, digérer tout ceci – elle contempla d'un regard morne les documents – c'était difficile. Du plat de la main, elle s'efforça une nouvelle fois de lisser les pages froissées. Sans grand succès.

— Du moment que vous pouvez encore les lire, c'est ce qui compte.

Son attention se tourna vers l'homme qui avait ouvert la porte en grand et étalé une bâche sur le sol. Les doigts refermés autour du manche du pinceau, sa main allait et venait avec régularité. Elle suivit du regard les coups de pinceau. Il procédait avec méthode. Pas comme elle lorsqu'elle avait badigeonné à grands coups désordonnés l'odieuse inscription.

— Je crois que ce que j'ai lu m'a vraiment mise en rogne, confessa-t-elle.

— Vous voulez en parler ?

C'était un inconnu. Il ne savait rien de sa famille au-delà de son appartenance à un groupe de fanatiques. Il ferait peut-être un bon confident. Objectif, impartial. Et Dieu sait qu'un avis impartial serait le bienvenu. Sans compter qu'il était détective privé et savait mener une enquête. Frasier avait eu confiance en lui. Alors, pourquoi pas elle ?

— Après mon arrestation, la police a interrogé de nombreuses personnes qui nous connaissaient, moi et mon père, commença-t-elle en s'asseyant sur ses talons, l'esprit tourné vers ces heures sombres. Les opinions étaient mitigées, mais la plupart des gens rangeaient tout le clan Winters dans la même catégorie de marginaux fanatiques.

— C'est la nature humaine, répondit-il en jetant un coup d'œil dans sa direction. Les gens voient ce qu'ils s'attendent à voir, ce qu'ils veulent voir.

Elle ravala la question qui lui brûlait les lèvres. Que voyait-il, lui ? Elle aurait bien voulu le savoir.

— Je ne leur en ai pas tenu rigueur. Je ne leur en veux toujours pas aujourd'hui. Comme vous dites, ils voient ce qu'ils s'attendent à voir. Je n'avais pas dû donner de raisons à quiconque de penser différemment, je suppose.

— Vous étiez une enfant.

Elle dodelina de la tête.

— C'est vrai.

Cece se demanda quel âge il pouvait avoir. Entre trente-cinq et quarante ans, peut-être. Cultivé, intelligent. Il avait dû fréquenter l'université. Et était sûrement entouré d'une famille adorable.

Pas comme la sienne. D'ailleurs, étant donné qu'ils l'avaient tous désavouée, c'était comme si elle n'avait pas de famille du tout.

— Mon frère aîné...

La seule perspective de prononcer son prénom lui transperçait le cœur comme un coup de poignard. Elle se demanda si la douleur s'atténuerait un jour. Elle inspira profondément et reprit :

— Mon frère aîné, Marcus, a déclaré que j'étais instable et colérique. Que j'avais dit à de nombreuses reprises que je détestais mon père.

— Il a menti.

Était-ce une lueur de doute qu'elle lisait dans ses yeux ? Après tout, quel frère parlerait ainsi de sa propre sœur ?

— Pas tout à fait sur tout mais presque, oui, clarifia-t-elle.

— C'est-à-dire ? demanda-t-il sans la regarder cette fois, en continuant à peindre.

D'un moment à l'autre, il allait commencer à la regarder comme tout le monde la regardait en ville. Après cette conversation, il y avait fort à parier qu'elle ne le reverrait pas de sitôt. Exit le nouveau voisin ! Cela dit, Frasier avait évoqué l'affaire avec lui. Ce qu'elle lui apprenait là n'était donc pas pour lui une révélation.

— Je ne suis *pas* et n'ai *jamais* été instable de ma vie.

Le regard surpris qu'il lui jeta la fit rire.

— Comme vous disiez, je n'étais qu'une adolescente. J'ai bien dû dire une bonne centaine de fois à ce salaud que je le détestais, ça, c'est vrai. Et j'étais en colère, oui, très en colère. Je le détestais pour ce qu'il avait fait à notre famille, à ma mère particulièrement. Je détestais tout en lui.

Elle soupira avant d'ajouter :

— Et j'ai probablement souhaité mille fois sa mort, également.

— Mais, cela, votre frère ne le savait pas, n'est-ce pas ?

Cece secoua la tête.

— Je suis sûre qu'il le savait, si, mais il a fait le choix d'utiliser cette information comme cela l'arrangeait. Je n'ai pas été tellement étonnée par le comportement de Marcus. Nous n'étions pas très proches. Non… C'est la trahison de Sierra qui m'a véritablement crucifiée. Elle et moi nous étions toujours bien entendues. Je lui confiais ce que je ressentais. En général, quand la colère me prenait, je ne pouvais pas le cacher. Elle a déballé tout ce que je lui avais dit en pleurant tellement que les jurés ont été convaincus qu'elle était déchirée par la douleur. Mais ce n'était pas du tout le cas. Je le voyais dans ses yeux. Elle se délectait d'être le centre de l'attention et de donner une mauvaise image de moi. Je n'en revenais pas… Alors que c'était *moi* qui l'avais aidée tant de fois !

— Vous pensez qu'elle était influencée par quelqu'un ? Votre frère aîné, peut-être ?

— C'est possible.

Marcus avait voulu se débarrasser de Cece une bonne fois pour toutes.

— Il savait que certains membres de la congrégation m'écouteraient si je décidais de m'élever contre lui.

— Et votre père ? Vous ne vous êtes jamais élevée contre lui ?

Elle secoua la tête.

— Ma grand-mère avait peur qu'il ne m'arrive quelque chose si je m'y risquais. Comme... à ma mère.

Cece fixa les photos de scène de crime montrant son père gisant dans une mare de sang dans laquelle on distinguait ses empreintes de pas. Il y avait eu du sang partout... sur ses mains, ses vêtements. Elle avait eu beau le détester, le mépriser pendant toutes ces années, à le voir là agonisant et incapable de se montrer cruel ou blessant, elle avait ressenti de la douleur. La petite fille en elle qui avait aimé l'homme qui était son père avait éprouvé de la peur, de l'angoisse, un vrai choc de le voir ainsi. Son premier mouvement avait été de lui porter secours. D'appeler à l'aide.

— Qu'est-il arrivé à votre mère ?

Brutalement rappelée à la réalité, Cece releva la tête.

— Désolée... Vous disiez ?

Il répéta sa question.

Elle fronça les sourcils. Pourquoi diable raconter à cet étranger toutes ces horreurs concernant son passé ? Si Frasier ne lui en avait pas parlé, peut-être ne devrait-elle pas le faire non plus. Des souvenirs datant de plus de deux décennies affluèrent à son esprit. Des voix et des bruits remontant à cette nuit-là. Elle n'avait que six ans. Sa sœur venait juste d'en avoir deux ; Levi, quatre. Marcus avait douze ans. C'était les cris qui l'avaient réveillée. Cece se rappelait s'être levée, mais Marcus était embusqué là, dans l'ombre. Il l'avait rabrouée, renvoyée au lit. Sierra était cramponnée à elle, en pleurs. Levi s'était tapi dans le placard. Ce n'était qu'une fois le silence revenu que Cece avait compris que les cris étaient ceux de sa grand-mère.

Le soleil était levé lorsqu'elle avait appris ce qui s'était passé. Sa mère était tombée dans l'escalier. Son père avait tenté de la secourir mais n'avait rien pu faire. Sa grand-mère était arrivée alors que cela venait de se produire. Cece n'avait jamais bien compris cette partie-là mais sa grand-mère refusait d'en parler. Elle disait simplement que quelque chose de terrible s'était produit et qu'elle ne voulait pas qu'il arrive la même chose à Cece.

— Ma grand-mère croyait que mon père avait tué ma mère. J'en suis certaine.

Jamais Cece n'avait prononcé ces mots devant qui que ce soit. Pas même Levi.

Deacon lui demanda de commencer par le commencement, le matin précédant la nuit du drame. Il lui fallut du temps pour extraire tous ces souvenirs du tréfonds de son esprit où elle les avait relégués. Lentement, elle assembla toutes les images qui lui revenaient. Lorsque sa reconstitution toucha à sa fin, Deacon avait abandonné son pinceau et était assis sur le sol à côté d'elle.

— Avez-vous jamais parlé à votre père de vos souvenirs de cette nuit-là ?

Pourquoi se souciait-il à ce point d'elle, de son histoire ? Avait-elle été isolée si longtemps qu'elle ne parvenait plus à faire la différence entre de la simple gentillesse et… et cette petite flamme qu'il lui semblait voir briller dans ses yeux ?

Qu'elle *voulait* voir briller dans ses yeux ?

— Oui. Un jour que nous étions seuls tous les deux, quand j'avais seize ans. Je lui ai carrément jeté au visage que je pensais qu'il l'avait tuée. C'est alors qu'il m'a flanquée dehors, hurlant que puisque ma grand-mère me farcissait la tête de mensonges et d'inepties, je n'avais qu'à aller vivre avec elle.

— Mais elle n'a jamais confirmé vos doutes ?

Elle secoua la tête.

— Non. Mais, la vérité, je la voyais tous les jours dans ses yeux. Elle avait peur de lui. Je suis sûre qu'il l'a menacée cette nuit-là.

— Et votre grand-père ? N'était-il plus en vie à ce moment-là ?

— Si, mais il était aveugle et cloué dans un fauteuil roulant.

Elle ferma les yeux, revoyant son grand-père sangloter, inconsolable, à l'enterrement de sa fille.

— Vous avez traversé beaucoup d'épreuves.

Ses paroles la ramenèrent au moment présent.

— On ne peut pas dire que j'ai eu une enfance facile.

— Et Levi ? Vous n'avez pas parlé de lui, de ce qu'il a déclaré à la police.

Il était assis si près d'elle qu'elle voyait les fines lignes au coin de ses yeux. Il avait l'air sincèrement désireux de savoir ce qui s'était passé. Seigneur, était-elle donc si avide d'un peu de bienveillance et d'humanité qu'elle s'imaginait voir autre chose dans son attitude qu'un simple intérêt altruiste ?

— Levi était sûr que j'étais incapable de commettre un meurtre. Il croyait que c'était Sierra. Elle se comportait bizarrement avec notre père. Elle était… à la fois possessive et en rébellion contre ses règles. C'est ce qu'il a dit à la police mais ça n'a rien changé. Sierra avait un alibi.

— Laissez-moi deviner, intervint Deacon. Un alibi confirmé par Marcus ?

— La voiture de Sierra était tombée en panne, et il était venu l'aider. Le petit ami de Sierra, qui était mécanicien et membre de la congrégation, était là, lui aussi.

— Très opportun.

— Très.

Ils demeurèrent assis en silence pendant un long moment puis il finit par demander :

— Alors, quel est votre plan ?

Elle rit.

— Qui vous dit que j'en ai un ?

— Vous avez passé huit ans en prison. Vous avez eu tout le temps de réfléchir à ce que vous feriez, une fois libre.

Se laissant aller contre le sofa, elle se dit que, peut-être, son histoire, réellement, ne lui était pas indifférente. Tout le monde n'avait pas de motivations cachées. Après tout, il existait sur cette terre des gens qui agissaient par pure bonté d'âme.

— Au début, je me suis juste efforcée de survivre. Ce n'est

qu'ensuite, quand j'ai été à peu près assurée de pouvoir tenir bon jusqu'au bout, que j'ai pu commencer à penser au futur.

— Et vous voilà ici, conclut-il en souriant et en promenant un regard circulaire sur la pièce. Prête à chercher des réponses.

— J'avoue que j'ai envisagé de ne pas revenir.

Elle avait prévu de rentrer vivre avec sa grand-mère à sa sortie puis de s'en aller ailleurs après son décès, mais celle-ci était morte avant sa libération, la privant de cette chance. Pourquoi revenir alors qu'elle n'était plus là ? Il aurait été si simple de ne jamais remettre les pieds ici. D'oublier cet endroit. Ça aurait dû être plus facile encore maintenant que Levi l'avait lâchée, lui aussi.

Mais rien n'avait jamais été facile dans sa vie, et l'idée que sa grand-mère avait continué sans relâche, jusqu'à sa mort, à tenter de prouver l'innocence de sa petite-fille avait changé la donne. Cece éprouvait le besoin de terminer ce que sa grand-mère avait commencé.

Lorsqu'elle eut fini de relater tout cela à son voisin, celui-ci déclara :

— La vengeance est une motivation très forte.

S'il savait à quel point...

— Sans doute.

Un autre silence s'étira entre eux.

Elle aurait probablement dû dire quelque chose mais ce calme était trop confortable pour être rompu. Tout l'inverse de l'environnement continuellement bruyant de la prison. Pourtant, malgré ce brouhaha permanent, elle s'était sentie aussi isolée que sur une île. Totalement seule. Vivant dans la crainte perpétuelle que quelque chose de fâcheux ne se produise. Et, la plupart du temps, cela avait été le cas.

— Je vais nettoyer ce pinceau et jeter un coup d'œil au toit avant de partir. S'il vous manque autre chose, je pourrai l'acheter la prochaine fois que j'irai en ville.

— Super. Si vous êtes sûr que ça ne vous ennuie pas...

Il se leva.

— Ça ne m'ennuie pas.

Cece se redressa elle aussi et le suivit jusqu'à la porte.

— J'ai de l'argent, vous savez. Je peux vous dédommager.

Il la regarda pendant un long moment. Elle ne put définir précisément ce qu'elle discerna dans ses yeux, mais cela lui fit regretter sa remarque.

— Pas question, répondit-il en s'emparant du pinceau et du pot de peinture. Je ne veux pas de votre argent.

Elle avait tellement perdu l'habitude de communiquer sur le mode normal avec ses semblables...

— Bien. Désolée. Je ne voulais pas vous offenser.

Lorsqu'il releva les yeux, l'étrange expression s'était dissipée.

— Ce n'est rien.

Mais, à la tension qui subsistait chez lui, elle devina que ce n'était pas *tout à fait* rien. C'était la première fois qu'elle se sentait mal à l'aise en sa présence. Comme si le serviable inconnu avait tout à coup disparu.

Avait-elle eu tort d'accorder sa confiance à cet homme ?

Juste avant minuit, l'une des nombreuses alarmes qu'il avait installées se déclencha. Deacon quitta des yeux les dossiers qu'il était en train de parcourir pour regarder son écran. Il ne vit personne aux alentours de la maison. Cece était couchée. Il empoigna son arme, la glissa dans sa ceinture et sortit. Ce pouvait être un animal, mais il préférait en avoir le cœur net, surtout après les événements de la veille.

Il connaissait si bien le chemin entre leurs deux propriétés qu'il n'eut même pas besoin de s'aider d'une lampe de poche. Un mince clair de lune réussissait ici et là à filtrer à travers les frondaisons, éclairant suffisamment le terrain pour qu'il ne s'écarte pas du sentier. Lorsqu'il atteignit l'orée du bois, le ronflement des moteurs lui parvint nettement.

Il y avait un gros 4x4, surélevé sur d'énormes roues, et un SUV, tous deux vert foncé ou noir. Une musique tonitruante s'échappait des deux véhicules, remplis de bons à rien ivres ou simplement braillards et tapageurs.

Son portable vibra dans sa poche. C'était elle. Il répondit par un bref : « Je suis là. Appelez le 911. »

Ça allait être plus compliqué que la veille. Les deux vandales avaient été sobres, eux, et faciles à effaroucher.

Le vacarme causé par les visiteurs de ce soir mettant pied à terre indiquait à lui seul qu'effrayer ces abrutis allait être une autre paire de manches. Il se déplaça en silence d'un arbre à l'autre, dans l'ombre, comptant combien ils étaient. Il en dénombra quatre. Tous aussi soûls ou drogués les uns que les autres et visiblement d'humeur à chercher la bagarre.

— Sors de là, Cece Winters ! cria celui qui semblait être le meneur de la bande, planté au pied des marches du porche.

La lumière extérieure s'alluma, et la porte s'ouvrit.

— Oh ! bon sang ! grommela Deacon dans sa barbe.

Elle sortit, le fusil à la main pointé sur la petite frappe qui se tenait en contrebas.

Instantanément, trois armes - des fusils de chasse, lui sembla-t-il - se matérialisèrent dans les mains de ses trois comparses. Deacon referma les doigts autour de la crosse de son pistolet.

Mais, à ce stade, la moindre tentative de sa part pouvait conduire un de ces imbéciles alcoolisés à appuyer sur la détente.

— J'ai appelé le shérif Tanner, clama Cece. Lui et ses adjoints sont en route.

— Génial, répliqua l'un des idiots. Comme ça, ils arriveront juste à temps pour ramasser les morceaux, ha ha !

L'homme, au pied des marches, se retourna vers ses compagnons.

— Montrez un peu de respect envers la demoiselle. Et baissez-moi ces fusils !

— Je te signale qu'elle en a un braqué sur toi, rétorqua

l'un des trois. Elle a descendu son fou furieux de père, vieux ! Qu'est-ce qui l'empêchera de te régler ton compte, à toi aussi ?

— Qu'est-ce que vous croyez ? Que j'ai peur d'elle ? On a été ensemble, tous les deux… Pas vrai, Cece ? Maintenant, faites-moi disparaître ces armes et remontez dans vos fichues voitures pendant que je touche un mot à la demoiselle.

Ainsi donc, c'était là l'unique petit ami qu'elle avait eu avant d'être écrouée ? De toute évidence, il ne s'était pas amélioré avec les années.

Les trois autres maugréèrent mais finirent par obéir à l'injonction de leur chef. Une fois remontés en voiture, ils augmentèrent encore le volume de la musique. Avec un peu de chance, songea Deacon, le shérif arriverait sur les lieux avant que les choses se corsent.

Il se renfonça derrière la ligne des arbres jusqu'à se trouver à la hauteur du porche. Apparemment, l'homme n'était pas armé, sauf s'il dissimulait quelque chose dans sa botte. Et ça, impossible de le déterminer.

— Je suis juste venu te parler, Cece, dit l'homme d'un ton doucereux. Tu aurais dû m'appeler à ta sortie. Je n'arrive pas à croire que je l'ai appris dans la rue.

Elle rit mais n'abaissa pas son arme.

— Ricky Olson. Et pourquoi diable t'aurais-je appelé ? Tu n'es jamais venu au tribunal, que je sache. Et tu ne m'as pas écrit une seule fois pendant que j'étais en prison.

— C'est vrai…, concéda-t-il d'une voix pâteuse.

Il dodelina de la tête, tituba et se rattrapa à la rambarde de l'escalier.

— J'aurais dû venir te voir. J'aurais dû t'écrire.

— Qu'est-ce que tu veux, Ricky ? Je te l'ai dit, le shérif ne va pas tarder à arriver.

Il monta deux marches d'un pas chancelant.

— Je veux te parler.

Deacon se tint prêt à intervenir.

— On n'a rien à se dire. Tu es complètement ivre, Ricky. Tu ferais mieux de rentrer chez toi.

Il nota au crédit de Cece que le canon de son arme, toujours pointé sur le visiteur, ne tremblait pas.

L'énergumène posa le pied sur la troisième, puis la dernière marche.

— Oui mais, avant, je veux que tu saches à quel point je regrette, répéta-t-il en se frappant la poitrine du poing. J'aurais dû être plus présent. Ce qui s'est passé est aussi ma faute. Ton père était une ordure... J'aurais dû aller témoigner en ta faveur. Ton avocat me l'avait demandé mais mes parents ne voulaient pas que je m'en mêle. On était des gamins. On obéissait à nos parents...

Il haussa les épaules.

— Enfin, la plupart du temps.

— Eh bien, merci de tes excuses, Ricky, mais c'est de l'histoire ancienne, tout ça. Je suis passée à autre chose. Tu devrais en faire autant.

À ces paroles, il s'avança droit vers elle jusqu'à ce que le canon de son fusil touche son abdomen. Deacon serra les dents. Aïe ! On allait rentrer dans le dur.

— Je tiens à me faire pardonner, Cece... chérie.

— Va-t'en, Ricky, le mit en garde Cece.

La musique qui hurlait dans les véhicules se tut subitement. Quoi qu'il soit sur le point de se passer, les types qui accompagnaient cet imbécile se préparaient à entrer en action.

Deacon saisit la chance qui se présentait à lui.

Jaillissant de l'ombre des arbres, il fonça jusqu'au porche avant que les trois types aient le temps de réagir. Le canon de son Glock vint se poser contre la tempe de Ricky.

— Allez, Ricky, recule.

Des portières s'ouvrirent, et une flopée de jurons résonna dans l'air.

— À l'intérieur, vite, ordonna Deacon à Cece.

Elle hésita, les yeux arrondis par la frayeur.

— Maintenant ! rugit Deacon.

Passant le bras autour de la gorge de Ricky, il le plaça devant lui, s'en servant comme d'un bouclier. Il pressa l'arme contre sa tempe.

— Dis à tes petits camarades de se tenir tranquilles, Ricky, et il n'y aura pas de casse.

Mais les trois comparses s'avançaient vers les marches, leurs fusils braqués sur la tête de Deacon. Et l'idiot qu'il tenait en otage se contentait de reculer contre lui.

— Je crois que tu n'as pas bien compris, menaça Deacon en appuyant le canon de son arme contre sa tempe.

— Attendez ! s'écria enfin Ricky en levant les mains devant lui. Laissez-moi parler une minute avec lui, les gars. Je crois qu'il y a un malentendu.

Les trois hommes s'immobilisèrent.

— Tu ferais bien d'accélérer le mouvement, Ricky, gronda le plus grand des trois. Elle a dit qu'elle avait prévenu le shérif.

— C'est bon, remontez en voiture, répliqua Ricky. Je finis de gérer ça tout seul.

Quand ses amis eurent obtempéré pour la deuxième fois, il parla de nouveau.

— C'est bon, baissez votre arme. Je vais m'en aller. Je voulais juste... Je ne veux pas d'histoires.

Deacon écarta son pistolet de sa tête.

— Ne revenez pas rôder par ici, Ricky. Elle ne veut pas vous voir, elle vous l'a dit.

Mais, au moment où le bras de Deacon descendait, l'autre perdit la tête. Au lieu de s'éloigner tranquillement, il fit volte-face et frappa Deacon à la mâchoire.

Des vivats fusèrent dans l'habitacle des deux véhicules.

L'ex-petit ami réussit à lui porter un deuxième coup avant que Deacon puisse rengainer son arme et rendre à ce bon vieux Ricky la monnaie de sa pièce.

Il y eut deux secondes de silence puis les portières s'ouvrirent. Les trois complices se ruèrent vers lui, l'arme à la main.

Deacon ne commit pas l'erreur de se saisir de la sienne. Il leva les mains en signe de reddition.

La porte, derrière lui, s'ouvrit et Cece, tout à coup, se plaça devant lui, visant le trio de son fusil.

— Rentrez, Cece, ordonna-t-il.

Elle l'ignora.

— Fichez le camp d'ici ! hurla-t-elle à l'adresse des trois hommes avant de pousser d'un coup de pied Ricky en bas des marches. Et n'oubliez pas d'emmener ce minable avec vous.

Des flashs bleus clignotèrent dans l'obscurité. Deux voitures de patrouille vinrent piler dans un crissement de pneus entre les intrus et le porche. Deacon n'eut que le temps de retirer l'arme des mains de Cece.

Pendant que ses adjoints menottaient et embarquaient Olson et ses amis, Tanner prit les dépositions de Deacon et de Cece puis assura cette dernière qu'une dépanneuse allait venir chercher les deux véhicules.

Deacon ne fut pas sans remarquer la façon dont le shérif le scrutait pensivement avant de repartir. Nul doute qu'il allait revenir lui poser des questions. Il s'interrogeait toujours à son sujet. Perspicace, le shérif.

Pour la première fois depuis toutes ces années, Deacon se demanda s'il valait mieux que ces fumiers que les adjoints venaient d'emmener.

— Il vous faut de la glace, pour votre mâchoire.

Deacon se retourna.

— Ce n'est pas méchant. Juste un coup de chance pour lui... et de malchance pour moi.

Elle laissa échapper un petit rire. Un vrai rire, affranchi et libre, pour une fois, dont le son argentin réjouit son oreille.

— C'est plus méchant que vous ne le croyez, répondit-elle en levant la main pour toucher la contusion qui bleuissait sur sa joue.

Il eut un mouvement instinctif de recul.

Elle laissa retomber la main, visiblement troublée par sa réaction.

— Désolée. Je vais chercher de la glace.

Il la regarda s'éloigner. Ce ne fut qu'alors qu'il nota qu'elle était en chemise de nuit. Pas étonnant que Tanner l'ait lorgné de cet œil suspicieux.

Bon sang !

Lorsqu'elle revint avec un gant de toilette rempli de glace, il n'avait pas bougé de l'endroit où elle l'avait laissé.

Elle lui tendit le gant.

— Vraiment, je suis navrée. Je n'aurais jamais dû vous appeler.

Il serra les doigts autour du gant rempli de glace pilée.

— J'espère que vous ne parlez pas sérieusement. Vous imaginez bien ce qui serait arrivé avant l'arrivée de Tanner et de ses hommes.

Il bannit les images qui se présentaient à son esprit.

Comme elle demeurait muette, il ajouta :

— Votre ancien ami n'était pas animé de bonnes intentions.

Elle hocha la tête et referma les bras autour d'elle.

— J'en suis bien consciente et j'apprécie vraiment votre intervention. Ce que je voulais dire, c'est que ce n'est pas votre problème, mais le mien. Vous avez été un voisin vraiment... formidable. Vous en avez fait beaucoup trop. Et il est injuste que ma vie mouvementée ait de telles conséquences pour vous.

Elle indiqua du menton l'hématome sur sa mâchoire.

— La vie est injuste parfois, souligna-t-il en appliquant le gant glacé contre sa joue.

Elle baissa les yeux comme si elle ne savait pas quoi dire et était gênée. Il comprenait pourquoi ; il savait bien là où les choses avaient déraillé entre eux. *Mince.*

Tendant la main, il lui toucha le bras. Elle regarda sa main.

— J'ai réagi un peu vivement quand vous avez levé la main vers mon visage tout à l'heure, pardonnez-moi. C'est juste que… je ne voudrais pas que vous me prêtiez des intentions que je n'ai pas.

Elle releva les yeux.

— Comme, par exemple, que vous cherchez à profiter d'une pauvre femme vulnérable et désemparée, seule face à l'adversité ?

Il espéra qu'elle ne décèlerait pas la culpabilité dans ses yeux. Ce fut lui, cette fois, qui laissa retomber la main.

— Je…

— D'abord, je ne suis pas désemparée, reprit-elle avec force. Ensuite, savez-vous depuis combien de temps aucun homme non revêtu de l'uniforme pénitentiaire n'avait posé la main sur moi ?

Subitement, l'air, dans la pièce, parut se raréfier, gênant la respiration de Deacon.

— Je ne sais pas vraiment quoi répondre à cela, dit-il pour finir, la gorge sèche.

Elle secoua la tête.

— Je n'attends pas de vous que vous disiez quoi que ce soit, riposta-t-elle en avançant d'un pas. J'attends que vous me touchiez. Que vous m'embrassiez. Je veux que vous me fassiez éprouver autre chose que de la colère et de la rancune.

Il s'exhorta à ne pas accéder à sa demande - à s'en aller. Mais ce fut plus fort que lui. Tendant la main, il posa la paume contre sa joue, caressa du pouce sa lèvre inférieure. Son corps se raidit de désir, et il se le reprocha aussitôt.

— Un jour, avec le recul vous vous féliciteriez que j'aie choisi ce moment pour vous souhaiter bonne nuit et prendre congé, déclara-t-il en laissant retomber la main et en se détournant d'elle.

— S'il vous plaît… Ne partez pas.

En dépit de tous ses efforts pour continuer à marcher, il s'immobilisa. Et maudit la faiblesse qui était la sienne.

— Je ne veux pas rester seule. J'ai l'impression de l'avoir été toute ma vie.

Sans trop savoir comment, il trouva la force de lui faire face sans l'enlacer et la réduire au silence d'un baiser… sans lui faire tout ce qu'il mourait secrètement d'envie de lui faire.

— D'accord, je vais rester, acquiesça-t-il en montrant le sofa. Mais je dors là, et vous, dans votre chambre.

Elle hocha la tête et haussa une épaule.

— Très bien.

La culpabilité l'assaillit de nouveau. « Très bien » ? Il n'en était pas si sûr. Ses motivations étaient tout sauf désintéressées.

7

Dimanche 4 août

Elle allait se rendre à l'église.

Après tout, on était dimanche, et elle avait le droit d'aller assister à l'office, comme tout un chacun.

Cece regarda son reflet dans le miroir, au-dessus de la commode. Son teint était beaucoup trop pâle pour cette robe bain de soleil mais tant pis. C'était le résultat des années qu'elle venait de passer en prison. Elle voulait qu'ils voient ce qu'ils lui avaient fait avec leurs mensonges.

Cela aurait-il un quelconque effet sur eux ?

Non. Ils s'en moqueraient éperdument.

Elle prit une profonde inspiration et se détourna du miroir. Qu'importe, elle voulait que tout le monde sache. Ils entendraient ce qu'elle avait à dire, que ça leur plaise ou non.

« Ils » étant son frère aîné et sa jeune sœur.

Peut-être aurait-elle dû inclure Levi dans le groupe puisque, désormais, il était des leurs. Qu'avait-il bien pu se produire depuis le mois dernier ? Pas une fois, au long de toutes ces années, il n'avait laissé entendre qu'il pourrait basculer de l'autre côté.

Il avait toujours eu la congrégation et ses membres en horreur.

Pourquoi un tel retournement de veste ? Quel moyen de pression Marcus exerçait-il sur lui ?

Peut-être le tenait-il par la menace. Son frère cadet avait toujours recherché l'approbation de l'aîné de la fratrie, même lorsque celui-ci avait tort.

Un peu plus de huit ans plus tôt, tous avaient eu leur mot à dire.

Eh bien, aujourd'hui, elle entendait avoir le sien. Elle ouvrit la porte de sa chambre, et l'arôme du café monta jusqu'à ses narines, lui rappelant qu'*il* était là.

Deacon Ross. Une douce chaleur l'envahit malgré l'idée glaçante que sa famille entière l'avait reniée. Mais le froid regagna du terrain presque aussitôt lorsqu'elle se souvint qu'elle l'avait pratiquement supplié de l'embrasser – et plus si affinités. Elle ferma les yeux, mortifiée. Comment pourrait-elle jamais le regarder de nouveau dans les yeux ? Il devait la juger aussi pathétique et amorale que la dépeignait la rumeur.

Elle rouvrit les paupières et regarda les faits en face. Oui, elle *était* pathétique. Si embarrassant que cela soit de l'avouer – fût-ce à elle-même –, son unique expérience sexuelle, elle l'avait eue avec l'abruti qui s'était présenté, ivre, chez elle en compagnie de trois autres types. En fait, le seul homme qui l'ait jamais embrassée, c'était lui. Sauf si elle comptait le surveillant de prison qui avait de force écrasé ses lèvres sur les siennes et l'aurait violée si une codétenue n'était venue à sa rescousse – la seule qui ait pris la peine de lever le petit doigt.

Quelle triste et misérable vie !

Sa grand-mère lui avait laissé le montant d'une bourse d'études et ses économies. Elle aurait dû partir, tourner le dos une bonne fois pour toutes à cette ville.

Mais elle ne pouvait pas. Elle devait continuer à se battre pour établir son innocence, elle le devait à sa grand-mère. De plus, si elle ne le faisait pas, cela la hanterait pendant le restant de ses jours. Ses études, sa future carrière, tout serait entaché par son casier judiciaire et son statut d'ancienne criminelle.

Elle s'était dit et répété un millier de fois que ça n'avait pas d'importance. Qu'elle se moquait de l'avis des autres. Mais elle s'était menti. Elle voulait que les gens sachent la vérité, surtout ceux qui, dans cette ville, avaient été si prompts à la condamner. Personne ne s'était senti suffisamment concerné pour sauver quatre enfants d'un père fanatique, probablement fou à lier, quand leur mère était morte. Tout le monde avait regardé ailleurs, laissant Mason Winters entraîner sa progéniture dans son obsession.

Ces personnes qui avaient sans hésiter pointé sur elle un doigt accusateur quand il avait été assassiné… D'une façon ou d'une autre, elle allait leur montrer. Elle était innocente.

Pour la première fois depuis sa libération, elle sut véritablement ce qu'elle voulait.

Elle voulait qu'ils sachent, tous autant qu'ils étaient, que sa grand-mère avait eu raison. Elle voulait *qu'on lui rende sa vie.*

Celle dont quelqu'un, dans cette ville, l'avait privée.

Avec une détermination soudain farouche, elle se dirigea vers la cuisine où Deacon était calé contre le comptoir, une tasse de café fumant à la main. Elle s'arrêta, songeant au contact de sa main contre sa joue.

— Bonjour, dit-il en levant sa tasse dans sa direction. Le café est chaud.

Un coup d'œil à la pendule lui apprit qu'il était plus de 8 heures. Incroyable. Cela ne lui était pas arrivé depuis des lustres. Bien sûr, ils avaient été tenus éveillés jusque tard dans la nuit la veille. Avec soulagement, elle nota que sa mâchoire n'était pas gonflée et que l'ecchymose se voyait à peine.

— Bonjour, répondit-elle avant de s'interrompre, le regard rivé sur la cafetière. Attendez… Je n'avais pas de cafetière.

— Je suis allé chercher la mienne.

— Oh ! Eh bien, merci, déclara-t-elle, penaude, en se servant une tasse.

— Il semblerait que vous ayez prévu d'aller quelque part ce matin, souligna-t-il en désignant la robe qu'elle portait.

La hanche calée contre un élément, elle trempa les lèvres dans le café bouillant, surtout pour gagner du temps.

Lorsqu'elle eut savouré son goût corsé, elle répondit :

— Je vais aller à l'église.

Il posa sa tasse et la regarda en face.

— À moins que vous ne fassiez référence aux baptistes ou aux méthodistes, je vous conseille d'y réfléchir à deux fois. Je ne crois pas qu'on vous y accueille à bras ouverts.

Elle avala une deuxième gorgée, se brûlant presque la gorge.

— Nous sommes dans un pays libre, que je sache. Je suis donc libre d'agir comme je l'entends.

Il haussa les épaules.

— Absolument. Si tel est vraiment votre désir, rien ne peut vous en empêcher, j'imagine.

— Rien du tout, en effet.

Elle se concentra sur son café, qu'elle but jusqu'à la dernière goutte. Il en fit autant. Plutôt que de se resservir, elle rinça sa tasse et annonça qu'elle était prête à partir.

— Voulez-vous venir avec moi ? demanda-t-elle à brûle-pourpoint.

Elle n'avait pas prévu de le lui demander mais l'idée était là... comme en suspens dans l'air, entre eux.

— Si, vous, vous avez envie que je vienne, répondit-il, ses yeux bruns braqués sur les siens, cherchant à deviner ses pensées.

Ainsi qu'il le faisait souvent, médita-t-elle. Ça ne la dérangeait pas. Elle avait vécu avec la duplicité pendant si longtemps qu'elle préférait de loin une attitude directe. Et, à part ce moment d'embarras, la veille, cet inconnu s'était montré plus franc et direct avec elle que les gens qu'elle connaissait.

— Je me disais que ce serait peut-être une bonne idée, au cas où je tombe sur les types d'hier soir.

À dire vrai, cette pensée ne l'avait même pas effleurée mais c'était le premier prétexte qui lui était venu à l'esprit.

— Vous avez sans doute raison, répondit-il en lavant à son tour sa tasse avant de la poser, retournée, sur l'égouttoir. À quelle heure se tient le service ?

— À 9 heures, mais je veux parler au... révérend avant que tout le monde arrive.

Le mot avait eu du mal à franchir ses lèvres. Marcus était aussi révérend qu'elle... que leur père.

— OK. Allons-y. Je vais prendre le volant.

— Merci.

Le soulagement l'envahit. Elle n'avait guère eu envie d'affronter Marcus seule. Mais elle s'y serait astreinte si nécessaire. Pas question de laisser la peur la paralyser.

Elle verrouilla la porte tandis que Deacon l'attendait, en bas des marches. Ils se dirigèrent ensemble vers sa camionnette. Il lui ouvrit la portière, attendit qu'elle se fût assise puis fit le tour du véhicule par l'avant. Elle le suivit du regard, se rendant compte qu'elle ne connaissait pour ainsi dire rien de lui. C'était son voisin. Il était relativement nouveau venu en ville. Mais, ce premier jour, dans le parking du supermarché, le policier avait paru le connaître. C'était forcément bon signe, non ?

Mais les dés n'étaient-ils pas jetés ? N'avait-elle pas *déjà* décidé de lui faire confiance ?

Lorsqu'il s'installa sur le siège conducteur, elle s'enquit :

— Où habitiez-vous avant d'acheter la ferme Wilburn ?

Il mit le contact, le regard plongé droit dans le sien.

— À divers endroits. Nashville, Louisville et deux ans à Mobile. Mais principalement à Nashville.

— Où avez-vous fait vos études ?

Il regarda à droite puis à gauche avant de déboucher de son allée.

— À l'université du Tennessee.

Elle fut impressionnée.

— Quelle était votre matière principale ?

Il lança un coup d'œil dans sa direction avant de reporter son attention sur la route.

— Est-ce la nervosité ou avez-vous subitement décidé que vous deviez apprendre à mieux me connaître ?

Elle s'empourpra.

— Un peu des deux, je suppose. En fait, je me suis rendu compte ce matin que je ne savais quasiment rien de vous. Ce que je sais plaide en votre faveur mais...

Elle haussa les épaules.

— Enfin, vous comprenez.

— Parfaitement. Que voudriez-vous savoir d'autre ?

— Eh bien, ce que vous faites. Je veux dire, quand vous ne volez pas au secours des voisines en détresse.

Il lui décocha un sourire lumineux.

— Je suis employé par le gouvernement fédéral mais j'ai pris un congé sans solde. J'envisage un changement de carrière. Peut-être pour exercer mon métier dans le secteur privé.

« Le gouvernement fédéral. » Cela pouvait signifier tout et n'importe quoi. Mais il n'avait pas l'air de vouloir en dire plus, et elle ne pouvait décemment pas insister lourdement.

— Je croyais que vous étiez déjà détective privé, hasarda-t-elle tout de même.

Il avait bien déclaré avoir assisté Frasier dans son affaire, non ? Elle avait cru que c'était ce qui expliquait qu'il ait mis tant de zèle à l'aider lors de la série d'incidents qui s'étaient produits depuis sa libération.

— À l'occasion, seulement.

Avant qu'elle ait pu poursuivre, il bifurqua sur la route qui se terminait par une aire de stationnement gravillonnée devant une vieille église. En réalité, elle n'avait que vingt-cinq ans mais avait été bâtie dans le plus pur style des édifices construits à l'origine par les pionniers, donnant ainsi l'illusion d'être beaucoup plus ancienne. À l'intérieur, il n'y avait rien d'autre qu'une vaste salle de culte ornée en son centre d'un pupitre, sur une estrade. Derrière, se trouvaient les deux portes des toilettes et, entre elles, l'escalier qui conduisait au sous-sol.

Le bâtiment blanc, avec sa croix de bois sobre et taillée à la main, était exactement tel qu'elle l'avait vu pour la dernière fois, douze ans auparavant. Elle l'avait quitté en plein office, pendant un sermon de son père, pour ne plus jamais franchir ses portes par la suite. Deux S entrelacés surmontaient la double porte d'entrée.

Les Survivalistes du Salut.

« L'engagement sans retour sur le saint chemin du Seigneur. »

Foutaises. Tout n'était que mensonges.

— Savez-vous s'il est ici ?

Cece chassa ces souvenirs dérangeants et regarda le SUV stationné à côté du bâtiment. Là où se trouvait l'issue de secours. Son père s'était toujours garé là, préférant entrer par la porte latérale plutôt que par l'entrée principale. Mais quand l'heure de l'arrivée des fidèles venait, il était invariablement planté en plein milieu de son estrade, face à la double porte grande ouverte.

L'estomac de Cece se contracta. Comme elle avait haï cet homme. Qu'il soit ou non son géniteur, il n'en était pas moins un démon.

Elle secoua la tête.

— Ce SUV est stationné à l'endroit où mon père laissait toujours sa voiture, donc je suppose que c'est celui de Marcus.

Deacon posa la main sur son bras.

— Voulez-vous que j'entre avec vous ?

— Il ne dira rien si vous êtes là. Un bon menteur ne révèle jamais sa vraie nature en présence d'un tiers qu'il ne peut ni discréditer ni contrôler.

Du moins était-ce ainsi que les choses s'étaient passées lorsqu'ils étaient enfants. Elle fixa le bâtiment qu'elle aurait bien vu servir de cadre à un film d'horreur. Ils n'étaient plus des gamins. Elle n'avait pas revu Marcus ni Sierra depuis le jour où elle avait été déclarée coupable à cause d'eux. Jusqu'à un certain point, elle parvenait presque à comprendre ce qui avait poussé Marcus à se comporter comme il l'avait fait – il avait voulu être à l'image de leur père. Il avait voulu s'approprier tout ce que leur père avait construit. Pour Sierra, c'était différent. Quand elles étaient enfants, Mason Winters avait traité Sierra et elle de la même façon. Mais, une fois devenue adolescente, il l'avait parée de toutes les qualités. Elle était devenue sa petite princesse.

— Je reste ici, près de la voiture. Criez si vous avez besoin d'aide.

Elle hocha lentement la tête, ne pouvant s'empêcher de sourire.

— D'accord.

Le gravier crissa sous ses sandales lorsqu'elle sortit du véhicule et referma la portière.

Elle contempla la double porte pendant un moment, les mains moites, la sueur perlant sur son front. Après huit ans de réclusion dans l'un des rares établissements pénitentiaires du Tennessee, elle avait oublié à quel point il faisait chaud en août, même tôt le matin. Elle avait oublié jusqu'à l'odeur de l'air hors d'une enceinte de hauts murs hérissés de barbelés. Et le ciel ! Lorsqu'on le voyait en levant la tête, entre les arbres, il était si différent du carré bleu délimité par les barreaux d'une minuscule fenêtre...

Ainsi qu'elle s'y était attendue, la porte était déjà déverrouillée. Elle poussa l'un des battants et entra. Il faisait plus frais à l'intérieur. Apparemment, on avait installé l'air conditionné depuis sa dernière visite.

Mais l'odeur était la même.

Une odeur de renfermé, d'humidité. Son père avait acheté les bancs dans une brocante.

Le vendeur avait déclaré qu'ils provenaient d'une église vieille de deux siècles du nord du Tennessee.

Marcus accomplissait les mêmes gestes qu'elle avait vu

son père faire mille fois : s'assurer que les missels et les bibles étaient bien à leur place, à l'arrière des sièges. Afin que personne ne se trouve démuni en cas d'oubli. Non que les prêches de son père aient jamais été directement tirés de la Bible. Il avait préféré déformer ses mots pour leur faire dire ce qu'il voulait. Bizarre que personne ne s'en soit jamais aperçu.

À moins que les gens n'aient eu peur de le souligner.

Elle l'avait relevé à maintes reprises. Ce qui était probablement l'une des raisons pour lesquelles son père l'avait tellement prise en grippe.

Le parquet craqua sous son pas dès son entrée... comme si l'édifice lui-même s'offensait de sa présence.

Marcus leva les yeux. Son expression se durcit instantanément à sa vue.

— Sacrilège ! rugit-il.

Elle continua à avancer.

— Oui, bien sûr, dit-elle en levant les yeux. D'ailleurs, je pense que le toit va s'écrouler d'une seconde à l'autre.

— Hors d'ici ! cria-t-il de nouveau, le doigt pointé vers la porte. Je ne tolérerai pas qu'une garce de ton espèce vienne profaner cette maison de Dieu.

Cece ne put s'empêcher de rire.

— Dieu n'a jamais rien eu à voir avec tout ça, Marcus.

Il fit un pas dans sa direction. Cece s'arrêta. Qu'il vienne ! Elle refusait de se laisser intimider.

— Tu as tué notre père, accusa-t-il d'un ton chargé de haine et de dégoût.

— C'est faux, tu le sais. Tu as menti, et Sierra, aussi. Ce que je veux savoir, c'est pourquoi. Vous le détestiez tous les deux autant que moi. Inutile de nier, ce serait un mensonge de plus.

La fureur tordit ses lèvres.

— C'est toi la menteuse ! Père avait bien compris à qui il avait affaire quand il t'a chassée de la maison.

Cet homme était son frère. Comment pouvait-il la regarder avec tant d'aversion, sans la moindre once de compassion ?

— Qu'as-tu fait à Levi ?
— Levi a fini par trouver le chemin de Dieu.

Marcus était si près maintenant qu'il la dominait de toute sa taille et la toisait de son regard brûlant d'animosité.

— Je ne te laisserai pas le détourner de sa voie. Retourne au diable, d'où tu viens !

La tête renversée, Cece soutint bravement son regard.

— Tu sais ce que je pense ? Je pense que c'est toi qui l'as tué. Tu avais beaucoup à y gagner. Son église, sa maison... Tu as tout eu, Marcus. Je me demande bien pourquoi la police ne l'a pas vu.

— Sale garce ! Sierra et moi avions des alibis.

— Oui... Vous avez trompé tout le monde – sauf moi. Mais j'ai bien l'intention d'y remédier, Marcus. Je vais découvrir la vérité. Et, cette fois, ni Sierra ni toi ne pourrez m'arrêter.

— Qu'est-ce qu'elle fait ici ?

Le regard de Cece se braqua vers la femme qui descendait l'allée centrale. *Sierra*. Elle fit de son mieux pour ne pas montrer à quel point la vision de sa sœur la bouleversait. Il était des trahisons qui ne s'oubliaient pas facilement.

— Sierra.

Cece prit une grande inspiration et se ressaisit.

— J'informais juste Marcus que je suis à la recherche de la vérité. Tu veux m'aider à la trouver ?

Sierra lança un regard noir à leur frère aîné.

— De quoi parle-t-elle, Marcus ?

Cece sourit intérieurement.

— Va-t'en, gronda Marcus. Je ne veux pas que tu sois ici à l'arrivée des fidèles.

— Tu n'aurais pas dû revenir, Cece, déclara Sierra. Tu n'es pas la bienvenue ici.

— Je m'en irai avec grand plaisir... Quand j'aurai trouvé ce que je cherche, pas avant.

— Méfie-toi, petite sœur, dit Marcus, une lueur mauvaise dans les yeux. Beaucoup de gens, ici, sont très remontés contre toi. Je m'efforce de garder mes ouailles dans le droit chemin mais... On ne sait jamais.

— Je suis au courant. Mais ce ne sont pas tes *ouailles* qui m'arrêteront.

— Que Dieu te garde, Cece, assena Sierra, la mine grave. Si j'étais toi, je n'en mènerais pas large.

— C'est drôle, riposta Cece. Je n'ai absolument pas peur.

Leur tournant le dos, elle se dirigea vers la porte.

Décidée à les laisser mariner un peu.

Du coin de l'œil, elle vit son frère se mettre à prier et Sierra l'imiter aussitôt.

Elle leva les yeux au ciel.

Deacon allait et venait, le regard revenant en permanence sur l'entrée du prétendu lieu de culte. Il n'aurait jamais dû la laisser entrer seule.

Comment avait-il pu commettre un faux pas aussi grossier ? Il avait été formé à ne jamais laisser un civil aller au-devant du danger. Veiller à sa sécurité aurait dû être sa priorité – primer, même, sur la résolution de l'affaire. Mais ce n'était pas parce qu'il voulait voir la vérité triompher la vérité à tout prix, quoi qu'il en coûtât à Cece.

Elle avait été reconnue coupable de l'assassinat de son père. Une femme de son espèce n'aurait pas hésité à tuer le partenaire de Deacon.

Seulement voilà... Maintenant, il n'était plus aussi sûr qu'elle ait tué qui que ce soit.

Il avait attendu longtemps cette opportunité, il avait mis sa carrière et sa vie sur pause. Et voilà que le doute et l'incertitude l'assaillaient alors qu'il touchait presque au but...

Une voiture entra dans le parking, suivie d'une deuxième. Il balaya du regard les visages, jeta un nouveau coup d'œil vers la porte. Que faisait-elle là-dedans ? Si l'endroit se remplissait de disciples du grand frère, tout pouvait arriver.

Avant même d'être allé au bout de sa pensée, Deacon se dirigea vers la porte.

Il allait monter les deux marches qui y conduisaient lorsque celle-ci s'ouvrit, livrant passage à une Cece visiblement furieuse.

— Voilà. J'en ai terminé, proféra-t-elle d'un ton bref.

Il hocha la tête.

— OK.

Ils retournèrent à sa camionnette sous les regards intrigués de ceux qui ne l'avaient pas reconnue et sous ceux, hostiles et insistants, des autres. Il lui tint la portière ouverte pendant qu'elle s'asseyait puis se mit au volant.

— Est-ce que vous reconnaissez quelqu'un parmi ces gens ?

— Certains, oui, dit-elle tandis qu'il reculait.

— Vous avez vu Levi ?

— Non. Je pense qu'ils le cachent quelque part. Probablement à la maison.

— Vous voulez dire, contre son gré ?

Elle attendit qu'il se soit engagé sur la route et qu'il lui lance un regard interrogateur.

— Oui. Je connais Levi. Il ne se serait pas rallié à eux. Il aurait pu *faire semblant* s'il s'y était senti obligé mais c'est tout.

— Pensez-vous qu'il faille prévenir le shérif ?

Il savait pertinemment qu'elle répondrait par la négative. Pas plus que lui elle n'entendait agir dans le cadre strict de la loi. Or, l'intervention des autorités l'aurait obligée à jouer dans les règles.

— Tanner ne pourra rien contre Marcus.

Elle regarda le paysage par la vitre.

— Marcus et ses disciples se considèrent au-dessus des lois. Ils n'ont de comptes à rendre qu'à Dieu… Enfin, l'interprétation toute spéciale qu'ils ont de ce mot. De plus, ils sont bien trop prudents pour commettre une erreur devant un représentant de la loi.

Il freina devant un panneau STOP à une intersection.

— Comme je vous l'ai dit, je suis prêt à vous aider. Que voulez-vous faire maintenant ?

Elle l'étudia longuement. La culpabilité assaillit de nouveau Deacon. Elle paraissait si jeune… si innocente. Mais l'était-elle vraiment ? Il avait totalement perdu de vue sa perspective au cours des dernières quarante-huit heures.

— Je veux aller à la maison.

— OK, je vous ramène, dit-il en actionnant son clignotant pour tourner à gauche.

— Non… Je voulais dire : la maison de mon enfance.

Il ramena le clignotant en position centrale.

— C'est désormais chez votre frère. Ce serait une violation de propriété privée.

Elle secoua la tête.

— Non, ce sera une *effraction* de domicile parce que j'ai bien l'intention de pénétrer dans la maison.

Deacon opta pour ne pas tenter de la dissuader.

Mais une chose était certaine : si elle se rendait chez Marcus, il s'y rendrait aussi.

8

La maison dans laquelle Cece avait vécu, enfant, était une grande bâtisse à un étage nichée au milieu des bois, dans une propriété de seize hectares que leur père avait héritée de son père. Deux hectares, environ, avaient été dégagés autour de l'habitation, formant une cour et un grand jardin. Leur famille n'avait jamais fait d'élevage. Le lait frais, les œufs et la viande étaient soit achetés aux éleveurs du coin soit offerts par les disciples. Pour son père, un homme devait se concentrer sur son domaine d'excellence et laisser le reste à d'autres.

Mason Winters n'avait jamais excellé en quoi que ce soit si ce n'est embobiner les gens crédules et leur faire gober les inepties qu'il présentait comme paroles d'évangile. De l'avis de Cece, c'était un miracle que personne ne l'ait tué bien avant qu'elle s'en soit prétendument chargée.

Voilà, songea-t-elle en regardant l'allée longue de près de deux kilomètres s'incurver devant eux. La maison allait apparaître derrière ce virage. S'ils allaient plus loin, ils pourraient être repérés de la maison. Sur leur droite, de l'autre côté des bois, se dressait l'église. Elle semblait plus beaucoup plus éloignée par la route mais, à travers bois, elle était toute proche.

Elle se tourna vers l'homme qui conduisait, et qui, jusqu'alors, l'avait suivie dans son projet sans piper mot.

— Vous devriez rester dans la voiture. Que je décide

d'enfreindre la loi, c'est une chose, mais je ne veux pas que vous vous sentiez obligé d'en faire autant.

Deacon la regarda comme si elle avait perdu l'esprit. Ce qui était peut-être le cas. Son plan était follement risqué. Si Marcus la surprenait, il la ferait lapider ou torturer d'une façon ou d'une autre plutôt que d'appeler la police. Puis il jurerait ses grands dieux qu'elle avait fait quelque chose de terrible et qu'il avait été obligé de se défendre. Et pour elle, ce serait soit la mort soit le retour en prison.

Ce qui signifiait qu'elle ne pouvait pas se faire prendre.

— Écoutez-moi.

La voix de Deacon la tira de ses sombres pensées. C'était le moment où il allait lui dire que si elle comptait continuer, ce serait sans lui. Ce qui était parfaitement compréhensible : il n'était ni un hors-la-loi ni un ex-détenu comme elle. Sa réputation était déjà compromise... Qu'avait-elle à perdre ?

— La maison est à Marcus maintenant, c'est bien ça ?

Elle acquiesça d'un signe de tête.

— Il a hérité de la propriété et de l'église, oui. Sa seule obligation était de prendre soin de ses proches - dès lors qu'ils restaient au sein de la congrégation. Donc, exit Levi et moi. Non que je le regrette. Si j'avais hérité de cette maison, j'y aurais mis le feu.

Et ce serait peut-être bien ce qui finirait par arriver.

— Votre père avait-il des gardes de son vivant ? Des vigiles pour surveiller la maison en son absence ?

— Non, je ne crois pas.

— Bien, dit-il en promenant son regard autour de lui. Je vais garer la voiture dans ce chemin, là-bas, à l'abri des regards, pour le cas où quelqu'un viendrait.

Le chemin en question n'était qu'une trouée dans la végétation formée au fil des années par les automobilistes faisant demi-tour en se rendant compte qu'ils s'étaient trompés de route - ou ceux revenus sur leur intention de rendre visite au *révérend* Winters. Cece l'avait elle-même utilisé quand elle voulait se faufiler incognito dans la maison pour récupérer quelque chose qui y était resté.

Lorsque Deacon eut dissimulé la voiture sous les arbres, il déclara :

— Je vais vous suivre mais, moi, je resterai hors de vue, dans les bois.

Compte tenu des menaces à peine voilées qu'avait proférées Marcus contre elle, c'était sans doute une bonne idée. Il la haïssait. Sierra aussi. Cece s'en voulut d'en éprouver de la tristesse. Elle aurait dû s'en moquer complètement mais ce n'était pas le cas. Quel soulagement ça aurait été de pouvoir les bannir définitivement de son cœur !

— OK, si vous croyez que c'est mieux.

— Oui, je le crois. Qu'espérez-vous trouver, à part Levi ?

— Je ne sais pas trop. Peut-être rien. Je ne m'attends pas que des preuves de mon innocence soient éparpillées un peu partout dans la maison. Ni des preuves de leur culpabilité, d'ailleurs. Mais il faut que j'aille jeter un coup d'œil.

Son instinct lui soufflait qu'il y avait quelque chose, quelque part.

Elle posa la main sur la poignée.

— N'oubliez pas, rappela Deacon. En cas de problème…

— Je crie, le coupa-t-elle en poussant résolument la portière.

— C'est ça.

Rassemblant tout son courage, Cece quitta les bois et s'avança vers la maison. Au sortir du virage, comme la maison apparaissait, elle remarqua immédiatement deux hommes. Tous deux arboraient des T-shirts des Survivalistes du Salut. Ils lui étaient inconnus. Tiens, tiens… Son frère avait donc jugé la présence de gardes nécessaire.

Mais on n'employait pas des gardes s'il n'y avait rien à garder, non ?

Marcus avait-il découvert que Levi lui rendait visite en prison et décidé de le séquestrer ?

Deacon était resté embusqué derrière les arbres mais il n'était pas loin. Lui aussi avait dû les voir.

Postés sur le perron, ils la regardèrent approcher sans broncher, le fusil en bandoulière.

Lorsqu'elle ne fut plus qu'à une dizaine de mètres d'eux, elle les salua de la main.

— Bonjour. Est-ce que Levi est ici ?

Les deux hommes la toisèrent comme s'ils hésitaient à lui adresser la parole.

— Marcus m'a dit qu'il était resté à la maison. Je me suis dit que j'allais passer le voir.

Le plus grand des deux hommes consulta sa montre. Son premier réflexe avait été, elle en était sûre, d'appeler Marcus. Mais il ne pouvait pas le faire, l'office étant déjà commencé.

— Je vais lui poser la question, répliqua l'autre type. Voir s'il veut de la compagnie.

Un courant d'excitation la parcourut. Elle allait entrer. L'homme avait implicitement reconnu que Levi était bien là.

— Merci.

L'homme à la montre la garda à l'œil pendant que son collègue disparaissait dans la maison. Elle s'obligea à respirer pour dissiper le poids qui l'oppressait. Le service durait deux bonnes heures, confessions, rites expiatoires et autres absurdités comprises, donc elle avait un peu de temps devant elle.

Pourvu qu'elle puisse entrer !

Elle parviendrait peut-être à faire entendre raison à Levi.

Comme si cette pensée l'avait fait se matérialiser, il apparut sur le pas de la porte, le garde sur ses talons. Il la fixa, immobile, pendant un moment, puis se rua en avant, descendit les marches et vint se planter devant elle.

— Qu'est-ce que tu fais là ? demanda-t-il.

Elle cilla. Sa voix était dure, cassante.

— Je suis venue te voir.

Approchant le visage du sien, il murmura rapidement :

— Viens à la cabane dans vingt minutes.

Puis, à haute voix, il ajouta :

— Tu n'as pas le droit de venir ici. Tu n'es plus des nôtres.

Il recula d'un pas.

— Va-t'en et ne reviens plus.

Cece marqua un temps d'hésitation, déstabilisée par la situation.

— J'ai dit : va-t'en ! cria-t-il.

Elle fit un pas en arrière.

Levi se retourna et lança aux gardes :

— Si elle essaye de revenir, raccompagnez-la jusqu'à la route.

Cece regarda Levi disparaître à l'intérieur de la maison puis tourna les talons et se mit à courir, ébranlée par ses paroles, même s'il lui avait demandé de le rejoindre à la cabane.

Deacon était déjà à la camionnette quand elle le rejoignit.

— Filons d'ici, dit-il, l'expression assombrie par la colère.

Bien sûr. Il ne savait rien du rendez-vous que lui avait fixé Levi.

Elle lui expliqua brièvement la situation tandis qu'ils remontaient dans la camionnette.

— Où est-ce ? demanda-t-il, l'air à moitié convaincu.

— C'est une vieille cahute délabrée où nous allions jouer, enfants. Je crois qu'elle fait partie de la propriété voisine, mais ça ne nous a jamais empêchés de l'utiliser.

Après deux erreurs, elle finit par lui indiquer le bon chemin pour s'y rendre. L'étroite route de terre envahie par la végétation s'arrêtait net au coude que formait la rivière qui traversait une portion des deux propriétés. Alimentée par une source souterraine, celle-ci n'était jamais à sec – même pendant les mois les plus chauds de l'année.

Le clapotis de l'eau apaisa ses nerfs en pelote. Elle avait adoré explorer ces bois étant enfant. C'était l'un des rares souvenirs plaisants qu'elle ait gardés de la période qui avait suivi la mort de sa mère. Deacon verrouilla la camionnette puis longea la berge à sa suite.

— Il va falloir traverser, annonça-t-elle, espérant que le tronc d'arbre qui leur servait autrefois de pont était toujours là.

— Vous ne craignez pas qu'il ait eu une arrière-pensée en vous donnant rendez-vous dans cet endroit isolé ?

— Non. S'il avait voulu s'en prendre à moi, il aurait demandé aux gardes de me conduire à l'intérieur de la maison et m'y aurait retenue jusqu'au retour de Marcus.

— Très juste. Un point pour vous.

Ils parcoururent les cinq cents mètres qui les séparaient du point de passage sans échanger un mot. Les sons portaient dans la forêt, et ni l'un ni l'autre ne tenait à être repéré.

— Je passe devant, suggéra Deacon à voix basse. Si cet arbre supporte mon poids, il supportera le vôtre.

Le voir jouer les gentlemans lui mit du baume au cœur. Quelque part, en son for intérieur, elle redoutait qu'il ne se lasse de veiller sur elle. Elle commençait vraiment à aimer sa compagnie, et ce pas seulement en raison de sa galanterie.

Ce qui n'est pas très malin, Cece.

Il ajusta son chapeau et mit un pied sur la vieille souche. Il était environ à mi-chemin lorsqu'elle remua. Cece retint son souffle mais il parvint sans encombre sur la rive opposée.

— Ça ira ? Vous y arriverez ? demanda-t-il.

— Vous plaisantez ? Je suis passée là des dizaines de fois.

Elle s'avança d'un pas assuré sur le tronc d'arbre jusqu'à l'autre rive.

— Qu'est-ce que je vous avais dit ?

Il sourit.

— C'est comme le vélo, c'est ça ? Ça ne s'oublie pas ?

— Exactement.

Ce qui rappela à Cece qu'elle devait vraiment s'occuper du renouvellement de son permis de conduire. *Demain, sans faute,* décida-t-elle. Elle se mettrait aussi à chercher du travail et irait voir son agent de probation.

Une fois la rivière franchie, la cabane n'était plus loin. Elle semblait déserte et près de s'effondrer. Curieux... Lorsqu'ils étaient enfants, elle lui avait paru tellement plus grande et mystérieuse... Comme un bastion de pirates ou un repaire de gangsters.

Avant qu'ils aient eu le temps d'approcher, Levi sortit de l'ombre. Il fusilla Deacon du regard puis elle.

— À quoi joues-tu, Cece ?

— Je pourrais te retourner la question.

Toute la colère qu'elle avait gardée en elle depuis qu'elle avait franchi les grilles de la prison pour ne trouver personne se libéra d'un coup.

— Tu étais censé venir me chercher, non ? Est-ce que tu imagines ce que c'est que d'attendre et attendre encore avant de comprendre finalement que personne ne viendra ?

— Je suis désolé. Marcus m'a empêché d'y aller.

— Oh ! Alors, Marcus est ton seigneur et maître, maintenant ? rétorqua-t-elle avant de secouer la tête. Que s'est-il passé, Levi ?

— D'abord, qui est-ce ? demanda son petit frère, les sourcils froncés.

— Un ami, répondit-elle, refusant d'en dire davantage.

— Tu crois que je vais te parler en présence de cet *ami* ?

Elle sut gré à Deacon de garder le silence.

— J'ai une totale confiance en lui. Toi aussi, tu peux lui faire confiance. Il m'aide. Il a empêché Ricky et ses amis de me faire Dieu sait quoi hier soir.

Elle jeta un regard à Deacon avant de poursuivre :

— Et, le soir précédent, il a empêché deux types de mettre le feu chez moi. Oh ! et j'allais oublier : il a aussi volé à mon secours quand les zombies de Marcus m'ont attaquée dans le parking du supermarché !

Ce fut à ce moment-là seulement, en énumérant l'accumulation d'incidents survenus en moins de quarante-huit heures, que le barrage se rompit. Un torrent d'émotions la submergea, et elle fondit en larmes incoercibles. Malgré tous ses efforts, même si c'était atrocement embarrassant, même si elle détestait donner d'elle cette image de faiblesse, impossible de s'arrêter.

— Cece... Je suis désolé, murmura Levi en la serrant contre lui. Vraiment désolé.

Elle frissonna, le corps secoué par les sanglots. Elle en avait tellement assez de tout cela. Partir... Pour toujours, sans un regard en arrière !

Mais cela signifierait qu'elle n'aurait jamais l'esprit libre. Et que sa grand-mère se serait démenée pour rien.

Levi recula, la tenant toujours par les épaules.

— Après le dernier parloir, j'ai décidé d'essayer de trouver la vérité pour t'éviter d'avoir à le faire. Je sais comme tu tiens à prouver ton innocence.

Il exhala un profond soupir.

— C'est juste que... ça me prend plus longtemps que je ne l'avais imaginé.

Cece s'essuya les yeux.

— Qu'est-ce que tu racontes ? C'est beaucoup trop dangereux. N'essaye de duper Marcus. Il est capable de tout, y compris de se débarrasser de toi, tu le sais.

— Je brûle, Cece. Je les ai entendus discuter, Sierra et lui, l'autre soir. Elle disait que s'il ne faisait pas quelque chose, tu allais tout découvrir.

— Découvrir quoi ?

— Je ne sais pas encore. Pendant les deux premières semaines que j'étais là, ils faisaient très attention à ne rien dire en ma présence et à ne pas me laisser seul. Mais le filet se relâche petit à petit. C'était la première fois, aujourd'hui, que je restais seul à la maison.

— Il y a les gardes...

Il secoua la tête.

— Oui, mais ils n'entrent pas. Je me suis mis à fouiller la maison, pièce par pièce...

— C'est trop dangereux ! Laisse tomber et viens vivre à la maison.

Elle ne voulait pas perdre son jeune frère. Rien n'était plus important que sa sécurité.

— Laisse-moi faire. Je tends l'oreille, j'ouvre l'œil... Il finira bien par en sortir quelque chose, et quand ce sera le cas, je viendrai te voir. D'ici là, tiens-toi éloignée de Marcus et Sierra. Ils sont fous, Cece.

Ses yeux, agrandis par l'anxiété, se plantèrent dans les siens.

— Je veux dire, vraiment fous. Je crois que Sierra est peut-être sous l'influence d'une drogue. Elle passe son temps à répéter qu'elle était la petite princesse de papa et que tout le monde ferait bien de s'en souvenir et de la traiter comme telle.

De toute évidence, elle n'arriverait pas à le convaincre de renoncer à son projet.

— Sois prudent. Ne prends pas de risques.

Cece le serra fort contre elle.

— Je ne veux pas te perdre, murmura-t-elle à son oreille.

— Il faut que je file.

Il se dégagea et lui décocha un sourire avant de lancer un coup d'œil à Deacon.

— Il faudra que tu m'expliques, pour ce type...

Ils se donnèrent une dernière fois l'accolade puis se séparèrent.

Deacon et elle rejoignirent la camionnette en silence. L'émotion, trop vive, lui nouait la gorge.

Mais, quand la camionnette roula, elle se remit à pleurer. Seigneur, qu'elle détestait se donner ainsi en spectacle !

Cette fois, ce fut Deacon qui la consola. Il se rangea sur le bas-côté et l'attira dans ses bras. Il la tint contre lui jusqu'à ce que ses larmes se soient taries. Jusqu'à ce qu'elle n'en ait plus une seule à verser.

Puis il la ramena chez elle.

— Vous n'auriez pas dû vous donner tant de peine.

Deacon lui décocha un large sourire.

— On ne peut pas dire que je sois un fin cordon-bleu, mais je me suis toujours flatté de bien réussir les sandwichs grillés au fromage.

Elle grignota une nouvelle bouchée.

— C'est délicieux.

Deacon prit son verre de thé glacé et en avala une gorgée.

— Je suis content que vous ayez pu voir Levi aujourd'hui. Je sais à quel point vous étiez inquiète à son sujet.

Il avait envisagé plusieurs façons d'aborder de nouveau la question mais avait préféré la remettre à plus tard. Elle avait été si bouleversée par la rencontre avec son jeune frère qu'il en avait été désolé pour elle.

Ce qui n'aurait pas dû être le cas. Mais il n'avait pas un cœur de pierre, que diable !

Apparemment, la fille qu'il avait crue capable de tuer l'un de ses semblables sans ciller n'était pas si dénuée d'empathie. Son émotion et ses larmes n'avaient pas été feintes.

— Moi aussi, mais je ne suis pas moins soucieuse maintenant. Il veut être mon héros mais j'ai tellement peur pour sa vie…

— Vous croyez Marcus et ses disciples capables de meurtre ?

Elle hocha vaguement la tête, abîmée dans la contemplation de son sandwich.

— Cece ? Qu'y a-t-il ?

Quelque chose la tracassait. Quelque chose qu'elle ne se décidait pas à lui dire. L'anticipation fit battre son cœur plus vite.

— Vous devriez savoir, désormais, que vous pouvez me parler. Je suis de votre côté dans cette affaire, vous pouvez avoir confiance en moi. Je ne vous laisserai pas tomber.

Trois contrevérités coup sur coup.

Et le plus surprenant, c'était qu'il n'avait pas l'impression d'avoir menti.

— Il y avait un homme…, commença-t-elle, pressant les mains l'une contre l'autre, les avant-bras calés sur les genoux.

Je veux dire, à l'époque où ce cauchemar a commencé. Il s'appelait K.C.

Une onde choc le parcourut. K.C. était le pseudonyme utilisé par Jack. K pour Kelley et C pour Charlie, ses enfants.

— Il est venu plusieurs fois chez ma grand-mère pour poser des questions. Je pense que c'était un agent sous couverture ou...

Elle haussa les épaules.

— Je ne sais pas exactement. Quoi qu'il en soit, ma grand-mère ne voulait pas lui parler. Elle m'avait recommandé d'en faire autant, disant qu'il ne nous amènerait que des ennuis. Elle essayait de faire profil bas parce que mon père traversait l'une de ses crises.

— L'une de ses crises ? releva-t-il, dissimulant tant bien que mal son impatience.

— De temps à autre, il décrétait subitement que j'étais sa fille et que je devais rentrer ventre à terre à la maison. Il se déchaînait contre ma grand-mère. Je la soupçonne de lui avoir donné de l'argent pour qu'il ne m'approche pas mais elle ne l'a jamais admis.

— Donc, vous n'avez jamais parlé à ce K.C. ? reprit-il, s'appliquant à respirer normalement et à masquer sa tension derrière une apparence normale.

— Il est venu me voir dans le restaurant où je travaillais. C'est l'unique fois où il m'a abordée. Les mises en garde de ma grand-mère avaient dû l'impressionner, car ça ne s'est plus jamais reproduit.

— Et que s'est-il passé ?

— Il m'a demandé si je savais que mon père était en lien avec un groupe connu sous le nom de Résurrection. J'en avais entendu parler. C'était une société secrète de survivalistes – vous savez, ceux qui se préparent en prévision de la fin des temps. Je lui ai dit la vérité, à savoir que si mon père avait jamais eu affaire à eux, je n'étais pas au courant. Les membres de ce groupe tiennent à rester à anonymes. J'ai entendu un jour mon père expliquer que c'était pour éviter que tous les ignorants non préparés ne viennent mendier leur aide lorsque l'Armageddon surviendra.

— Et ce K.C., reprit Deacon en s'attachant à garder l'air raisonnablement détaché. Vous a-t-il paru... OK ? A-t-il semblé contrarié par votre réponse ?

— Non. Il était gentil. Dans le genre paternel, vous voyez ? Enfin, l'idée que je me fais d'une attitude paternelle, étant donné ma désastreuse expérience personnelle. Je n'ai pas compris pourquoi ma grand-mère avait tellement peur de lui. Bref, toujours est-il que je ne l'ai plus jamais revu ensuite. Mes réponses ne lui avaient pas été d'une grande utilité, et il a dû trouver une autre source d'informations, je suppose. Il semblait vraiment désireux d'en apprendre davantage sur le rapport existant mon père et ce groupe.

— Vous êtes sûre que votre père n'en faisait pas partie ?

— Je ne *crois* pas, mais comme je passais mon temps à l'éviter... Même avant d'être chassée de la maison, je le fuyais comme la peste. On ne pouvait pas se supporter.

— Levi le saurait peut-être. Il est resté à la maison, lui, après votre départ... Croyez-vous qu'il ait pu être approché par ce K.C. ?

Elle planta son regard dans le sien, sonda son expression.

— Je n'en sais rien. Il n'a jamais fait allusion ni à ce groupe de survivalistes ni à ce K.C. Pourquoi ? Vous le connaissez ?

C'était le moment de vérité. S'il mentait et qu'elle le découvrait par la suite, elle ne le lui pardonnerait pas. Mais s'il disait la vérité, elle pouvait se cabrer séance tenante et se fermer comme une huître.

Il était trop près du but pour courir ce risque.

— J'essaye de passer en revue toutes les possibilités.

Comme elle gardait l'air suspicieux, il posa une question dont il était quasiment sûr qu'elle détournerait son attention.

— Pensez-vous que ce K.C. puisse avoir été mêlé à la mort de votre père ?

Elle fronça les sourcils.

— Je ne sais pas, je n'y ai jamais réfléchi. J'imagine que c'est possible.

Elle se tourna de nouveau vers Deacon.

— Mais il avait vraiment l'air de quelqu'un de bien, donc je ne sais pas.

« Gentil » ; « Paternel ».

« Quelqu'un de bien »...

L'évidence s'imposa tout à coup à lui. Cette femme dont il avait minutieusement décortiqué la vie pour trouver la faille, cette femme qui l'avait obsédé pendant des mois, ne savait rien de Jack ni de sa disparition.

Ce n'était pas elle.

Il l'avait méprisée pendant si longtemps. Haïe, même. Il avait rêvé de la confondre. Ces gens qui lui avaient jeté des pierres le jour de son retour étaient probablement là à cause de lui, parce qu'il avait délibérément fait fuiter la date et l'heure de sa sortie de prison. Il avait voulu la voir mordre la poussière, être humiliée.

Et, depuis le début, il s'était trompé.

— Je suis désolé.

Les mots étaient sortis tout seuls.

Elle cligna des paupières.

— Désolé ? Pourquoi ?

Avant qu'il ait eu le loisir de répondre, elle prit sa main dans la sienne.

— Vous avez été si obligeant, si bienveillant avec moi, Deacon. Je me demande ce que j'aurais fait sans vous. Merci.

Il réussit à sourire malgré son estomac qui se contractait douloureusement tandis qu'il pensait que l'idée que la vérité était loin d'être telle que Cece se la représentait.

— Inutile de me remercier.

— Je sais que vous n'avez pas voulu m'embrasser quand je vous l'ai demandé. Mais vous voulez bien que je vous embrasse, moi ? Je veux dire, sur la joue ? Pour vous témoigner ma gratitude.

— Bien sûr.

Elle se pencha en avant et déposa un baiser sur l'arête de sa mâchoire. Ses lèvres étaient si douces... Le battement d'ailes d'un papillon sur sa peau.

Elle se recula rapidement, puis se leva comme si elle s'apprêtait à battre en retraite.

— Je vais nettoyer la cuisine.

— Je viens vous aider, offrit-il en se levant et en prenant son assiette.

— C'est vous qui avez cuisiné, argua-t-elle.

— Je vous suis quand même. Je vous regarderai faire.

— Comme vous voudrez.

Elle rassembla son assiette et son verre et les porta jusqu'à l'évier.

Il la regarda remplir la cuvette d'eau chaude. Il n'y avait pas de lave-vaisselle. Lorsqu'elle eut nettoyé le comptoir et la cuisinière, il décida d'en apprendre un peu plus sur son frère aîné.

— D'après ce que j'ai cru comprendre, Marcus n'est pas marié et n'a pas d'enfants ?

Elle marqua une pause, les mains plongées dans l'eau mousseuse.

— Il avait une petite amie au lycée mais ils ont rompu et, ma connaissance, il n'a pas eu d'autre relation sérieuse.

— Parce qu'il est trop focalisé sur le développement de son groupe, vous pensez ? Ou que ses croyances ont fait obstacle à sa vie privée, peut-être ? Il aurait pu s'éprendre de quelqu'un qui soit en désaccord avec les dogmes de la congrégation...

— Ce n'est pas impossible, je suppose, mais, psychorigide comme l'est Marcus, je ne l'imagine pas dans cette situation. Il préférerait mourir. Non, je suppose que c'est juste un solitaire. Il a cessé de fréquenter des amis et de participer aux activités extrascolaires très jeune – vers douze ou treize ans.

Il se vouait déjà à marcher sur les pas de notre père… C'était le seul garçon de cet âge à passer tout son temps libre avec les personnes âgées de la communauté. Chaque fois que l'un d'eux disparaissait, il s'enfermait dans sa chambre pendant des jours. Peut-être qu'il a épuisé toutes ses ressources de compassion et que parvenu à l'âge adulte il ne lui en restait plus une miette… Ce qui est sûr, c'est qu'il n'en a jamais montré vis-à-vis de moi.

Deacon prit un torchon et essuya l'assiette qu'elle venait de rincer.

— Et Sierra ? A-t-elle toujours été aussi pieuse que lui ?

Cece secoua fermement la tête.

— Non. Quand nous étions petites, elle m'adorait. Avec Levi, nous jouions toujours ensemble, tous les trois. On était heureux… Du moins aussi heureux que peuvent l'être des enfants dans notre situation. Mais ensuite, quand mon père m'a jetée dehors, elle a changé. Elle s'est retournée contre moi, comme si elle s'était mise subitement à me détester. Et elle ne mettait plus le nez dehors. Ce n'est que lorsqu'elle a eu un petit ami que j'ai commencé à la croiser de nouveau en ville de temps en temps. Elle n'avait plus rien à me dire, semblait-il, mais au moins elle se comportait à peu près normalement. Quand j'en parlais à Levi, il disait simplement qu'elle était devenue folle. Il pense qu'elle prenait déjà de la drogue à ce moment-là.

La famille de Cece s'était littéralement décomposée après la mort de la mère. Deacon commençait à penser que c'était davantage lié à Marcus et Sierra qu'au père lui-même.

Il la regarda rincer l'évier et se sécher les mains, songeur. Quand diable cette enquête s'était-elle axée autour de Cece et sa famille et non plus de son partenaire ?

9

Lundi 5 août

Cece regarda l'écran d'affichage passer du numéro 21 au 22 puis baissa les yeux et fixa le petit ticket bleu portant le numéro 25 dans sa main.

Apparemment, la première semaine du mois était la plus chargée au guichet des renouvellements de permis de conduire. Elle soupira. Elle n'était toujours pas à l'aise au volant mais cela viendrait, avec le temps. Il le faudrait bien. Quand on vivait dans une petite ville du Sud, conduire était indispensable.

Deacon lui avait proposé de lui servir de chauffeur mais elle ne voulait pas dépendre de lui pour le moindre déplacement. Qui plus est, elle avait envie d'être indépendante. Elle promena son regard sur la salle d'attente bondée. Jusqu'ici, personne ne l'avait reconnue. Pour tromper l'ennui, les gens discutaient avec leur voisin ou avaient les yeux rivés à leur portable. En gros, elle était donc seule.

Comme elle n'avait pas de téléphone mobile et ne connaissait aucun des messieurs d'un certain âge qui étaient assis autour d'elle, elle se contentait de prendre son mal en patience, le regard dans le vague. Si elle se tenait immobile, peut-être que personne ne la remarquerait ni ne tenterait d'engager la conversation… Car la nature humaine était ainsi faite :

on posait des questions sur l'école, les enfants, le travail, on commentait les résultats sportifs. Or, elle se voyait mal déclarer qu'elle avait passé ses années d'université en prison, qu'elle n'avait pas de petit ami, et, a fortiori, encore moins un mari et des enfants. Pour rompre la glace, on faisait mieux. Son pauvre voisin de siège aurait amèrement regretté d'avoir ouvert la bouche.

Par association d'idées, elle revit son voisin dans sa cuisine ce matin, debout devant la fenêtre, au-dessus de l'évier, rêvassant, une tasse de café à la main. Elle l'avait contemplé pendant un bon moment avant de signaler sa présence. La façon dont son jean moulait son corps. La façon dont l'étoffe de son T-shirt s'étirait sur ses larges épaules. Ses cheveux bruns tout ébouriffés qui bouclaient sur sa nuque.

Une part d'elle se demandait encore pourquoi ce bel inconnu avait tellement à cœur de l'aider. N'avait-il donc rien de mieux à faire ? S'ennuyait-il, tout simplement ? Elle avait envie qu'il soit exactement ce qu'il semblait être – un voisin plus qu'accommodant qui aimait jouer les bons samaritains.

Mais, tout au fond, une petite voix lui soufflait qu'elle commettait peut-être une erreur. Elle ne savait rien de lui. De ses véritables motivations.

Et pourtant, elle avait envie de mieux le connaître... De le connaître *intimement*. Une bouffée de chaleur lui monta aux joues. Discrètement, elle jeta un regard autour d'elle comme si elle craignait d'avoir parlé à haute voix.

Mais c'était vrai. Elle mourait d'envie qu'il l'embrasse, qu'il la touche, qu'il lui fasse découvrir les mille et une façons dont un homme pouvait donner du plaisir à une femme. Sa seule et unique expérience avec ce zéro de Ricky Olson avait été maladroite et décevante alors qu'un simple petit baiser sur la joue de Deacon enflammait tous ses sens.

Alors, bien sûr, le fait qu'il semble authentiquement désireux de l'aider dans sa quête de la vérité rendait l'idée de...

— C'est à vous.

Cece sursauta. L'homme à sa droite désigna le numéro indiqué sur son papier puis l'écran d'affichage. Elle s'obligea à lui retourner un sourire poli.

— Oh ! merci !

Elle se hâta de rejoindre le guichet indiqué, au comptoir, et présenta les papiers requis. L'agent l'informa que la date d'expiration de son permis étant dépassée depuis longtemps elle devait repasser un bref test de conduite. Elle pouvait soit le faire tout de suite soit prendre rendez-vous.

Zut ! Elle ne s'était pas attendue à ça. Elle opta pour se débarrasser de la corvée dans la foulée. Une fois les documents administratifs remplis, l'agent appela un inspecteur qui l'accompagna jusqu'à sa camionnette et lui fit signe de démarrer. Cece obtempéra et se mit à rouler. Elle s'appliqua à suivre scrupuleusement chacune de ses indications tout en gardant un œil attentif sur les panneaux de signalisation, exécuta de son mieux un créneau pour se garer devant le tribunal. L'examinateur ne faisait aucun commentaire, se bornant à lui donner ses instructions. Lorsqu'ils revinrent au bureau, le test terminé, Cece aurait été bien en peine de dire si elle avait ou non réussi l'examen. L'homme l'escorta jusqu'au comptoir et tendit un document à l'agent qui l'avait reçue. La jeune femme leva les yeux et sourit.

— Félicitations, mademoiselle Winters. Vous avez réussi. Venez avec moi, dit-elle en se levant. Je vais vous prendre en photo pour votre nouveau permis.

Elle la fit entrer dans un box où elle lui demanda de se placer sur la croix rouge, sur le sol, et prit la photo. Il fallut ensuite à Cece attendre encore quelques minutes puis elle repartit enfin avec son attestation provisoire. La version définitive de son permis lui parviendrait par courrier sous une douzaine de jours.

Cece s'arrêta ensuite à l'agence d'assurance pour mettre à jour son dossier et présenter son attestation. Vint en dernier lieu la visite à son agent de probation. Cette démarche-là, celle qu'elle avait le plus appréhendée, fut étonnamment facile. M. Berringer, la soixantaine, se révéla très gentil. Loin de lui faire sentir qu'elle était une meurtrière récemment libérée, il la traita comme une personne normale, ce dont elle lui fut reconnaissante. Curieux, tout de même… Cette humanité-là, elle l'avait trouvée aux endroits les plus improbables. Le shérif, le chef de la police… Tous avaient été extrêmement bienveillants. Comme son voisin.

Après quoi, plutôt que de rentrer directement chez elle, elle décida de faire halte au cimetière pour se rendre sur la tombe de sa grand-mère. Elle stoppa chez le fleuriste pour acheter un bouquet de ses roses préférées.

Au cimetière, elle marcha dans les allées bordées de pierres tombales jusqu'à celle qu'elle cherchait. Si elle n'avait pu assister à l'enterrement de sa grand-mère, elle avait été présente à celui de son grand-père. Emily Broward avait été inhumée au côté de l'homme qu'elle avait aimé sa vie entière.

Cece s'agenouilla et déposa les fleurs sur sa tombe.

— Salut, gran.

Emily Broward avait préféré « gran » à « grand-mère ». Cece sourit en pensant à la coquetterie dont sa grand-mère ne s'était jamais départie. Les cheveux, le maquillage, la tenue, tout avait toujours été impeccable. Même lorsqu'elle jardinait, elle semblait sur le point de partir au country club. Son mari et sa fille unique, la mère de Cece, avaient été les personnes les plus importantes au monde pour elle, ses petits-enfants se classant presque ex aequo. Surtout après la mort de sa fille.

Si loin que Cece s'en souvienne, tout le monde avait toujours pensé qu'elle était la préférée d'Emily à cause de sa ressemblance avec sa mère, mais ce n'était pas l'unique raison. Cece avait été celle qui avait passé le plus de temps en sa compagnie. Elle sautait sur la moindre occasion pour aller chez sa grand-mère. L'aidait quand elle en avait besoin. Puis Cece était venue vivre à demeure avec elle après son expulsion de la maison paternelle. Alors, bien sûr qu'elles avaient été proches. Ce n'était pas tant sa grand-mère qui avait choisi Cece que Cece qui l'avait choisie, elle.

Du coin de l'œil, elle nota un mouvement à quelques mètres de l'endroit où elle se tenait. La femme blonde qui remontait l'allée avec son berger allemand lui parut vaguement familière. Cece la suivit du regard jusqu'à ce qu'elle soit suffisamment proche pour bien voir ses traits.

Rowan DuPont. La fille de l'entrepreneur de pompes funèbres.

Cece ne la connaissait pas personnellement. Mais elle l'avait vue au journal télévisé. D'abord, parce qu'elle avait publié un livre qui avait rencontré un succès national. Cela semblait étrange qu'une personne issue de sa petite ville natale soit si célèbre. Et ensuite, elle avait bien sûr entendu parler de l'histoire de son père abattu par un tueur en série qui n'était autre qu'un ami proche. Cece se rappelait clairement M. DuPont. C'était lui qui s'était occupé de l'enterrement de son grand-père et de celui de sa mère. Mais son souvenir de ces obsèques-là était plus flou, car elle n'avait que six ans.

Rowan aussi avait perdu sa mère jeune. Celle-ci s'était pendue dans l'enceinte même du funérarium quelques mois seulement après la noyade de la sœur jumelle de Rowan.

Leurs regards se croisèrent, et la nouvelle arrivante lui adressa un sourire. Cece le lui rendit. Toutes deux avaient connu leur lot de drames familiaux. Si Rowan DuPont avait pu se relever et aller de l'avant après ce qu'elle avait vécu, peut-être que tout espoir n'était pas perdu pour Cece.

Rowan et son chien quittèrent le cimetière et disparurent. Elle aussi, songea Cece, était revenue à Winchester après une terrible tragédie. Et elle avait trouvé le moyen de survivre aux rumeurs et aux ragots.

Cece n'était pas certaine d'avoir envie de s'y essayer, elle. Ce qu'elle voulait, c'était la vérité. Ensuite, elle irait n'importe où plutôt que rester ici.

— Tu as toujours su la manipuler.

Cece tourna vivement la tête. Sierra se tenait à quelques mètres d'elle, une expression accusatrice peinte sur le visage.

Se redressant, Cece soutint son regard venimeux.

— Manipuler les gens, c'est ta spécialité, Sierra, pas la mienne.

Sa sœur la foudroya du regard, ses cheveux aile de corbeau et ses yeux tout aussi sombres contrastant de façon saisissante avec la carnation pâle et les cheveux de feu de Cece.

— Tu devrais laisser tomber, Cece. Tu ne changeras pas le passé. Ce que tu as fait, tu l'as fait, et personne ne te croira si tu prétends le contraire. Tu nous l'as enlevé, à nous tous, ses enfants, ses fidèles.

Cece avança d'un pas vers Sierra, déterminée à ne pas laisser sa jeune sœur user de ses tactiques d'intimidation.

— Je ne l'ai pas tué, Sierra. Mais peut-être que toi, si. Tu étais celle qu'il tenait encore sous sa coupe. Sa *princesse*. Celle qui lui obéissait au doigt et à l'œil. Peut-être bien que tu en as eu assez de te plier à ses règles.

Les yeux noirs de Sierra se chargèrent de haine.

— Je l'aimais. Tu ne peux pas comprendre. Il était tout pour moi.

Ça alors, c'était à des années-lumière de la vérité !

— Menteuse. Tu le détestais tout autant que moi.

Sierra rit.

— Quoi que j'aie ressenti, j'ai été plus maligne que toi. Je ne suis jamais allée crier sur tous les toits que je détestais mon père. Même si tu n'avais pas eu les mains couvertes de son sang, tout le monde aurait quand même cru que c'était toi.

— Peut-être que c'était Marcus. C'est lui qui avait le plus à y gagner. Il a hérité de la maison, de l'église. Tout tourne autour de lui maintenant.

— Tu peux être sûre que tes propos lui seront rapportés, assena Sierra en avançant d'un pas vers elle. Tu sais à quel point il t'en veut d'avoir tué notre père. Il l'adorait. Il le vénérait. Il aurait voulu que tu ne sortes jamais de prison. Il ne t'a pas pardonné. On sait toutes les deux comment Marcus se comportait vis-à-vis des malades et des mourants de la communauté de papa. Qui sait s'il ne s'occupera pas de toi le moment venu, Cece ? Je surveillerais mes arrières si j'étais toi.

Cece ne fut pas le moins du monde surprise d'apprendre quels étaient les sentiments de son frère à son égard. Il avait toujours été obsédé par leur père.

— Tu lui transmettras mes amitiés, riposta-t-elle. Et ne t'inquiète pas. Je l'ai à l'œil. Je vous ai *tous les deux* à l'œil.

— Peut-être que c'est Levi dont tu devrais te méfier. Il aurait fait n'importe quoi pour toi. Peut-être qu'il a tué papa et que tu t'es laissé accuser à sa place...

Sierra sourit.

— Je me demande si Marcus a jamais pensé à ça. C'est plutôt étrange, quand on y pense, que la brebis égarée Levi ait souhaité rejoindre le troupeau juste au moment où tu sortais de prison. Peut-être qu'il a peur que la vérité ne finisse par être découverte.

D'un dernier pas, Cece se planta, très droite, sous le nez de sa sœur.

— Laisse Levi en dehors de tout ça. Il n'a rien à voir avec ce qui est arrivé à ce vieux salaud. Je suis contente qu'il soit mort. Je regrette que ce ne soit pas *moi* qui lui aie lardé la poitrine de coups de couteau.

La fureur crispa les traits de Sierra.

— La prison ne t'aura servi à rien. Tu es toujours la même garce sans cœur que quand nous étions petites.

— J'ai un cœur, comme tout le monde, Sierra, seulement je ne suis pas stupide. Mason Winters était un charlatan et un père indigne de ce nom. Je maintiens : il n'est plus de ce monde, et c'est tant mieux.

— Tu le rejoindras peut-être plus vite que tu ne le crois. Beaucoup de gens t'en veulent à mort.

— C'est possible, concéda Cece. Mais, avant, je découvrirai la vérité.

Elle leva la main devant elle, le pouce et l'index à un centimètre l'un de l'autre.

— J'en suis à ça.

Sierra se détourna puis marqua un temps d'hésitation.

— Pour ta gouverne, il n'y aura personne pour t'apporter des fleurs quand tu seras six pieds sous terre, à côté d'elle, proféra-t-elle en jetant un regard à la tombe avant de tourner les talons.

Cece referma les bras autour d'elle et la regarda s'éloigner. Rien ne la ferait revenir sur sa position. Tant pis. Cece s'était fait tant de souci pour sa sœur et son frère, se demandant ce qu'ils deviendraient.

Mais c'était fini. Ils pouvaient aller en enfer, tous autant qu'ils étaient. Elle ne dévierait pas de son objectif : la vérité.

Elle fit ses adieux à sa grand-mère et revint à la camionnette. Elle venait de franchir les grilles du cimetière et longeait le trottoir lorsqu'elle s'arrêta net.

Ses pneus étaient à plat. Elle pressa le pas et fit le tour du véhicule. Tous les quatre. Ils avaient été crevés à coups de couteau. Si elle n'avait été aussi folle de rage, elle en aurait pleuré.

Heureusement, bien que les quatre pneus soient déclarés irréparables par le garagiste, elle put en faire poser rapidement quatre neufs en puisant dans l'argent trouvé entre les pages des livres. Elle en profita pour faire faire une vidange.

En sortant du garage, elle avisa une agence d'intérim et entra pour s'y inscrire. M. Berringer lui avait expliqué qu'elle devait impérativement trouver un emploi. Même si elle ne restait pas longtemps ici, elle devait s'efforcer de mener une vie normale.

Elle éclata de rire toute seule au volant. Comme s'il y avait quoi que ce soit de normal dans sa vie ! Elle ne l'avait jamais été et ne le serait peut-être bien jamais.

L'heure du déjeuner était largement dépassée lorsqu'elle arriva à la maison, l'estomac dans les talons et émotionnellement vidée.

Elle stoppa devant la boîte aux lettres pour relever le courrier et remonta l'allée. Une fois la voiture garée, elle passa le courrier en revue. Une lettre du fisc attira son attention. Elle la décacheta et parcourut rapidement les lignes. Arriérés d'impôts… Procédure de recouvrement… Troisième et dernier rappel.

Elle fut tentée de poser la tête sur le volant et de pleurer. Ça avait été une horrible journée. Mais, au prix d'un effort de volonté, elle se reprit et tourna la clé de contact pour démarrer. Autant retourner tout de suite en ville pour s'occuper du problème.

Il y eut un clic. Le moteur ne démarra pas. Un froncement de sourcils plissa son front. Elle recommença. Rien. Clic, clic, clic.

Elle renversa la tête contre le siège, vaincue. Le sort s'acharnait contre elle.

Que faire… Sinon appeler Deacon et voir s'il était prêt à se porter – une fois de plus – à son secours ?

Incroyable, tout de même, que le bel inconnu venu vivre près de chez elle se soit révélé être le meilleur voisin dont elle eût pu rêver.

Un vrai héros.

Cece était assise sur la dernière marche du porche lorsque Deacon se gara au bout de l'allée. Elle avait l'air d'une âme en peine venant de perdre sa meilleure amie, à ceci près qu'elle n'avait *pas* d'amis. Qu'elle était totalement seule au monde. Un paria, mis au ban de sa famille, de sa communauté.

Un paria qu'il avait cru coupable d'un autre crime que celui pour lequel on l'avait jetée en prison. Il redoutait maintenant d'avoir commis une erreur mais pas encore au point de l'absoudre définitivement. Des questions subsistaient. Au stade où il en était, il était à peu près sûr qu'elle n'était responsable ni du meurtre de son père ni de la disparition de son coéquipier. En revanche, il était d'avis qu'elle détenait des informations susceptibles de lui permettre de résoudre l'énigme une bonne fois pour toutes.

— Jolis pneus, commenta-t-il en faisant le tour de son véhicule.

Elle se leva péniblement et descendit les marches d'un pas aussi lourd que si elle se dirigeait vers l'échafaud.

— Oui. Dommage qu'ils ne puissent pas rouler.

— C'est peut-être la batterie. On va regarder ça, dit-il en soulevant le capot et en se penchant au-dessus du moteur, imité par Cece.

— Je vais nettoyer les bornes, expliqua-t-il en retournant à sa camionnette chercher sa boîte à outils. On verra si ça fonctionne.

Lorsque ce fut fait, il lui demanda d'essayer de démarrer. Elle tourna la clé. Le moteur toussa, cette fois, mais finit par caler.

— Bon. Je crois que votre batterie est morte. On va en acheter une neuve. Cela devrait régler le problème.

— Mais peut-être qu'il y a autre chose.

Il déconnecta les bornes, retira la batterie de son logement.

— Ça pourrait être l'alternateur mais, sincèrement, à en juger par l'aspect de cette batterie, je pense vraiment que c'est elle la source du problème. Je demanderai au magasin de la tester pour en avoir le cœur net.

Après avoir chargé la batterie dans son véhicule, il ouvrit la portière passager et attendit qu'elle monte.

— Cela vous ennuierait-il de passer par l'hôtel des impôts ? C'est là que je voulais me rendre. Apparemment, les taxes de la maison n'ont pas été payées...

— Aucun problème. Quand vous leur aurez expliqué la situation, cela devrait rentrer dans l'ordre.

— Si seulement ! La journée a été atroce de bout en bout, avec une visite au cimetière qui n'aurait pas pu être plus inopportune.

Elle semblait si pleine d'espoir que cela tira un sourire à Deacon.

— Allez, venez.

Ils avaient parcouru environ deux kilomètres lorsqu'elle demanda :

— Et vous ? Votre journée ?

— Rien d'extraordinaire. Elle a été beaucoup moins riche en événements que la vôtre, apparemment, répondit-il en lui décochant un sourire. Dites-moi, qu'est-il donc arrivé au cimetière ?

Elle lui parla de la venue de sa sœur.

— Et vous pensez que c'est elle qui a crevé vos pneus ?

— Soit c'est elle, soit c'est quelqu'un de son entourage.

— Vous croyez vraiment qu'elle, ou Marcus, a pu assassiner votre père ?

— Ce qui est sûr, c'est que ce n'est pas Levi, assura-t-elle, répondant de façon détournée à sa question. Et, compte tenu des témoignages de Sierra et Marcus au procès et de ce que je vois depuis que je suis revenue, disons que je ne serais pas surprise que ce soit l'un d'eux.

— Mais ce pourrait être un autre membre de la congrégation, fit-il observer.

Il avait réfléchi à la question pendant la journée. Certains disciples commençaient à prendre leurs distances de Mason Winters à l'époque du crime. Sa popularité avait été sur le déclin, mais un certain nombre de membres se raccrochait désespérément à celui qui était le fondateur de la congrégation.

La préférence de ces personnes-là, lorsqu'il s'était agi de trouver un successeur au chef du groupe, était sans hésitation allée à son fils. Un fils qui avait renversé la vapeur... Le nombre d'adeptes était en augmentation, et la communauté semblait être très soudée et d'une loyauté à toute épreuve.

— Probablement. J'avais déjà pris mes distances avec le groupe depuis un moment quand c'est arrivé, donc je n'étais pas au courant de ce qui s'y passait. La police a vaguement évoqué cette possibilité mais sans y croire. Et pour cause : ils étaient d'ores et déjà persuadés de tenir leur coupable.

Sans doute avait-elle raison.

— Je me disais que vous devriez parler à Levi de cet homme que vous avez mentionné, K.C. Il se pourrait qu'il y ait un rapport entre le meurtre de votre père et ce groupe dont il vous a parlé – La Résurrection.

— Oui, ça vaut la peine d'essayer. Certains de ces survivalistes ultras sont très attachés à la notion de territoire.

Le silence qui suivit lui indiqua qu'elle avait autre chose en tête.

— Avez-vous jamais été marié, Deacon ? demanda-t-elle avant de faire la grimace. Si ce n'est pas indiscret…

— Non, jamais.

Elle parut surprise mais, avant qu'elle ait pu réagir, il enchaîna :

— Je dois être un peu comme votre frère aîné de ce point de vue là. Je n'ai pas pris le temps de m'investir dans une relation.

— Pas d'enfants ?

Il secoua la tête.

— Mes parents vivent à Nashville. J'ai une sœur. Pas de frères. Environ une demi-douzaine de tantes et d'oncles, et une ribambelle de cousins.

Elle sourit, et il aima l'étincelle que son sourire faisait naître dans ses yeux verts.

— Et je suppose que vous organisez de grandes réunions familiales pendant les vacances.

Il ralentit pour négocier un virage.

— Parfois.

— Je n'ai jamais connu ça. Ma mère était fille unique, et mon père n'avait aucun contact avec les membres de sa famille. L'un de ses frères est venu assister à ses obsèques. Je crois qu'ils vivent tous à Memphis.

— Votre père n'aimait pas les fêtes de famille ?

— Pas selon l'idée que les gens normaux s'en font. Sa vision d'un rassemblement familial, c'était lui en train de délivrer un prêche enflammé sur le feu de l'enfer et la damnation éternelle devant nous, assis, l'écoutant religieusement. Si nous avions le malheur de battre des cils ou de détourner le regard une demi-seconde, le châtiment tombait.

— Délicieux personnage.

Certaines personnes ne devraient jamais avoir d'enfants.

Nouveau silence.

Décidant de ne pas retourner davantage le couteau dans la plaie, il garda le silence.

— Savez-vous ce que vous allez faire ensuite ? Retourner à Nashville ?

Il gara la voiture sur une place de stationnement devant le tribunal qui abritait également les services fiscaux.

— Je ne sais pas encore. Je réfléchis aux possibilités qui se présentent à moi.

— J'espère que ça ne vous prendra pas trop longtemps.

Elle tendit la main pour ouvrir la portière.

— Et si je venais avec vous ?

Elle le considéra l'espace de quelques instants.

— D'accord.

Il sortit et la rejoignit devant le capot. Il se laissait un peu trop guider par son instinct protecteur, clairement. Mais tant pis ; il était prêt à courir le risque. Compte tenu de l'invraisemblable avalanche d'ennuis qui s'abattait sur elle, il estimait de son devoir de ne pas la quitter des yeux. Il savait qui avait crevé ses pneus puisqu'il avait assisté à la scène. Restait à savoir pourquoi son frère avait fait ça.

Levi était censé être le seul à se soucier d'elle.

Se tenant un peu en retrait, Deacon vit Cece produire le document au bureau d'accueil. Il remarqua l'air dédaigneux avec lequel la réceptionniste la regarda, comme si elle était une moins-que-rien – indigne d'être ici, libre parmi d'honnêtes citoyens. Si Cece s'en rendit compte, elle n'en montra rien. L'employée accepta avec une évidente réticence l'argent que Cece déposait sur le comptoir. Peut-être pensait-elle qu'elle venait juste d'imprimer les billets ou qu'elle l'avait gagné au coin d'une rue en vendant de la drogue – ou ses charmes.

Quand Cece en eut terminé et qu'ils quittèrent le bâtiment, il bouillait de rage pour elle.

— Tant que nous sommes là, avez-vous une autre course à faire ? demanda-t-il en se faisant violence pour s'exprimer d'un ton calme.

— Non, je crois que c'est tout… À part la batterie.

— Il y a un nouveau restaurant en ville. J'en ai entendu dire du bien. Quand nous aurons acheté une batterie neuve, on pourrait aller y prendre un déjeuner tardif pour fêter ça.

— Fêter quoi ?

Elle avait l'air incertaine et, en même temps, tellement pleine d'espoir… Il eut envie de la prendre dans ses bras et de lui promettre que tout finirait par s'arranger.

Que diable lui arrivait-il ? Non seulement il n'avait plus de recul mais le plus grave, c'était qu'il s'en moquait.

— Des surprises ! improvisa-t-il. La vie en est pleine.

10

Le restaurant n'était pas à proprement parler nouveau. C'était celui où Cece avait travaillé, adolescente, avant d'aller croupir en prison. Évidemment, Deacon ne pouvait pas le savoir. L'établissement avait fermé voilà des années pour être rouvert récemment par un nouveau propriétaire.

Lorsqu'ils eurent passé commande, Cece déclara :

— J'ai travaillé ici autrefois. Ça a été mon premier emploi.

Il ouvrit grands les yeux puis regarda autour de lui.

— Ça alors ! Et moi qui croyais vous emmener dans un nouvel endroit.

Les murs à bardage de bois étaient blancs désormais et non plus marron foncé comme lorsqu'elle était jeune. Les box rouges, avec leurs tables blanches mouchetées d'or, n'avaient pas changé. Le carrelage blanc et noir du sol avait été rénové et, devant le long comptoir qui faisait office de bar, étaient alignés les mêmes tabourets aux assises de cuir rouge que par le passé.

— C'est l'intention qui compte, dit-elle en levant son soda dans sa direction avant d'en boire une gorgée. Elle essaya de se détendre mais en vain. Elle ne pouvait s'empêcher de craindre que quelqu'un la reconnaisse et vienne faire un esclandre. Si elle n'avait pas redouté d'affronter la clientèle toute la journée, elle aurait demandé s'ils n'avaient pas besoin d'une serveuse. Reprendre un emploi qu'elle avait déjà exercé aurait été plus facile et lui aurait même peut-être permis d'organiser son emploi du temps en fonction des horaires de cours à Motlow College.

— Vous avez travaillé ici quand vous étiez au lycée ?

Il avait des yeux brun foncé. Des yeux de velours, bienveillants. Pas noirs et cruels comme l'avaient été ceux de son père. Elle cligna des yeux et refoula cette pensée.

— Oui. Mon père venait de me mettre dehors, et je ne voulais pas être entièrement à la charge de ma grand-mère, donc je travaillais le soir et le week-end. Cela me permettait d'acheter mes vêtements, de payer la cantine. Elle disait toujours en riant que ce n'était pas nécessaire, mais que c'était une bonne idée parce que le fait d'être en permanence occupée m'éviterait de m'attirer des ennuis.

Malheureusement, ce n'avait pas été le cas.

— Votre grand-mère avait l'air formidable.

— Oui. C'était une rousse au tempérament de feu, comme moi et ma mère. Avec des yeux verts, elle aussi.

Cece sourit, l'esprit tout entier tourné vers le passé.

— Mais elle était plus petite. Elle assurait mesurer un mètre cinquante-cinq mais ce n'était pas vrai. Peut-être un mètre cinquante-deux, au maximum. Mais elle n'avait peur de rien ni de personne.

À l'exception de son père. Sa grand-mère avait vécu dans la crainte que son tyran de géniteur ne tente de récupérer Cece avant ses dix-huit ans. Il y avait eu deux années difficiles. Cece regrettait d'avoir été l'objet de tant de souci pour sa grand-mère. Mais Emily Broward avait juré qu'elle ne le laisserait jamais faire. Que Cece resterait quoi qu'il arrive avec elle. Que ceux qui ne comprenaient pas quel être retors et pervers était son père aillent au diable. Oui, sa grand-mère avait réellement été exceptionnelle.

Si douloureux qu'ait été ce constat, Emily avait pensé que Marcus était de la même engeance que son père. Quant à Sierra, elle était trop jeune et trop influençable pour comprendre, d'après sa grand-mère. Levi, lui, oscillait entre dormir chez leur grand-mère et rentrer à la maison en courbant l'échine. Cece avait compris ses hésitations. Comme tous les petits garçons, il avait recherché l'approbation de son père et de son grand frère. Il n'avait pas vu qui ils étaient vraiment. Elle ne pouvait qu'espérer qu'il en allait différemment aujourd'hui.

— J'ai l'impression que vous ressemblez beaucoup à votre grand-mère, observa Deacon, la tirant de ses pensées.

— Merci, dit Cece en souriant. Je le prends comme un compliment.

— Vous disiez que cet homme, K.C., était venu chez elle. Vous croyez qu'elle le connaissait ? Peut-être lui a-t-il parlé pendant que vous étiez au lycée ou au travail. Sa présence ici précisément au moment où votre père a été tué constitue une coïncidence troublante. Il a peut-être un lien avec ce qui s'est passé.

Elle s'était posé la question depuis qu'elle s'était subitement souvenue qu'il était là à l'époque.

— Il va falloir que j'examine le reste des dossiers que m'a fait parvenir mon avocat.

— Je peux vous aider, si vous voulez.

Combien de fois avait-il réitéré cette offre ? Il semblait sincère mais il ne lui avait toujours pas dit ce qu'il faisait pour le gouvernement fédéral. Était-il possible que ce soit la même chose que cet homme, K.C. ?

— Vous le connaissez, n'est-ce pas ? Ce K. C. ? demanda-t-elle à brûle-pourpoint. Est-ce pour ça que vous me questionnez à son sujet ?

Il soutint longuement son regard avant de répondre. Cece attendit, le cœur battant, avec l'impression que le sol se dérobait sous ses pieds. Elle avait besoin que cet homme – cet inconnu – soit exactement tel qu'il se présentait : un type sympa qui, par chance, était son voisin. Elle redoutait de découvrir qu'il était tout autre chose, peut-être un enquêteur qui l'utilisait pour servir ses propres desseins. Il avait admis avoir enquêté à titre privé. Le malaise commença à s'insinuer lentement en elle.

— Peut-être. Nous avons des raisons de penser que c'était quelqu'un d'autre… Quelqu'un que nous recherchons depuis très longtemps.

Et voilà. La dure, l'implacable réalité.

— C'est pour ça que vous avez été si gentil avec moi ?

Son cœur se mit à battre de plus en plus vite au fur et à mesure que les secondes s'écoulaient avant qu'il sourie et secoue la tête.

— Cece, je ne savais même pas que vous l'aviez rencontré avant que vous m'en parliez.

Il saisit sa main par-dessus la table. Une onde de chaleur se propagea en elle.

— Je suis désolé de ne pas vous avoir dit que je le recherchais quand vous avez mentionné son pseudonyme.

— Son pseudonyme ?

Un frisson glacé lui parcourut l'échine tout à coup.

— Oui. K.C. était le nom qu'il utilisait pour ses missions sous couverture.

— Et vous croyez qu'il travaillait sur une affaire en lien avec les ultras de La Résurrection ?

Il confirma d'un signe de tête.

— C'est ce qu'on pense, oui. Et sa disparition coïncide avec l'assassinat de votre père.

— Waouh !

Elle essaya de se remémorer le visage de l'homme, ses paroles.

— Vous croyez qu'il est mort, lui aussi ?

— C'est ce qu'on cherche à déterminer.

La serveuse arriva avec leurs burgers et leurs frites. Deacon retira sa main, et Cece en éprouva aussitôt du regret. À l'idée qu'elle était impliquée jusqu'au cou dans cet imbroglio, elle se jeta avec gloutonnerie sur son plat dans l'espoir que la nourriture l'aiderait à apaiser la tension qui l'envahissait.

Ajoutant un trait de ketchup, elle s'attaqua en premier à ses frites, délicieuses et croustillantes.

Surprenant le regard de Deacon, elle dit, embarrassée :

— Désolée. Je mourais de faim et je crois que j'essaye de me réconforter en me remplissant l'estomac.

Il lui décocha un sourire.

— Il n'y a pas de mal à ça, répondit-il en portant, lui aussi, sa fourchette à sa bouche. On passe tous par là à un moment ou à un autre.

Elle eut peur, tout à coup. Trois jours. Elle ne connaissait cet homme que depuis trois malheureux jours et avait déjà l'impression de se sentir proche de lui, de dépendre de lui, d'avoir besoin de sa présence à son côté.

Fallait-il être bête... et inconsciente !

Elle fixa son burger et eut soudain la nausée. Et s'il n'était pas ce qu'il prétendait être ? S'il lui mentait ? Tout le monde lui avait menti, à l'exception de sa grand-mère. Elle aurait dû être échaudée.

Et pourtant, elle ne pouvait s'empêcher d'avoir confiance en lui.

Pas très futé, Cece.

Mais, apparemment, elle n'avait jamais fait preuve de beaucoup de discernement, sinon elle n'aurait pas passé la majeure partie de sa vie d'adulte derrière des barreaux.

Elle regarda Deacon couper consciencieusement un morceau de viande et le porter à sa bouche. Il avait des lèvres joliment ourlées pour un homme. Une mâchoire carrée. Un nez parfait, pas trop long, droit. Il était beau, sexy... attentionné, gentil.

Vraiment gentil.

Sa grand-mère lui avait toujours dit que quand quelque chose était trop beau pour être vrai, c'est que c'était généralement le cas.

Cet homme constituait-il une nouvelle erreur de sa part ? Il semblait assurément trop beau pour être vrai.

Deacon coupa le contact et redescendit de la camionnette bleue de Cece.

— C'est réparé.

La nouvelle batterie était en place. D'après les indications du tableau de bord, l'alternateur se chargeait.

— Vous ne devriez plus avoir de problèmes.

— J'espère. D'après le garagiste, les freins sont en bon état.

Elle l'observait, les bras croisés, depuis l'entrée de la grange-garage.

Il claqua la portière et s'avança vers elle sans la quitter des yeux.

— On dirait que quelque chose vous tracasse.

— Je me disais qu'on devrait éplucher tous ces dossiers… Enfin, si votre offre tient toujours.

Il referma un battant de la double porte de la grange, puis le second.

— Bien sûr. Si vous êtes sûre de vouloir de mon aide. J'ai l'impression que vous doutez de moi… Ou que vous avez des réserves vis-à-vis de moi.

Inutile de laisser l'incertitude s'installer chez elle. Il avait commis un ou deux faux pas et devait corriger le tir tant que la situation n'était pas perdue. Quoi qu'il pense par ailleurs de cette femme, elle demeurait sa seule connexion avec Jack. C'était peut-être bien l'une des dernières personnes à l'avoir vu avant qu'il se volatilise. Si elle, ou quelqu'un de son entourage, détenait des informations qui pouvaient l'aider à faire la lumière sur ce qui était arrivé à Jack, il devait creuser cette piste. Coûte que coûte.

Seulement, cette perspective lui posait problème. Il n'avait pas envie d'ajouter son nom à la liste de ceux qui avaient nui à cette femme.

— J'ai confiance en vous, Deacon…

Elle lui sourit, et il s'en voulut plus encore.

— Votre aide sera la bienvenue.

— D'accord. Alors, autant s'y atteler tout de suite.

Elle le précéda dans la maison. Le fait qu'il regarda le balancement de ses hanches avec plus qu'un léger intérêt lui fournit une raison supplémentaire de s'en vouloir. Mais il était humain, après tout. C'était une belle femme. Petite, toute en courbes douces. Et cette crinière de feu qui lui donnait envie de plonger les doigts dans ses boucles soyeuses... Et il n'était pas seul à être fasciné, il le voyait bien. Elle le regardait avec, au fond des yeux, un désir similaire. Il s'en était déjà douté mais la façon dont elle l'avait fixé au restaurant l'avait confirmé : elle éprouvait de l'attirance pour lui, indubitablement.

Mais elle se sentait seule. Ça aurait été profiter de sa vulnérabilité que de laisser cette attirance mutuelle se développer, ce à quoi il se refusait. En dix ans de carrière, jamais il n'avait utilisé le sexe comme moyen de pression pour parvenir à ses fins.

C'était la première fois qu'il était tenté de le faire, que ce soit ou non bénéfique à son enquête.

Dans le séjour, elle s'installa à genoux devant la table basse.

— Il a tout conservé en double. Procès-verbal d'arrestation. Comptes rendus d'interrogatoires des témoins... Non qu'il y ait eu à proprement parler des témoins du meurtre, mais les gens connaissaient mon père et me connaissaient.

— On parle de témoignages de moralité. C'est la procédure qui s'applique lorsque personne n'a véritablement assisté à la scène de crime. La police établit un scénario en fonction de ce qu'ils trouvent concernant l'entourage proche de la victime. Dans votre cas, vous étiez sur place - couverte de sang - donc ils ont commencé par vous.

— Et comme ils ont trouvé ce qu'ils voulaient, ils n'ont pas cherché plus loin, suggéra-t-elle.

Il hocha la tête.

— Oui, d'après ce que vous m'avez dit et ce que Frasier m'a montré, c'est ce qui semblerait.

Elle regarda les piles de documents qui encombraient la table du salon.

— Comment pouvons-nous espérer trouver là-dedans quelque chose de neuf si tous ces rapports ne font que répéter ce que nous savons déjà ?

— Il est toujours possible que quelqu'un ait dit quelque chose, lors d'un interrogatoire, qui résonne différemment à vos oreilles qu'à celles des policiers chargés de l'enquête, aux miennes ou à celles de Frasier.

— Oh ! D'accord. Je vois.

— On va dresser la liste des personnes qui pourraient, selon vous, être coupables du meurtre de Mason Winters.

Cece remua les papiers et trouva le bloc-notes qu'elle avait utilisé. Attrapant un crayon, elle inscrivit « Suspects » en haut d'une page vierge. D'une écriture qui évoquait celle d'une lycéenne, avec des lettres rondes et bien formées. Bien sûr... Elle n'avait pas eu l'occasion d'élaborer un style plus affirmé.

Il repoussa cette pensée et se concentra sur la tâche qui les occupait présentement.

— Qui est le plus susceptible d'être placé en tête de liste ? Qui avait le plus à gagner à la mort de votre père ?

Elle n'hésita qu'un instant avant de noter « Marcus Winters ».

— Il a pris la tête du groupe, la plupart des disciples de mon père se sont ralliés à lui, et il a hérité de la maison. Aujourd'hui, il a le pouvoir. L'admiration et le respect.

— OK. C'est un début. Qui y a-t-il d'autre ?

Il avait sa petite idée mais préférait d'abord entendre ses conclusions avant de la lui soumettre.

Son front se plissa comme chaque fois qu'elle réfléchissait.

— Sierra. Elle n'aimait pas toutes les règles qu'il nous imposait, mais ils avaient cette étrange relation père-fille... Elle était sa princesse et, parfois, elle semblait l'adorer et être prête à tout pour attirer son attention alors qu'à d'autres moments c'était tout le contraire. On ne savait jamais à quelle Sierra on allait avoir affaire.

Elle inscrivit le nom de sa sœur en deuxième position.

C'était également l'avis de Deacon.

— Est-ce que, parmi les membres de la congrégation, d'autres personnes auraient pu espérer prendre le contrôle du groupe ?

— Je ne crois pas.

Elle inclina la tête comme si une idée venait de lui traverser l'esprit.

— Encore que... Il y avait bien cet homme qui venait tous les dimanches et s'asseyait au dernier rang. Il ne parlait jamais à personne. Mon père mettait un point d'honneur à connaître tous ses adeptes... Comme un politicien qui fait mine d'être ami avec tout le monde. Le fait qu'il n'ait jamais échangé ne serait-ce qu'un bonjour avec lui était inhabituel. J'ai parlé de lui à la police mais Marcus a déclaré que j'avais inventé son existence.

— Et vous ne savez pas comment il s'appelait ?

— Non, je n'ai jamais su son nom. Mais il est venu au restaurant, un soir. C'était la première fois que je le voyais en ville. Il était assis à l'une des tables dont je m'occupais.

Elle se tut, rassemblant ses souvenirs.

— Il a commandé du thé, dit-elle finalement. Et il est resté là environ une demi-heure à me regarder.

— Vous l'avez signalé à la police ?

— Oui, mais ils n'y ont pas attaché d'importance. Je devais donner l'impression d'avoir créé de toutes pièces cet homme pour me tirer d'affaire. J'étais incapable de leur fournir un nom, et Marcus et les autres personnes à qui ils ont posé la question – à supposer qu'il y en ait eu d'autres – ne voyaient pas à qui je faisais allusion. Il ne leur en a pas fallu davantage pour sauter à la conclusion que j'essayais de détourner les soupçons de ma personne.

— À quoi ressemblait-il ?

— Plus de la soixantaine... Une barbe grise fournie, des cheveux gris. De taille moyenne, mince.

— Et ses vêtements ?

— Combinaison de travail et chemise à carreaux. De

grosses chaussures de marche, pas des bottes de cow-boy comme les vôtres. C'était l'une des choses qui le distinguait des membres de la communauté présents aux offices. Ils portent tous le même genre d'uniforme : vêtements sobres, informes, toujours de couleur terne et unie. La chemise à carreaux, à elle seule, le singularisait. Il ne faisait pas partie du groupe.

— Pas de chapeau ?

Elle plissa les yeux.

— Si, mais pas un chapeau de cow-boy ni un chapeau de paille. Un feutre... D'un modèle ancien, comme on en voit dans les vieux films en noir et blanc.

— La couleur de ses yeux ?

— Ça, je ne sais pas. Je ne l'ai jamais vu de très près. Il me rendait... nerveuse.

— Et la fois où il est venu au restaurant, il ne vous a rien dit ?

— Non. Il a juste passé commande.

— Était-ce à l'époque où votre père a été tué ?

— Peut-être une semaine avant. Ça ne m'a pas paru significatif sur le moment et, ensuite... C'était trop tard.

Deacon eut une idée.

— Y a-t-il des photos du procès parmi ces documents ?

Il ne se souvenait pas que Frasier lui en ait montré mais sa santé était déclinante... Il avait parfois semblé à Deacon que le vieil homme de loi n'avait plus toute sa tête. Il ne lui avait sans doute pas tout montré.

— Je n'en ai pas trouvé pour l'instant mais il suffit de regarder. Vous pensez qu'il aurait pu venir assister au procès ?

Ils se mirent au travail, se partageant le contenu des boîtes d'archives.

— Oui. Certains assassins le font parfois. Les gens qui ont intérêt à savoir comment les choses vont tourner aussi. S'il y a des photos, on étudiera chaque visage un par un.

Mais les dossiers ne contenaient aucune photo hormis celles de la scène de crime.

— On devrait essayer les journaux, suggéra Deacon.

— La directrice du journal local, Audrey Anderson, est venue me voir en prison le mois dernier. Elle voulait m'interviewer mais j'ai refusé, déclara Cece en haussant les épaules.

— Vous devriez peut-être l'appeler. Voir ce qu'elle sait. Lui dire que vous avez réfléchi à sa proposition.

Un sourire étira les commissures des lèvres de Cece.

— C'est ce que j'étais en train de me dire.

Elle sortit le vieil annuaire de sa grand-mère pour y trouver le numéro du journal, puis le composa. Deacon l'écouta jouer sa partition, déclarer qu'elle envisageait de lui accorder l'entretien sollicité, puis s'enquérir de l'existence de photos de la salle d'audience, pendant le procès.

— Oui, ce serait vraiment très aimable à vous, dit-elle en adressant un sourire radieux à Deacon. Quand puis-je passer ?

Elle écouta.

— Entendu. Parfait.

Elle raccrocha et se tourna vers lui, l'œil brillant.

— Il lui faut une heure pour sortir le dossier. Le journaliste qui a couvert l'affaire possède un dossier complet d'entretiens et de photos. Elle accepte que je les consulte.

— Génial. On ferait mieux de ranger tout ça avant d'y aller. Mieux vaut ne rien laisser traîner.

Elle considéra les pages éparpillées puis le fixa, interdite, comme si elle venait juste de se rendre compte qu'on pouvait s'introduire chez elle, voler les dossiers ou, pis encore, brûler la maison. Après l'étrange panne survenue sur l'installation électrique, elle aurait dû y penser plus tôt.

— Si vous voulez, on peut les mettre en lieu sûr chez moi.

— Oui, c'est une bonne idée.

Ils replacèrent les pages dans les dossiers et les dossiers, dans les boîtes. Le temps de déposer le tout chez lui, il était l'heure de se rendre au journal. Le bâtiment de la *Winchester Gazette* était l'un des plus anciens de la ville. Il était juste de l'autre côté de la place du tribunal. Le réceptionniste leur indiqua la salle de conférences, au premier étage.

L'étage s'ouvrait en mezzanine au-dessus du centre du rez-de-chaussée. Tout de verre et de métal, les bureaux étaient presque totalement transparents.

Audrey Anderson les accueillit sur le palier. Deacon ne la connaissait pas personnellement mais son nom et son visage ne lui étaient pas étrangers ; il les avait souvent vus au journal télévisé et dans la publication qu'elle dirigeait. Audrey Anderson était une personnalité très active du comté de Franklin. Elle connaissait tout le monde, et lorsqu'elle voulait quelque chose, elle n'y allait pas par quatre chemins et disait franchement le fond de sa pensée.

— Mademoiselle Winters, déclara-t-elle en tendant la main à Cece.

— Voici mon voisin et ami, Deacon Ross.

— Monsieur Ross.

Anderson serra à son tour fermement sa main.

— Ravie de vous voir tous les deux. Venez, suivez-moi.

— J'apprécie que vous ayez pris la peine d'extraire ces photos de vos archives, observa Cece. C'est vraiment gentil à vous.

Anderson les invita à entrer dans la vaste salle de conférences et leur indiqua une grande table, au centre.

— Merci, Cece… Puis-je vous appeler Cece ?

— Bien sûr, répondit-elle avant de s'arrêter net, surprise de voir la quantité de documents amoncelés sur la table. Waouh !

— Je voudrais bien pouvoir prétendre que c'est par bonté d'âme, mais j'ai une très bonne raison, purement égoïste, de vous aider. Votre histoire m'intéresse.

Cece hocha la tête.

— Je comprends. Mais, autant vous l'avouer, j'ai besoin de trouver les réponses à certaines questions que je me pose avant de raconter mon histoire.

— Vous êtes à la recherche de la vérité.

Le regard de Cece alla de la directrice du journal à Deacon avant de revenir se poser sur Anderson.

— Oui.

— Si moi et le personnel du journal pouvons vous y aider, nous sommes à votre disposition.

Elle indiqua la table.

— Prenez votre temps. Si vous avez des questions, mon bureau est juste au bout du couloir.

Anderson ferma la porte et les laissa seuls.

— Vous croyez qu'elle est vraiment prête à m'aider ?

Deacon regardait dans la direction du bureau dans lequel elle avait disparu.

— Je crois surtout qu'elle sait reconnaître un bon sujet quand elle en tient un et qu'elle ne veut pas qu'il lui passe sous le nez. C'est une directrice de publication très avisée ; elle vous aidera en contrepartie d'une exclusivité.

Les yeux verts de Cece se chargèrent d'émotion.

— En revenant ici, jamais je n'aurais cru que quelqu'un accepterait de me soutenir.

La culpabilité l'accabla encore un peu plus.

— Allez, mettons-nous au travail.

Les photos étaient très nombreuses. Des papiers brillants format vingt par vingt-cinq de la salle d'audience et des personnes venues assister au procès.

— Observez attentivement chaque visage. Si vous le repérez sur un cliché, montrez-le-moi.

Il avait déjà remarqué un homme qui correspondait à la description qu'elle avait faite. Mais, après tout, les hommes barbus étaient légion et, dans la région, les combinaisons de travail n'étaient pas rares non plus.

— C'est lui, affirma-t-elle en pointant l'homme qui avait attiré l'attention de Deacon.

— OK. Vous êtes sûre de vous ?

— Oui. Certaine.

— Peut-être Mlle Anderson saura-t-elle de qui il s'agit.

— Je vais le lui demander.

La photo à la main, elle se dirigea vers la porte.

Deacon préleva un autre cliché. Tandis qu'il parcourait les visages dans l'assemblée, son regard s'arrêta sur l'un d'eux. Son cœur fit un bond dans sa poitrine.

Jack.

Son partenaire était assis deux rangs derrière le bureau du procureur. Devant lui, à sa droite, il identifia Sierra Winters. La photo avait été prise au moment où Jack regardait la jeune femme.

Deacon en prit encore quelques-unes, qu'il passa rapidement en revue, le cœur battant à tout va, maintenant.

Deux autres clichés montraient Jack parmi la foule, devant le tribunal, toujours près de Sierra…

Soit Jack avait surveillé la sœur de Cece, soit tous deux se connaissaient.

11

L'homme répondait au nom de Rayford Prentiss mais il ne vivait plus dans la maison qui se trouvait au bout de Pleasant Ridge Road, près de Huntland. Audrey Anderson avait remonté la piste jusqu'à lui grâce à l'actuel occupant des lieux. D'après ce dernier, Prentiss n'habitait plus là depuis sept ou huit ans.

Commode.

Et frustrant.

Cece en aurait crié de rage. Chaque fois qu'elle pensait avoir identifié quelqu'un ou noté quelque chose qui pouvait apporter de l'eau à son moulin, la piste se révélait être une impasse.

Elle jeta un regard à la dérobée à l'homme qui était au volant. Deacon était étrangement silencieux depuis qu'ils avaient quitté le journal. Il aurait été logique de lui demander si quelque chose n'allait pas, mais elle avait presque peur de poser la question. La malchance semblant la poursuivre, chaque fois que quelque chose paraissait bizarre, cela finissait par se retourner contre elle. Mieux valait ne pas tenter le diable.

Lorsqu'il traversa la route pour se diriger vers la maison située en face de celle où avait vécu Prentiss, elle demanda cependant :

— Où allons-nous ?

— Voir les anciens voisins de notre homme. Peut-être que l'un d'eux le connaissait et sait où il se trouve aujourd'hui.

— À supposer qu'il soit toujours en vie, nota-t-elle d'un ton morose.

Avec sa chance, l'homme avait probablement disparu de la circulation sans laisser de traces.

L'allée qui menait à la maison était longue de plus d'un kilomètre et, au bout, se dressait un corps de ferme qui aurait eu bien besoin d'une couche de peinture, niché au pied de la montagne, entouré d'arbres. Au-delà des bois, des prés s'étendaient à perte de vue. Ils les avaient longés en venant ici. La cour, autour de la maison, était plantée d'arbres, elle aussi, ce qui ajoutait une touche d'intimité qui faisait défaut aux autres fermes du secteur.

— Les gens qui vivent en rase campagne ont parfois tendance à sortir le fusil quand on sonne à leur porte, observa-t-elle, préférant avertir Deacon parce qu'il était encore relativement nouveau dans la région.

Ayant passé le plus clair de son temps à Nashville, il n'était peut-être pas encore familiarisé avec les coutumes de la région, et elle ne voulait pas qu'il se fasse tirer dessus par un propriétaire un peu trop nerveux.

— Est-ce que j'ai l'air d'un méchant ?

Incapable de déterminer s'il plaisantait ou non, Cece le considéra – la mâchoire ombrée de barbe, le chapeau de cow-boy enfoncé bas sur le front, le jean élimé et les bottes de cow-boy.

— Mieux vaut que je vienne avec vous, déclara-t-elle en posant la main sur la poignée. J'ai l'air plus inoffensif.

Un large sourire incurva les lèvres de Deacon.

— D'accord.

Comme ils mettaient pied à terre, il demanda :

— Vous souvenez-vous des gens qui vivaient par ici ?

— Il faudrait que je connaisse leurs noms. Les maisons que nous avons vues ne m'évoquent rien pour l'instant.

Elle n'avait jamais eu de raison de venir dans ce coin perdu. Huntland avait son propre lycée donc elle n'avait jamais fréquenté les mêmes bancs d'école que les habitants de ce secteur.

— On va bien voir ce que ça donne.

Ainsi qu'elle l'avait prévu, l'habitante de la maison s'encadra dans l'embrasure de la porte, le fusil à la main.

— Vous êtes perdus ? Vous ne ressemblez pas à ces fanatiques qui font du porte-à-porte pour nous abreuver de leur prêchi-prêcha.

— Bonjour, madame, répondit Deacon avec sa voix et son sourire les plus charmeurs.

Cece tressaillit. Elle n'avait encore jamais noté à quel point sa voix était basse. Enfin, si... Peut-être l'avait-elle remarqué, mais il y avait quelque chose dans cette façon qu'il avait eue de prononcer « madame ». Et son sourire, aussi. Ce sourire généreux qui venait si spontanément illuminer son expression.

— Je m'appelle Deacon Ross et voici mon amie, Cece. Nous essayons de localiser le cousin de ma mère, Rayford Prentiss. Nous avons perdu contact avec lui voilà des années, et je voulais lui faire savoir qu'elle était très malade et n'en avait probablement plus pour très longtemps...

Encore une chose que Cece remarquait pour la première fois. Sa facilité à inventer une histoire au pied levé. Un nouveau frisson la parcourut, d'une nature différente, celui-là.

— Je ne sais plus trop. Je crois qu'il a déménagé... ou qu'il est mort. Entrez... Je vais demander au père. Lui s'en souviendra. Il sait tout sur tout le monde, ici.

— Je vous en suis très reconnaissant, madame.

— Geneva Harvey, se présenta-t-elle en abaissant le canon de son fusil, qu'elle coinça sous son bras, et en lui tendant la main.

Deacon lui serra la main puis Cece en fit autant, soulagée que la femme ne l'ait pas reconnue.

— Par ici.

Mlle Harvey s'enfonça dans les profondeurs de la maison. Deacon referma la porte derrière eux et emboîta le pas à Cece. Ils traversèrent un séjour, puis la cuisine. Une odeur de tabac et de friture flottait dans l'air. *Des beignets de gombos*, songea Cece. Depuis quand n'en avait-elle pas mangé ? Sa grand-mère avait adoré en préparer. Au-delà de la cuisine, ils empruntèrent un couloir avec plusieurs portes. *Les chambres*, supposa Cece. L'une d'elles, ouverte, laissait voir une salle de bains, avec une baignoire rétro sur pieds à griffes et un lavabo à l'ancienne, perché sur sa colonne, tous deux ternis par les ans.

La femme frappa à une porte.

— Papa, tu es visible ? On a des visiteurs.

— Et pourquoi je ne le serais pas ? Fais-les entrer.

La voix était enrouée, rocailleuse. Lorsque leur hôtesse poussa la porte, un épais nuage de fumée de cigarette les accueillit, tel un serpent de brume s'élevant d'un lac.

— Papa, je te présente Deacon Ross et son amie Cece, annonça-t-elle avant d'expliquer la raison de leur venue.

Elle parlait en forçant un peu la voix comme si son père était dur d'oreille.

L'homme était assis dans un fauteuil roulant. La chambre était équipée d'un lit médicalisé, comme dans les hôpitaux. Il avait le teint cireux. Même ses ongles étaient jaunes, nota Cece lorsqu'il porta sa cigarette à ses lèvres.

Un ventilateur encastré dans la fenêtre et un autre, de plafond, faisaient de leur mieux pour brasser l'air imprégné de tabac.

Sur la table, à côté de son fauteuil, étaient posés une bouteille de Jack Daniels et un verre. En y regardant de plus près, Cece vit qu'il avait les yeux rouges, injectés de sang.

— Le cancer.

Cece sursauta en se rendant compte qu'il s'adressait à elle. De toute évidence, son examen ne lui avait pas échappé.

— J'en ai encore pour deux mois... peut-être. Les

anti-douleurs ont des effets secondaires donc j'ai décidé de me soigner à ma façon.

— Je suis désolée.

Il laissa échapper un petit rire.

— Ne le soyez pas, ma p'tite. Je l'ai bien cherché. J'ai fumé deux paquets par jour pendant toute ma vie et j'ai bu comme un trou – ah ! ça, je me suis bien amusé ! La mort, ce n'est pas marrant mais tant pis j'ai pris du bon temps tant que je l'ai pu.

— Papa… C'est à propos de M. Prentiss qu'ils sont là, le gronda sa fille.

— Rayford… Oui. C'était comme qui dirait une sorte d'ermite, déclara-t-il. Les dernières années qu'il a vécues de l'autre côté de la route, il les a passées à se construire un de ces abris souterrains… Dieu seul sait où, exactement. Il était obnubilé par ces histoires de survivalisme. Des histoires de fous, si vous voulez mon avis. Très excessives.

Sa fille fit la moue.

— Comme si, toi, tu ne l'étais pas, excessif, grommela-t-elle.

Il darda sur elle un regard noir.

— J'ai rien à voir avec ces cinglés, se récria-t-il. Rayford était de ces illuminés qui attendent la fin des temps. Ceux qui croient dur comme fer qu'ils renaîtront quand la planète aura été rasée et l'humanité anéantie par une explosion nucléaire ou une autre catastrophe de ce genre.

Cece échangea un regard avec Deacon. La Résurrection.

— Savez-vous où on pourrait le trouver ? Lui ou ses amis ?

Harvey eut un signe de dénégation.

— Sont pas très fréquentables, ces gens-là, vous savez. Ils vivent entre eux et n'aiment pas qu'on se mêle de leurs affaires. Des vrais sauvages. Si j'étais vous, monsieur Ross, je dirais à ma mère que je n'ai pas retrouvé sa trace.

— Tout de même, intervint Cece. Ils ne vivent pas tous en dehors de la société. Certains restent intégrés à la communauté ; ils s'abstiennent simplement de raconter ce qu'ils trafiquent au fond des bois.

Harvey hocha la tête.

— Oui, mais il y a ceux qui en font un mode de vie. Ils se volatilisent un beau jour, et on ne les voit plus jamais. « Les autres », qu'ils les appellent dans ce monde-là. Personne n'en parle.

— Merci, monsieur Harvey, dit Deacon. Si jamais vous voyez M. Prentiss, dites-lui que je le cherche. C'est moi qui ai racheté la vieille ferme Wilburn.

Nouveau hochement de tête puis Harvey porta son regard droit sur Cece.

— Z'êtes la fille de Mason Winters. Celle qui l'a tué.

Cece se figea. Se demandant quoi répondre. Finalement, elle inclina la tête. À quoi bon argumenter avec ce vieil homme ?

— Je suis sa fille, oui.

— Ne le prenez pas mal, ma p'tite, mais vous avez débarrassé le monde d'une belle ordure. La méchanceté incarnée.

— Papa..., soupira sa fille d'un ton réprobateur.

— Non, non... Ce n'est rien, dit Cece en réussissant à produire un sourire sans enthousiasme. Il a raison. Mon père était exactement tel qu'il l'a décrit.

Harvey gloussa sous cape mais son rire se mua rapidement en quinte de toux. Lorsqu'il eut repris son souffle, il regarda Deacon.

— Je ferai passer vot' message mais ne venez pas vous plaindre : je vous aurai prévenu.

Deacon réitéra ses remerciements, et Mlle Harvey les raccompagna jusqu'à l'entrée.

Une fois de nouveau dans la camionnette, sur Pleasant Ridge Road, en direction de la Route 64, Cece se tourna vers Deacon.

— Ma sœur avait un petit ami à l'époque. En fait, au dire de Levi, elle en a eu quelques-uns, précisa-t-elle en riant. Mais quand le meurtre s'est produit, c'était celui-là. Son premier amour, en quelque sorte... Je pense qu'on devrait aller le voir. Il était souvent à la maison avec Sierra. Il pourrait avoir vu ou entendu quelque chose au cours des semaines qui ont précédé...

— Vous voulez parler du type qui a fourni un alibi à votre sœur ?

— C'est ça.

— Quelle est son adresse ?

— Je sais où vivent ses parents – du moins, où ils vivaient à l'époque.

— C'est un bon début.

Slade Fairbanks s'était marié et avait divorcé deux fois en huit ans. Il avait trois enfants mais aucun ne vivait avec lui. Il habitait dans un mobil-home, à l'extérieur de la ville. Sa jeune sœur ne se fit pas prier pour leur raconter par le menu la façon dont Sierra avait brisé son frère. Après leur rupture, il n'avait plus jamais été le même et avait glissé sur la mauvaise pente.

Comme ils approchaient de l'adresse que sa sœur leur avait indiquée, Deacon désigna une silhouette du menton.

— C'est lui ?

Cece se pencha en avant pour mieux distinguer l'homme en question.

— Il me semble bien.

Tandis qu'ils remontaient la petite allée, elle confirma :

— Oui, c'est bien lui.

Torse nu, le jean posé bas sur les hanches, Fairbanks surveillait quelque chose sur un petit barbecue tout en buvant une bière.

Il tourna la tête vers eux lorsqu'ils mirent pied à terre. Il reconnut instantanément Cece.

— Ça alors ! Cece Winters. Si je m'attendais...

Il posa la spatule avec laquelle il retournait sa viande puis sa bouteille de bière, apparemment vide, et s'avança à leur rencontre. Il la serra contre lui, plus longtemps qu'il n'était nécessaire.

— J'ai entendu dire que tu étais sortie, reprit-il en la tenant à bout de bras pour la regarder de haut en bas. Dis donc, tu as bonne mine pour une fille qui a passé huit ans à l'ombre.

— Merci, Slade.

Il jeta un coup d'œil à Deacon.

— C'est mon ami, Deacon Ross. On aimerait te parler quelques minutes, si tu as le temps.

Il fronça ses sourcils épais.

— À quel propos ?

— Sierra.

— Oh ! nom d'un chien !

Il jeta un regard autour de lui, s'essuya les mains sur les jambes de son jean.

— Bon, d'accord.

Il empoigna de nouveau sa spatule et fit glisser deux burgers du gril dans une assiette puis il leur indiqua la caravane d'un geste du menton.

— Venez.

Une fois à l'intérieur, il les fit asseoir et leur expliqua la façon dont les pensions alimentaires lui interdisaient de mener la vie qu'il avait espérée.

— Comme dit mon père : comme on fait son lit, on se couche, conclut-il.

Cece l'interrogea à propos de ses enfants, et il lui montra leurs photos sur son téléphone. Deacon demeura en retrait et les laissa rattraper le temps perdu. Fairbanks serait plus susceptible de parler s'il se sentait à l'aise et avait l'impression de mener le jeu.

— Tu es vraiment superbe, Cece, reprit Fairbanks en secouant la tête. Je suis heureux que tu sois enfin libre... Après tout ce qui est arrivé. Ça a dû être dur.

— Oui. Très. D'autant plus que j'ai purgé huit ans de prison alors que je n'ai jamais tué personne.

Il détourna les yeux. Fixa le sol.

— Sierra et Marcus ont menti à mon sujet, continua-t-elle comme il ne relevait pas les yeux. Tu étais proche d'elle à ce moment-là. Pourquoi s'est-elle comportée comme elle l'a fait ?

Son regard croisa celui de Cece et, l'espace de plusieurs secondes, Deacon acquit la certitude qu'il allait botter en touche.

— Tu sais comment elle était. C'était une égoïste forcenée. Elle ne se souciait de personne d'autre qu'elle-même.

— Que s'est-il passé entre vous ? Vous sembliez tellement bien vous entendre…

Joli coup… Bien joué. Pour un peu, Deacon aurait tapé dans la main de Cece pour la féliciter.

— Elle m'a laissé tomber comme une vieille chaussette, comme elle l'a fait ensuite avec ceux qui ont suivi. Il était impossible de la satisfaire… Elle n'était jamais contente.

— Est-ce qu'elle te trompait ? Apparemment, elle mentait souvent à cette époque.

Deacon en déduisit qu'elle tenait également cette information de Levi.

Slade hocha la tête.

— Oh oui ! Elle avait quelqu'un d'autre, un type plus âgé. Je l'ai surprise avec lui juste avant… Enfin, tu sais. Le meurtre.

Deacon dressa l'oreille.

— Quel type plus âgé ? s'enquit Cece. Je n'en ai aucun souvenir.

Le fait qu'elle ait complètement ignoré la référence qu'il venait de faire au meurtre l'étonna.

— Oh ! c'était tout ce qu'il y a de secret ! répondit Slade, une note d'amère dérision dans la voix. Il n'était pas d'ici. Pratiquement personne n'était au courant… À part moi, qui m'en suis rendu compte par accident. Je suis tombé sur eux, enlacés dans une voiture.

Deacon s'était arrêté à : « Il n'était pas d'ici. »

— Qui était-ce ? demanda Cece d'un ton pressant.

Fairbanks haussa les épaules.

— Je ne sais pas comment il s'appelle. Il avait les cheveux noirs, grisonnants aux tempes. Je ne l'ai pas vu d'assez près pour voir ses yeux.

Retenant son souffle, Deacon ouvrit l'application photo de son téléphone et tendit l'appareil à Cece. Elle regarda l'image sur l'écran puis la montra à Slade.

— Est-ce que c'était lui ?

Il examina la photo pendant quelques instants puis sa tête se mit à dodeliner de haut en bas.

— Oui, c'était lui. Ce vieux salaud.

Deacon tiqua.

— Et tu es sûr qu'ils sortaient ensemble ? insista Cece. Ils n'auraient pas pu être seulement amis ?

Il laissa échapper un petit rire.

— Non. Elle s'en est vantée par la suite, disant qu'il allait l'emmener loin d'ici, lui offrir la vie qu'elle méritait.

— Et alors ? Ils ont rompu ? Qu'est-il devenu ?

La voix de Deacon, incisive, résonna trop fort dans la pièce. Cece coula un regard dans sa direction.

Fairbanks le considéra pendant un moment.

— Je ne sais pas trop. Tout ce que je sais, c'est qu'elle est passée à quelqu'un d'autre. Lui, je ne l'ai plus revu.

Il se tourna de nouveau vers Cece.

— Tu te souviens de Tommy Woosier ? C'est sur lui qu'elle a mis le grappin ensuite.

Le cerveau de Deacon était en ébullition. D'une façon ou d'une autre, Sierra avait été en relation avec Jack. Son regard s'arrêta sur Cece. S'était-il trompé de sœur depuis le début ? Il perdit le fil de la conversation, ses pensées tout entières absorbées par ce qu'il venait d'apprendre et le nouveau champ de possibilités que cela ouvrait.

— J'ai une dernière question, Slade.

Deacon évacua ses idées dérangeantes et se concentra sur l'échange entre Cece et l'ex-petit ami de Sierra.

— Pourquoi as-tu menti pour Sierra ce jour-là ?

Il pâlit.

— Comment ça, menti ? Que veux-tu dire ?

— Tu as déclaré que tu avais aidé Sierra quand sa voiture était tombée en panne à l'heure où notre père était assassiné, mais ce n'est pas vrai puisque tu viens juste de reconnaître qu'elle te trompait. Tu l'avais surprise *avant* le meurtre, et vous aviez rompu.

Nom d'un chien ! Elle avait raison, songea Deacon. Focalisé sur la nouvelle concernant Sierra et Jack, il n'avait pas fait cette déduction.

Slade se leva subitement.

— Oh ! Seigneur, je n'avais pas vu l'heure ! s'exclama-t-il en montrant la pendule sur le mur. Il faut que je parte. Je dois aller chercher mon aîné.

Cece l'imita, mais avec moins de hâte ; Deacon également.

— Je ne partirai pas avant que tu m'aies dit la vérité, Slade. J'ai passé huit ans en prison. Je mérite de savoir pourquoi.

Il leva les mains devant lui.

— Je sais, je sais mais...

— Non, tu ne sais rien. Tu n'as aucune idée de ce qu'est la prison. Alors, maintenant, crache le morceau. Tu me dois la vérité.

— OK, fit-il, hochant la tête une bonne quinzaine de fois en cinq secondes. Mais si tu répètes que c'est moi qui te l'ai dit, je nierai. C'est ton frère... Marcus. Il m'a dit que si je ne racontais pas cette histoire à la police, il me tuerait.

Cece fixa Fairbanks, l'expression défaite.

— Voilà... Maintenant, partez. J'ai à faire.

Le retour jusque chez Cece se déroula dans un silence total. Ce ne fut que lorsque Deacon se gara qu'il reprit la parole, troublant le calme mortel qui s'était installé entre eux.

— Vous croyez qu'il dit vrai ? demanda-t-il.

Après tout, elle connaissait son frère, savait ce dont il était capable, même si elle n'avait pas voulu le voir.

— Oui.

— Dans ce cas, il semblerait que Sierra ait été bien plus impliquée dans ce qui est arrivé que vous ne l'imaginiez.

Il pivota sur son siège pour la regarder.

— Pensez-vous qu'elle ait pu tuer votre père ?

Ou mon partenaire ? ajouta-t-il à part soi.

— Je ne pense pas. Elle allait avoir seize ans quelques mois plus tard – ce n'était qu'une gamine. Et jamais je ne l'ai vue avoir une réaction violente auparavant.

Elle tourna la tête pour croiser son regard.

— En revanche, Marcus pourrait l'avoir fait.

— Ils vous ont tendu un piège.

Tout était clair maintenant.

— C'est ce que je me suis évertuée à répéter : que quelqu'un – je ne savais pas qui – voulait me faire porter le chapeau.

Deacon redémarra.

— Où allez-vous ? demanda Cece, la voix tremblante maintenant.

— On retourne voir Fairbanks. Je veux lui extorquer le reste de la vérité et, ensuite, on appellera le shérif.

Elle le regarda avec l'air effaré d'une bête sauvage prise dans les phares d'une voiture.

— Vous... me croyez ?

Avant qu'il ait pu s'en empêcher, il attrapa son visage en coupe entre ses mains et l'embrassa avec fougue. Il n'avait pas eu l'intention d'y mettre tant d'ardeur, de passion. Ses lèvres étaient douces, sa peau lisse et délicate sous ses paumes. Chaque cellule de son être était comme en feu. Les doigts de Cece vinrent se poser sur ses mains, frémissants, et il éprouva l'envie dévorante de l'attirer au-dessous de lui et de poursuivre, de ne pas s'arrêter, ce qu'elle ne manquerait pas de lui reprocher quand tout cela serait terminé.

Lorsqu'il eut repris le contrôle de lui-même, il détacha la bouche de la sienne mais ne put se résoudre à la lâcher... À rompre le contact. Il appuya le front contre le sien, ferma les yeux, s'efforçant de recouvrer la raison.

Mais il n'y avait pas de raison qui tienne.

Du moins pas dans ce domaine.

12

Mardi 6 août

Deacon avait de nouveau passé la nuit sur son sofa.

Cece avait voulu qu'il dorme dans sa chambre. Enfin, dormir n'était pas exactement ce qu'elle avait eu en tête. Non, ce qu'elle avait souhaité, c'était qu'il la couvre de baisers enflammés, qu'il lui fasse l'amour. Qu'il soit un étranger n'importait pas. Elle en savait assez. Elle le désirait. Elle voulait tout connaître de lui.

Mais il l'avait convaincue de ne rien précipiter. « Nous avons tout le temps », avait-il argué. Le temps, pour elle, d'être sûre qu'elle ne commettait pas une erreur, avait-il ajouté, précisant qu'il était plus âgé qu'elle, qu'il avait un passé dont elle ne savait rien. Il était même allé jusqu'à dire qu'elle n'aurait pas dû avoir une aussi totale confiance en lui.

Et puis, ce matin, il avait déclaré qu'il avait une course à faire et qu'il valait mieux qu'elle reste à la maison, portes verrouillées, le fusil et le téléphone à portée de main.

Il allait sans doute essayer de mettre la main sur Slade, songea Cece. La veille, ils avaient trouvé porte close lorsqu'ils étaient retournés chez lui. Le mystère qui entourait son histoire semblait être devenu un enjeu crucial pour Deacon. Il semblait aussi désireux qu'elle de découvrir la vérité. Un courant de chaleur l'envahit. Il s'était attaché à elle, c'était évident. Elle ne comprenait pas comment c'était possible en si peu de temps – quatre jours plus tôt, il était l'inconnu qui avait acheté la maison d'à côté.

Mais tout avait changé désormais.

Du moins, en ce qui la concernait.

Elle rinça sa tasse à café et décida de se replonger dans sa quête de la vérité. Il devait bien y avoir quelque chose dans ces dossiers qui soulèverait un coin du voile. Deacon les avait rapportés la veille, et ils s'étaient remis à les compulser… jusqu'à ce qu'il devienne évident qu'ils ne pouvaient pas rester dans la même pièce l'un et l'autre une minute de plus. Elle était alors allée se coucher, et il s'était allongé sur le canapé.

S'agenouillant devant la table basse, elle prit les copies des photos qu'Audrey Anderson lui avait fournies, s'interrogeant sur l'énigmatique K.C. À en croire Slade, il avait fait toutes sortes de promesses à Sierra. La vue de son visage, sur ces photos, avait clairement troublé Deacon. Le connaissait-il personnellement ? Était-ce là la raison de sa mystérieuse course de ce matin ?

Quelque chose lui échappait, mais quoi ? Peut-être avait-il raison. Peut-être n'aurait-elle pas dû avoir autant confiance en lui.

Un coup frappé à la porte la fit sursauter. La peur s'insinua en elle. Elle se releva vivement et attrapa le fusil dans le coin de la pièce. Il était chargé, Deacon y avait veillé. Elle s'avança en silence jusqu'à la fenêtre pour voir qui était son visiteur. Elle retint son souffle en écartant légèrement le rideau.

Sierra.

Cece balaya la cour du regard pour s'assurer que personne ne l'accompagnait. Une voiture stationnait dans l'allée – différente de celle qu'avait conduite Levi. Ce devait être celle de sa sœur. Il n'y avait personne dans l'habitacle.

Elle hésita encore, cependant. Sa petite sœur était-elle capable d'avoir commis un meurtre ? Elle n'aurait pu jurer du contraire. Mais l'idée que Levi était peut-être blessé et que Sierra était venue la prévenir l'incita à se diriger vers l'entrée. Le fusil bien en vue, elle tira le battant.

— Qu'est-ce que tu veux ?

Le regard de Sierra alla de sa sœur au fusil avant de revenir se poser sur elle.

— Il faut qu'on parle.

— Est-ce que Levi va bien ? s'enquit Cece, réprimant l'envie de secouer sa sœur cadette et de lui demander pourquoi elles ne pouvaient pas repartir de zéro, oublier tout ce qui était arrivé.

Mais le passé ne s'effaçait pas comme une ardoise magique. Sierra avait contribué à lui voler sa vie. Et Dieu seul savait ce qu'elle avait bien pu faire d'autre.

— Je n'en sais rien. Je pensais que, toi, tu l'aurais peut-être vu.

Cece songea à sa rencontre à la cabane avec Levi.

— Non, je ne l'ai pas vu.

Sierra ferma les yeux.

— Oh ! Seigneur !

Ses yeux sombres se rouvrirent d'un seul coup, la haine flambant dans leur profondeur insondable.

— Pourquoi a-t-il fallu que tu reviennes ? Tu aurais pu aller ailleurs, n'importe où ! Il n'y a rien ici pour toi. Rien !

— C'est chez moi autant que chez toi.

Même si elle ne se sentait pas bien à Winchester, elle n'allait pas permettre à sa sœur de lui dicter sa conduite.

— Personne ne veut de toi ici, tu ne le vois donc pas ? Tu rends tout le monde nerveux. Il se passe des choses mauvaises quand tu es là, Cece.

L'accusation porta. Cece avait cru pendant toutes ces années que ni sa sœur ni personne ne pourrait plus jamais la blesser par ses paroles, mais elle s'était trompée.

— Va-t'en, Sierra, laissa tomber Cece en esquissant un geste pour rabattre la porte.

Sierra avança le pied, l'empêchant de se refermer.

— Cece, je t'avertis Il faut que tu t'en ailles avant que quelque chose de grave, de très grave, arrive. Un malheur.

Cece promena son regard sur le visage de sa sœur, examina ses yeux.

— Tu es droguée… Qu'est-ce que tu as pris, Sierra ?

— Peu importe, répliqua Sierra d'un ton bref. Ce que je fais ne regarde que moi. J'essaye de t'aider.

Cece ne put s'empêcher de rire.

— Tu veux dire, comme tu m'as aidée au tribunal ? Marcus et toi, vous avez pratiquement enfoncé les derniers clous de mon cercueil. Pourquoi veux-tu que je te croie aujourd'hui ?

— Crois ce que tu veux. Mais si tu as deux sous de jugeote, décampe avant qu'il soit trop tard.

— Il est déjà trop tard, Sierra. Tu ne le vois pas ?

Cette fois, sa sœur recula lorsque Cece poussa la porte.

Elle tourna la clé dans la serrure, reposa le fusil à sa place et se laissa aller en arrière, contre le battant. Elle ferma les yeux, pressant furieusement les paupières l'une contre l'autre pour se retenir de pleurer. Elle s'était promis de ne plus jamais verser une seule larme à cause de sa famille et voilà qu'elle était près d'éclater en sanglots.

Sierra n'avait que faire d'elle. Marcus, encore moins. Dieu seul savait ce que pensait réellement Levi, désormais. Le seul point sur lequel Sierra avait raison, c'était qu'elle aurait dû s'en aller. Elle n'avait rien à faire ici. N'aurait jamais dû revenir.

Elle exhala un soupir. Connaître la vérité changerait-il quelque chose ? Non. Ces huit années étaient à jamais perdues. Cela prouverait-il qu'elle n'était pas le monstre que tout le monde avait vu en elle ? Peut-être, peut-être pas.

Alors, pourquoi ne pas partir ? Mettre la maison de sa grand-mère en vente et ficher le camp ?

Parce qu'elle ne *pouvait* pas.

Elle ne pouvait pas faire comme si la vérité n'importait pas.

La vérité, c'était tout ce qu'elle avait.

On frappa de nouveau à la porte ; elle s'en écarta dans un soubresaut.

La main sur le cœur, elle regarda le battant. Maudite soit Sierra. Pourquoi n'était-elle pas partie ?

Cece déverrouilla la porte et l'ouvrit à la volée.

— Qu'est-ce que tu... ?

Mais ce n'était pas Sierra. C'était le shérif.

La peur lui enserra la gorge.

— Que se passe-t-il ?

Seigneur, faites que Levi ne soit pas blessé... ou pis.

— Bonjour, mademoiselle Winters. Pouvez-vous m'accorder un instant ?

— Bien sûr. Entrez, shérif Tanner.

Elle songea au fusil calé dans le coin de l'entrée et espéra qu'il ne le verrait pas.

— Désolée... J'ai cru que c'était quelqu'un d'autre.

Il lui sourit.

— Je comprends. Vous avez des raisons d'être un peu à cran.

Cece referma la porte derrière lui.

— Je peux faire du café, si vous voulez. Je n'ai pas grand-chose d'autre à vous offrir. Un verre d'eau ?

— Non, merci, dit-il en ôtant son chapeau et en le tenant dans ses mains. Pouvons-nous nous asseoir quelques minutes ?

Elle l'invita d'un geste à prendre place dans un fauteuil.

— Je vous en prie. Pardonnez le désordre. J'étais en train d'examiner les minutes de mon procès.

Il promena le regard sur les pages qui encombraient la table de salon. Il connaissait par cœur les macabres photos de la scène de crime, elle en était certaine.

— Votre voisin, Deacon Ross, vous a aidé ?

Cece prit place sur le sofa, consciente que le shérif ne s'assiérait pas tant qu'elle ne se serait pas installée.

Elle sourit.

— Oui. Il est extrêmement serviable. Il m'a tirée d'un mauvais pas à plus d'une reprise. C'est vraiment un bon voisin.

Le shérif soutint longuement son regard avant de parler.

— Je crains que nous n'ayons des informations potentiellement ennuyeuses concernant M. Ross.

L'inquiétude la submergea. Elle s'était fait tellement de souci pour Levi. Mais peut-être était-ce Deacon qui avait été blessé.

— Il est arrivé quelque chose ?

— Vous savez, quand un étranger débarque en ville, le chef Brannigan et moi-même faisons en sorte de savoir à qui nous avons affaire. Histoire de nous assurer que les citoyens que nous avons juré de protéger peuvent dormir tranquilles.

L'inquiétude reflua, remplacée par quelque chose d'autre, une espèce d'appréhension diffuse.

— Y a-t-il quelque chose que je devrais savoir à son sujet ?

Tanner confirma d'un signe de tête.

— Oui. M. Ross est un agent du FBI.

Cece hocha brièvement la tête.

— Il m'a dit qu'il travaillait pour le gouvernement fédéral, en effet.

Un début de soulagement fit son chemin en elle. Il ne lui avait pas menti. Donc tout allait bien... Non ?

— Je crains que ce ne soit pas tout, poursuivit le shérif. J'ai parlé à ses supérieurs de nouveau ce matin. M. Ross est en congé sans solde depuis un bon moment maintenant. Apparemment, il a pris cette période sabbatique simplement pour venir vivre ici. À côté de chez vous.

Elle fronça les sourcils.

— Je ne comprends pas.

— Il a acheté la maison Wilburn parce qu'il voulait être à proximité lorsque vous rentreriez, à votre libération.

Un vague malaise s'empara d'elle.

— Vous voulez dire : pour me surveiller ?

Le shérif acquiesça.

— À l'époque où votre père... est mort, un homme a disparu. Le FBI l'a recherché dans tout le pays pendant très longtemps. Vous ne vous en souvenez sûrement pas parce que vous étiez…

Elle hocha la tête comme il s'interrompait. En détention préventive dans l'attente de son procès.

— Je n'ai pas reconnu M. Ross à son arrivée en ville parce qu'il avait travaillé sous couverture, à l'époque. Mais, ce matin, j'ai appris que le disparu, Jack Kemp, était son mentor et ami. Je crois que M. Ross est venu ici à cause de votre retour à Winchester. Il pense peut-être que vous étiez en lien avec son ami.

La main tremblante, Cece prit l'une des photos que lui avait procurées Audrey Anderson et la lui tendit.

— Jack Kemp est-il l'homme dont le visage est entouré d'un cercle ?

Tanner étudia la photo puis acquiesça.

— C'est lui, confirma-t-il en lui rendant la photo. Vous le connaissiez, mademoiselle Winters ?

— Moi, non. Mais ma sœur probablement.

Il se leva.

— Je suis navré de ne pas avoir été en mesure de vous communiquer plus tôt cette information. Compte tenu des circonstances, je me méfierais de M. Ross à votre place. Je vais m'entretenir avec lui ; je pourrai lui demander de ne plus vous importuner, si vous voulez.

La douleur de la trahison la taraudait intérieurement, tel un barbelé hérissé de piquants. Mais les faits étaient les faits.

— Il… Il ne m'a jamais importunée, shérif, dit-elle en se levant. En fait, il m'a probablement sauvé la vie l'autre nuit. Je ne sais pas pourquoi il a acheté la ferme voisine de la mienne. Je ne sais pas pourquoi il a lié amitié avec moi, peut-être pour les raisons que vous avez indiquées, mais il n'a jamais rien fait pour me nuire. C'est même tout le contraire.

Tanner hocha la tête.

— Je vais quand même avoir besoin de le voir pour éclaircir certains points. Si vous le voyez, faites-le-lui savoir.

Elle hocha la tête.

— Je n'y manquerai pas. Au revoir, shérif.

Sur le pas de la porte, il hésita puis se retourna.

— Mademoiselle Winters, je n'ai pas participé à l'enquête initiale, mais sachez que je suis tout prêt à rouvrir le dossier si vous le souhaitez. Si vous avez le sentiment d'avoir été victime d'une erreur judiciaire, j'aimerais vraiment pouvoir contribuer à vous apporter réparation. Et le chef Brannigan aussi, j'en suis certain.

Cece eut du mal à empêcher les larmes de déborder de ses paupières.

— Merci infiniment, shérif. Vos paroles me touchent beaucoup.

Lorsqu'il fut parti, Cece verrouilla la porte et appuya le front contre le bois frais. Pendant toutes ces années, elle avait rêvé d'entendre la police reconnaître l'erreur qu'ils avaient commise et se proposer de l'aider à trouver la vérité mais cela ne s'était jamais produit. Et puis un parfait étranger avait paru décidé à s'y employer.

À ceci près qu'elle ne pouvait plus être absolument certaine de ses intentions : voulait-il réellement l'aider ou essayait-il de trouver la connexion qui la reliait à la disparition de son ami ?

Dans un cas comme dans l'autre, il lui avait menti. Ce qu'elle avait dit au shérif était vrai. Deacon l'avait sans doute sauvée, et elle lui en savait immensément gré. Mais il l'avait utilisée. Et on s'était suffisamment servi d'elle, on lui avait suffisamment menti pour une vie entière.

Mieux valait couper les ponts avec lui.

Deacon n'était qu'à quelques kilomètres de la maison de Cece lorsqu'il vit les flashs bleus clignoter dans son rétroviseur.

Colt Tanner. Le shérif du comté de Franklin.

Deacon ralentit, se rangea sur le bas-côté de la route et

baissa sa vitre. Il regarda Tanner descendre de sa voiture, enfoncer son chapeau sur son crâne et s'avancer vers lui.

— Shérif, le salua-t-il avec un bref signe de tête. Que se passe-t-il ? Je roulais trop vite ?

Deacon savait pertinemment que ce n'était pas la raison pour laquelle le shérif l'avait arrêté. Il s'agissait d'autre chose, bien sûr. Tanner avait dû passer quelques coups de fil et obtenir un renseignement de l'un de ses collègues.

— Il faut qu'on parle, monsieur Ross.

— Deacon, rectifia-t-il. Appelez-moi Deacon.

Le shérif monta dans sa camionnette.

— Eh bien, Deacon, je me suis entretenu avec votre supérieur à Nashville, et il semble d'avis que vous pourriez être ici en mission - une mission qui n'aurait rien à voir avec le souhait d'acquérir un bien immobilier à moindre coût ni avec le désir d'aider une amie nouvellement rencontrée.

— On pourrait considérer que ma mission comporte deux volets, effectivement, admit calmement Deacon. En arrivant ici, j'avais un objectif précis en tête, c'est vrai, mais je me suis rendu compte que j'aimais bien le coin et j'ai décidé d'y acheter une propriété.

Il perdait son temps. Tanner savait pourquoi il était là. Mais il n'était pas pour autant obligé de se mettre à table et de tout lui raconter dans les moindres détails.

— Qu'un collègue de la police recherche la vérité ne me pose pas problème, dit Tanner avec un haussement d'épaules. Si je pensais qu'une affaire n'a pas fait l'objet d'une enquête suffisamment approfondie, ou que tout n'a pas été mis en œuvre pour établir la vérité, je ne resterais pas les bras croisés. Surtout si cette affaire avait une signification toute personnelle pour moi.

— Jack Kemp était un ami cher, déclara Deacon, décidant de jouer différemment sa partie. C'est lui qui m'a formé. C'était l'un des meilleurs agents du Bureau. Tout ce que je veux, c'est savoir ce qui lui est arrivé.

— Il a disparu approximativement quand Mason Winters a été tué, n'est-ce pas ?

Deacon hocha la tête.

— Il enquêtait ici sur le groupe baptisé La Résurrection. Il diffère des groupes habituels de survivalistes. Ce sont des extrémistes fanatiques. Jack appartenait à une force interagences qui collaborait avec l'ATF, l'agence de lutte contre l'alcool, le tabac et les armes à feu. Je ne peux entrer dans les détails parce que je ne sais pas tout moi-même, mais ce groupe d'extrémistes était soupçonné d'être en relation avec d'autres, dans tout le pays.

— Ce qui signifie que des armes à feu se promènent en quantité un peu partout, traduisit Tanner.

— Entre autres, convint Deacon. Ces gens vivent en autarcie, en petites communautés très soudées, en veillant à se faire discrets et à se fondre dans le décor. Ils sont très précautionneux et difficiles à coincer. Leur but est d'assurer le succès de leur « mission ».

— Qui est de... ? demanda Tanner.

— D'être prêts à ressusciter l'humanité lorsque la fin des temps surviendra et que nous serons tous anéantis.

Tanner fit la grimace.

— Intéressant. Je parie que votre ami cherchait à infiltrer le groupe.

Deacon acquiesça.

— Il y a plus de vingt ans, Jack a vécu ici pendant des mois dans l'espoir de trouver un moyen de se faufiler dans le groupe qui venait juste de s'implanter dans votre comté. On pense qu'il était d'avis que la congrégation de Mason Winters était de mèche avec ce groupe. Comme l'enquête, faute de preuves, n'aboutissait pas, Jack a été affecté à une autre mission. Il y a neuf ans, il est revenu ici pour voir comment les choses avaient évolué. Quelques semaines plus tard, il disparaissait. Je veux savoir ce qui lui est arrivé.

— Vous auriez pu venir m'expliquer la situation, argua

Tanner. Je tiens à préserver la sécurité des citoyens de mon comté. Si ce groupe, La Résurrection, constitue une menace, je devrais être le premier informé.

— C'est tout le problème, répliqua Deacon. Vous pourriez être l'un d'eux.

Le visage de Tanner traduisit son mécontentement.

— Ce n'est pas le cas.

Deacon leva les mains devant lui.

— Je ne suis pas en train de vous accuser, shérif. Je souligne simplement toute la difficulté que présente ce genre d'enquête.

— D'après votre supérieur, rétorqua Tanner, il n'y a *pas* d'enquête. Celle que menait votre ami est classée depuis des années. M. Kemp a été officiellement déclaré mort l'an dernier.

— Il n'y a pas d'enquête officielle, c'est un fait, admit Deacon qui n'avait pas l'intention de jouer au plus fin avec le shérif. Mais, moi, je n'en ai pas encore terminé.

Ils se mesurèrent du regard pendant de longues secondes puis Tanner hocha la tête.

— D'accord. Vous avez mon soutien... À condition que vous me teniez informé et que vous ne vous autorisiez pas la moindre entorse à la loi.

Deacon hocha la tête pour signifier son approbation.

— Ça me va.

— À votre avis, qu'est-il arrivé à votre ami ?

— Je pense qu'il s'est fait prendre et qu'il est enterré quelque part par ici. Mais il a une femme et une famille. Pour eux, je veux découvrir la vérité, afin qu'ils puissent faire leur deuil.

Tanner médita sa réponse pendant quelques instants.

— J'ai l'impression que le Bureau ne tient guère à ce que vous fassiez des vagues concernant cette affaire en particulier.

— La force conjointe à laquelle appartenait Jack n'existe plus. Le Bureau s'est retiré et a laissé l'affaire entre les mains de l'ATF. Pour des raisons politiques. Quelqu'un, quelque part, a pris cette décision, et les choses en sont restées là.

— Mais vous ne pouvez pas renoncer et passer à autre chose.

— Il m'a fallu des années pour découvrir la mission qui lui avait été confiée et ce qu'il avait trouvé. Je ne connais pas encore tous les détails mais je sais qu'il est venu ici. Et que, du jour au lendemain, il a disparu.

— Et, grâce à ces photos, vous avez repéré sa présence au procès.

Deacon confirma d'un hochement de tête ce que, de toute évidence, le shérif savait déjà.

— Comme je vous l'ai dit, je me ferai un plaisir de collaborer avec vous, Ross. Et d'essayer de découvrir ce qui est arrivé à votre ami. Mais il faut que vous laissiez Cece en dehors de ça. Après tout ce qu'elle a enduré, elle n'a pas besoin que vous vous serviez d'elle. Elle vous voit comme un héros. Si vous n'êtes pas celui qu'elle croit, alors au moins laissez-la tranquille.

— Je vais lui parler, promit Deacon, se disant qu'il aurait dû le faire depuis longtemps. M'expliquer.

— Pour votre gouverne, reprit Tanner. Sachez que je l'ai déjà mise au courant, pour vous. Elle sait pourquoi vous êtes ici.

Il posa la main sur la poignée.

— Tâchez de gérer ça proprement. Vous avez le devoir de protéger et de servir, tout comme moi. Quand vous y serez décidé, nous pourrons mettre au point une stratégie, concernant cette enquête qui vous tient tant à cœur. Je ne parle pas à la légère, ne l'oubliez pas.

Il sortit de la camionnette et rejoignit sa voiture. Deacon attendit qu'il soit parti pour démarrer à son tour.

Parvenu à l'embranchement qui conduisait à la maison de Cece, il obliqua dans l'allée. Il se gara près de la maison et descendit. Comme tout avait changé depuis qu'il s'était mis en tête de savoir ce qui était arrivé à Jack ! Son intention avait été de venir ici trouver ce qu'il cherchait et de veiller à ce que la coupable, Cece, paye pour le crime dont il la croyait alors responsable. Sa tâche accomplie, il serait reparti.

Mais rien ne s'était déroulé selon ses plans.

Il avait découvert que Cecelia Winters n'était pas une meurtrière.

Elle ouvrit la porte avant même qu'il ait eu le temps de frapper.

— Alors ? lança-t-elle sans préambule. Vous avez encore d'autres mensonges à me raconter ?

Il ôta son chapeau.

— Non. J'en ai dit suffisamment comme ça.

Elle leva la main, paume ouverte, devant elle, pour l'empêcher de continuer.

— Stop. Je ne veux plus rien entendre. J'apprécie l'aide que vous m'avez apportée. Sincèrement. Mais vous vous êtes servi de moi. Ça, je ne peux pas l'accepter.

Elle secoua la tête.

— Vous pensiez vraiment que j'avais tué mon père et votre ami ? Pour qui donc me prenez-vous ?

— J'ai eu tort, je l'admets. Je me suis trompé sur votre compte.

Il ferma les yeux et soupira.

— Et vous venez vous confesser, la mine contrite, maintenant que vous avez été pris en flagrant délit de mensonge par le shérif ! C'est un peu facile.

— Cece... Je suis dans la même situation que vous. Je veux la vérité, c'est tout. Je ne pensais pas que les choses prendraient une tournure... personnelle. Mais c'est pourtant ce qui s'est passé, et, si je suis désolé de vous avoir induite en erreur, je ne regrette rien de tout le reste.

Elle détourna les yeux.

— Je voudrais bien pouvoir vous croire.

— Je ne peux pas vous y forcer mais je peux vous supplier de me laisser vous aider. On touche au but, je le sais et je crois que vous aussi, vous le savez. Laissez-moi vous aider. Vous pouvez me faire confiance – vous avez ma parole.

— Votre parole ne vaut pas très cher, monsieur Ross. J'ai commencé ma quête seule et je suis à peu près certaine que je la terminerai seule également. Je ne compte plus sur personne. Apparemment, ce qui m'est arrivé il y a plus de huit ans ne m'a pas servi de leçon. Il a fallu votre duplicité pour que je comprenne. Alors, ne demandez pas de vous plaindre parce que vous éprouvez des remords. Au revoir, Deacon.

Et elle referma la porte.

Il se mit à cogner dessus.

— Cece, je vous en prie… Cece !

Pas de réponse.

Il posa les mains à plat sur la paroi de bois qui les séparait et y appuya le front.

— Vous ne pouvez pas continuer toute seule. Cece…

— J'ai *toujours* été seule.

La clé tourna dans la serrure avec un cliquètement définitif.

Il avait tout gâché. Et il se demandait bien s'il serait possible de se rattraper.

13

Cece se passa le visage sous l'eau puis regarda son reflet dans le miroir. Comment avait-elle pu se laisser ainsi abuser ? N'apprendrait-elle donc jamais de ses erreurs ?

Huit années à moisir dans une fichue prison auraient dû lui servir à autre chose qu'à connaître la terreur permanente, la menace, les coups.

Levi, par exemple... Elle avait sincèrement cru qu'il était de son côté. Elle secoua la tête, dépitée. Même si, à certains moments, il lui était arrivé de penser différemment – comme lorsque Deacon l'avait tirée des griffes de Ricky, tous ceux en qui elle avait eu confiance sans exception l'avaient roulée dans la farine.

— Tu dois vraiment avoir quelque chose qui ne tourne pas rond, grommela-t-elle en se détournant du miroir et en retournant dans le séjour. Elle jeta un coup d'œil par la fenêtre pour s'assurer qu'il était parti.

La cour était vide. L'allée, déserte.

Elle était totalement seule de nouveau.

Elle s'était autorisée à espérer alors qu'elle ne l'aurait pas dû. C'était ce baiser. Ce satané baiser... Jamais elle n'aurait dû rêver d'une éventuelle possibilité... mais c'était pourtant ce qui s'était passé. Elle avait osé croire en quelque chose. En quelqu'un.

Bonté divine. Quelle idiote !

Dans le séjour, elle considéra la pile de documents et de photos. Elle aurait dû tout brûler dans l'arrière-cour, mettre la maison en vente et plier bagage pour ne plus jamais, jamais revenir.

Sierra la haïssait. Marcus la haïssait.

Qui sait ce que Levi pensait, faisait. Quoi qu'il ait en tête, ce n'était pas elle sa préoccupation.

À quoi bon perdre son temps ? Elle avait presque trente ans. La somme d'argent dévolue à ses études l'attendait. C'était sa chance d'accéder à une vie digne de ce nom.

Seulement, le passé la hanterait à jamais. Cela, elle l'avait compris. Feindre de croire le contraire n'y changerait rien.

Une condamnation pour meurtre ne se balayait pas d'un revers de manche.

Si elle voulait voir un jour la fin du tunnel, elle n'avait pas le choix : il fallait aller jusqu'au bout. Soit elle s'y attellerait seule, soit elle prendrait le shérif au mot. Elle ne connaissait pas bien Colt Tanner mais il paraissait sincère.

Seulement, Deacon Ross aussi le lui avait semblé.

Elle ne pouvait plus se fier à son instinct.

Le téléphone sonna, le tintement strident se répercutant dans toute la maison. Elle sursauta. Si c'était Deacon, elle raccrocherait.

Elle décrocha.

— Allô ? Cece ?

— Levi ? Où es-tu ? Ça va ?

— Je... Il faut que tu viennes à la maison. Marcus veut nous parler à tous.

Il parlait d'une voix étrange. De toute évidence, quelque chose ne tournait pas rond.

— Tu es sûr que tout va bien, Levi ?

Il s'éclaircit la voix.

— Tu... peux venir ?

— Bien sûr. Je vais venir mais je veux d'abord savoir si tu vas bien.

Comme il ne disait plus rien, elle répéta d'une voix plus anxieuse :

— Levi ? Est-ce que tu m'as entendue ? J'arrive.

Soucieuse, elle s'apprêtait à raccrocher lorsque le cri de Levi l'arrêta. Elle écarta vivement le récepteur de son oreille.

— Ne viens pas, Cece ! C'est un piège !

La communication fut brusquement coupée.

La peur et la rage explosèrent en elle. Maudit Marcus. Cette fois, la coupe était pleine.

Au pas de charge, elle traversa le séjour, empoigna son fusil et se dirigea vers la grange. Cette fois, c'en était terminé, du jeu du chat et de la souris.

Elle ouvrit les portes de la grange et monta dans la camionnette. Elle cala le fusil contre le siège passager et se mit en route sans prendre la peine de refermer les portes, ainsi que sa grand-mère le lui avait toujours recommandé. Elle était trop préoccupée pour s'en inquiéter. Levi était en difficulté, et elle avait bien l'intention de découvrir de quoi il retournait.

Le trajet ne lui prit que quinze minutes mais ce furent quinze minutes de trop. Il n'y avait pas de voiture garée devant la maison. Pas de vigiles en vue non plus.

Peut-être aurait-elle dû se rendre à l'église.

Elle sortit, le fusil à la main, et remonta l'allée. Il devait bien y avoir quelqu'un. Si le téléphone de sa grand-mère n'avait pas été aussi ancien, elle aurait vu l'origine de l'appel... Sauf qu'il avait sans doute été passé d'un portable. Tout le monde en avait maintenant.

Tout le monde... excepté elle.

Elle cogna sur la porte, qui s'ouvrit sous ses coups redoublés. Elle avait dû être laissée entrouverte. Tendant l'oreille pour capter le moindre son, elle franchit le seuil. Un silence de mort régnait dans la maison. La chair de poule hérissa ses bras.

— Levi ?

Le nom de son frère résonna dans le silence.

Prenant une grande inspiration, Cece continua sa progression dans le hall, jusqu'au salon. La pièce était en désordre. Les livres, arrachés aux rayonnages, gisaient sur le sol, le canapé et les fauteuils avaient été déplacés.

Que diable s'était-il passé ici ?

Son cœur se mit à lui marteler la poitrine.

— Sierra ?

Pas de réponse. Rien d'autre que sa voix se réverbérant dans le silence assourdissant. Elle se dirigea vers la salle à manger. Des débris de porcelaine jonchaient le plancher devant le vaisselier. Les chaises étaient renversées, les tiroirs du buffet, ouverts, vidés de l'argenterie.

— Marcus ?

Elle trouva le même chaos dans la cuisine et s'apprêtait à descendre les trois marches qui menaient à l'extension que son père avait ajoutée quand ils étaient petits pour servir de pièce familiale.

Marcus se tenait à l'autre extrémité de la pièce, une main posée sur le manteau de la cheminée. Sierra était assise sur le canapé. Ni l'un ni l'autre ne se tournèrent vers elle.

— Où est Levi ?

Sierra ne répondit pas. Elle se borna à rester assise là, à regarder dans le vide, comme si elle était dans le coma.

— Marcus, où est Levi ? répéta Cece.

— Il est parti.

Toujours sans la regarder.

— Comment ça, parti ? Que veux-tu dire ? Il vient de m'appeler pour me demander de venir ici.

— Il a commis une erreur, Cece. Comme toi.

Marcus se tourna enfin vers elle. Il fit un pas dans sa direction, et Sierra se mit à pleurer.

— De quoi parles-tu ? Je sais ce que j'ai fait, moi. J'ai tenu tête à ce salaud. Qu'a fait Levi ?

— Il s'est retourné contre nous. Contre notre famille. Exactement comme toi.

Il avançait toujours. Cece resserra son emprise sur la crosse du fusil.

— J'ai une autre version. Je dirais plutôt que c'est la famille qui s'est dressée contre moi, cracha-t-elle. Alors, c'est à Levi que tu t'en prends maintenant ?

— La famille, c'est tout ce qui compte. Si nous ne nous serrons pas les coudes, nous ne sommes rien.

Cece leva le fusil devant elle, visant son torse.

— Où est-il ?

— Tu aurais mieux fait de rester loin d'ici, Cece. Tout allait bien. Nous avions avancé. Mais il a fallu que tu reviennes exhumer le passé, semer la zizanie.

— Stop, arrête-toi, le prévint-elle. Où est Levi ?

— Parti, répéta Marcus, ses yeux noirs la transperçant comme deux charbons ardents. C'était la seule façon de le sauver.

— Qu'est-ce que ça signifie ?

La rage bouillonna en elle. Il était exactement comme leur père. Féroce et égoïste. Fou.

— Mais toi – toi ! – tu ne peux pas simplement t'en aller. Tu reviens à la charge, encore et encore. Tu reviens *toujours* ! Ce n'est plus tolérable, Cece. Il faut que ça cesse une bonne fois pour toutes.

— Tu es comme notre père, l'accusa-t-elle d'un ton dur. Mauvais, cruel, bouffi d'orgueil. Tu te prends pour Dieu tout-puissant. Comme lui. Mais ce n'est pas toi qui as droit de vie et de mort sur tes proches. Est-ce que tu l'as tué ? Pour être l'unique détenteur du pouvoir ? C'est ce qui s'est passé, Marcus ? Est-ce que tu as poignardé notre père pour te venger de toutes les fois où il t'avait rabaissé, humilié ?

— Au revoir, Cece.

Elle secoua la tête et épaula son fusil.

— Je n'irai nulle part tant que tu ne m'auras pas dit ce que tu as fait à Levi.

Le coup s'abattit sur sa tête de l'arrière sans qu'elle l'ait vu venir. Elle s'effondra sur le sol, telle une poupée de chiffon. Le fusil avait atterri à quelques mètres, devant elle. Elle le voyait. Elle songea confusément qu'elle devait le récupérer mais ses muscles refusaient de répondre.

Des pieds apparurent dans son champ de vision. De petits pieds. Un visage, tout à coup, se matérialisa devant elle.

Sierra.

— Tu aurais dû m'écouter, Cece. Je t'avais prévenue. Il est trop tard maintenant.

Deacon esquiva un autre coup.

Un large sourire fendit le visage de Ricky Olson.

— Content de me voir, l'ami ? Le moment qu'on a passé ensemble l'autre soir a été écourté prématurément. Alors, je me suis dit qu'on allait terminer aujourd'hui. Ensuite, je retournerai là-bas et je reprendrai les choses là où elles en sont restées avec cette chère Cece.

Les deux acolytes d'Olson lui maintenaient les bras en arrière. Ils avaient dû poser leurs armes pour ce faire. Olson, en revanche, avait toujours le pistolet au poing.

Deacon tendit le cou et jeta un regard par-dessus son épaule pour localiser l'emplacement exact de chacun d'eux. Il passa la langue sur sa lèvre tuméfiée.

— C'est tout ce que tu as en magasin, Olson ? lança-t-il, cherchant à le provoquer. Je comprends mieux pourquoi Cece n'était pas satisfaite avec toi.

Les gloussements étouffés des types dans son dos servirent les desseins de Deacon mieux encore qu'il ne l'avait espéré. La fureur déforma les traits d'Olson. Il lui enfonça son neuf millimètres dans les reins et balança son bras libre en arrière pour lui assener une nouvelle gauche.

Ce fut l'occasion que saisit Deacon. Bandant tous les muscles de son bras droit, il projeta l'un des types vers Olson. Puis il empoigna celui qui était sur sa gauche de sa main désormais libre et lui tordit le cou jusqu'au point où il était près de se rompre. Comme l'homme se tortillait pour lui échapper, Deacon attrapa son arme et la braqua sous le nez d'Olson juste au moment où celui-ci s'élançait pour lui tomber dessus.

— Allez, vas-y, gronda Deacon. Fais un geste. Donne-moi *une* occasion, une seule, de vider ce chargeur sur toi.

Olson se figea. Ses deux complices aussi.

— À terre ! ordonna Deacon. À plat ventre !

Lorsqu'ils furent étendus tous les trois, tête contre le sol, Deacon ôta leurs ceintures et leur attacha les mains derrière le dos puis il procéda de même avec leurs chevilles, les ligotant étroitement à l'aide de leurs lacets de chaussures cependant que les trois voyous l'abreuvaient d'injures et de menaces.

— Moi aussi, je suis content de vous revoir, messieurs. Je vais prévenir le shérif pour qu'il vienne vous embarquer, déclara-t-il plaisamment.

Puis il tourna les talons et se rua vers la porte. Comme il surveillait la maison de Cece depuis son poste d'observation, derrière le rideau d'arbres, il l'avait vue sortir de chez elle précipitamment, le fusil à la main, et sauter dans sa vieille camionnette. Il était rentré à toutes jambes chez lui pour la suivre, et c'était là qu'Olson et ses sbires l'avaient cueilli.

Il se glissa derrière le volant et démarra. Pour le cas où les trois lascars réussiraient à se libérer plus rapidement qu'il ne l'avait prévu, il tira dans les pneus de leur véhicule.

Il roula à tombeau ouvert jusque chez Cece, bondit de son siège et fonça vers la porte d'entrée. Il tambourina sur le battant puis, comme seul le silence lui répondait, tourna la poignée. La porte s'ouvrit. Il balaya du regard le séjour. Le récepteur du téléphone pendait au bout de son fil. Il entra dans la cuisine. La porte de derrière était grande ouverte. Où qu'elle soit allée, elle était partie de chez elle bouleversée, et c'était en rapport avec un appel téléphonique.

De Levi ou Sierra. Peut-être Marcus.

Il retourna au pas de course à sa camionnette et prit la direction de l'église puisque c'était le premier endroit à se trouver sur son trajet. Le bâtiment et le parking étant vides, il continua jusque chez Marcus.

La camionnette de Cece n'était pas dans l'allée.

Bon sang !

Au moment où il s'apprêtait à rebrousser chemin, il aperçut fugitivement un visage à la fenêtre juste avant que le rideau retombe.

Il n'en fallut pas davantage pour mettre tous ses sens en alerte. Peut-être n'était-ce rien. Mais qui d'autre, en ville, se demanderait où était Cece ? Elle n'avait pas d'amis.

Il coupa le contact, glissa son arme dans sa ceinture et descendit de son véhicule. Tendant l'oreille, à l'affût du moindre bruit, les yeux balayant les lieux de droite à gauche, il s'avança vers la porte d'entrée.

— Puis-je vous aider ?

Marcus Winters.

— Je l'espère.

Endossant le rôle du voisin amical, il expliqua :

— Je suis à la recherche de Cece. Elle m'a dit qu'elle passerait voir Levi. Est-elle ici ?

Marcus secoua la tête.

— Je ne lui ai pas parlé depuis des années. Et je ne prévois pas de lui parler de sitôt.

Deacon laissa échapper une exclamation faussement surprise.

— Ah bon ? C'est curieux. Elle m'a dit qu'elle vous avait eu au téléphone récemment.

Une lueur fusa dans les yeux de Marcus avant qu'il ait eu le temps de la dissimuler. Oh que si ! il l'avait vue !

— Comme vous le voyez, déclara Marcus en montrant l'allée et la cour, derrière Deacon. Sa camionnette n'est pas là, donc, de toute évidence, elle non plus.

— Dans ce cas, peut-être devrais-je parler à Levi. Est-il ici ?

— Non.

— Sierra, alors. Je sais qu'elle est là, car je l'ai vue à la fenêtre.

La déclaration n'était pas tout à fait exacte mais, à moins que la jeune sœur ne soit effectivement absente, ce fumier ne pouvait pas le savoir.

— Très bien.

Marcus pivota sur lui-même et se dirigea vers le bas de l'escalier. Il appela sa sœur. Au bout d'un moment, celle-ci finit par apparaître en haut des marches.

— Cet homme veut te parler, annonça Marcus en s'éloignant, le laissant seul avec Sierra.

L'espace d'un moment, Deacon ne souffla mot. Cette femme avait été en rapport avec Jack. Il était très possible qu'elle sache où il était.

Se concentrer. C'était pour Cece qu'il était là.

— Bonjour. En fait, je cherchais Cece, et comme elle m'a dit qu'elle venait ici... L'avez-vous vue ?

Sierra secoua la tête.

— Pas du tout. Et je ne l'ai pas eue au téléphone non plus.

Elle mentait. Cette femme était aussi transparente qu'un verre d'eau. Deacon résista à l'envie de la prendre aux épaules et de la secouer comme un prunier.

— Ah ! Dans ce cas... Désolé de vous avoir dérangée. J'ai dû mal comprendre.

Comme Deacon tournait les talons, près de repartir, son regard tomba sur le fusil calé dans l'angle, près de la porte. Avec le cœur sculpté sur la crosse.

L'arme de Cece.

Plutôt que de mettre le frère et la sœur au pied du mur, il fit mine de n'avoir rien vu. Quoi qu'il se soit passé, il allait avoir besoin de renforts.

Il remonta dans sa camionnette, fit demi-tour et s'éloigna. Lorsqu'il fut sur la route, il trouva à proximité un endroit où se garer à l'abri des regards, dans les taillis. Lorsqu'il eut terminé sa manœuvre, il sortit son téléphone et appela le bureau du shérif. Avant que Deacon ait eu fini d'expliquer la situation, Tanner avait déjà envoyé une unité à la maison de Cece pour le cas où elle referait surface. Il assura Deacon qu'il le rejoignait immédiatement.

—- Vous devriez probablement envoyer aussi une voiture de patrouille chez moi, ajouta Deacon après réflexion. J'ai laissé Ricky Olson et ses deux amis ligotés par terre. Je vous expliquerai tout de vive voix.

Deacon coupa la communication et reporta son attention sur le débouché de l'allée. Les huit ou dix minutes qui suivirent son appel téléphonique furent parmi les plus longues de sa vie. Enfin, Tanner arriva et se gara devant sa camionnette. Deacon descendit de son véhicule.

— Personne n'est entré ni sorti. À moins qu'il n'y ait un autre accès que cette allée.

— Je suis à peu près certain que non, répondit Tanner.

Il étudia pendant quelques instants le visage de Deacon.

— Vous êtes sûr, pour le fusil ?

— Absolument. Il appartenait à sa grand-mère. Écoutez, Tanner, ne perdons pas de temps. Ce salopard sait où elle est. Soit il la retient en otage, soit...

— Bien. Je vais aller le voir. Vous, vous ne bougez pas d'ici.

Deacon fut tenté de protester mais il savait bien que ce serait peine perdue. Il connaissait la procédure. Ce qui ne signifiait pas pour autant que rester les bras croisés l'enchantait.

Rongeant son frein, il regarda Tanner remonter dans sa voiture, démarrer et tourner dans l'allée.

Il faisait les cent pas le long de sa camionnette depuis une dizaine de minutes lorsque le shérif reparut. Il revint garer son véhicule au même endroit, descendit et secoua la tête.

Deacon jura à haute voix. Marcus et Sierra mentaient, il le savait.

— Il n'y avait plus de fusil près de la porte d'entrée.

— Il était là, je vous l'affirme.

Tanner réfléchit pendant quelques secondes.

— Je sais que cette famille a été déchirée par le meurtre du père, que des clans se sont formés, qu'ils se sont tous ligués contre Cece, à part, peut-être, Levi, parce qu'ils la croyaient coupable. Mais pensez-vous vraiment que Marcus ou Sierra pourraient lui faire du mal ? S'en prendre à elle physiquement ?

— Tout à fait. Marcus Winters est un fanatique, vous devez le savoir. Levi a subitement disparu. Et maintenant, c'est Cece. Écoutez, shérif, vous m'avez chapitré à propos du fait que tout le monde l'avait laissée tomber. Eh bien, quoi que vous pensiez de moi, ne la laissez pas tomber, vous aussi, sous prétexte que vous n'avez pas confiance en moi.

— D'accord. Mais il faut faire les choses dans les formes. Je vais demander un mandat de perquisition pour chercher ce fusil. Cela nous fournira un motif légal de fouiller la propriété.

— Combien de temps cela va-t-il prendre ? s'enquit Deacon, qui n'avait nullement l'intention d'attendre sans rien faire.

— Je connais un juge. Pas longtemps... Peut-être deux heures.

— Pas question que je reste à me tourner les pouces pendant tout ce temps.

— Pas de problème, riposta sans s'émouvoir le shérif. Je peux vous arrêter.

Deacon leva les mains devant lui.

— Et si je me cachais dans les bois pour surveiller la propriété de loin ? Je ne m'approcherai pas et je ne ferai pas un bruit.

— Ne vous avisez pas de sortir de votre cachette, Ross. Et ne faites strictement rien tant que vous n'avez pas mon feu vert.

— Vous avez ma parole... Sauf si je vois Cece, bien sûr.

— OK. Allez-y.

Tanner remonta dans sa voiture et s'éloigna. Deacon s'enfonça dans les bois. Il avança prudemment, ouvrant l'œil, guettant le moindre bruit, jusqu'à ce qu'il trouve un endroit d'où il pouvait voir à la fois l'entrée principale et la porte arrière de la maison. Il vérifia que son mobile était sur vibreur puis commença sa longue attente.

Quel que soit le prix à payer, lui non plus ne laisserait pas tomber Cece.

14

Quand Cece ouvrit les yeux, il faisait sombre. Elle roula sur le côté. Son crâne protesta, la douleur qui l'élançait menaçant de s'étendre au reste de sa boîte crânienne. Malgré tout, elle réussit à se mettre en position assise. Il faisait si sombre.

Était-elle restée inconsciente pendant si longtemps ? C'était le début d'après-midi lorsqu'elle avait demandé à voir Levi.

Ce n'était pas Marcus qui l'avait frappée. C'était Sierra.

Cece porta une main à l'arrière de sa tête. Pourquoi sa sœur cadette protégeait-elle Marcus ?

Ils avaient fait bloc contre elle au procès, et cela continuait, tout bonnement. Pensaient-ils réellement qu'elle avait tué leur père ?

Était-ce la raison pour laquelle ils lui vouaient une haine si féroce ?

Même à supposer qu'elle l'ait tué – ce qui n'était pas le cas –, pourquoi se retourner contre elle avec une telle aversion ? Leur père avait été cruel, implacable. Il avait été particulièrement dur avec Marcus. Son frère aurait donc dû le détester plus que n'importe qui.

Peut-être était-ce le cas.

Assise dans le noir, la tête douloureuse, Cece songea à tout ce qu'elle avait pu constater depuis son retour, quatre jours plus tôt. Marcus était désormais aux commandes. L'église lui appartenait, les disciples de son père étaient devenus ses disciples. La propriété familiale lui était également revenue. Et Sierra était la plus fidèle de ses adeptes. S'agissant du mobile, celui de Marcus n'avait pas sauté aux yeux huit ans auparavant. Il s'était comporté en fils aimant, en fils qui courait désespérément après l'approbation de son père en dépit de toutes les brimades que celui-ci lui faisait subir.

Pour un peu, Cece en aurait presque ri. Aucun d'eux trois n'avait jamais eu l'heur de satisfaire les exigences de leur géniteur.

Mais, à la lumière de la situation présente, le mobile de Marcus devenait évident : il était tout-puissant désormais. Il avait tout.

C'était lui.

Cece se déplaça à l'aveuglette jusqu'à ce qu'elle rencontre un mur. Elle s'en servit pour se mettre debout. Lentement, elle le longea. Au bout de quelques pas, peut-être six ou sept, elle heurta un angle. Elle continua sa progression en procédant de la même manière jusqu'à ce qu'elle ait fait le tour des quatre murs et localisé la porte.

Elle était fermée à clé, bien entendu, et ne bougea pas d'un millimètre même lorsqu'elle pesa de tout son poids contre le battant. La pièce était aveugle, et les murs semblaient être en pierre.

La douleur sourde battant toujours dans sa tête, elle ferma les yeux, évacua toute pensée et inspira à fond.

Une odeur de renfermé.

De *terre*.

Elle s'accroupit lentement et promena les mains sur le sol. De la pierre, humide.

Un sous-sol.

Il y avait bien un sous-sol dans leur maison d'enfance. Ce devait être là qu'ils l'avaient enfermée. Elle ne se souvenait pas d'une petite pièce telle que celle-ci mais Marcus avait pu la construire depuis. Elle s'obligea en pensée à remonter le temps. Levi et elle avaient joué dans ce sous-sol parfois...

De la brique.

Le sol et les murs avaient été en brique, pas en pierre.

Elle se redressa et se dirigea de nouveau vers la porte. Elle laissa glisser les doigts sur tout son pourtour, suivant l'interstice entre le battant et le chambranle. Une nouvelle fois, elle essaya de tourner la poignée. Rien à faire.

Réfléchis, Cece.

Tendant les bras devant elle pour le cas où elle rencontrerait un obstacle, elle se déplaça vers le centre de la pièce.

La lumière, tout à coup, inonda la pièce. Elle ferma les yeux, éblouie, puis cligna des paupières et regarda autour d'elle dans la clarté blafarde des tubes fluorescents.

Un grincement métallique lui annonça l'arrivée de quelqu'un. Cece fit volte-face.

Sierra.

Instinctivement, Cece recula.

Sa sœur leva une main, et Cece entendit un cliquetis de clés s'entrechoquant sur un trousseau.

— Je suis désolée d'avoir dû t'assommer, Cece. J'avais peur de ce qu'il pouvait faire, alors j'ai préféré prendre les devants et agir la première.

Cece épousseta les jambes de son jean. Le sol était bel et bien en pierre, nota-t-elle. Ainsi que les murs et le plafond.

— Pourquoi ? demanda-t-elle, décidant de commencer par là. Qu'est-ce que j'ai bien pu faire pour que vous me détestiez à ce point, tous les deux ?

Sierra secoua la tête.

— Je ne te déteste pas. C'était Marcus. C'est lui qui voulait que tu t'en ailles pour toujours. Il a cru que son vœu avait été exaucé quand tu as été condamnée pour meurtre. Mais tu es revenue, et il ne veut pas de toi ici.

Cece secoua la tête.

— Je ne comprends pas. Pourquoi tenait-il tant à ce que je ne sois plus ici ?

Cece ne se souvenait pas avoir été méchante une seule fois

envers son frère. Il était de six ans son aîné. Fallait-il chercher là l'origine de sa rancœur ? Lui en voulait-il parce qu'elle lui avait fait perdre son statut d'enfant unique ? Il n'en avait jamais rien dit. Et puis Levi et Sierra aussi l'avaient empêché d'être le seul et unique enfant de la famille.

Sierra s'appuya contre le mur comme si elle était immensément lasse.

— Je ne sais pas. Mais il veut que tu disparaisses d'ici et, cette fois, je pense qu'il prépare quelque chose de vraiment terrible.

Cece ignora son cœur qui s'emballait, l'envie de fuir qui s'emparait d'elle.

— Où est Levi ?

Mon Dieu ! et s'il s'en était déjà pris à Levi ?

Sierra secoua la tête.

— Je ne sais pas. Il est parti. Il a dit qu'il avait quelque chose à faire mais il n'a pas voulu me dire quoi. Je crois que c'était en rapport avec toi ou cet homme qui a emménagé chez les Wilburn.

— Deacon ? Pourquoi poserait-il problème à Levi ?

Cece songea à Jack Kemp, l'équipier de Deacon. Elle pensa aussi aux photos de Kemp, montrant Sierra assise tout près de lui.

Comment cette folie avait-elle pu se déclencher sans qu'elle se rende compte de quoi que ce soit ? Il y avait eu l'école. Le travail. Elle n'avait pas eu une minute à elle. Elle finissait sa dernière année de lycée et travaillait dur dès qu'elle avait un moment de libre au restaurant. Et puis, elle vivait alors chez sa grand-mère et n'avait pas été au fait de tout ce qui se passait à la maison. Tout bien considéré, elle avait laissé Levi et Sierra livrés à eux-mêmes. Mais ce n'était pas sa faute. Son père l'avait chassée. Elle n'avait pas eu le choix.

— Connaissais-tu un homme du nom de K.C. ? Brun, les yeux sombres.

Comme toi, songea-t-elle. Sierra avait les mêmes yeux

marron, les mêmes cheveux bruns, beaucoup plus foncés que ceux de leur père et de ses frères.

Sierra parut prise de court.

— Il... Il est venu ici quelquefois. Il disait qu'il avait connu maman mais qu'ils s'étaient perdus de vue.

La perspective de ce que cela pouvait signifier – le fait que Sierra soit la seule de la famille à avoir des yeux et des cheveux de cette couleur – s'imposa brutalement à son esprit. Levi et Marcus avaient des cheveux châtains, avec des reflets cuivrés. Une sorte de fusion de leur mère et de leur père. Mais Sierra, elle, ne leur ressemblait pas du tout.

Était-il possible que K.C. ait été son père biologique ?

Attends, attends, tu vas trop vite en besogne, ma fille. De toute évidence, le coup qu'elle avait reçu à la tête avait dû causer plus de dégâts que Cece ne l'imaginait. Sa mère n'aurait jamais osé tromper leur père. Il était trop cruel, trop barbare pour qu'elle ait couru un tel risque.

Sierra continua :

— Mais... non. Je ne le connaissais pas vraiment.

Elle mentait. Cece le voyait dans ses yeux. Ces yeux qui n'étaient pas ceux d'une enfant de Mason Winters.

— Dis-moi la vérité, Sierra. C'est la seule façon de nous sortir de ce pétrin.

Sierra la fixa pendant un long moment, le regard trouble comme celui d'une personne en état d'ébriété.

— Quel genre de drogue prends-tu ? demanda Cece à brûle-pourpoint.

— Je ne fais rien de mal ! cria Sierra. Je prends les médicaments que me prescrit le médecin. Pour mon anxiété et ma dépression.

Cece hocha la tête.

— Je vois. Je ne savais pas.

— Évidemment que tu ne savais pas, tu n'étais pas là. Il y a bien plus de huit ans que tu n'es pas là. Tu ne sais pas ce qu'il m'a fait.

— Qui ça ? K.C. ?

— Non ! se récria Sierra avec une véhémence telle que Cece comprit qu'elle ne voulait pas parler de cet homme mystère.

— Raconte-moi, dit-elle doucement en se rapprochant d'elle. Je suis ta sœur, je veux savoir.

— Il... Il a commencé à me faire des choses quand j'avais douze ans.

Interdite, Cece regarda Sierra. Douze ans... Donc, l'année après que leur père l'avait renvoyée de la maison.

— Tu veux dire, sexuellement ?

Sa sœur détourna les yeux.

— Oui.

— Oh ! Seigneur !

Elle allait ouvrir la bouche pour demander pourquoi Sierra n'avait rien dit à personne mais se ravisa. Bien sûr qu'elle n'avait rien dit. Elle avait eu peur et honte.

— Ce jour-là... Le jour où il est mort... Je lui ai dit que j'étais au courant. Que je savais qu'il n'était pas mon père. Que j'allais prévenir la police. Je me moquais de ce que les gens pourraient dire ou penser quand la vérité éclaterait. Je voulais qu'il paye. Mon vrai père m'avait promis de m'emmener loin d'ici. Il avait compris tout de suite en me voyant que j'étais sa fille. Et ce salaud m'a enlevé ça.

Cece s'appuya d'une main contre le mur, elle aussi, ses genoux menaçant de se dérober.

— Comment a-t-il réagi ?

— Il a ri. Il a dit que notre mère était une traînée et que si le démon qui m'avait enfantée avait vraiment voulu de moi, il n'aurait pas attendu tout ce temps pour venir me chercher.

— K.C., souligna Cece d'une voix atone.

— Il s'appelait Jack. Jack Kemp. Il allait m'emmener. Il était venu à Winchester pour son travail, en mission, mais il disait que ce n'était pas mon problème. Il était décidé à m'arracher aux griffes de ce monstre qui abusait de moi.

— Qu'as-tu fait quand Mason t'a répondu ça ?

— Je lui ai dit que j'allais aller retrouver Jack et m'en aller. J'ai couru dans la cuisine prendre les clés de sa camionnette mais il m'a rattrapée avant que j'aie pu atteindre la porte de derrière. On s'est battus. Le couteau était dans l'égouttoir avec les autres couverts que j'avais lavés ce matin-là.

Elle fixa le sol.

— Je l'ai poignardé.

Cece avala sa salive, avec difficulté.

— Tu n'avais pas le choix.

— Il a fait un pas en arrière en titubant et j'ai continué à le frapper avec le couteau. Encore et encore.

— Tu n'as pas appelé à l'aide ?

Sierra secoua faiblement la tête.

— J'allais le faire mais Marcus est arrivé. Il a dit que j'irais en prison. Que personne ne croirait qu'il m'avait violée. Que tout le monde nous avait toujours crus proches, papa et moi. Que les gens me prendraient pour un monstre.

Cece se força à inspirer une grande goulée d'air.

— Et c'est alors que tu as décidé de me faire porter le chapeau.

Le regard de Sierra se releva pour se planter droit dans le sien.

— C'est Marcus qui m'y a obligée. Il a dit que si je ne faisais pas exactement ce qu'il me demandait, il veillerait à ce que toute la ville apprenne la vérité me concernant et dirait que j'avais prémédité le meurtre et que...

Elle ferma les yeux et secoua la tête.

— Que tu n'aurais que ce que tu méritais pour avoir déserté. Que tu n'avais toujours pensé qu'à toi. Que, compte tenu du nombre de fois où papa et toi vous étiez disputés en public, personne ne chercherait plus loin. Il a dit que tu t'en tirerais en plaidant coupable. Quand j'ai compris que les choses n'allaient pas se passer comme ça, il était trop tard pour que je revienne sur mes déclarations.

D'un geste rageur, Cece essuya une larme qui roulait le long de sa joue.

— Cela aussi, je suppose que c'est Marcus qui te l'a soufflé.

— Il a dit qu'ils comprendraient que j'avais tout planifié. Que je serais condamnée à la peine de mort.

— Tu avais quinze ans, Sierra. Tu n'aurais pas été condamnée à mort. Tu ne serais même sans doute pas allée en prison.

Les larmes inondèrent les joues de Sierra.

— Mais je n'en savais rien… Je l'ai cru ! J'ai obéi et fait ce qu'il disait. Quand il est entré et qu'il a vu ce qui s'était passé, il m'a fait jurer de n'en parler à personne. Jamais. Que tout irait bien. Que je n'avais qu'à me tenir tranquille et suivre ses instructions.

— En as-tu parlé à Jack ?

Elle eut un signe de dénégation.

— Marcus m'avait ordonné de n'en parler à personne, donc c'est ce que j'ai fait… jusqu'à maintenant.

— Qu'est-il arrivé à Jack ?

Sierra haussa les épaules.

— Je l'ai vu au procès une ou deux fois. Il me posait beaucoup de questions sur ce qui s'était passé. Sur toi, un peu sur tout… Et puis, il s'est volatilisé.

Cece sentit son sang se glacer dans ses veines.

— Et as-tu parlé de Jack et des questions qu'il te posait à quelqu'un ?

— À Marcus. J'avais peur qu'il ne m'en veuille s'il apprenait que je lui avais caché quelque chose.

Oh ! mon Dieu ! L'heure n'était plus aux explications désormais. Il fallait sortir de là.

— Sierra…

— Je sais ce que tu penses, la coupa sa sœur. Que Marcus a tué Jack.

Cece le craignait fort, en effet.

— C'est ce que tu penses, toi aussi ?

— Je ne sais pas. Marcus a pris soin de moi pendant toutes ces années. Il a veillé sur moi.

— C'est lui qui t'a conduite chez le médecin qui t'a prescrit ton traitement ?

Sierra acquiesça.

— Il a été gentil avec moi, assura-t-elle avant de regarder Cece. Mais ce qu'il t'a fait, à toi… C'est impardonnable.

— Il faut aller chercher du secours, déclara Cece d'un ton pressant en attrapant sa sœur par le bras. Le shérif Tanner pourra nous aider.

« Deacon aussi », eut-elle envie d'ajouter, mais elle ne savait plus trop où elle en était avec lui.

— Vas-y, toi, répondit Sierra. Je vais rester ici et m'occuper de Marcus. Il a besoin de moi. Il n'a personne d'autre.

— Sierra.

Cece la prit par les épaules et la secoua légèrement.

— Il faut qu'on parte toutes les deux. On ne sait pas de quoi Marcus est capable. Il a l'esprit dérangé.

— Mais… Il est trop près, argua Sierra. On ne pourra pas s'enfuir à deux. Si je le distrais, tu y arriveras.

Oh ! bon sang !

— On trouvera un moyen, reprit Cece avec force. Je ne partirai pas sans toi. Et puis, il faut qu'on retrouve Levi.

Elle espérait que Marcus ne lui avait pas fait de mal.

— Mais il n'y a pas d'issue, insista Sierra.

— Attends, déclara Cece en levant ses mains ouvertes devant elle. Explique-moi où nous nous trouvons.

Elle promena son regard sur les murs, autour d'elle.

— Cet endroit ne m'évoque rien.

— Marcus et certains des disciples ont construit un tunnel entre l'église et la maison. Il y a plusieurs salles le long du tunnel… Des choses y sont stockées.

Des choses ? Elle n'avait pas le temps d'approfondir le sujet et de découvrir quelles autres « choses » pouvaient se trouver entreposées ici. Mais elle avait vu juste : c'était bien une sorte de sous-sol.

— Où était Marcus quand tu es descendue ?

— Il est à l'église avec les anciens. Ils discutent de ce qu'il convient de faire...

Sierra chercha son regard.

— De toi, acheva-t-elle à voix basse.

— Bien. Alors, on retourne à la maison. En route.

Cece poussa une Sierra récalcitrante au-dehors de la pièce.

— S'ils nous retrouvent, ils nous donneront *aux autres.* Personne ne revient de chez *les autres.*

— *Les autres* ? Qu'est-ce que c'est ?

— Un endroit où on t'enseigne des leçons que tu n'es pas près d'oublier.

Cece fit volte-face en entendant la voix cinglante de Marcus. Dieu merci, il était seul.

— On veut juste sortir d'ici, Marcus, déclara Cece en s'attachant à parler d'un ton posé.

— Tu veux qu'elle aille leur raconter ce que tu as fait ? demanda durement son frère à l'adresse de Sierra.

— Elle n'a fait que se défendre, répliqua Cece. Se protéger n'est pas interdit par la loi.

— Même si elle a tué un homme ? rétorqua-t-il en lui lançant un regard assassin.

— Il abusait d'elle, martela Cece. Et tu le savais. Tu as fait croire à Sierra qu'elle avait commis un acte odieux alors que tu connaissais la vérité.

Il rit.

— Tu n'as pas volé ce qui t'est arrivé, proféra-t-il avec dédain. Ta place était en prison... Tu aurais dû y finir tes jours, vieille et toute flétrie. Tu ne mérites pas autre chose.

D'une main, Cece poussa sa sœur derrière elle. Elle n'était pas sûre que Marcus soit armé mais pas question de courir le risque.

— Qu'est-ce que je t'ai fait, Marcus ? Tu m'as prise en grippe sans la moindre raison.

Il rit de plus belle, d'un rire chargé de pure aversion.

— Tu ne te rappelles vraiment pas, hein ?

— Je ne sais pas à quoi tu fais référence, dit-elle en reculant d'un pas, entraînant Sierra dans le mouvement. Qu'est-ce j'ai fait, d'après toi ?

— Tu as trouvé le trou dans le mur de ta chambre.

Tombant des nues, elle le fixa, abasourdie.

— Le trou ? Quel trou ?

— Celui que j'avais percé dans ton mur pour t'observer. Le même que j'avais pratiqué dans le mur de la chambre de Sierra.

L'image de son frère en train de se toucher, l'œil collé à un petit trou dans le mur, s'imposa à son esprit, lui coupant la respiration aussi brutalement qu'un coup de poing à l'estomac.

— Tu parles de la fois où je t'ai surpris en train de regarder Sierra prendre son bain ? Mon Dieu, mais... je devais avoir sept ans ! Huit, tout au plus. Je ne m'en souvenais même plus... jusqu'à ce que tu y fasses allusion à l'instant.

— Tu avais sept ans. J'en avais treize.

— On était enfants, objecta Cece. C'est le genre de chose que font les adolescents. Échanger des revues pornos, regarder les filles... Ce sont les hormones.

— Tu sais ce que notre père m'a fait ?

Aucun châtiment en particulier ne lui vint en mémoire ; il y en avait eu tant.

— Il t'a battu ?

Elle se souvenait vaguement que Marcus avait été « malade ». Avait-il été hospitalisé ?

— Je suis désolée, Marcus. Je n'étais qu'une enfant. Je ne voulais pas te créer d'ennuis...

— Lui et trois membres de la congrégation ont décrété qu'il fallait extirper la luxure et la dépravation qui étaient en moi. Ils m'ont enfermé dans une pièce remplie de vapeur d'eau chaude, roué de coups tout en priant pour moi. Pendant des jours et des jours, ils se sont acharnés à me débarrasser du mal qui, d'après eux, me possédait. Et ensuite, ils m'ont... mis à l'épreuve.

Terrifiée, Cece écoutait, n'osant même pas imaginer ce que cela pouvait bien signifier.

— Ils m'ont montré des photos de femmes nues. Quand mon corps a fini par réagir, leur verdict est tombé : j'avais échoué à l'examen.

— Oh ! mon Dieu ! Je ne savais pas.

Nouvel éclat de rire cruel.

— C'est alors qu'ils ont jugé que des mesures draconiennes s'imposaient.

Ce qu'ils avaient fait jusqu'alors n'était pas suffisamment draconien ?

— Marcus, tu sais bien que c'était un être malveillant. Un salaud à l'esprit dérangé qui nous a fait du mal à tous.

Marcus secoua la tête.

— Ils m'ont castré. Il a dit que, puisque j'avais reluqué mes propres sœurs, je ne méritais d'être un homme à part entière. Ils devaient m'ôter la plus mauvaise part de moi-même. Et ils m'ont castré. Retiré les testicules. Tout ça parce que tu avais rapporté ce que tu avais vu alors que j'étais encore trop jeune pour lutter contre lui.

Oh ! Seigneur ! Pas étonnant qu'il la déteste.

— Le mal, c'était lui, Marcus. Regarde ce qu'il a fait à Sierra. Et à moi, il m'a jetée dehors alors que je n'étais encore qu'une enfant. C'était un être démoniaque. Malfaisant.

— Toi ? Ne parle pas de toi comme d'une victime ! De nous tous, tu es celle qui a eu de la chance, riposta Marcus. Tu as hérité des cheveux de notre traînée de mère. Il ne le tolérait pas, ta vue lui était insupportable. Je me souviens du soir où il l'a tuée – il avait compris que Sierra n'était pas sa fille. Il l'a torturée jusqu'à ce qu'elle avoue puis l'a poussée dans l'escalier comme un sac d'ordures. Quand j'ai essayé d'appeler à l'aide, il m'a enfermé dans le sous-sol. Tu vois, Cece, tu t'en es très bien tirée, toi. Comment oses-tu te plaindre et comparer les quelques malheureuses années que tu as passées en prison avec ce que nous, nous avons enduré ?

— Tu as raison, concéda Cece, songeant que leur seule chance de survivre à ce grand déballage de linge sale était d'abonder dans son sens, de lui soutirer le plus d'informations possible. Je ne devrais pas me plaindre. Et cet homme ? Celui par qui notre mère a attiré le malheur sur nous ? Si elle n'avait pas péché avec lui, peut-être notre père ne serait-il pas devenu ce monstre...

— Il a payé pour ses péchés, répliqua Marcus. Il était aussi mauvais que notre père. Il ne méritait pas de vivre non plus. Ils ont tous les deux gagné un aller simple pour l'enfer – là où est leur place.

Cece prit la main de Sierra dans la sienne puis tendit l'autre vers son frère.

— Nous sommes tout ce qu'il nous reste... Nous et Levi. On devrait faire un pacte, nous engager à prendre soin les uns des autres. Dieu nous est témoin que nos parents ne l'ont pas fait.

Marcus la considéra fixement pendant un long moment.

— Tu n'aurais pas dû revenir, Cece, proféra-t-il finalement d'une voix très calme. Tu n'es pas comme nous.

Il regarda Sierra.

— Mais, toi, tu sais ce qui va – ce qui doit – advenir.

Cece tourna la tête vers sa sœur.

— Il a raison, confirma celle-ci, comme en transe. J'ai essayé de t'aider mais il est trop tard maintenant. Tu n'aurais pas dû revenir, Cece.

Deacon avait assez attendu. Si Tanner n'arrivait pas avec le mandat et les renforts d'ici peu, il agirait seul.

Il n'y avait pas eu le moindre mouvement à la maison. Il

pouvait se passer n'importe quoi derrière ces murs. Il s'était écoulé environ trois heures depuis qu'il avait vu Cece partir en catastrophe de chez elle. Il ne patienterait pas davantage.

Son mobile vibra dans sa poche. Vivement, Deacon le sortit.

— Où êtes-vous ? demanda sans préambule Tanner.

— À l'orée du bois, près de la maison. Vous avez le mandat ?

— Je serai là sous peu, répliqua d'un ton bref le shérif avant de couper la communication.

Bon sang. Pourquoi ne se bornait-il pas à répondre à sa question ?

Faisant contre mauvaise fortune bon cœur, Deacon s'arma néanmoins de patience pour attendre de pied ferme l'arrivée du shérif. Deux de ses adjoints l'accompagnaient.

— Vous avez le mandat ?

— Le juge était en audience. On devrait recevoir sa signature d'une minute à l'autre.

— Donc, ça veut dire « non », traduisit Deacon d'un ton bref. Pas question que j'attends davantage.

Tanner commença à parlementer mais fut aussitôt interrompu par la sonnerie de son téléphone. Deacon s'immobilisa, suspendu à ses lèvres.

— OK, parfait, dit le shérif avant de rempocher son mobile. C'est bon, je l'ai. Le mandat est signé.

Il fit un signe à ses adjoints et, pendant que ceux-ci relayaient l'information au reste de l'équipe, déjà en place aux quatre coins de la maison et à l'église, Deacon et lui se dirigèrent droit vers la maison.

Il n'y avait pas eu d'allées et venues pendant que Deacon montait la garde. Ce fut Tanner qui frappa à la porte. Au bout de trois tentatives, il entra, l'arme au poing.

Ils avancèrent rapidement de pièce en pièce, au rez-de-chaussée puis à l'étage. Personne, nulle part. Ils passèrent ensuite au sous-sol. Une grande pièce au sol et aux murs de brique. Vide, hormis quelques légumes en conserve et boîtes qui, à en juger par leur apparence « vintage », devaient traîner là depuis des lustres.

— Personne n'est entré ni sorti de la maison pendant que je la surveillais, précisa Deacon, frustré.

— Marcus et quelques-uns de ses adeptes sont à l'église. Mes adjoints devraient avoir fini de fouiller le bâtiment maintenant, répondit Tanner en prenant son téléphone.

— Attendez... Vous dites que Marcus est là-bas ?

Tanner hocha la tête.

Deacon tourna sur lui-même.

— Alors, il doit y avoir un passage secret entre la maison et l'église parce qu'il était ici. Et comme il n'est sorti ni par la porte d'entrée ni par celle de derrière...

Ils se mirent à sonder les murs centimètre par centimètre dans l'espoir de déclencher l'ouverture d'une porte dérobée. Puis ils répétèrent l'opération à l'étage. Rien.

— Retournons en bas, suggéra Tanner pendant que ses adjoints continuaient à rechercher le fusil qu'il avait mentionné dans son mandat.

Ils passèrent chacune des pièces au crible, terminant par l'unique chambre du rez-de-chaussée, manifestement celle de Marcus. Des vêtements masculins étaient suspendus dans le placard. Ils soulevèrent le tapis, fouillèrent les meubles... En vain.

Rouvrant le placard, Deacon, en examina le sol.

— J'ai trouvé ! lança-t-il soudain à l'adresse de Tanner.

Sous un carré de plancher désolidarisé du reste, se cachait une trappe. Une échelle métallique s'enfonçait dans les ténèbres.

— Je descends le premier, annonça Tanner d'un ton sans appel.

Si tenté que fut Deacon de protester, il tint sa langue. Le shérif avait raison : cela relevait de sa juridiction. Il laissa donc passer quelques secondes puis le suivit, aussi silencieusement que possible. Lorsqu'ils arrivèrent au bas de l'échelle,

Tanner utilisa la fonction lampe de poche de son téléphone et découvrit un interrupteur. Il l'actionna, révélant un long tunnel bordé de portes.

— Qu'est-ce que c'est que ça ? marmonna Tanner.

Ils testèrent méthodiquement toutes les portes, une à une, et ne trouvèrent rien. Approximativement au milieu du tunnel, ils tombèrent sur deux portes fermées à clé. Tanner frappa. N'obtenant pas de réponse, il chargea deux de ses adjoints d'en forcer les serrures tandis que Deacon et lui poursuivaient leur progression. À l'autre extrémité, une autre échelle les attendait. Tanner entreprit de la gravir le premier. Il souleva avec précaution la trappe et sortit du tunnel, suivi de près par Deacon.

La salle dans laquelle ils se trouvaient ressemblait à un vestibule. Des patères étaient alignées le long de trois des murs. L'unique fenêtre donnait sur les bois. Ils étaient à l'église.

Des voix.

Tanner se dirigea vers la porte, faisant signe à Deacon de ne pas faire de bruit.

L'oreille collée au battant, il écouta pendant quelques instants, puis se prépara à pousser la porte. Deacon leva son arme, prêt à faire feu.

De l'autre côté de la porte, se trouvait la salle de prières.

Marcus Winters, sa sœur Sierra et deux autres hommes, plus âgés, levèrent les yeux des livres qu'ils avaient à la main.

— Qu'est-ce que ça signifie ? tonna Marcus en se levant.

— Où est Cece ? demanda Tanner.

Deacon traversa la salle, s'engagea dans un petit corridor masqué par le pupitre et fouilla les toilettes pour hommes et pour femmes.

Rien.

La sueur perla à son front, son cœur se mit à battre à tout rompre. Elle devait être là, quelque part, nom d'un chien.

Derrière lui, Marcus haussait le ton face à Tanner.

— Je vous dis que nous ne nous sommes pas parlé depuis des années, insista-t-il.

Les deux hommes âgés restés assis, silencieux, observaient la scène. Sierra regardait en alternance ses pieds et le livre qu'elle tenait entre les mains.

Tanner continua à mettre la pression au chef de la congrégation. Deacon focalisa son attention sur Sierra.

— Où est-elle, Sierra ?

Elle leva les yeux vers lui

— Ne te laisse pas intimider, petite sœur ! cria Marcus.

Tanner lui intima l'ordre de se taire.

— Où est Cece ? insista Deacon en s'approchant d'elle.

— Elle... Elle est partie... rejoindre *les autres.*

La peur noua les entrailles de Deacon.

— Montrez-moi où elle se trouve.

Marcus se remit à vociférer, et Tanner le poussa sans ménagement sur un siège et agita le canon de son arme sous son nez.

— Plus un mot ! Je ne veux plus vous entendre.

— Sierra, je vous en prie, reprit Deacon, contenant à grand-peine son impatience. Montrez-moi où elle est avant qu'il soit trop tard.

Finalement, elle inclina la tête et posa son livre.

Marcus se remit à tempêter mais Sierra ne se retourna pas. Deacon ne la lâcha pas d'une semelle. Elle sortit par l'arrière de l'église. Lorsqu'ils atteignirent la lisière des bois, deux adjoints se joignirent à eux.

Comme ils s'enfonçaient dans la forêt, Sierra accéléra l'allure. Deacon la devinait morte d'angoisse. De peur. Au bout d'environ huit cents mètres, elle s'arrêta. Deacon leva une main pour prévenir les policiers.

Elle tendit le doigt.

— Là-bas.

Cece était attachée à un arbre, bâillonnée.

Deacon esquissa un pas pour doubler Sierra mais elle le retint par la manche.

— Attention ! *Les autres* ne sont sûrement pas loin.

Deacon tourna la tête vers l'un des adjoints.

— Vous, restez là et ne la quittez pas des yeux.

— Oui, monsieur.

Deacon et l'autre adjoint s'avancèrent, l'adjoint de Tanner couvrant Deacon tandis que celui-ci se précipitait vers Cece. Il retira le ruban adhésif et le morceau de tissu qui lui obstruaient sa bouche. Elle laissa échapper un gémissement.

— Je suis là. Tout va bien, lui assura-t-il.

Puis il la délivra de ses liens. Cece se laissa aller contre lui, tremblante sur ses jambes.

— Vite... Il faut partir d'ici, murmura-t-elle.

La soulevant dans ses bras, il reprit la direction d'où ils étaient venus. L'adjoint qui était resté avec Sierra escorta cette dernière tandis que l'autre fermait la marche derrière le petit groupe.

Lorsqu'ils arrivèrent à l'église, d'autres véhicules de patrouille étaient garés dans le parking. Marcus avait été appréhendé ainsi que les deux anciens de la congrégation qui s'étaient trouvés avec lui.

Comme Deacon posait doucement Cece par terre, celle-ci se tourna vers sa sœur.

— Merci, Sierra.

La jeune femme hocha la tête.

Cece posa une main sur son avant-bras.

— Il est temps que tu nous dises la vérité maintenant.

15

Jeudi 8 août

La journée de mercredi s'était achevée dans un tourbillon de questions judiciaires et de frustration difficilement contenue pour Deacon. Marcus Winters avait donné Jack Kemp à ces prétendus *autres* pour s'assurer qu'il n'extorque jamais la vérité à Sierra.

D'après cette dernière, personne ne savait qui étaient ces fameux *autres*. Deacon, lui, tendait à penser qu'ils n'étaient qu'une invention de Marcus destinée à convaincre Sierra de filer droit. La probabilité étant grande que d'autres corps que celui de Jack soient ensevelis quelque part dans la propriété Winters, le Bureau avait autorisé l'emploi d'un géoradar afin de sonder le terrain.

L'un des deux membres de la congrégation présent dans l'église au moment de l'arrestation de Marcus avait décidé de parler dans l'espoir d'obtenir la clémence du juge. Il était encore trop tôt pour savoir si son assistance se révélerait déterminante.

Cece, elle, avait demandé à rester auprès de sa sœur pendant que celle-ci faisait sa déposition. Tanner lui ayant donné son accord, Deacon profita de l'occasion pour assister à l'interrogatoire de Benton Syler, l'ancien de la congrégation qui avait décidé de coopérer.

— Mason était très discret sur la façon dont il procédait. Marcus, lui, se montrait un peu plus ouvert, mais seulement avec quelques-uns d'entre nous.

— Monsieur Syler, devons-nous nous attendre à trouver des restes humains enterrés dans le jardin de l'église ? demanda Tanner avec gravité.

Syler hocha la tête.

— Oui, beaucoup. Certains meurtres datent d'il y a longtemps. Pour ce qui est de Kemp, je ne sais rien de lui. Il s'agissait d'une affaire personnelle entre Marcus et Sierra. Le conseil ne s'en est pas mêlé.

Deacon se retint de bondir de son siège pour empoigner Syler par le col. Ils avaient découvert que le conseil était un groupe de quatre membres de la congrégation qui prenaient des décisions sous l'égide de Marcus, le grand maître.

— Le conseil prenait-il des décisions de vie ou de mort de façon régulière ?

Tanner eut du mal à dissimuler son dégoût en posant cette question, et Syler le remarqua.

— Je n'ai assisté qu'à trois conseils. Non pas que j'aie voulu en être mais parce que j'obéissais aux ordres, shérif. Je ne voulais pas que ma famille soit inscrite sur la liste.

— Vous êtes en train de suggérer que Marcus s'en serait pris à votre famille si vous n'aviez pas obtempéré ?

— Je ne suggère rien du tout, shérif. Je vous dis comment les choses se passaient. Ne vous méprenez pas. J'ai travaillé dur pour obtenir cette place privilégiée. Je pensais que ma famille et moi-même serions plus en sécurité si j'avais une position importante dans la hiérarchie. Rien de neuf sous le soleil, n'est-ce pas ?

Deacon ne laissait jamais de s'étonner que certains hommes soient littéralement prêts à tout pour se hisser au-dessus de leurs semblables.

— La plupart des décisions que nous prenions portaient sur le choix de celui ou celle qui serait remis *aux autres* s'il avait mal agi. Je pense que les trois qui ont été lapidés avaient un lien avec quelque chose de grave qui était arrivé à Marcus quand il était enfant. Mais je n'en suis pas sûr et je n'ai pas eu la bêtise de chercher à en savoir plus.

Sierra avait dit que Cece allait être donnée *aux autres*.

— Qui sont *les autres* ? demanda-t-il.

Syler le regarda comme s'il n'était pas sûr de devoir lui répondre. D'un signe de tête, Tanner l'incita à poursuivre.

— C'est l'aile la plus extrême de La Résurrection, une branche ultraradicale. Ils se sont dissociés du reste du groupe voilà des années. On parle là de faits gravissimes... Des sacrifices humains, ce genre de choses. À l'époque où Mason a fondé l'église, deux des membres ont disparu. Leurs restes ont fini par être retrouvés – il ne restait plus que leurs ossements. Mason a envoyé des hommes dans les bois à la recherche de ce qu'il pensait être des bêtes sauvages, des ours ou des pumas. Mais c'est ce groupe extrémiste qu'il a trouvé. Il s'est dit que la seule façon de les empêcher de puiser leurs proies parmi ses disciples était de leur procurer ce qu'ils voulaient.

— Vous pouvez nous conduire à ces *autres* ?

— Personne ne sait où ils se cachent. Mais si vous allez traîner dans les bois, eux vous localiseront, ça, c'est sûr.

On frappa à la porte, et une adjointe du shérif fit irruption dans la pièce. Elle murmura quelque chose à l'oreille de Tanner et se hâta de ressortir.

Tanner se leva.

— Monsieur Syler, nous allons devoir reporter la suite de cet interrogatoire. J'ai une urgence.

Deacon suivit Tanner à l'extérieur de la salle d'interrogatoire.

— La fouille approfondie à laquelle nous autorisait le deuxième mandat de perquisition a porté ses fruits, annonça-t-il. Je pense que ça devrait intéresser vos amis du FBI et de l'ATF.

— Des armes ?

— Oui, un vrai arsenal caché dans ce tunnel. J'imagine que Marcus se servait de l'église comme d'un terrain neutre entre les trafiquants et les membres de La Résurrection.

— Shérif ! le héla un autre adjoint approchant au pas de course. Je pense que vous devriez entendre ce que Sierra Winters vient de nous dire à propos de son frère Levi.

Deacon et Tanner lui emboîtèrent le pas.

Une fois dans la salle d'observation, Tanner demanda au technicien de repasser l'enregistrement de la déposition.

— Voilà, c'est là, signala l'adjoint en scrutant l'écran.

Le technicien appuya sur LECTURE.

— Levi travaillait avec Jack. Il l'aidait à infiltrer le groupe La Résurrection. Jusqu'à ce que Jack comprenne que j'étais sa fille et qu'il se désintéresse momentanément d'eux...

L'instinct de Deacon s'aiguisa subitement.

— Je crois que Levi a été en contact avec ces cinglés pendant tout ce temps. Il ne dit jamais où il va quand il disparaît pendant quelques jours. Je crois que c'est là qu'il se rend et je pense que c'est là qu'il se trouve actuellement. Je ne sais pas s'ils se sont rendu compte qu'il essayait de les faire tomber ou s'ils l'apprécient et veulent qu'il intègre leur groupe. Ce qui est sûr, c'est qu'il joue avec le feu. Ces gens-là ne plaisantent pas.

L'inquiétude qui se peignait sur les traits de Cece serra le cœur de Deacon. Il sortit de la salle d'observation et passa un appel. Il n'y avait pas trente-six façons de mettre un terme à cette folie.

Il ferait son possible pour que Levi soit ramené en vie.

Pour Cece. Et pour la famille de Jack.

Levi devait en savoir plus que quiconque sur les derniers jours de son partenaire.

Quand le procureur en eut terminé avec Sierra, Cece était épuisée. La tête lui tournait à l'idée de ce que son frère aîné avait fait. De ce que son père avait fait.

Il avait tué leur mère. Castré son propre fils.

Comment pourraient-ils jamais vivre avec cela ?

Dans l'immédiat, Sierra allait être placée sous protection policière, donc Cece l'embrassa tendrement avant de la quitter.

Elle avait su, bien sûr, que son père était un homme mauvais mais n'avait pas imaginé une seconde qu'il puisse être dépravé à ce point. Le procureur lui avait assurée qu'elle allait être totalement innocentée. Elle serait désormais libre de prendre un nouveau départ. C'étaient les mots qu'elle rêvait d'entendre depuis huit ans.

Dans le couloir, devant le bureau du shérif, elle trouva Deacon qui attendait, l'épaule calée contre le mur, comme s'il avait guetté sa sortie.

Elle sourit. Heureuse de le voir. Elle avait tant à lui dire. Tant à lui demander.

Mais, surtout, elle voulait le remercier.

— Salut.

Il sonda son regard comme s'il ne savait pas trop comment s'y prendre.

— Salut, répondit-elle en souriant. Je suis contente de vous voir.

Ses lèvres s'étirèrent, et il lui sourit en retour..

— Je ne peux même pas vous dire à quel point je suis heureux de vous entendre dire ça.

— On va avoir beaucoup à se dire, confessa-t-elle.

Il hocha la tête.

— Exact.

— Je suis très inquiète pour Levi.

— Et vous avez toutes les raisons de l'être, convint-il. La bonne nouvelle, c'est que j'ai passé un coup de fil. Le meilleur expert du FBI est d'accord pour venir aider à le localiser.

L'espoir gonfla le cœur de Cece.

— C'est fantastique. Quand arrivera-t-il ?

— *Elle*, rectifia Deacon. Elle sera là dans la matinée. Elle s'appelle Sadie Buchanan. C'est la grande spécialiste en matière de récupération et d'exfiltration. Si quelqu'un peut le retrouver et le ramener sain et sauf, c'est Sadie.

— Le procureur dit que Sierra ne sera pas inquiétée, que c'était un cas de légitime défense. Elle va devoir entreprendre une psychothérapie.

Cece se mit à rire malgré elle.

— Je crois qu'on en aura d'ailleurs tous besoin. Tous les Winters sont un peu désaxés.

Elle sonda le regard de Deacon.

— Je sais que Marcus doit répondre de ses actes et qu'il passera probablement le restant de ses jours en prison, mais c'était une victime, lui aussi, et je suis désolée que personne ne s'en soit aperçu à temps pour le sauver.

Deacon effleura tendrement sa joue.

— Au moins il ne pourra plus faire de mal, ni aux autres ni à lui-même. Il sera sur une voie différente désormais.

— Je suis morte de fatigue. Vous voulez bien me ramener à la maison ?

— Bien sûr.

Cece passa le bras sous le sien et s'appuya contre son épaule.

Comme ils se dirigeaient vers sa camionnette dans le parking, elle l'arrêta d'une pression de la main et leva les yeux pour sonder son regard brun.

— Je ne peux pas quitter Winchester tant que nous n'aurons pas retrouvé Levi et tant que je ne serai pas sûre que tout ira bien pour Sierra. Mais j'ai envie de mieux vous connaître, Deacon Ross.

— Je n'ai pas l'intention de bouger de là, Cece Winters. Et je trouve votre idée d'autant plus excellente que j'envisageais exactement la même chose.

Elle se haussa sur la pointe des pieds, enroula les bras autour de son cou et l'embrassa avec ferveur sur les lèvres. Elle attendait depuis si longtemps de pouvoir commencer à vivre ! Il n'était pas question de perdre une minute de plus.

BEVERLY LONG

Une famille aux abois

Traduction française de
KAREN DEGRAVE

BLACK ROSE

HARLEQUIN

Titre original :
A COLTON TARGET

Ce roman a déjà été publié en 2020.

1

Blaine Colton se réveilla dans un lit inconnu. Cela n'avait rien d'inhabituel, vu ce qu'il avait fait de ses treize dernières années. Mais le fait que ce lit se trouve dans l'une des nombreuses chambres d'amis du manoir des Colton rendait cela désagréable.

La maison de ses parents était si grande qu'il aurait été utile d'avoir une carte. Et elle était solidement bâtie, avec des murs épais, ce qui rendait difficile de savoir si quelqu'un d'autre était réveillé. Dans le doute, il resta immobile.

Il était arrivé trop tard, la veille au soir, pour avoir de vraies conversations. Il avait échangé quelques mots avec sa mère et éprouvé un vif soulagement quand elle lui avait dit que son père était retenu par une réunion. Il avait ensuite rendu visite à son grand-père Earl, qui avait sa propre suite dans le manoir, et s'était excusé d'avoir raté son quatre-vingt-quatorzième anniversaire. Il n'était pas sûr que le vieillard l'ait reconnu, mais il avait eu l'air content de le voir.

Son grand-père était peut-être plus heureux que lui. En général, Blaine avait un but quand il se réveillait. Des vies en dépendaient. Il tourna la tête, contempla le papier peint vert à rayures verticales marron et se mit à compter. Quand il atteignit l'angle de la pièce, il tourna la tête et compta les rayures du mur opposé.

Quarante-deux rayures de chaque côté. C'était une grande chambre.

Il n'avait pas été élevé dans ce décor de théâtre. Cette « maison » avait été construite bien après son départ. Après son engagement dans l'armée. Il avait fièrement servi son pays.

Avant de tout gâcher.

Alors il avait dû rentrer déshonoré. Enfin… presque. Sans l'en informer, son père, le puissant Russ Colton, avait demandé une faveur à son cousin plus puissant encore, l'ancien président Joe Colton. Alors, d'un coup de baguette magique ou grâce à quelques pattes graissées – cela dépendait de la manière dont on voyait le gouvernement —, son dossier avait été modifié.

« Avec les honneurs » était plus joli.

Blaine avait une dette envers son père, ce qui n'était pas une position confortable. Et son père avait dit : « Je veux que tu rentres à la maison. »

De toute manière, il n'avait pas d'autre endroit où aller. Son ami Rylan Bennet, qui était tombé follement amoureux de sa cousine Bree, avait proposé de le pistonner dans son ancienne compagnie de sécurité. Blaine avait refusé. Il ne pouvait pas songer à son avenir avant d'avoir fait ce qu'il devait faire ici.

Il ferait part de sa gratitude à son père. Mais si Russ profitait de l'occasion pour lui faire une leçon de morale, cela tournerait mal. C'était à cause de lui qu'il avait quitté Roaring Springs treize ans plus tôt. C'était à cause de lui qu'il n'était revenu que de manière sporadique jusqu'à présent.

Pour être un étranger dans une maison étrange.

Qui n'avait rien à faire. Qui se cachait dans son lit et comptait des rayures.

Il grommela un juron et repoussa la couverture.

Quarante minutes plus tard, Blaine était devant la porte du bureau de son frère Decker, qui occupait un angle du dernier étage du Chalet. Il n'y avait jamais mis les pieds, mais il savait grâce à des photos que Decker lui avait envoyées que deux murs entièrement vitrés permettaient de contempler à la fois la ville de Roaring Springs et les Rocheuses.

Il poussa la lourde porte. Une femme qui pianotait sur un ordinateur leva les yeux. Elle avait des cheveux bruns coupés très court et elle portait un tailleur noir. Elle devait avoir dans les quarante-cinq ans. Il était à peu près sûr qu'il s'agissait de Penny. Decker parlait régulièrement de son assistante – toujours en bien.

— Bonjour. Puis-je vous aider ? demanda-t-elle poliment.

Elle devait le prendre pour un client qui s'était perdu en cherchant la cafétéria. Il lui décocha un sourire.

— Je viens voir Decker, répondit-il.

— Avez-vous un rendez-vous, monsieur ?

Il secoua la tête.

— Je suis son frère.

Il la vit s'interroger. Elle croyait connaître la famille de Decker. Après tout, ils travaillaient tous plus ou moins pour l'empire des Colton, comme son père aimait appeler son entreprise.

— Blaine Colton, précisa-t-il.

Il ne s'attendait pas à ce que Decker ait beaucoup parlé de lui au bureau. Il était parti depuis des années. Il avait été occupé à faire des choses qu'il ne pourrait jamais raconter à personne.

Elle décrocha son téléphone.

— Votre frère Blaine aimerait vous voir, dit-elle.

Elle écouta quelques secondes, puis murmura :

— Très bien.

Après avoir raccroché, elle regarda Blaine avec curiosité.

— Il arrive, répondit-elle. Et il m'a demandé d'annuler son rendez-vous de 9 heures.

Decker prenait du temps. Il ne voulait sans doute pas le forcer à fournir des explications hâtives. Blaine lui devait de faire de son mieux. Et il lui devrait peut-être bien plus après cette rencontre parce qu'il avait une faveur à lui demander.

Une dette de plus. À ce rythme, il en aurait bientôt toute une collection.

Ce n'était pas une situation confortable pour un homme qui n'avait rien demandé à personne pendant plus de treize ans.

Il s'installa dans un fauteuil, mais son frère ne le fit pas attendre longtemps. Decker sortit de son bureau moins de deux minutes plus tard. Son visage ne trahissait aucune émotion, mais l'accolade virile qu'il lui donna suffit. Decker se réjouissait de son retour. Au fil des ans, son frère avait dû imaginer bien des fois que Blaine rentrerait dans un cercueil recouvert d'un drapeau.

— Je serais passé à la maison ce soir, dit Decker.

Blaine s'en doutait. Mais ce n'était pas le genre de conversation qu'on avait en buvant un cocktail - ni devant une assistante, aussi loyale soit-elle.

— Peut-on discuter ? demanda-t-il.

— Bien sûr.

Le bureau de Decker était grand, mais pas extravagant. Il y avait du parquet et un tapis que son frère n'avait probablement pas choisi tout seul. Le bureau était peut-être en cerisier et le fauteuil de Decker était en cuir noir. Ils étaient placés de manière à lui permettre de contempler le paysage en travaillant. Les deux fauteuils en cuir beige qui faisaient face au sien semblaient confortables, mais Decker ne l'entraîna pas dans cette direction. Ils obliquèrent vers une table ronde entourée de quatre fauteuils, à l'autre bout de la pièce, et s'assirent face à face. Blaine tourna la tête vers l'une des photos de ski accrochées aux murs.

— Sympa, commenta-t-il.

— Elle a été prise sur la Méchante.

— J'adore cette piste.

— Comme tous les casse-cou.

— En parlant de casse-cou, mes félicitations pour ton mariage, plaisanta Blaine.

Decker lui sourit.

— Il n'a rien de risqué. C'est la décision la plus sage que j'aie jamais prise. Kendall est extraordinaire. J'ai hâte de te la présenter.

— Et j'ai hâte de la rencontrer. J'ai été désolé d'apprendre qu'elle avait été blessée.

Il avait entendu dire qu'elle avait failli perdre un œil.

— Oui, il y a eu une période difficile, répondit Decker. Mais elle s'en est remise comme une championne et elle va bien, maintenant.

S'ensuivit un silence gêné. Ni l'un ni l'autre n'étaient doués pour faire la conversation.

— Que s'est-il passé ? finit par demander Decker.

— J'ai été stupide.

C'était l'explication la plus simple, mais son frère méritait mieux.

— J'ai rencontré une femme, ajouta-t-il. Honor Shayne. Brillante, déterminée, drôle...

— Ça n'a pas l'air si mauvais, lui fit remarquer Decker.

— Nous étions dans la même unité. Les relations librement consenties ne posent pas de problèmes, en général, mais mon commandant était vieux jeu. Il nous a bien fait comprendre qu'il ne voyait pas nos *badinages* d'un bon œil.

Il insista sur ce mot parce qu'il le haïssait, maintenant.

— Tu ne l'as pas écouté et on t'a remercié.

— On m'a foutu dehors, le corrigea Blaine. « Remercier » est bien trop élégant.

— L'as-tu aimée ? L'aimes-tu ? demanda Decker.

— Non et non. Je l'aime bien et je la respecte. Je suis navré qu'elle ait eu des ennuis à cause de moi. Mais elle est déjà retombée sur ses pieds. Elle enseigne à West Point.

Il n'avait jamais été amoureux. Il s'en était rapproché

à dix-huit ans, avant de quitter Roaring Springs – dans la mesure où un gamin de cet âge comprenait ce qu'était l'amour. Au minimum, il tenait à Matilda Deeds. Il tenait assez à elle pour s'être promené avec une photo d'eux au bal de la promo pendant treize ans. Il portait un smoking noir et elle une robe rouge qui mettait ses cheveux noirs et ses yeux gris en valeur. Cette robe mettait aussi en valeur les courbes de Matilda, au point qu'elle avait dû étourdir tous les garçons qui avaient posé les yeux sur elle.

Toute la soirée, il s'était demandé comment glisser la main dans la fente de cette robe. Il avait trouvé quelques heures plus tard.

Oui, il tenait à elle. Assez pour l'épouser si elle n'avait pas perdu le bébé qu'ils avaient conçu cette nuit-là sur le canapé du sous-sol, dans la maison de ses parents.

Decker le tira de ses rêveries.

— Toi aussi, tu retomberas sur tes pieds, dit-il avec assurance.

— Papa a demandé un service à l'oncle Joe. Mon dossier a été modifié pour que je sois libéré « avec les honneurs ».

Son frère haussa les épaules.

— Tu as été un béret vert et tu as servi ton pays plus de dix ans. Tu as gagné un coffre de médailles. L'erreur que tu as commise n'aurait pas dû tout te coûter. Je pense que notre oncle a juste donné à l'armée une occasion de rétablir la justice.

Blaine se détendit pour la première fois depuis son réveil. Les Colton étaient une peuplade compliquée, mais ils se serraient les coudes quand il le fallait. Il pouvait compter sur sa famille.

— Qu'en dit papa ? demanda Decker.

— Je ne l'ai pas encore vu. J'avoue que je ne suis pas pressé et j'espérais que tu pourrais me donner un coup de main.

— Que puis-je faire ?

— J'ai besoin d'un boulot, n'importe lequel.

Decker tourna la tête vers les montagnes.

— On a eu des chutes de neige tardives, cette année,

répondit-il. C'est bon pour les affaires, mais notre responsable des sports extrêmes s'est cassé la jambe la semaine dernière. C'est...

— Je peux le remplacer, le coupa Blaine.

— J'allais dire que ça exigerait que tu donnes de ta personne. On manque aussi de moniteurs et les inscriptions aux cours de ski et de snowboard n'ont jamais été aussi nombreuses.

La station de ski des Colton avait beaucoup de succès pour plusieurs raisons. Pour les passionnés de sport, c'était grâce à la diversité des pistes. Il y en avait pour tous les goûts, des plus faciles aux plus redoutables. Il y avait aussi deux parcs remplis de tous les obstacles dont les amateurs de snowboard pouvaient rêver. Les fanatiques des sports d'hiver venaient de partout pour tester leurs limites au Chalet.

— Très bien, répondit Blaine. C'est dans mes cordes.

— Tu me rendras service.

C'était élégant de la part de son frère de le présenter de cette manière.

— Il faudra que tu passes par le bureau de Curtis Shrugg pour la paperasse, ajouta son frère. C'est notre directeur du personnel.

Blaine se souvenait vaguement d'avoir rencontré Shrugg pendant l'un de ses brefs passages à Roaring Springs. Ses parents avaient organisé une fête pour les cadres de l'entreprise au Château. Shrugg s'était aventuré dans la bibliothèque où Blaine se cachait.

— Le type aux yeux bleus ? demanda-t-il.

— Oui.

Blaine se souvenait que plusieurs de ses cousines – et peut-être l'une de ses sœurs – s'étaient extasiées sur ses yeux. Pour sa part, il avait trouvé l'homme poli et ses yeux normaux. À la réflexion, il se souvenait que Shrugg l'avait mis un peu mal à l'aise. Il n'en avait parlé à personne parce qu'il avait pensé que le malaise devait venir de lui. Il ne lui avait jamais été facile de revenir à Roaring Springs.

Quoi qu'il en soit, Blaine serait ravi de recroiser Shrugg si cela lui permettait d'avoir un emploi.

— Pourrais-tu me rendre un autre service ? demanda-t-il en souriant à son frère.

— Lequel ?

— J'aimerais un logement d'employé.

Decker s'enfonça dans son fauteuil.

— Tu n'as vraiment pas envie de voir papa, répondit-il.

Deux jours plus tard, Blaine se retrouva chargé d'encadrer six préadolescents qui s'étaient inscrits au cours de snowboard. Il les emmena dans le plus grand des deux parcs. Le ciel était parfaitement bleu, la température à peine négative et il était tombé quatre centimètres de neige pendant la nuit.

— Allons-y ! cria un petit blond prénommé Isaac. J'ai envie de m'éclater !

— Avant de partir à la conquête de cette montagne, vous devrez me prouver que vous maîtrisez les bases, répondit Blaine.

C'était sans doute le cas. Les enfants des environs faisaient du snowboard dès l'école primaire. Mais il connaissait bien les garçons et les jeunes hommes – pour en avoir été un et pour en avoir formé un bon nombre au fil des ans. Il arrivait qu'ils exagèrent leurs compétences par peur que les autres ne se moquent d'eux.

— Faisons une série d'exercices pour commencer, déclara-t-il.

Il voulait être sûr qu'ils savaient s'arrêter, tourner, tomber et se relever tout seuls.

Il ignora grognements et gémissements. Quand il fut à peu près sûr qu'ils étaient prêts, il les invita à le suivre.

— Où sont les tremplins ? demanda un garçon plus jeune nommé Tommy.

— Derrière cette colline, répondit Blaine.

C'était aussi là qu'ils trouveraient un half-pipe qui les occuperait pendant des heures.

— Je vous montrerai des figures et vous essaierez de m'imiter. Si quelque chose vous met mal à l'aise, ne vous sentez pas obligés de le faire, d'accord ?

— On se croirait en cours d'éducation sexuelle, plaisanta Isaac.

Cela fit rire les autres.

— Ignorez-le, lui conseilla un garçon qui s'appelait Josh.

— Tu te sens prêt ? lui demanda Blaine.

— Je veux tout essayer ! répondit Josh, dont la voix était en train de muer.

Cela fit sourire Blaine. Il avait le même enthousiasme que Josh quand il était enfant.

— Très bien, conclut-il. Allons-y !

Matilda Deeds consulta sa montre. Elle était arrivée bien avant la fin du cours de Josh, ce qui lui laissait le temps de prendre un *latte*.

Il lui arrivait d'aller au Chalet – comme à tous les habitants de Roaring Springs, sans doute. Chaque fois, elle surveillait attentivement son environnement par peur de tomber sur Russ Colton. Cela ne s'était jamais produit. On lui avait dit que Decker prenait de plus en plus de responsabilités dans l'entreprise. Cela signifiait qu'elle risquait moins de croiser le chef de la famille, mais elle restait vigilante.

Elle ne repéra ni Russ ni Decker Colton dans la cafétéria, qui était bondée. Les enthousiastes du ski et du snowboard voulaient profiter de la fin de la saison. Elle acheta son café et s'installa dans un coin de la salle, du côté où les élèves arrivaient après leurs cours. L'air bourdonnait du mélange des conversations, un grand feu crépitait dans la cheminée et il y avait un plateau de donuts à la cannelle sur une table.

Elle résista à la tentation. Elle avait déjà cinq kilos de trop, elle ne voulait pas en avoir dix. Elle soupira, posa ses coudes sur la table et son menton dans ses mains.

Il était sûrement naturel qu'elle songe à Blaine Colton dans cet endroit, même s'ils ne s'y étaient jamais retrouvés. Il n'y avait pas eu de chutes de neige tardives l'année où ils étaient sortis ensemble. Leur relation avait commencé quelques semaines avant le bal de la promo, et Blaine était parti depuis longtemps quand la neige avait recommencé à tomber l'automne suivant. Il était déjà dans un pays dangereux, occupé à servir sa patrie.

Et elle gérait ses problèmes toute seule.

Elle s'en était bien sortie, d'après les critères de la plupart des gens. Ses parents l'avaient aidée, bien sûr, dès qu'ils avaient accepté sa situation. Travailleurs non qualifiés l'un et l'autre, ils voulaient que leur fille soit la première de la famille à faire des études. Grâce à leur soutien, elle n'avait pas baissé les bras. Et Dorian Stoll avait été un véritable ami.

Elle consulta encore sa montre, puis scruta les pistes par la baie vitrée. Là ! Son fils, sa joie et sa fierté, était avec cinq autres garçons. Il était plus grand que les autres enfants de son âge, mais il était si mince qu'une bourrasque aurait pu l'emporter. Ses camarades et lui avaient retiré leurs casques et portaient leurs snowboards. Elle repéra Isaac, le meilleur ami de son fils, dans le groupe.

Ils étaient avec un homme grand et musclé, qui rejeta sa tête en arrière en éclatant de rire. Ce mouvement inconsciemment sexy parut familier à Matilda.

Elle se leva, mais elle resta plantée près de sa table. À treize ans, Josh ne voulait pas voir sa mère se précipiter auprès de lui. Un courant d'air froid entra dans la pièce quand ils ouvrirent la porte. Elle entendit les voix excitées de Josh et de ses amis et une autre voix plus grave.

Alors elle sut. Ses jambes faillirent la trahir.

Elle réussit à agiter la main quand Josh la chercha des yeux.

L'homme se retourna. Son regard suivit celui de Josh et se posa sur elle.

Blaine Colton. Il était toujours aussi beau et il n'avait rien perdu de son assurance. Ses cheveux bruns étaient plus courts qu'au lycée. Cette coupe mettait ses traits puissants en valeur.

Blaine perdit son sourire et emboîta le pas de Josh.

— Tilda ? dit-il, les sourcils froncés.

Elle le salua d'un signe de tête et s'humecta les lèvres.

— Je ne savais pas que tu étais revenu, répondit-elle.

Elle n'aurait sûrement pas amené Josh au Chalet si elle l'avait su.

— Je ne suis là que depuis quelques jours, dit Blaine.

Il se tenait bien droit et parfaitement immobile.

Elle ne répondit rien. Tous les mots étaient dangereux.

— Vous connaissez ma mère ? demanda Josh.

Il semblait trouver cela cool.

— Ta mère, répéta Blaine.

Matilda posa sa main sur le bras de Josh et trouva la force de soutenir le regard de Blaine quelques instants.

— On doit y aller, dit-elle. Ça... m'a fait plaisir de te revoir.

— Mais..., protesta Josh.

— Ne discute pas, Josh, chuchota-t-elle en l'entraînant loin de Blaine. Avance.

Blaine attendit que les autres garçons soient récupérés par leurs parents, mais il était en pilote automatique. Tilda Deeds. Quelles étaient les chances qu'il tombe sur elle ici ?

Ce n'était peut-être pas si étrange. Au cours de l'une de ses rares visites à Roaring Springs, il avait entendu dire qu'elle s'était mariée et avait eu un enfant. Il n'avait pas demandé de détails. Il s'était convaincu que cela ne l'intéressait pas, mais la nouvelle l'avait mis mal à l'aise. L'idée que Tilda aime quelqu'un d'autre que lui était inconfortable.

Était-elle encore mariée ? Les membres de sa famille devaient le savoir.

Son fils était sympathique. Il avait tout essayé, comme il se l'était promis. Et il avait de l'humour. Il l'avait fait rire plusieurs fois en échangeant des piques avec son ami Isaac.

Quand Josh et Tilda s'étaient retrouvés côte à côte, il avait bien vu la ressemblance. Il se rendit dans le bureau de son frère. Penny, qui s'était habituée à lui, l'invita à frapper.

— Entrez !

Decker quitta son ordinateur des yeux, puis s'enfonça dans son fauteuil.

— Blaine ! Comment ça va ?

— Bien. Je viens de donner un cours de snowboard à des collégiens. Ils étaient tous doués et sympas. Ça paraît fou, mais l'un d'eux est le fils de Tilda Deeds.

— Ce n'est pas si fou que ça. Elle enseigne au lycée de Roaring Springs. L'anglais, je crois.

Ce n'était pas surprenant. Tilda était intelligente. Elle avait toujours un livre sur elle quand ils étaient au lycée.

— Que fait son mari ?

— Il est mort il y a des années, répondit Decker. C'est triste. Dorian Stoll était un chic type. Il n'était pas de Roaring Springs, mais il s'entendait bien avec tout le monde.

— Elle est veuve, murmura Blaine.

Cette idée lui parut incongrue. Elle était si jeune… Mais l'armée lui avait appris que l'on pouvait mourir jeune.

Decker le fixa avec un air songeur.

— Tu avais le béguin pour elle, au lycée, si je me rappelle bien, dit-il. Tu voulais l'épouser.

Blaine n'en avait parlé qu'à Decker et lui avait fait jurer de garder le secret. Et il ne lui avait livré qu'une partie de l'histoire parce que Tilda et lui avaient décidé de ne pas parler de la grossesse avant de savoir où ils allaient. D'après son souvenir, Decker lui avait d'abord ri au nez. Il avait changé de tactique quand il avait compris que Blaine était sérieux.

Il l'avait traité d'idiot et lui avait dit qu'il devait aller à l'université pour se préparer à prendre la place qui lui revenait dans l'empire des Colton.

Blaine savait déjà que cette voie convenait à Decker, mais pas à lui.

Quand Tilda avait perdu le bébé, il n'avait plus songé qu'à fuir la relation dysfonctionnelle de ses parents et la pression que son père mettait sur lui. L'armée lui avait offert une porte de sortie. Il était parti sans laisser le temps à personne de l'en empêcher et il avait tout de suite compris qu'il avait fait le bon choix.

— Quel âge a son fils ?

— Je n'en ai aucune idée, répondit Decker.

Son frère n'avait aucune raison de le savoir et lui-même n'avait aucune raison de s'en soucier. Mais il voulait le savoir. Combien de temps après son départ s'était-elle engagée dans une autre relation ? Son mari et elle étaient-ils sortis longtemps ensemble avant de fonder une famille ?

Cet homme l'avait-il rendue heureuse ?

Était-il arrivé à Tilda de songer que c'était *lui* qu'elle aurait épousé si les choses s'étaient passées différemment ?

Il secoua la tête. De l'eau avait coulé sous les ponts.

— Comment sont les logements du personnel ? demanda Decker. Tu ne regrettes pas trop les draps de maman ?

Cela fit sourire Blaine.

— Je suis juste content d'avoir un lit, répondit-il. Ça n'a pas toujours été le cas ces treize dernières années.

— Je me réjouis que tu sois rentré. Je craignais...

Il n'acheva pas sa phrase. Ce n'était pas la peine. C'était toujours plus dur pour ceux qui restaient derrière. Au moins, il avait quitté Tilda de manière radicale. Il lui avait rendu la liberté qu'elle méritait.

Et elle s'était empressée d'en faire bon usage, visiblement.

2

Josh n'arrêtait plus de parler de ses cours de snowboard. Ses amis et lui avaient déjà prévu de retourner au Chalet jeudi parce qu'ils avaient une journée de libre à cause de réunions pédagogiques.

Tilda n'avait aucune envie qu'il passe plus de temps avec Blaine. Mais elle ne pouvait pas dire à Josh qu'ils ne pouvaient pas se le permettre. Josh, qui savait que leurs finances étaient limitées, aurait peut-être accepté cette excuse dans d'autres circonstances, mais ces cours étaient déjà payés. C'était le cadeau de Noël de ses grands-parents.

Elle pouvait toujours lui dire qu'elle ne pourrait pas l'emmener parce qu'elle travaillait, mais cela ne changerait rien. Il trouverait facilement quelqu'un pour l'y conduire. Tout le monde aimait Josh.

C'était un garçon agréable qui se faisait facilement des amis.

Comme Blaine. C'était le plus populaire des élèves de terminale. Il était beau, riche, drôle, plein d'assurance... Elle n'en était pas revenue qu'il lui propose de sortir avec lui.

Et elle lui avait offert sa virginité avec joie le soir du bal de la promo.

Elle avait été surprise de découvrir que Blaine était puceau, lui aussi. Leurs ébats n'avaient sans doute pas été très harmonieux, mais elle avait eu envie de rester dans ses bras pour toujours. Une fois seule, elle avait passé le reste de la nuit à imaginer leur avenir.

Ses rêves avaient viré au cauchemar quand ses règles n'étaient pas venues. Elle avait attendu dix jours sans rien dire à personne avant d'acheter un test de grossesse. Elle l'avait fait un lundi matin, alors que ses parents venaient de partir au travail, et elle avait pleuré en découvrant le résultat.

Elle ne l'avait pas dit à Blaine avant la semaine suivante alors qu'ils s'étaient vus deux fois dans l'intervalle. Elle se souvenait parfaitement de son expression quand elle avait enfin trouvé le courage de lui annoncer la nouvelle.

De l'incrédulité, puis du chagrin.

Il était parti en lui promettant de revenir une heure plus tard. Il l'épouserait, avait-il juré. Son enfant aurait un père. Il ne lui avait pas dit qu'il l'aimait. Il n'avait rien fait pour la réconforter. Il n'était que détermination.

Il avait accepté l'inévitable, mais pas de gaieté de cœur.

Alors, une semaine plus tard, elle s'était aperçue...

— Maman ! cria Josh.

Elle sursauta et faillit en lâcher le volant.

— Quoi ?

— Tu n'as pas écouté un mot de ce que je viens de dire.

— Je suis désolée, chéri. Je suis contente que tu aies passé un bon moment.

— Il était comment, au lycée ? demanda son fils.

— Je ne m'en souviens plus, mentit-elle. Et si on parlait de la pizza qu'on commandera ce soir ? Pepperoni ou saucisse ?

— Pepperoni. Tu peux ajouter des champignons sur ta moitié, précisa-t-il avec une moue dégoûtée.

Ils avaient pris l'habitude de partager les pizzas. Ils se débrouillaient seuls depuis la mort de Dorian quatre ans plus tôt et cela se passait très bien. Il n'était pas question que Blaine Colton vienne tout gâcher.

Tilda n'était pas au mieux de sa forme le lendemain au lycée. Elle avait fait un cauchemar dans lequel Josh tombait dans une crevasse. Elle avait essayé de le retenir, mais ses doigts glissaient et il avait fini par disparaître. Elle s'était réveillée à 3 heures du matin et elle n'avait pas réussi à se rendormir. À présent, presque douze heures plus tard, face à sa dernière classe de la journée, elle arrivait à peine à garder la tête droite.

Mais elle ne pouvait pas le laisser paraître. C'était sa classe de terminale et son élève le plus difficile, Toby Turner, risquait de sentir sa faiblesse. En un sens, c'était une sorte de prédateur. Mais ce n'était aussi qu'un garçon de dix-huit ans qui avait un problème avec l'autorité.

— Rendez-moi vos devoirs, ordonna-t-elle.

Ses élèves fouillèrent dans leur sac pour en sortir le commentaire de trois pages de *1984* d'Orwell qu'elle leur avait demandé. Les copies passèrent de main en main jusqu'au premier rang. Toby Turner ne rendit rien, ce qui n'échappa pas à Tilda. Elle ne fit aucune remarque.

Lorsque les élèves sortirent, elle se posta devant la rangée de Toby.

— Reste deux minutes, s'il te plaît, lui dit-elle quand il passa devant elle.

Elle s'attendait à moitié à ce qu'il l'ignore, mais il s'adossa au tableau et attendit.

— Je n'ai pas vu ta copie, lui dit-elle lorsqu'ils se retrouvèrent seuls.

Il haussa les épaules.

Cela la rendait folle. Elle était certaine qu'il en était capable, mais il ne faisait aucun effort.

— Tu n'auras pas la moyenne dans ma discipline si tu ne rends pas les devoirs, le prévint-elle.

Il la fixa sans même se donner la peine de hausser les épaules.

Tilda inspira profondément.

— Y a-t-il une raison pour que tu n'aies pas rendu ton devoir ?

— Aucune en particulier, grommela-t-il.

Il se comportait ainsi depuis mi-février. Cela faisait presque deux mois et il n'aurait bientôt plus le temps de rattraper son retard. Elle avait employé les méthodes habituelles. Elle avait commencé par envoyer un mail à ses parents via le portail du lycée. Comme elle n'avait pas eu de réponse, elle avait ensuite essayé de les appeler, mais le numéro enregistré dans le répertoire du lycée n'était pas attribué. Après cela, elle avait demandé à la conseillère d'éducation de recevoir Toby, sans résultat. Finalement, elle avait envoyé une copie du relevé de notes de Toby à ses parents par la poste, en exigeant qu'ils le signent et qu'ils prennent rendez-vous avec elle. Le relevé de notes avait été signé, mais les parents de Toby ne l'avaient pas contactée.

— J'accepterai ta copie jusqu'à la fin de la semaine, en retirant un point par journée de retard, dit-elle.

— Comme vous voudrez. Vous avez terminé ?

Elle garda son calme – de justesse.

— Oui. Tu peux t'en aller.

Elle le regarda quitter la salle. Alors qu'elle ramassait ses affaires, elle entendit la porte s'ouvrir, tourna la tête et sourit. Raeann Johnson, sa collègue de la salle voisine et amie, s'assit sur une chaise, les jambes écartées et la tête basse.

— Encore combien de jours avant les vacances ? demanda-t-elle.

— Vingt-neuf, mais qui compte ? répondit Tilda.

Elle avait un calendrier dans la cuisine. Tous les matins, Josh et elle faisaient une croix sur un nouveau jour. Elle adorait son travail et Josh aimait l'école, mais tout le monde avait hâte que les grandes vacances arrivent à cette période de l'année.

— Qu'est-ce que tu fais ce soir ? demanda Raeann. Comme

on n'a pas d'élèves demain, on pourrait venir avec la gueule de bois.

Raeann était une grande bavarde qui buvait très peu. Un verre de vin suffisait à l'enivrer.

— Josh a besoin d'un nouveau jean. Je suis sûre qu'il a pris au moins cinq centimètres cette année.

— C'est un chouette gamin. J'espère que les miens seront pareils.

Alors que Raeann et elle avaient le même âge – trente et un ans —, elle avait un fils de treize ans et Raeann des jumeaux de dix-neuf mois. Raeann avait tout fait dans le bon ordre. Elle était allée à la fac et avait obtenu son diplôme en quatre ans. Elle y avait rencontré un homme, avec lequel elle était sortie pendant trois ans avant de l'épouser. Ils avaient fait des économies et acheté une maison. *Alors* ils avaient eu des enfants.

Tilda avait tout fait à l'envers. Elle avait eu Josh, elle s'était mariée, elle était allée aux cours du soir et elle avait obtenu son diplôme en six ans puis, à l'âge canonique de vingt-sept ans, elle était devenue veuve.

— Très bien, pas de vin ce soir, conclut Raeann en se levant. Tu vas faire du shopping et j'essaierai d'empêcher mes garçons de dessiner sur les murs.

Tilda esquissa un sourire. Elle avait adoré l'époque où Josh était bébé. C'était un bambin joyeux qui ne pleurait presque jamais. Dorian avait été formidable avec lui. Il arrivait que Josh, qui n'avait que neuf ans quand Dorian était mort, parle de quelque chose qu'ils faisaient ensemble, mais elle ne provoquait jamais ces conversations. Elle ne voulait pas que Josh pense trop souvent au fait qu'il n'avait pas de père.

Elle se massa le front. Elle avait la migraine, comme toujours quand elle dormait mal.

Elle savait ce qui l'avait réveillée à 3 heures : ses souvenirs.

Elle s'était souvenue du soulagement de Blaine Colton

quand elle lui avait dit qu'elle avait perdu le bébé. Il était évident qu'il l'avait perçu comme une deuxième chance.

Une chance de s'enfuir de Roaring Springs. Il était parti moins d'une semaine plus tard. Et le mois suivant, quand il avait pris le temps de lui envoyer un mail, elle avait bien senti qu'il était ravi de la manière dont les choses avaient tourné.

Elle avait pleuré pendant des jours à chaque fois qu'elle avait reçu l'un de ces messages.

Elle avait entendu parler de lui au fil des ans. C'était un héros. Il avait été promu encore et encore. Il était devenu un béret vert. Elle s'était peut-être même réjouie pour lui. En tout cas, elle n'avait pas cessé de se répéter que tout avait bien tourné.

Tilda dit au revoir à Raeann et sortit du lycée. Elle retrouva sa voiture sur le parking, y monta, attacha sa ceinture et se mit en route. Elle habitait à moins de dix minutes du lycée. Le collège de Josh était à moins d'un kilomètre de l'autre côté de chez eux et Josh avait la permission de rentrer à pied. En général, ils rentraient à quelques minutes l'un de l'autre. S'il arrivait le premier, elle le trouvait devant la télévision avec un paquet de chips. Si c'était elle, elle coupait des tranches de pomme et de fromage pour son goûter.

La maison était silencieuse quand elle y entra. Elle accrocha son manteau et posa son cartable sur le comptoir de la cuisine. En général, elle corrigeait des copies en fin de journée pendant que Josh faisait ses devoirs. Mais elle aurait bien du mal à lui faire faire quoi que ce soit ce soir, alors qu'il n'avait pas école demain. Il valait mieux qu'elle l'emmène faire du shopping. Ils en profiteraient pour dîner dehors, puis ils regarderaient un film en rentrant.

Et il retournerait au Chalet demain. Elle avait parlé aux parents d'Isaac dans la matinée. Ils avaient accepté de déposer les garçons si elle allait les chercher. Elle devait être plus prudente que jamais, maintenant que Blaine était de retour et donnait des cours de snowboard. Elle avait dit à Josh qu'elle les attendrait sur le parking, loin du salon où elle avait vu Blaine la veille. Le Chalet était gigantesque. Elle pouvait éviter de tomber sur lui.

Elle entendit Josh entrer en traînant son sac et en laissant la porte ouverte.

— Ferme la porte ! lui lança-t-elle. Et verrouille !

Roaring Springs était une ville sûre. C'était l'une des raisons pour lesquelles elle y avait élevé son fils alors qu'elle avait eu tant envie de partir. Mais les temps changeaient et elle voulait protéger son fils, comme tous les parents. La découverte d'un corps sur les terres de Wyatt Colton, un frère de Blaine, avait mis la communauté en émoi. Tilda avait pensé à cette jeune femme pendant des jours et elle avait été soulagée d'apprendre par les journaux que le meurtrier s'était suicidé.

Josh s'empressa de tirer un mélange de fruits séchés du placard.

— On va toujours faire du shopping ? lui demanda-t-il la bouche pleine.

— Mâche, avale, *puis* parle, lui rappela-t-elle. Et oui. Comment était ta journée ?

Il mâcha à la manière d'une vache et avala bruyamment avant de répondre :

— Bonne. Mais Mme Armstrong perd la boule. Elle nous a fait le même cours que vendredi dernier et il lui a fallu une demi-heure pour s'en apercevoir. Alors elle nous a donné des explications bidon pour se justifier.

Helen Armstrong, le professeur d'histoire de Josh, approchait de la retraite. Pour être honnête, elle aurait sans doute dû la prendre l'année précédente. Mais c'était une femme charmante et elle tenait encore ses élèves.

— Tu sais ce qu'on dit : l'histoire se répète, répondit-elle.

— N'essaie pas de faire de l'humour, maman, gémit Josh. Tu es pathétique.

— Je vais te dire ce qui est pathétique : c'est que tu portes des pantalons trop courts, répliqua-t-elle. On part dans cinq minutes. Prépare-toi.

Quand Tilda se réveilla, le lendemain matin, elle entendit que Josh s'agitait déjà dans sa chambre. Les autres jours, elle devait le réveiller au moins trois fois.

Il était si impatient de retourner au Chalet... La veille, il n'avait parlé que de snowboard pendant qu'ils mangeaient un hamburger dans son restaurant préféré. Il avait mentionné Blaine, qu'il trouvait cool, à deux ou trois reprises.

— Tu l'appelles bien « M. Colton », j'espère ? lui avait-elle demandé.

— Il a dit qu'on pouvait l'appeler Blaine, avait répondu Josh. Un des garçons du groupe a dit qu'il était un héros de guerre. C'est cool.

— Tu sais que la guerre n'est jamais cool, lui avait-elle rappelé en posant sa main sur son bras.

— Je sais, mais puisqu'il y a des guerres, je suis content qu'il y ait des gens comme Blaine Colton, si c'est vraiment un héros.

Elle n'en doutait pas. Au lycée, déjà, il défendait les plus faibles, même contre ses amis. Il faisait partie d'une bande d'enfants riches, qui avaient de beaux vêtements et des voitures neuves, et qui ne semblaient jamais avoir aucun problème. Tout le monde voulait les avoir pour amis. Mais le pouvoir que confère la popularité était monté à la tête de certains. Il leur arrivait de dépasser les bornes, à la fois au lycée et en dehors. En général, ils se serraient les coudes.

Mais elle se souvenait d'une fois, quelques jours avant le bal de la promo, où l'un des amis de Blaine s'en était pris à un élève de seconde qui marchait avec des béquilles. Blaine s'était planté devant son ami et l'avait fusillé du regard. Elle les avait cru sur le point de se battre, mais l'ami de Blaine avait fini par baisser les yeux et présenter ses excuses au garçon.

C'était pour cela qu'elle n'avait pas été surprise qu'il lui promette de l'épouser quand elle était tombée enceinte. C'était un homme honorable.

Elle se leva, s'étira et sortit de sa chambre. Sur le chemin de la cuisine, elle frappa à la porte de Josh et attendit qu'il l'invite à entrer.

— Bonjour, lui dit-elle.

Il était assis par terre à côté de sa planche de snowboard.

— J'ai lancé le café, lui dit-il.

Il avait onze ans quand elle lui avait appris à se servir de la cafetière. Comme ils n'étaient plus que deux, ils devaient veiller l'un sur l'autre.

— Je te remercie, mon fils, répondit-elle.

Il lui décocha un grand sourire.

— J'ai eu pitié de toi parce que tu dois aller à l'école aujourd'hui et pas moi.

Elle lui rendit son sourire, se massa la nuque et bâilla.

— Une preuve de plus que ce n'est pas toujours génial d'être l'adulte, dit-elle. Profite bien de ton enfance.

Elle avait dû grandir si vite... Elle ne regrettait aucune des décisions qu'elle avait prises, mais la vie n'avait pas été facile. Elle voulait que les choses se passent autrement pour Josh.

— Petit déjeuner ? suggéra-t-elle.

— Des œufs brouillés et du bacon ? demanda-t-il avec espoir.

— Parce que tu as préparé le café, répondit-elle. Ce sera prêt dans dix minutes.

Elle alla dans la cuisine, se servit un café et sortit des œufs et du bacon du réfrigérateur en le sirotant. Josh était mince comme un roseau alors qu'il mangeait tout le temps. Elle lui prépara trois œufs, trois tranches de bacon et deux toasts. Elle n'ajouta que deux œufs pour elle. Finalement, elle lui servit un verre de lait et posa une orange à côté de son assiette.

— C'est prêt ! cria-t-elle.

Josh était à table quelques secondes plus tard.

— Respire entre deux bouchées, lui rappela-t-elle.

Il inspira et expira théâtralement.

— Ça va être génial ! s'écria-t-il. Il a encore neigé cette nuit.

— Sois prudent, s'il te plaît, répondit-elle.

Deux ans plus tôt, il s'était cassé la clavicule chez un ami. Il était tombé du toit du garage. Elle se souvenait au détail près du coup de fil que la mère de son ami lui avait passé alors qu'ils l'emmenaient aux urgences.

C'était une blessure sans gravité. La chute de Josh aurait pu avoir des conséquences bien plus tragiques. Elle en avait fait des cauchemars pendant un long moment. Josh était tout ce qu'elle avait. Elle ne pouvait pas le perdre.

— Josh, dit-elle d'un ton assez grave pour faire lever la tête à son fils.

— Oui, maman ?

Elle avait envie de lui demander de rester distant avec Blaine, de ne lui livrer aucun détail sur leur vie, mais elle ne pouvait pas le faire sans avoir l'air folle.

— Tu auras besoin d'argent pour le déjeuner, dit-elle à la place.

— Je suppose, répondit Josh.

Elle se leva, fouilla dans son sac et lui tendit un billet de vingt dollars.

— Sois prudent, dit-elle en le serrant dans ses bras. Et amuse-toi bien.

Alors elle fonça dans sa chambre pour lui cacher ses larmes. Les adolescents ne savaient pas quoi faire d'une mère qui pleurait et elle ne voulait pas gâcher sa journée. C'était un garçon gentil et travailleur qui méritait de s'amuser de temps à autre.

Et Blaine avait d'autres élèves. Il n'avait aucune raison de s'intéresser à son fils plus qu'à ses camarades.

3

Blaine avait envoyé trois moniteurs sur différentes pistes et comptait se charger de trois cours lui-même. Il se répétait que cela ne voulait rien dire, absolument rien, mais il avait consulté les listes des enfants inscrits aux cours et choisi *par hasard* de donner celui de Josh Stoll.

À 1 heure de l'après-midi, il retrouva les six garçons du dimanche précédent. Isaac et Josh riaient quand il s'approcha d'eux. Ils n'avaient pas encore mis leurs casques. Blaine ralentit et scruta le visage de Josh.

Alors son cœur battit plus vite. Parce qu'il lui semblait reconnaître une expression qu'il avait souvent vue sur le visage de son frère Decker quand ils étaient enfants.

Il baissa les yeux. C'était sans doute le fait d'être revenu à Roaring Springs qui lui embrouillait les idées. Cela l'incitait à songer aux voies qu'il n'avait pas prises au lieu de réfléchir à son avenir. Une chose était certaine : il ne resterait pas à Roaring Springs. Il avait d'autres options. Il pouvait se faire embaucher dans n'importe quelle firme qui proposait ses services au gouvernement. Il pouvait retrouver le terrain et recommencer à se battre pour son pays, même si ce n'était plus en tant que soldat. Ce serait différent, mais ce n'était pas forcément une mauvaise chose.

— Bonjour, messieurs ! lança-t-il au groupe.

— Bonjour, monsieur Colton, répondit Josh.

Il l'avait appelé Blaine au cours précédent – mais c'était avant l'échange bref et intense qu'il avait eu avec Tilda quand elle était venue chercher son fils. Tilda lui avait-elle dit du mal de lui ?

— Tu peux m'appeler Blaine, lui rappela-t-il.

— Ma mère dit que je dois vous appeler monsieur Colton, que c'est plus respectueux.

— Sa mère est prof, intervint Isaac comme si cela expliquait tout. Elle est cool, mais les trucs comme ça ont de l'importance pour elle.

C'était peut-être une explication suffisante, mais Blaine ne put s'empêcher de se demander si Tilda lui en voulait pour ce qui s'était passé entre eux. Ils n'étaient que des gamins… Et elle semblait avoir bien mené sa barque.

— Comme tu préfères, dit-il à Josh. Mettez vos casques ! On y va.

Pendant les deux heures qui suivirent, Blaine fut trop occupé à veiller sur six adolescents de niveaux différents pour songer à Tilda Deeds. Après le cours, il raccompagna le groupe au Chalet.

— Ta mère vient te chercher ? demanda-t-il à Josh.

— Elle travaille jusqu'à 16 heures, répondit-il. On va profiter du temps qu'il nous reste pour skier.

Quand Blaine avait l'âge de Josh, les amateurs de snowboard et les skieurs formaient deux clans bien distincts. Mais Decker lui avait expliqué que les choses avaient changé depuis quelques années. Il n'était plus inhabituel que les clients du Chalet fassent les deux. Le Chalet l'encourageait même en proposant des réductions pour la location des deux types de matériel dans la même journée.

— Très bien, répondit Blaine. Soyez prudents.

Il rappela aux autres garçons qu'il donnait un nouveau cours le dimanche suivant, puis leur dit au revoir. Il avait consulté la météo et tout indiquait qu'ils auraient encore de la neige pendant au moins une semaine.

Après avoir quitté ses élèves, il prit la direction de son bureau. Il y avait toujours de la paperasse à remplir en fin de journée et il voulait vérifier l'emploi du temps du lendemain pour s'assurer que tout était en ordre. Il retira sa combinaison, se fit une tasse de café et s'installa à son bureau.

Alors il pensa à Josh et à son ami sur les pistes. Il ne leur arriverait rien. Lui-même skiait quand il avait leur âge. Il jeta un coup d'œil par la fenêtre.

La montagne était magnifique.

Mais même les belles choses pouvaient être dangereuses.

Josh et son ami étaient sûrement assez malins pour faire attention aux panneaux. Certaines zones étaient interdites à cause de risques d'avalanches.

Il éteignit son ordinateur et se leva. Il ne lui fallut que deux minutes pour remettre sa combinaison et sortir ses skis du placard.

Il pouvait bien profiter un peu des pistes, lui aussi. Et il n'y avait rien de mal à s'assurer que Josh et son ami ne faisaient pas de bêtises. Il se répéta qu'il voulait juste éviter tout incident qui générerait de la tension entre Tilda Deeds et lui. En réalité, il éprouvait un besoin instinctif de veiller sur Josh. Il ne le comprenait pas, mais il avait appris à se fier à son instinct.

Il était dehors cinq minutes plus tard. Quand il se retrouva sur le télésiège, il scruta la piste à la recherche du blouson rouge vif de Josh. Il ne le repéra pas, mais cela ne le surprit pas. Cette piste n'était que l'une des quatre que l'on pouvait descendre depuis la crête où l'on était déposé par le télésiège.

Quand il arriva en haut, il considéra les trois autres options. Le Coude de Rivière était une piste assez facile et pleine de virages qui rappelaient les méandres d'une rivière. La Gloire Boisée était exactement ce que le nom promettait : une piste assez difficile qui traversait une forêt de sapins. Finalement, il y avait le Saut du Diable, la plus pentue, qui était agrémentée de plusieurs bosses.

Il devina aussitôt que Josh et Isaac avaient choisi le Saut du Diable. Malheureusement, c'était la piste la plus proche de la Méchante, qui avait été fermée à cause des risques d'avalanches.

Tant qu'ils resteraient prudents et ne s'écarteraient pas du chemin, tout irait bien.

Blaine s'élança. À environ un tiers de la descente, il repéra les deux garçons. Ils étaient cinq cents mètres plus bas, mais il était certain que c'étaient bien eux. L'un des skieurs était en rouge, l'autre en noir.

Le skieur en noir était en tête – et dangereusement près d'une zone où il n'était pas censé aller.

Blaine accéléra, les doubla et s'arrêta devant eux en soulevant un nuage de poudreuse.

— Monsieur Colton ? s'écria Josh.

Il les avait surpris, songea Blaine. *Bien.*

— Que faites-vous ? demanda-t-il.

— On va prendre la Méchante, répondit Isaac. Je l'ai descendue il y a quinze jours. Elle a des bosses géniales.

C'était avant que des tempêtes de neige ne les obligent à fermer la piste.

— Les panneaux devant lesquels vous êtes passés ne sont pas là pour décorer, dit Blaine.

Josh semblait mal à l'aise.

— On ne fera rien qui risquerait de provoquer une avalanche, se défendit Isaac.

Leur poids suffisait à provoquer une avalanche.

— À quelle vitesse êtes-vous déjà allés en voiture ? demanda Blaine.

La question parut surprendre Josh.

— À cent trente kilomètres-heure, répondit-il. C'est la vitesse maximum autorisée sur l'autoroute, non ?

— Oui. Maintenant, imaginez aller à cette vitesse sans avoir de voiture ni d'airbags, parce que c'est la vitesse d'une avalanche. Les gens se retrouvent enterrés sous la neige en quelques secondes. Après ça, la neige se fige autour d'eux comme du béton, ce qui rend presque impossible de creuser un tunnel jusqu'à la surface.

Il s'interrompit un instant avant de conclure :

— Le seul espoir est d'être retrouvé dans le quart d'heure qui suit.

— On a étudié les avalanches en cours de sciences, répondit Isaac. Notre prof nous a dit qu'on doit nager avec la neige.

— C'est un bon conseil, reconnut Blaine.

La gravité entraînait les corps vers le bas. Ceux qui réussissaient à rester près de la surface, voire à sortir un bras de la neige, augmentaient grandement leurs chances d'être secourus.

— Mais il vaut encore mieux lire les panneaux et éviter les zones interdites, ajouta-t-il. Et emportez toujours un GPS, une sonde et une pelle, si vous avez l'intention de faire du hors-piste.

— Désolé, monsieur Colton, dit Josh.

— Pas de souci, répondit Blaine, qui voulait les empêcher de faire des bêtises mais pas gâcher leur journée. On se retrouve en bas.

Il les quitta sur ces mots pour leur prouver qu'il avait confiance en eux. Quand il atteignit le bas de la piste, il se retourna et les vit derrière lui, comme il l'espérait.

De retour dans le Chalet, il décida de rendre visite à sa cousine Molly Gilford, qui dirigeait les services à la clientèle. Il fit un crochet pour se munir de deux cafés.

— Comment ça va ? demanda-t-il à Molly en lui tendant une tasse.

Il y avait trois piles de documents bien alignées sur son bureau.

— La crise du jour était une disparition de bijou, répondit Molly. La cliente, folle de rage, a accusé tout le monde et terrifié le personnel. Finalement, c'était une bambine très espiègle de vingt-deux mois qui l'avait caché dans sa poussette. Tout va bien qui finit bien. Et ta journée ?

— Bonne. Les enfants n'avaient pas école, aujourd'hui. On a eu plein d'inscriptions et j'ai donné quelques cours moi-même.

— J'ai toujours pensé que tu étais né sur des skis.

— Si c'était le cas, j'imagine que ma mère me l'aurait dit.

Il était venu pour interroger Molly sur Tilda, mais il ne voulait pas entrer dans le vif du sujet tout de suite pour éviter que cela se voie trop.

— As-tu vu mon ami Max Hollick, ces derniers temps ? demanda-t-il.

— Non… Pourquoi ?

La question parut la surprendre. Max avait appartenu à la même unité que lui. Il élevait des chiens policiers depuis qu'il avait quitté l'armée.

— Comme ça, répondit-il. La dernière fois que je l'ai vu, il m'a dit qu'il lui arrivait de venir ici.

— Il n'est pas venu depuis des mois, répondit-elle en baissant les yeux. On s'est à peine croisés, la dernière fois. Alors, comment ça se passe aux sports extrêmes ?

— Bien, mais c'est une situation provisoire.

— Je sais. Vivre à Roaring Springs n'est pas ton truc. Tu es conscient que tu nous as manqué, j'espère ?

— Je te promets que je ne resterai plus jamais aussi longtemps sans revenir, quoi que je fasse, répondit-il. À propos de gens qui sont restés, je suis tombé sur Tilda Deeds, l'autre jour.

— Elle est toujours aussi belle, n'est-ce pas ? J'étais au collège quand vous étiez en terminale. Je trouvais que vous étiez le plus beau couple du lycée.

Molly lui décocha un clin d'œil.

— Vous pourriez vous remettre ensemble, suggéra-t-elle.

Il secoua la tête.

— Ça m'étonnerait. J'ai donné un cours à son fils, dimanche.

J'ai croisé Tilda à la fin du cours et elle était aussi froide qu'une face nord en janvier.

Il le dit avec légèreté, mais cela l'avait contrarié. Il avait sincèrement tenu à Tilda. Lui faire l'amour le soir du bal de la promo avait été la plus belle expérience de sa vie. Quand il était parti, au petit matin, il avait eu l'impression d'être un autre homme, plus complet.

Elle était si belle, les cheveux étalés sur les coussins du canapé… Elle était si sexy, si douce…

— Ça ne ressemble pas à Tilda, répondit Molly d'un air songeur. Les gens l'adorent, à commencer par ses élèves. C'est triste que son mari soit mort.

Blaine réussit à hocher la tête. Quel genre d'homme était-il pour jalouser un mort qu'il ne connaissait pas ?

— Elle est trop jeune pour rester seule, ajouta Molly.

— C'est vrai de nous tous, lui fit-il remarquer.

— Sauf que je suis bien plus jeune que vous, répliqua Molly. Je suis encore dans la vingtaine.

— À peine, plaisanta-t-il en se levant. Bonne fin de journée, Molly.

La main sur la poignée de la porte, il demanda le plus naturellement possible :

— Tu ne saurais pas quel âge a le fils de Tilda, par hasard ?

— Laisse-moi réfléchir… Dans les treize ans, je pense. La mère de son ami Isaac et moi faisons nos courses au même endroit. La semaine dernière, elle m'a dit qu'elle préparait une fête pour les treize ans d'Isaac.

Treize, songea Blaine, dont les oreilles se mirent à bourdonner. Bien sûr, ce n'était pas parce que Isaac et Josh étaient amis qu'ils avaient le même âge, mais il lui avait semblé, en les entendant discuter, qu'ils étaient aussi dans la même classe.

— Passe une bonne soirée, conclut Molly en lui souriant.

— Merci, toi aussi, répondit-il par réflexe.

Si Josh avait treize ans, Tilda avait dû retomber enceinte juste après avoir perdu son bébé.

Ce qui était étrange, parce qu'elle ne semblait pas ravie de sa première grossesse. Il aurait imaginé qu'elle avait pris des précautions après cela – comme lui.

Il se rappela qu'il avait cru voir une expression familière sur le visage de Josh.

Un soupçon germa dans son esprit mais, comme un bon soldat, il s'interdit d'en tirer des conclusions hâtives. Cela pouvait avoir des conséquences dramatiques sur un champ de bataille – et ce n'était peut-être pas si différent dans la situation présente.

Il faillit percuter Seth Harris dans un angle du couloir. C'était l'un des cadres du Chalet et le demi-frère de son cousin Remy Colton.

— Désolé, dit Blaine en s'écartant.

— Ça fait plaisir de te revoir ! répondit Seth. On m'a dit que tu travaillais au Chalet.

Blaine n'était pas d'humeur à bavarder. Il ne connaissait pas bien Seth. Il savait que son cousin Remy l'avait recueilli alors que Seth avait quinze ans et Remy à peine vingt. Leur mère, Cordelia Ripley, n'avait aucune chance de recevoir le titre de parent de l'année. Seth n'était pas un Colton, mais il était évident que Remy tenait à lui. Quand Seth avait fini ses études de commerce, Remy lui avait procuré un emploi au Chalet. D'après ce que Blaine avait entendu, Seth faisait du bon travail. Il s'habillait un peu trop élégamment à son goût, mais Blaine admettait qu'il n'était sans doute pas un très bon juge en la matière après avoir porté des treillis pendant treize ans.

— Oui. On sera occupés encore un moment grâce aux chutes de neige tardives, répondit-il.

— C'est bon d'avoir une famille qui nous soutient quand on est en difficulté, n'est-ce pas ? dit Seth. Tout le monde n'a pas un filet de sécurité.

Son ton déplut à Blaine, dont les nerfs étaient déjà éprouvés. Un autre jour, il aurait sûrement rappelé à Seth que les Colton avaient aussi été *son* filet de sécurité. Mais il avait autre chose en tête, aujourd'hui.

— C'est vrai, répondit-il. À plus tard, Seth.

Il s'éloigna. Josh avait dit que Tilda travaillait jusqu'à 16 heures. Elle arriverait donc au Chalet vers 16 h 15. Il se planta à l'endroit où il l'avait vue la veille et attendit. Dix minutes plus tard, il n'avait toujours vu ni elle ni Josh ni Isaac. Il alla se poster à un endroit d'où il pouvait surveiller à la fois la porte par laquelle les garçons entreraient et le couloir que Tilda devait emprunter.

Il inspira profondément pour essayer de se calmer.

À 16 h 20, alors que ses nerfs étaient sur le point de lâcher, il repéra le blouson rouge de Josh en regardant par la fenêtre. Isaac et lui suivaient un chemin qui menait à une autre entrée. Blaine courut dehors sans manteau et rattrapa vite les deux garçons.

— On ne s'attendait pas à vous revoir aujourd'hui, monsieur Colton, dit Josh.

— Vous partez ?

— Oui. Ma mère nous a donné rendez-vous devant l'entrée.

Parce qu'elle l'évitait ? Blaine emboîta le pas des garçons.

— J'ai des documents à remplir sur mes élèves, dit-il. J'aurais besoin de connaître vos âges.

— Treize ans ! répondirent-ils en chœur.

— Enfin, j'ai presque treize ans, corrigea Isaac. La semaine prochaine. Josh a fêté son anniversaire il y a quinze jours.

Blaine regarda Josh, qui lui rappela encore Decker. Or tout le monde disait que Decker et lui se ressemblaient tant quand ils étaient enfants qu'on les prenait pour des jumeaux.

Était-ce possible ?

Quand ils ne furent plus qu'à une centaine de mètres de l'entrée principale, il reconnut Tilda au manteau bleu qu'elle portait déjà la fois précédente. Elle le fixa un long moment avant de reporter son regard sur Josh.

Elle eut l'air de réprimer une envie de le serrer dans ses bras pour se contenter de lui tapoter le dos.

— As-tu passé une bonne journée ? demanda-t-elle.

— Géniale ! La meilleure journée de ma vie.

Tilda lui sourit, ce qui la fit beaucoup ressembler à la jeune fille que Blaine avait quittée treize ans plus tôt. Sauf qu'elle n'était pas aussi gentille et douce qu'il le croyait s'il avait deviné juste.

— Bonjour, Blaine, dit-elle.

— Bonjour, répondit-il de la voix la plus neutre possible.

— On y va, les garçons !

— Peut-on discuter deux minutes, s'il te plaît ? lui demanda-t-il.

Elle eut l'air de vouloir s'enfuir, mais elle tendit une clé à Josh.

— Montez dans la voiture, lui dit-elle. Mais interdiction de démarrer !

Elle suivit les deux garçons des yeux, puis posa un regard inquiet sur lui.

Il chercha ses mots. Comment demander quelque chose d'aussi important ?

— Josh a treize ans, dit-il.

— Exact, répondit-elle.

— Quand t'es-tu mariée avec Dorian ?

— À peu près au moment de la naissance de Josh.

— Avant ou après ? insista-t-il.

Elle passa sa langue sur ses lèvres avant de répondre :

— Quelques semaines après.

— Est-ce que ça veut dire...

Il ne parvint pas à achever sa phrase.

— On ne peut pas avoir cette conversation ici, chuchota-t-elle alors qu'un groupe passait près d'eux.

Alors il sut.

— Qu'as-tu fait, Tilda ? s'écria-t-il.

Comment avait-elle pu lui mentir de cette manière ?

Comment avait-elle pu le laisser quitter Roaring Springs ? Comment avait-elle pu garder cela pour elle pendant toutes ces années ?

— Viens chez moi ce soir, dit-elle. À 21 heures. Le ranch qui est tout au bout de Dale Drive.

— Tilda, grogna-t-il.

Il tendit la main vers elle et s'aperçut que ses doigts tremblaient.

Elle s'éloignait déjà. Elle ne courait pas tout à fait, mais elle marchait vite.

Il pouvait la rattraper. Et après ? Allait-il la forcer à avoir une conversation très privée devant Josh, Isaac et une foule de clients ?

Il laissa retomber son bras.

Il était père. Josh était son fils.

4

Il sait.

Cette pensée tournait en boucle dans l'esprit de Tilda tandis qu'elle conduisait. Elle éprouvait un mélange perturbant de peur et de soulagement. Les deux émotions se disputaient son attention, et ses pensées cascadaient.

Il est temps que la vérité sorte.

Il essaiera de me prendre Josh.

Josh aura le père qu'il mérite.

Mon fils me détestera quand il saura ce que j'ai fait.

Elle déposa Isaac chez lui. Si elle lui dit au revoir, elle l'oublia aussitôt. Elle rentra chez elle, posa son sac sur la table et alla s'enfermer dans sa chambre. Elle s'allongea et écouta la télévision que Josh avait immédiatement allumée.

Heureusement, les garçons de treize ans n'étaient pas toujours sensibles aux changements d'humeur de leur mère. Mais Josh finirait par venir la voir, ne serait-ce que pour savoir ce qu'elle comptait préparer pour le dîner. Comment lui dire que la conversation qu'elle s'apprêtait à avoir avec Blaine allait tout changer ?

Elle pouvait mentir à Blaine, essayer de le convaincre qu'il était le jouet de son imagination. Elle rejeta immédiatement cette idée. Non seulement un test de paternité suffirait à prouver qu'elle mentait, mais il y avait déjà eu trop de mensonges.

Elle avait eu ses raisons. De bonnes raisons. Mais Blaine le comprendrait-il ?

Josh ne devait pas entendre cette conversation. Elle avait eu tort de dire à Blaine de passer chez elle. Mais elle ne voulait pas non plus le retrouver dans un endroit public où l'on pouvait les écouter. Elle appela sa mère.

— Bonsoir, maman. Comment ça va ? demanda-t-elle le plus joyeusement possible.

— Bien. Je regarde la télé avec ton père.

— Je sais que je te préviens à la dernière minute, mais est-ce que Josh pourrait passer la nuit chez vous ? Et pourriez-vous l'emmener au collège demain matin ?

— Bien sûr, chérie. Tu as un problème ?

Sa mère, qui la soutenait toujours, était clairement surprise par sa requête.

— Non, aucun problème, mentit Tilda. J'ai juste quelque chose à faire ce soir. Je peux acheter de quoi dîner pour vous trois sur le trajet.

— Ne t'inquiète pas pour ça. J'ai fait des lasagnes. Dîneras-tu avec nous ?

Elle n'était pas sûre de pouvoir avaler quoi que ce soit. Et il était déjà difficile de prétendre que tout allait bien par téléphone. Elle n'y arriverait jamais en face de ses parents.

— Pas ce soir, répondit-elle. Je déposerai Josh dans une demi-heure.

Elle raccrocha et alla dans le salon. Josh était avachi sur le canapé, un paquet de chips à portée de main.

— Nouveau plan, champion, lui dit-elle.

En tant que mère célibataire, il lui arrivait de devoir jongler entre leurs obligations à la dernière minute. « Nouveau plan, champion » était devenu le signal officiel des changements de programme inattendus.

— Lequel ? demanda Josh.

— Tu vas dîner et passer la nuit chez tes grands-parents. Ils t'emmèneront à l'école.

Il fronça les sourcils. Ce n'était pas parce qu'il était contrarié d'aller chez ses grands-parents – il adorait passer du temps avec eux. Il était surpris.

— J'ai des devoirs, répondit-il.

— Tu les feras là-bas.

— Tu dors là-bas aussi ?

— Non, j'ai quelque chose à faire. Tu pars en mission solo.

Il haussa les épaules.

— D'accord. Sais-tu ce que mamie a fait pour le dîner ?

Elle réprima un soupir de soulagement. Heureusement, Josh pensait surtout à son prochain repas, ces temps-ci. Cela resterait-il vrai après ce soir ?

— Je te laisse la surprise, répondit-elle. Mais c'est l'un de tes plats préférés.

Trois quarts d'heure plus tard, Tilda était de retour chez elle et passait nerveusement de pièce en pièce. Que penserait Blaine en voyant sa maison ? Dorian et elle l'avait fait construire deux ans après leur mariage. Il y avait trois chambres : une pour eux, une pour Josh, et elle espérait qu'un autre enfant occuperait la troisième.

Mais cela ne s'était pas produit. Après la mort de Dorian, elle s'était réjouie de ne pas être tombée enceinte. Elle n'était pas sûre qu'elle aurait eu la force d'élever deux enfants toute seule.

Elle cessa de faire les cent pas le temps de nettoyer la salle de bains. Elle s'attaqua ensuite à l'évier, au réfrigérateur et au four à micro-ondes.

Elle aurait dû avoir des crises de nerfs plus souvent, songea-t-elle ironiquement. Sa maison aurait été plus propre.

Malgré ces diversions, à 20 h 45, elle était assise sur le canapé, les mains sur les genoux, et attendait.

On frappa à la porte à 20 h 57. Elle inspira profondément avant d'ouvrir.

— Bonjour, dit-elle.

Blaine répondit par un signe de tête. Son beau visage était indéchiffrable.

— Entre, dit-elle en s'écartant.

Il entra, le dos bien droit, comme un parfait soldat.

— Donne-moi ton manteau, dit-elle, l'estomac noué.

Il le retira et le lui tendit.

— Où est Josh ? demanda-t-il.

— Pas ici, répondit-elle. J'ai pensé que cela valait mieux.

Elle l'invita à s'asseoir sur le canapé et s'installa dans un fauteuil en face de lui.

— Je...

— Qu'as-tu donc fait ? la coupa-t-il.

Son intention d'avoir une conversation raisonnable abandonna brusquement Tilda.

— J'ai fait ce que je devais faire, Blaine. Parce que j'étais seule, ajouta-t-elle avec aigreur.

— C'est mon fils, dit-il d'une voix rauque.

— Oui, murmura-t-elle.

Blaine ferma les yeux et inspira. Quand il les rouvrit, elle y lut de l'amertume.

— Ton mari le savait-il ou lui as-tu menti aussi ? demanda-t-il.

C'était un coup bas. Elle le méritait sans doute, mais il la blessa.

— Il le savait depuis le début. C'est pour ça qu'il m'a épousée.

— Qui d'autre connaît ce grand secret ?

— Mes parents se doutent peut-être que Josh n'est pas le fils de Dorian. Je n'ai jamais rien affirmé, dans un sens ni dans l'autre. Mais ils ne savent pas... pour toi.

— Josh croit que Dorian était son père ?

— Oui.

— Tu m'as dit que tu avais perdu le bébé.

— Je le croyais. J'ai vu du sang... Je ne savais rien sur les grossesses. Tu étais déjà parti quand j'ai compris que j'étais encore enceinte.

Il la fusilla du regard.

— Il existe un objet qu'on appelle le téléphone, grommela-t-il. Il y a aussi les mails. Il ne t'était pas impossible de m'écrire : « Au fait, je crois que je suis encore enceinte. »

Il était furieux et elle le comprenait. Mais il fallait aussi qu'il comprenne quelque chose.

— J'étais terrifiée, dit-elle.

Pour de nombreuses raisons. Oserait-elle tout lui dire ? La croirait-il ? On lui avait interdit d'en parler à qui que ce soit et elle avait tenu sa langue.

— Et tu ne voulais pas de lui, ajouta-t-elle.

Ces mots résonnèrent dans le silence qui s'ensuivit. Oserait-il le nier ? Mais cette conversation n'était pas son procès. Et ce n'était pas lui qui avait menti.

— Je ne savais pas qu'il existait, finit-il par répondre d'une voix dure.

Ils n'avaient rien à gagner à revivre le passé.

— J'avais l'intention de le faire adopter, dit-elle.

— Que s'est-il passé ?

— Je n'ai pas pu. C'était mon fils et je l'aimais déjà. Dorian, qui était un ami de la famille depuis longtemps, a proposé de m'épouser. Il m'a dit qu'il tenait beaucoup à moi et qu'il espérait qu'on devienne plus que des amis.

— Êtes-vous devenus plus que des amis ?

Elle était bien décidée à ne plus mentir.

— Oui.

Il la fixa un long moment. Il y avait tant de tension dans la pièce qu'elle avait du mal à respirer.

— Alors je te présente mes condoléances, finit-il par dire.

Elle le remercia d'un signe de tête.

— Mais tu n'es pas la seule à avoir perdu quelqu'un, ajouta-t-il.

Elle le savait. Mais comprenait-il qu'il était difficile de changer de direction quand on s'était engagé sur une voie ?

— Et maintenant ? demanda-t-elle.

— Nous devons le dire à Josh, répondit-il.

Elle n'arrivait pas à imaginer cette conversation.

— Tilda, insista Blaine.

Elle acquiesça.

— Tu as raison. Il mérite de le savoir et tu mérites qu'il le sache.

— Ce soir ? suggéra Blaine.

Elle secoua la tête.

— Il est chez mes parents. Il vaudrait mieux qu'on attende qu'il rentre de l'école demain. On peut le lui dire ensemble. Ici.

Elle sentit qu'il était frustré de devoir attendre le lendemain, mais il acquiesça et se détendit un peu.

— Qu'aime-t-il faire ? demanda-t-il en balayant la pièce du regard. À part du ski et du snowboard.

— Il joue au base-ball pendant l'été et c'est un bon nageur. Il aime faire du camping et pêcher. C'est un bon élève. Il joue du trombone dans l'orchestre du collège.

Blaine hocha la tête.

— Est-ce que je peux voir sa chambre ?

— Bien sûr.

Elle se leva et le conduisit dans la chambre de Josh. Blaine regarda les posters de hockey accrochés au mur et l'échiquier posé sur un coin du bureau. Il esquissa un sourire.

— Il joue aux échecs ? demanda-t-il.

— Il adore ça.

— Il tient son cerveau de toi, alors.

Tilda se détendit un peu. Ils pouvaient surmonter cette épreuve.

Alors Blaine posa les yeux sur une photo accrochée près du lit. On y voyait Dorian et Josh, qui brandissait fièrement le poisson qu'il venait d'attraper. Blaine se raidit et sortit de la chambre sans dire un mot. Il évita son regard jusqu'au moment où elle lui tendit son manteau et ouvrit la porte.

— À quelle heure rentre-t-il de l'école ? demanda-t-il.

— Vers 16 heures, en général.

— Je serai là. Tu as intérêt à être là aussi.

Il s'éloigna sur ces mots. Après avoir fermé la porte, elle s'effondra sur le canapé et prit de grandes inspirations pour se calmer. Elle ne lui en voulait pas de la haïr, mais elle avait pris la meilleure décision possible dans les circonstances où elle se trouvait. Il ne voulait pas d'un enfant et il se serait senti piégé.

Maintenant, il se sentait trahi.

Blaine regarda sa montre cent fois le lendemain. Le temps ne passait pas. C'était une journée d'école. Comme il y avait peu de cours à donner, il n'avait pas été nécessaire qu'il s'en mêle. Il pouvait donc se cacher dans son bureau, ce qui lui fournissait trop de temps pour réfléchir.

Un fils.

Un fils de treize ans.

Il avait raté tant de choses... Parce que Tilda lui avait menti, il avait perdu treize ans qui ne lui seraient jamais rendus. Il comprenait qu'elle ait pu croire à tort qu'elle avait fait une fausse couche. Ils étaient tous les deux si jeunes... Mais pourquoi ne l'avait-elle pas prévenu quand elle s'était rendu compte qu'elle était encore enceinte ?

Il n'aurait pas pu quitter l'armée immédiatement, bien sûr, mais il serait revenu pendant ses permissions et il ne se serait pas réengagé.

Il serait rentré à Roaring Springs des années plus tôt. Cette pensée lui noua l'estomac.

Mais il l'aurait fait. Pour son fils.

Qui connaîtrait la vérité dans une heure. Le cœur de Blaine se serra. À cet instant, Josh suivait un cours sans se douter que sa vie était sur le point de changer radicalement.

Josh était un Colton. Ce nom offrait des privilèges. Cela n'avait jamais eu beaucoup d'importance pour Blaine, sans doute parce qu'il savait que les Colton avaient travaillé dur pour prospérer. Peut-être aussi parce qu'il savait bien que l'argent n'empêchait pas sa famille d'avoir des problèmes. Mais certains ne s'en rendaient pas compte. Il y avait des gens qui n'aimaient pas les Colton parce qu'ils ne voyaient que les avantages que cela procurait d'en être un.

Les gens se comporteraient différemment envers Josh quand la vérité éclaterait. Il risquait de perdre des amis à cause de cela. Certains, à Roaring Springs, ne manquaient pas une occasion de souligner les défauts et les faiblesses des Colton.

Le supporterait-il ?

À cause des choix de Tilda, Josh n'avait aucun entraînement. Il n'avait pas été élevé pour devenir un Colton. Cela lui tomberait dessus.

Comment avait-elle pu faire cela ? Cette question le hantait depuis qu'elle l'avait fui sur le parking du Chalet. Comment avait-elle pu lui cacher une information aussi vitale ?

Oui, il s'était engagé subitement dans l'armée. Il avait à peine eu le temps de dire au revoir à sa famille et à ses amis. Il était aussi vrai qu'il revenait rarement, mais il avait de bonnes raisons. Il ne pouvait simplement pas admettre les infidélités de son père. Il n'avait jamais compris comment fonctionnait le mariage de ses parents et il ne le comprendrait sans doute jamais.

Mais il comprenait certaines choses. La vérité. L'honneur. Des choses qui avaient de l'importance pour lui. Son père n'était pas à la hauteur dans ces domaines. Tilda non plus, apparemment… Il inspira profondément. Dramatiser la situation ne lui apporterait rien. Il avait vu bien des choses horribles, ces treize dernières années. Il se savait capable de faire face à l'adversité. Mais le mensonge de Tilda lui semblait cruel. Il ne le digérait pas parce qu'il lui semblait que la jeune femme qu'il avait aimée ne se le serait pas permis. La jeune femme qu'il était prêt à épouser et à laquelle il aurait été fidèle…

Mais il ne pouvait pas tout mettre sur le dos de Tilda. Parce qu'elle avait raison : il avait été soulagé d'apprendre qu'elle avait fait une fausse couche. Cela lui donnait mauvaise conscience, à présent. Mais il se souvenait très bien qu'il avait eu l'impression d'être libéré d'un poids énorme qui l'empêchait de respirer. Il se rappelait même les premiers mots qu'il avait prononcés en apprenant la nouvelle : « Dieu merci. »

Tilda s'en souvenait-elle ? S'en servirait-elle contre lui ? Dirait-elle à Josh qu'il s'était réjoui de la fausse couche ?

Josh comprendrait-il qu'il avait dix-huit ans, seulement cinq ans de plus que lui-même à présent, et qu'il n'était pas assez mûr pour réagir mieux que cela ? Josh penserait-il que Tilda avait bien fait de le faire passer pour le fils d'un autre parce que son père ne voulait pas de lui ?

C'était un vrai merdier.

Il regarda encore sa montre. Le moment était venu.

Il ferma la porte de son bureau derrière lui et se rendit au parking. Le trajet lui prit vingt minutes et il attendit dix minutes devant chez Tilda avant de la voir entrer dans son garage. Il lui laissa encore deux minutes, puis frappa à la porte.

— Bonjour, Blaine, dit-elle en ouvrant.

Elle s'écarta et l'invita à entrer.

Elle avait l'air fatiguée. Ses cernes incitèrent Blaine à penser qu'elle avait aussi mal dormi que lui. Elle portait un pull bleu et une jupe noire qui mettait ses courbes en valeur. Il songea aussitôt à ce qu'il avait ressenti en les caressant sur le canapé d'un sous-sol.

— Josh devrait arriver dans cinq minutes, dit-elle. Veux-tu quelque chose à boire ?

— De l'eau sera très bien.

Peut-être dans un seau, pour qu'il puisse y plonger la tête, songea-t-il ironiquement.

Elle remplit deux verres et lui en tendit un. Puis ils restèrent assis sans dire un mot, elle sur le canapé, lui dans un fauteuil. Ils avaient un passé. Ils avaient été aussi proches que deux personnes pouvaient l'être. Mais il avait l'impression qu'ils étaient des étrangers. Il était absurde qu'ils soient sur le point d'essayer de créer quelque chose comme une famille pour leur fils.

— Que se passera-t-il ensuite ? finit-il par demander.

— Je ne sais pas, répondit-elle. J'imagine qu'on doit essayer de comprendre ce qu'il ressent et répondre à ses questions le plus sincèrement possible.

C'était une formulation étrange. Pourquoi n'avait-elle pas dit « sincèrement », tout simplement ? Il s'apprêtait à le lui demander quand il entendit une clé dans la serrure. Il se leva, puis se rassit. Il ne voulait pas intimider Josh.

Le garçon vit d'abord sa mère, à qui il sourit avec tendresse. Puis il le vit dans le fauteuil.

— Monsieur Colton ?

— Bonjour, Josh, répondit Blaine.

— Que se passe-t-il ? demanda Josh.

— Viens t'asseoir avec nous, suggéra Tilda en tapotant le canapé. Nous avons quelque chose à te dire.

Elle était calme, mais Josh sentait clairement que tout n'allait pas bien. Il s'assit sans dire un mot.

Tilda inspira profondément et posa ses mains sur ses genoux.

— Nous avons quelque chose à te dire, répéta-t-elle. Ce sera une grosse surprise pour toi. Je suis sûre que tu auras plein de questions à nous poser. On répondra à tout.

Aussi sincèrement que possible, ajouta Blaine en silence.

— D'accord. Est-ce que j'ai fait une bêtise ? demanda Josh avec méfiance.

— Absolument pas, intervint Blaine avant de se tourner vers Tilda. Venons-en au fait.

— Bien sûr, murmura-t-elle.

Elle plongea son regard dans celui de leur fils et lui dit :

— Il y a treize ans, je suis tombée enceinte de toi. Je n'étais pas encore mariée.

— Je le sais, répondit Josh. Papa et toi vous êtes mariés quelques semaines après ma naissance. Tu as gardé le faire-part dans ta boîte à bijoux.

— Tu as raison, dit Tilda. En partie. J'ai épousé Dorian Stoll quelques semaines après ta naissance, mais il n'était pas le père de mon enfant. Il n'était pas ton père.

Josh ne répondit rien.

L'estomac de Blaine se noua. C'était un coup dur pour Josh. Il découvrait qu'on lui mentait depuis treize ans.

— Ton père... c'est Blaine.

— Monsieur Colton ? s'écria Josh.

Blaine lut un mélange d'horreur, d'effroi et d'incrédulité dans son regard.

— Oui, Blaine Colton est ton père, répondit Tilda.

— Mais alors pourquoi as-tu épousé Dorian ?

— Parce que je voulais que tu aies un père.

Josh lui jeta un regard qui n'exprimait plus que de la haine.

— Tu ne voulais pas l'épouser ? Tu ne voulais pas de son enfant ?

Blaine se raidit. Qu'allait répondre Tilda ?

— Non, Josh, dit-elle en posant sa main sur le genou de son fils. Ça ne s'est pas passé comme ça. Quand j'ai découvert que j'étais enceinte, Blaine a proposé de m'épouser. Il te voulait. Mais j'ai cru ensuite que j'avais fait une fausse couche.

Elle s'interrompit pour déglutir.

— Je croyais avoir perdu mon bébé quand Blaine s'est engagé dans l'armée, reprit-elle. Je n'ai compris qu'après son départ que j'étais encore enceinte. Je ne le lui ai pas dit. Il ne savait pas que tu étais son fils. Il ne l'a découvert qu'hier.

Elle avait choisi de ne pas le dépeindre comme le méchant de l'histoire. Il aurait sans doute dû lui en être reconnaissant.

— Est-ce que papa... Est-ce que Dorian savait que je n'étais pas son fils ? demanda Josh.

— Oui, mais il t'a aimé dès ta naissance. Il ne t'aurait pas aimé davantage si tu avais été son fils.

Blaine songea qu'il aurait sans doute dû en être reconnaissant à Dorian. Mais il lui était difficile d'éprouver de la reconnaissance à cet instant. Toute cette histoire était un fiasco épique.

— Tu m'as menti pendant tout ce temps, dit Josh à sa mère.

Les mâchoires de Tilda se crispèrent. Ces mots lui fendaient le cœur.

— Des décisions ont été prises, Josh, répondit-elle. Des choses ont été faites. Tu as le droit d'être contrarié par ces décisions et ces actions. Mais une chose est sûre et le sera toujours : je t'aime. Tout ce que j'ai fait, j'ai sincèrement pensé le faire pour ton bien.

Josh ne répondit rien. Il avait les larmes aux yeux et il tenait ses genoux comme s'il risquait de tomber en morceaux.

Blaine eut aussitôt envie de le réconforter, mais il savait que leur relation serait le fruit d'un processus fait d'essais, de pauses et sans doute de quelques erreurs.

— Je sais que ça fait beaucoup à digérer, dit-il avec douceur.

— C'est pour ça que vous étiez gentil avec moi au Chalet ?

Blaine secoua la tête.

— J'étais gentil avec toi parce que tu es un gamin sympa. Je n'ai su que tu étais *mon* gamin sympa qu'hier. J'espère qu'on apprendra à se connaître, maintenant qu'on le sait tous les deux.

— Qui d'autre est au courant ?

— Rien que nous, répondit Tilda. Mais les gens finiront par le savoir. Blaine voudra sûrement le dire à sa famille.

Sans doute, songea Blaine. Il n'y avait pas réfléchi. Comment Mara et Russ prendraient-ils le fait d'avoir un nouveau petit-fils ?

— Faudra-t-il que je change de nom ? demanda Josh.

Pour la première fois, Tilda interrogea Blaine du regard. Bien sûr qu'il voulait que son fils porte son nom. Mais ce n'était pas le moment d'avoir une position trop tranchée.

— Je ne te demanderai jamais de faire quelque chose si ça te met mal à l'aise, promit-il.

Plus personne ne dit rien pendant un long moment. Finalement, Josh écarta ses mains de ses genoux et inspira profondément.

— On fait quoi, maintenant ? demanda-t-il.

— Je me suis dit qu'on pouvait sortir manger quelque chose, toi et moi, répondit Blaine. Je me souviens que j'étais affamé quand je rentrais de l'école, à ton âge.

— Rien que nous ? demanda Josh. Et maman ?

Blaine ne répondit pas. Tilda avait eu Josh pour elle toute seule pendant treize ans. Était-ce trop demander qu'une soirée ?

Tilda se leva.

— Je pense que c'est une bonne idée que vous fassiez connaissance, dit-elle. Allez-y sans moi. Mais n'oubliez pas qu'il y a école demain. Et je suis sûre que tu as des devoirs à faire, alors soyez de retour à 20 heures.

Blaine se détendit. Elle était d'accord. Son approbation parut aussi aider Josh à se détendre.

— Alors d'accord, dit-il. C'est vrai que j'ai faim.

— Tu respires, non ? répondit Tilda avec le sourire.

Elle voulut le prendre dans ses bras, mais il la repoussa.

Tilda enroula ses bras autour de son buste.

Blaine ouvrit la porte et invita Josh à le précéder. Avant de fermer la porte, il jeta un dernier coup d'œil à Tilda. Elle n'avait pas bougé. Ses lèvres étaient pincées et elle semblait plus petite – vaincue.

Ce n'était pas ce qu'il voulait. Elle avait bien mené la discussion. Elle avait été franche et précise. Elle était allée jusqu'à dire qu'il voulait de Josh, ce qui n'était certainement pas vrai.

Ce ne pouvait pas être facile pour elle. Il eut envie de la rassurer, de lui dire qu'ils s'en sortiraient... Alors il se souvint que rien de tout cela n'aurait été nécessaire si elle avait simplement dit la vérité.

— Je le ramènerai à 20 heures, promit-il avant de fermer la porte.

5

Les jambes de Tilda la trahirent et des sanglots jaillirent de sa poitrine. Josh l'avait repoussée. Et la douleur qu'elle avait lue dans son regard quand il l'avait accusée de lui avoir menti l'avait brisée.

Quand Blaine avait proposé d'emmener Josh dîner dehors, elle avait eu envie d'attraper son fils et de s'enfuir en courant. Le bon sens – et peut-être un restant de décence – avait prévalu. Elle avait réussi à rester digne jusqu'à leur départ.

À présent, elle avait l'impression qu'elle ne reprendrait plus jamais son souffle.

Tout allait lui échapper. Ils venaient de tirer un fil et tous les liens que Dorian et elle avaient patiemment tissés allaient s'effilocher. Risquait-elle de perdre son fils ?

C'était ce qui l'avait terrifiée dans les heures qui avaient suivi la visite de Russ Colton, treize ans plus tôt. Il l'avait menacée. Il lui avait dit qu'elle n'était pas assez bien pour son fils. Il avait aussi menacé sa famille et il avait assez de pouvoir pour mettre ses menaces à exécution. Heureusement, il ne savait pas qu'elle était enceinte. Ce jour-là, elle avait décidé que les Colton ne sauraient jamais que son enfant était l'un des leurs. Ils avaient leurs propres règles qu'elle ne comprenait pas.

Elle était aussi terrifiée qu'à l'époque.

Elle n'avait fait que retarder l'inévitable.

Et elle avait volé des années de la relation de Blaine avec son fils.

Surtout, elle avait blessé Josh, qui était la prunelle de ses yeux. Il avait perdu son père depuis plusieurs années et il venait d'apprendre que Dorian avait seulement enfilé un costume.

Elle se frotta les yeux. Il ne fallait pas que Josh la voie dans cet état. Il ne devait pas savoir à quel point elle souffrait. Ces prochaines semaines seraient assez difficiles comme ça. Il ferait la connaissance de Blaine et apprendrait ce que cela signifiait d'être un Colton dans cette communauté. Les gens parleraient et tout le monde aurait une opinion.

Elle trouva la force de se relever. Elle alla dans la salle de bains et se rinça le visage pendant cinq bonnes minutes. Elle devait le dire à ses parents. Il ne fallait pas qu'ils l'apprennent de la bouche de quelqu'un d'autre. Ensuite, elle le dirait à Raeann. C'était sa meilleure amie depuis plusieurs années.

Elle prit son téléphone. Sa mère décrocha à la troisième sonnerie.

— Bonjour, chérie. Comment ça va ?

— Ça va, mentit Tilda en se demandant combien de fois elle prononcerait ces mots sans les penser dans les semaines à venir. Êtes-vous occupés, papa et toi ?

— Non. On regarde la télévision.

— Je peux passer ?

— Bien sûr. Avec Josh ?

Le cœur de Tilda se serra. Josh ne voudrait peut-être plus jamais monter dans une voiture avec elle.

— Non, juste moi, répondit-elle. Je serai là dans dix minutes.

Quand sa mère ouvrit la porte et fronça les sourcils, Tilda comprit qu'elle n'avait pas parfaitement réussi à effacer les traces de sa crise de larmes.

— Que se passe-t-il ? demanda sa mère.

Tilda ne répondit pas. Elle alla s'asseoir sur le canapé, ramassa la télécommande et éteignit la télévision.

— J'ai quelque chose à vous dire, annonça-t-elle à ses parents.

— Tu nous fais peur, chérie, répondit sa mère.

— Ce n'est pas mon intention.

Ses parents avaient été formidables. Bien sûr, il leur avait fallu encaisser le coup quand elle leur avait annoncé qu'elle était enceinte. Et ils avaient été contrariés qu'elle refuse obstinément de dire qui était le père. Mais ils l'avaient soutenue, aussi bien quand elle voulait faire adopter son enfant que lorsqu'elle y avait renoncé.

Elle les avait déstabilisés une deuxième fois en épousant Dorian peu après la naissance de Josh. Elle ne leur avait jamais dit que Dorian était le père de son enfant, mais elle n'avait pas non plus dit le contraire.

Ils avaient été le rocher auquel elle s'était agrippée pendant toutes ces années.

Et elle s'apprêtait à leur donner un nouveau coup.

— Il y a treize ans, quand je suis tombée enceinte, je vous ai caché que Blaine Colton était le père de mon enfant.

Voilà. C'était dit.

— Blaine Colton, répéta sa mère d'un air songeur.

Elle essayait sans doute de se souvenir du jeune homme qui tournait autour de sa fille quand elle était en terminale.

Son père ne dit rien. Il connaissait le pouvoir des Colton à Roaring Springs. Il devait déjà songer aux problèmes que cette nouvelle risquait de générer.

— Blaine vient de quitter l'armée et de rentrer à Roaring Springs, dit Tilda. On a révélé la vérité à Josh ce soir.

Ses parents n'avaient pas besoin de savoir comment ils en étaient arrivés à avoir cette conversation.

— Comment l'a-t-il pris ? demanda sa mère.

— Il était surpris, bien sûr. Mais il est en train de dîner au restaurant avec Blaine pour qu'ils fassent connaissance.

— Tu savais que c'était l'enfant de Blaine Colton ? demanda son père.

— Oui.

— Et tu ne l'as pas dit à Blaine ?

— Non.

— Alors tu devais avoir une très bonne raison, conclut son père après quelques instants de réflexion.

Les yeux de Tilda s'emplirent de larmes. Ses parents étaient dans son camp. Elle renifla.

— Oui. Je le croyais, du moins.

Elle ne voulait pas donner de détails. Russ et Mara Colton étaient les autres grands-parents de Josh. Si ses parents découvraient l'entière vérité, ils en voudraient sans doute terriblement à Russ Colton. Elle ne voulait pas que Josh se retrouve obligé de choisir entre les grands-parents qu'il avait toujours connus et les puissants Colton.

— Que peut-on faire pour toi ? demanda sa mère d'une voix douce.

— Rien. Je voulais juste vous le dire moi-même, pour que vous soyez prêts. Les gens parleront.

— Je suppose, répondit sa mère. Les gens du coin adorent les potins. Mais n'oublie pas que tu es une mère formidable, chérie. Tu as très bien élevé ton fils. Personne ne peut dire le contraire.

Cela suffirait-il ? Pour Blaine ? Pour Josh ?

— Merci, murmura-t-elle.

Alors elle se leva, serra ses parents dans ses bras et les quitta. Elle voulait être là quand son fils rentrerait.

Blaine emmena Josh dans une pizzeria qui diffusait des matchs. Il espérait que l'atmosphère décontractée faciliterait les choses. Il y avait un match de base-ball en cours. Ils choisirent une table en face d'un écran.

— Ta mère m'a dit que tu jouais au base-ball. Ça te plaît ? demanda Blaine.

— Oui.

— À quel poste ?

Josh le fixa un long moment avant de répondre :

— C'est vraiment bizarre.

— Oui, Josh, répondit Blaine. C'est vraiment bizarre. Mais ce sera plus facile quand on se connaîtra mieux.

— Maman m'a dit que tu étais dans l'armée. As-tu tué des gens ?

Oui, il avait tué des gens. Les bérets verts se voyaient confier les missions les plus dangereuses et il avait très bien fait son travail.

Sauf que les choses ne se seraient pas passées ainsi s'il avait su la vérité. Ironiquement, le mensonge de Tilda lui avait permis de faire une carrière dans laquelle il avait excellé.

— J'ai fait ce qui était nécessaire, répondit-il. Mais je serais revenu bien plus tôt si j'avais su que tu existais. J'aurais voulu faire partie de ta vie.

— Je suppose que je dois me réjouir que mon vrai père ne soit pas mort.

— Je suis... content que tu aies aimé Dorian, répondit Blaine. Je suis content qu'il ait été un bon père pour toi. Je ne veux pas que tu te sentes mal à l'aise parce que tu as de l'affection pour lui.

Josh déglutit et baissa les yeux. Ils ne dirent plus rien jusqu'à l'arrivée de leurs pizzas. Josh se jeta sur la sienne. C'était son premier repas avec son fils, songea Blaine en prenant une tranche. Il avait l'impression qu'il aurait dû immortaliser cet instant, peut-être se lever et faire un discours. Il regarda les occupants des tables voisines, qui ne leur accordaient aucune attention.

Mais la rumeur se répandrait comme une traînée de poudre. Il ne lui faudrait sans doute pas longtemps pour atteindre ses parents.

Il se promit d'aller voir Russ et Mara après avoir déposé Josh. Il avait réussi à éviter ses parents depuis qu'il s'était installé dans un logement pour employé. Mais il était temps qu'il parle à son père. Il était temps qu'il le remercie pour son intervention dans son dossier. Quand ce serait fait, il annoncerait à ses parents qu'ils avaient un petit-fils.

Ils bavardèrent en mangeant et parlèrent surtout du match. Blaine finit par se dire que ce n'était pas plus mal pour une première fois. Il paya l'addition et ramena Josh chez lui. Il se gara devant la maison de Tilda à 19 h 57.

— Tu entres ? demanda Josh.

— Non, répondit Blaine.

Il avait pensé à l'air abattu de Tilda plusieurs fois pendant le dîner. Chaque fois, son cœur s'était serré. Il ne devait pas oublier que tout le monde souffrait de cette situation.

— Dis à ta mère que je l'appellerai demain, ajouta-t-il.

Ils devaient trouver un accord sur le temps qu'il passerait avec Josh.

— D'accord, répondit Josh en ouvrant sa portière. Merci pour le dîner.

— Il n'y a pas de quoi.

Au lieu de sortir de la voiture, Josh fronça les sourcils.

— As-tu une question à me poser ? demanda Blaine.

— Ce n'est pas vraiment une question. C'est juste que je ne sais pas comment t'appeler. Ça me ferait bizarre de dire *papa*.

Blaine s'interdit de lui montrer à quel point ces mots le blessaient et hocha la tête. Son fils n'aurait pas dû trouver bizarre de l'appeler papa. C'était la faute de Tilda.

— Je comprends, c'est trop nouveau, répondit-il. Si tu m'appelais simplement Blaine, pour le moment ?

Josh acquiesça, l'air soulagé.

— Ça me va.

Blaine lui sourit.

— Ça deviendra plus facile, je te le promets, lui dit-il.

— Tant mieux. Il faut que j'y aille.

Josh sortit de la voiture et courut presque jusqu'à la maison.

Blaine attendit qu'il ait fermé la porte pour démarrer,

puis il pensa à Tilda. Interrogerait-elle Josh sur leur soirée ? Essaierait-elle de le dresser contre lui ?

Il ne le pensait pas. Tilda n'était pas ce genre de femme.

Alors il se gifla mentalement. Si on le lui avait demandé à l'époque, il aurait répondu avec assurance que la jeune femme qu'il adorait n'était pas capable de lui cacher qu'il avait un fils. Il se serait bien trompé.

Il se rendit au manoir des Colton, sonna et attendit. Ce fut son père qui lui ouvrit.

— Blaine ?

— Bonsoir, papa. Je peux entrer ?

Son père s'écarta pour le laisser passer.

— On ne t'attendait pas, dit-il.

— Je sais, répondit Blaine. Je ne resterai que quelques minutes. Maman est là ?

— Elle doit être en train de lire à l'étage. Je vais la chercher.

— Je suis là, dit sa mère en apparaissant en haut de l'escalier.

Elle trouvait le moyen d'être élégante même en robe de chambre.

Elle les entraîna dans un salon. Blaine ne savait pas si cette pièce avait un usage particulier, mais le mobilier semblait flambant neuf. Il s'assit sur un canapé en cuir beige. Sa mère prit place dans le fauteuil qui se trouvait sur sa droite, son père dans celui de gauche.

Il se tourna d'abord vers Russ.

— Je voulais te remercier d'être intervenu pour que mon dossier soit modifié. Ça me facilite beaucoup les choses.

C'était sincère et précis. Il avait apprécié que Tilda s'y prenne de cette manière pour parler à leur fils. Son père l'apprécierait peut-être aussi. Et qu'y avait-il d'autre à dire, de toute manière ?

— Les Colton ne se font pas renvoyer de l'armée, répondit Russ.

Évidemment pas. Blaine savait depuis le début que son père était intervenu pour protéger leur nom, pas pour lui rendre service. Autrefois, cela l'aurait rendu furieux. Mais ces années dans l'armée l'avaient aidé à prendre du recul. Et son père lui avait bien rendu service, même si ce n'était pas son but premier.

— Je dois aussi vous parler de quelque chose que je viens de découvrir, dit-il après s'être éclairci la voix. Je ne sais pas si vous vous souvenez de Tilda Deeds... On est sortis ensemble en terminale.

Ses parents se regardèrent bizarrement. Cela ne dura qu'un instant, mais Blaine fut certain qu'ils lui cachaient quelque chose.

— Qu'y a-t-il ? demanda-t-il.

Ils ne répondirent ni l'un ni l'autre. Peu importait. Il ne comprendrait décidément jamais ses parents.

— Quoi qu'il en soit, Tilda a un fils de treize ans, Joshua. Elle l'appelle Josh. C'est... mon fils.

— Quoi ? aboya son père.

— Josh est mon fils, répéta-t-il. Je ne l'ai découvert qu'hier. Tilda et moi venons de le dire à Josh.

— Comment peux-tu être sûr que Tilda dit la vérité ? demanda sa mère. Il y a des femmes qui trouveraient bien pratique d'être la mère d'un Colton. As-tu exigé un test de paternité ?

Il n'en avait pas besoin. Il lui suffisait de regarder Josh pour être sûr que c'était vrai.

— Je pense que Tilda aurait préféré que je ne le devine pas, répondit-il. Elle ne me l'a pas dit pour me piéger ni pour assurer la sécurité financière de son fils.

— Tu devrais quand même exiger une preuve, dit son père.

— On fera peut-être le test, concéda Blaine. Mais faites-moi confiance en attendant. Je vous demande d'accepter l'idée que Josh Stoll est votre petit-fils.

Ces mots résonnèrent dans la pièce un long moment.

— Je veux le rencontrer, finit par dire Mara.

— Bien sûr, mais chaque chose en son temps, répondit Blaine. Ça a été une grosse surprise pour lui.

Il se tourna vers son père, qui était étonnamment silencieux.

— Papa ?

— Je suppose que je dois t'offrir mes félicitations, répondit Russ. Ce n'est pas tous les jours qu'un homme découvre qu'il a un fils.

— Ou un petit-fils, répondit Blaine.

— C'est vrai, dit Russ d'un air pensif.

Blaine se leva.

— Je voulais que vous l'appreniez de moi, dit-il. Je suis sûr que ce sera vite de notoriété publique.

Sa mère pinça les lèvres. Les rumeurs sur la famille la mettaient toujours mal à l'aise – sauf si elles étaient bonnes pour les affaires.

— Bonne nuit, conclut-il.

Il regagna sa voiture, épuisé.

6

Tilda dormit à poings fermés et n'entendit pas le réveil. Elle essayait de se brosser les cheveux tout en mangeant un toast quand son portable sonna. Elle ne reconnut pas le numéro. Elle hésita à décrocher, mais elle finit par le faire parce que cela pouvait être un parent d'élève.

— Bonjour.

— Tilda ?

— Oui.

— Mara Colton à l'appareil.

Tilda posa son toast et sa brosse pour s'appuyer sur le bord du lavabo.

— Oui ?

— J'aimerais rencontrer mon petit-fils.

Il n'avait vraiment pas fallu longtemps pour que la nouvelle se répande, songea Tilda.

— Je..., balbutia-t-elle. Je suis désolée. Je ne m'attendais pas à votre appel.

— Samedi, dit Mara. J'aimerais qu'il vienne déjeuner à la maison.

Tilda mourut d'envie de refuser, mais elle savait qu'elle ne pouvait pas se le permettre.

— Pas seul, répondit-elle. Si je l'accompagne.

— Avec plaisir, répondit Mara. Je vous attendrai à 13 heures.

La mère de Blaine raccrocha. Tilda ramassa son toast pour le jeter dans la corbeille. Elle ne pourrait plus rien avaler.

Elle décida de ne pas le dire tout de suite à Josh. Elle trouverait un meilleur moment.

Elle sortit de la salle de bains.

— Es-tu prêt ? demanda-t-elle.

Quand il faisait froid, elle déposait Josh devant son collège avant d'aller au lycée.

— J'y vais à pied, répondit Josh.

Il l'évitait. Mais le temps s'adoucissait et elle n'avait aucune raison de refuser.

La veille, il lui avait dit qu'il avait des devoirs à faire et il s'était enfermé dans sa chambre dès son retour. Quand elle avait frappé à sa porte avant d'aller se coucher, il n'avait pas répondu. Comme toujours dans ces cas-là, elle avait jeté un coup d'œil dans la chambre. La lumière était éteinte et il dormait – ou faisait semblant de dormir.

— D'accord, mais ne viens pas me reprocher de ne pas te l'avoir proposé, répondit-elle d'un ton léger.

Josh ramassa son sac et sortit sans dire un mot.

Ce n'était pas la première fois qu'il lui en voulait. On ne pouvait pas élever un fils pendant treize ans sans connaître quelques cris et quelques portes claquées. Mais ce n'étaient que des colères d'adolescent, une soif d'indépendance qui s'éveillait. C'était différent depuis la veille.

Et cela la terrifiait.

Avaient-ils définitivement perdu leur relation d'amour et de confiance ? Cette idée donna la nausée à Tilda, au point qu'elle songea à se faire porter pâle. Mais elle n'osa pas. Elle savait qu'il était difficile de trouver des remplaçants et elle ne voulait pas mettre le proviseur dans une situation délicate. Elle n'était pas irresponsable, même si Blaine devait penser le contraire. À vrai dire, elle ne savait pas ce qu'il pensait. Il ne s'était pas beaucoup exprimé.

Il était plus facile à déchiffrer à dix-huit ans. Elle lui plaisait et il lui plaisait tout autant.

Elle avait l'impression que cela remontait à une éternité.

Triste, peut-être plus triste qu'elle ne l'avait jamais été, elle se rendit au lycée comme un automate. Mais elle avait le sourire aux lèvres quand elle entra dans le bâtiment. Ses élèves méritaient qu'elle fasse un effort et personne n'avait besoin de savoir que son cœur se brisait.

À midi, elle avait l'impression d'avoir couru un marathon. Elle resta dans sa classe et mangea péniblement la salade au thon qu'elle s'était préparée. Elle en était à la moitié quand Raeann apparut dans l'embrasure de la porte.

— Ça m'a inquiétée de ne pas te voir en salle des profs, dit-elle. Ça va ?

Tilda secoua la tête.

— Entre, répondit-elle. J'ai quelque chose à te dire.

Raeann ferma la porte derrière elle.

— Quoi ?

— Tu sais que j'ai été mariée et que mon mari est mort.

Dorian était mort avant qu'elle ne rencontre Raeann, mais elles avaient souvent parlé de lui.

— Oui.

— Je t'ai laissée croire que Dorian était le père de Josh.

— Peut-être… Je veux dire que je n'y ai jamais vraiment réfléchi. Je le présumais, c'est tout.

— Eh bien ce n'est pas lui. Et le père biologique de Josh vient de revenir à Roaring Springs après avoir passé toutes ces années dans l'armée. Il est au courant, maintenant, et Josh aussi.

Raeann écarquilla les yeux.

— Je comprends mieux pourquoi tu as l'air d'avoir été renversée par un camion, murmura-t-elle.

— Il est encore en train de m'écraser, répondit Tilda. Il m'empêche de respirer.

— Oh ! chérie ! s'écria Raeann avant de la prendre dans ses bras. Je suis désolée. Mais tout va s'arranger, j'en suis sûre.

— Pas moi. J'ai peut-être fait quelque chose d'irréparable. Je n'ai pas dit la vérité au père de Josh. Il est parti il y a treize ans en pensant que j'avais fait une fausse couche. Parce que *je* croyais avoir fait une fausse couche. Mais je ne lui ai rien dit quand j'ai découvert que ce n'était pas le cas. Il m'en veut terriblement.

— Tu étais si jeune…, répondit Raeann. Tu n'avais que dix-huit ans, c'est bien ça ? On est bien placées pour savoir qu'on fait des choses d'adulte à dix-huit ans, mais qu'on est loin d'en être un. Te connaissant, je suis sûre que tu avais une bonne raison de faire ce que tu as fait.

Les larmes vinrent aux yeux de Tilda. Tout le monde ne serait pas du même avis que Raeann. Certains la suspecteraient d'avoir eu des intentions malhonnêtes ou d'avoir été volontairement cruelle. Mais elle se réjouissait d'avoir sa meilleure amie dans son camp.

— Merci de me croire, murmura-t-elle. Merci de croire en moi.

— Et qui est le père ? demanda Raeann.

— Blaine Colton.

Raeann n'était pas dans le même lycée qu'eux.

— Colton comme les Colton ?

— Oui. Il fait partie de la fratrie. Wyatt et Decker sont plus âgés que lui. Les jumelles, Skye et Phoebe, sont plus jeunes. Il y a aussi Fox et Sloane, qui sont des cousins, mais qui ont été élevés avec Blaine et ses frères et sœurs après la mort de leurs parents.

— Je suis Skye sur les réseaux sociaux, confessa Raeann. Quelle famille !

C'était une manière de l'exprimer. Il n'était pas nécessaire de grandir à Roaring Springs pour savoir que les Colton étaient puissants. Ils avaient le pouvoir d'anéantir leurs adversaires. Ils avaient le pouvoir… de retirer un enfant à sa mère.

Mon Dieu !

La sonnerie retentit. Elle avait encore trois heures à tenir avant de pouvoir rentrer chez elle et pleurer.

— Que ressens-tu pour Blaine après toutes ces années ? demanda Raeann.

C'était une question compliquée.

— Il a fait une belle carrière dans l'armée.

— Tant mieux pour lui. Que ressens-tu pour lui ? répéta Raeann, qui n'était pas du genre à renoncer à une question.

Tilda déglutit péniblement.

— C'est un homme qui a vu beaucoup de choses. Je me rends bien compte que ça l'a endurci. Mais quand je le regarde dans les yeux, je vois encore le garçon qui m'a séduite, celui qui était capable de me faire rire, et même de me faire regarder des films d'horreur parce qu'il était là pour me protéger. Le garçon que j'ai peut-être aimé.

Voilà. C'était dit.

— Mais je pense qu'il n'est pas dans le même état d'esprit, ajouta-t-elle.

— Ça, tu n'en sais rien. Mais il y a une chose dont je suis sûre : Blaine Colton ne pourra plus t'en vouloir quand il se rendra compte que tu es une personne et une mère formidable.

Sauf que Raeann n'avait pas vu la manière dont Blaine la regardait. Tilda avait perdu son estime.

Blaine examinait des factures dans son bureau quand on frappa à la porte. Il tourna la tête et découvrit Decker dans l'embrasure.

— Penny a dit que tu étais passé à mon bureau. As-tu besoin de quelque chose ? demanda son frère.

Blaine l'invita à s'asseoir dans l'un des fauteuils qui occupaient un coin de la pièce et s'installa en face de lui.

— J'ai quelque chose à te dire.

— D'accord.

— Comme je ne sais pas comment m'y prendre, j'irai droit au but. Je t'ai dit que j'avais revu Tilda Deeds l'autre jour. Et son fils. Eh bien il se trouve que c'est aussi le mien.

Decker le fixa un long moment avant d'esquisser un sourire.

— Félicitations ?

Blaine hocha la tête.

— Merci. J'ai encore du mal à y croire, mais oui, c'est une bonne chose. Je suis père.

— Et tu n'en savais rien.

— Je croyais que Tilda avait fait une fausse couche. C'était avant que je ne m'engage dans l'armée.

— C'est pour ça que tu voulais l'épouser ? demanda Decker. Tu n'as jamais parlé d'un enfant.

— Je sais. On l'avait gardé pour nous.

Spontanément, il n'aurait rien caché à Decker, mais Tilda lui avait dit qu'elle n'était pas prête et il n'avait pas voulu la brusquer. Elle était son avenir. Ils étaient liés par tout ce qui les poussait vers l'avant. C'était ce qu'il croyait, du moins. À présent, il se rendait bien compte qu'il avait porté des œillères.

— C'était une raison importante, reconnut-il. Il n'était pas question que j'abandonne mon enfant.

— Évidemment, répondit Decker. L'as-tu dit à papa et à maman ?

— Hier soir.

— Comment ont-ils réagi ?

— Maman a immédiatement suspecté Tilda d'avoir des arrière-pensées. Mais je peux t'assurer que Tilda aurait préféré garder son secret.

— On dirait qu'elle n'est pas aussi gentille que tout le monde le croit, commenta Decker.

— Peut-être pas, répondit Blaine, reconnaissant que son frère le soutienne. Mais elle a l'air d'avoir fait du bon boulot avec Josh.

Il éprouva le besoin de le préciser parce que c'était vrai. Et elle avait du bon boulot pendant leur discussion.

— Josh le sait ? demanda Decker.

— Oui. On a dîné ensemble hier, rien que lui et moi. Il m'a dit qu'il trouvait bizarre de m'appeler papa. Ce sera Blaine, dans un premier temps.

— Il ne faut sans doute pas brusquer les choses. L'autre jour, tu m'as dit que c'était un bon gamin, mais même les enfants les plus équilibrés peuvent être perturbés par une situation de ce genre.

Cette idée donna la nausée à Blaine. Il se rappela certaines conversations qu'il avait eues avec des camarades mariés et pères de famille. Parfois, il suffisait qu'ils reçoivent une lettre pour être hors du coup pendant plusieurs jours. Il les comprenait mieux, maintenant. S'inquiéter pour son enfant vous consumait entièrement.

— Je peux le dire à Kendall ?

— Bien sûr. Tu le ferais même si je te l'interdisais, non ?

— Oui, reconnut Decker. Il n'y a pas de secrets entre nous.

Blaine l'envia. Ce n'était clairement pas la relation qu'il avait avec Tilda.

— T'a-t-elle fourni une explication ? demanda Decker comme s'il avait lu dans ses pensées. T'a-t-elle dit pourquoi elle t'avait caché que tu avais un fils pendant treize ans ?

Blaine secoua la tête et se leva. Ils avaient tous les deux des choses à faire.

— Elle a intérêt à avoir eu une très bonne raison, ajouta Decker.

— Pour être honnête, je ne suis pas sûr qu'aucune raison soit assez bonne pour me satisfaire, grommela Blaine.

Decker se leva à son tour.

— Je comprends, dit-il. Mais tu devras surmonter ça pour le bien de ton fils.

Deux heures plus tard, Blaine essaya de garder le conseil de Decker à l'esprit lorsqu'il appela Tilda pour la troisième fois en dix minutes. Il tomba encore sur le répondeur et regarda sa montre. Elle avait fini sa journée. Pourquoi ne répondait-elle pas ? L'évitait-elle ?

À bout de patience, il éteignit son ordinateur et fonça vers le parking. Il se gara devant le lycée un quart d'heure plus tard. Une aile avait été ajoutée depuis l'époque où il y avait été inscrit, mais le reste était exactement comme dans son souvenir.

Il était un bon élève et un bon athlète qui avait assez d'argent pour faire ce qu'il voulait. Il sortait avec la plus jolie fille du lycée. Mais il était impatient d'avoir son diplôme parce que c'était sa porte de sortie. Il était impatient de quitter Roaring Springs, où tout le monde avait un avis sur les Colton. Et son père, qui ne parlait que de son avenir dans l'entreprise familiale. Et tous ceux qui ne comprenaient pas qu'il voulait servir son pays.

Il avait l'enthousiasme de la jeunesse et croyait le monde plein d'opportunités. Un test de grossesse avait fait voler ses rêves en éclats.

Quand le problème s'était volatilisé, il avait fui Roaring Springs sans imaginer qu'il remettrait un jour les pieds dans ce lycée. Il avait manqué d'imagination. Et ce n'était sans doute pas la dernière fois qu'il y retournerait, puisque Josh y serait deux ans plus tard. Alors Blaine se rendrait aux rencontres entre parents et professeurs, aux rencontres sportives, aux pièces de fin d'année... La totale.

Il ferait mieux que son père. Il en était certain. Il ne ferait jamais passer ses problèmes professionnels avant Josh. Il ferait sentir à son fils combien il l'aimait.

Il essaya d'ouvrir la porte et la trouva verrouillée. Cette mesure de sécurité le rassura. Il y avait tant de faits divers tragiques dans des établissements scolaires... Il sonna et leva les yeux vers la caméra.

— Puis-je vous aider ? demanda une voix à l'Interphone.

— Je suis Blaine Colton. Je viens voir Tilda Deeds.

— Avez-vous rendez-vous ?

— Oui, mentit-il.

La porte s'ouvrit. Blaine ne savait pas quelle était la salle de Tilda, mais il se souvenait du couloir où se trouvaient les salles d'anglais. Il prit cette direction.

Alors qu'il approchait de la salle 230, il entendit une voix masculine et une autre plus douce – celle de Tilda. Il pressa le pas. Par la porte entrouverte, il vit un adolescent devant le bureau du professeur. Tilda se tenait de l'autre côté du bureau, les mains posées sur le dossier de la chaise et l'air sévère.

— J'espérais que tu me rendrais ton devoir aujourd'hui, Toby, dit-elle. Je te le répète : tu finiras par redoubler si tu ne fais pas tes devoirs.

— Je m'en moque, répondit l'adolescent.

Malgré la désinvolture de son ton, Blaine se demanda si c'était tout à fait vrai.

— Tu ne devrais pas, répliqua Tilda. Je sais que tu en es capable. C'est pour ça que je ne comprends pas. Je te laisse jusqu'à demain pour me rendre ton devoir. Et je veux que tu donnes ce mot à tes parents. Rapporte-le-moi signé.

— Mes parents ne sont pas là, dit Toby.

— Reviendront-ils ce week-end ?

— Je crois.

— Alors rapporte ce mot lundi. Tu peux t'en aller.

Comme Toby ne bougeait pas, Blaine entra dans la salle.

— Bonjour, mademoiselle Deeds, dit-il. Il me semble que nous avions rendez-vous.

Il sourit à Tilda tout en surveillant l'adolescent.

Toby fusillait Tilda du regard. Il était plus grand qu'elle et assez musclé pour faire des dégâts.

Blaine s'approcha du bureau.

Toby fixa encore Tilda de longues secondes avant de prendre le papier qu'elle lui tendait pour le fourrer dans son sac à dos. Il sortit sans rien dire. Après son départ, Tilda se laissa tomber sur sa chaise, la tête basse.

Elle semblait épuisée. Et fragile. Ses cheveux cachaient la moitié de son visage, ce qui rappela à Blaine le moment où il avait retiré les épingles de sa coiffure, le soir du bal de la promo.

Cette nuit-là aussi, elle lui semblait fragile... Jusqu'à l'instant où elle l'avait pris en elle. Alors il l'avait vue comme une guerrière.

— Ça va ? s'inquiéta-t-il.

— J'en ai juste assez de livrer la même bataille, répondit-elle.

— Quel est son problème ?

— C'est un garçon intelligent qui ne fait plus aucun effort depuis deux mois. Il ne rend plus ses devoirs et il a de mauvais résultats aux interrogations.

— Seulement avec toi ou dans toutes les matières ?

— Dans la plupart des matières. J'ai peur que mes collègues n'aient baissé les bras.

— Mais pas toi. Es-tu sûre qu'il mérite ton aide ?

Il avait du mal à oublier la haine qu'il avait lue dans le regard de Toby.

— Je pense.

Elle releva la tête et haussa un sourcil.

— On n'avait pas rendez-vous, dit-elle.

— Non. Tu devrais dire à la personne qui m'a ouvert qu'elle ferait bien de vérifier si les gens ont réellement un rendez-vous avant de les laisser se promener dans le lycée.

— C'est une remplaçante. La secrétaire est en congé maladie. Elle aurait été plus prudente.

— Je t'ai appelée, dit-il. Tu n'as pas répondu. J'ai cru que tu m'évitais.

Elle leva les yeux au ciel.

— Serait-ce une bonne stratégie à long terme ?

— Non.

— C'est bien mon avis. Ta mère m'a appelée.

Mara n'avait pas perdu de temps.

— Ma mère a toujours été très efficace, répondit-il.

— Elle voulait que Josh aille déjeuner chez elle samedi. Je lui ai dit que je ne voulais pas qu'il y aille seul, alors elle m'a invitée aussi.

Il n'en avait pas fait autant la veille.

— Je dirai à ma mère que je serai là aussi.

— Très bien, répondit-elle comme si elle s'en moquait éperdument. Josh aura besoin de temps pour s'habituer à l'idée qu'il est un Colton. Je ne veux pas que tes parents lui imposent des attentes démesurées.

Blaine était bien placé pour connaître les attentes des Colton. Son père avait toujours voulu qu'il intègre l'entreprise familiale, ce dont il n'avait aucune envie. Il était ironique qu'il se retrouve à travailler au Chalet - mais c'était temporaire.

— Je gère mes parents, ne t'inquiète pas. Nous devons mettre un emploi du temps au point pour que je puisse voir Josh.

— Je parlerai à Josh ce soir, répondit-elle en ramassant son sac.

— Tu le feras ?

— Je viens de te le dire.

Elle semblait de mauvaise humeur… Ils étaient deux. Il était profondément contrarié de devoir demander sa permission pour voir son fils.

— Comment allait-il après le dîner, hier ? demanda-t-il.

— Bien. Il n'a pas dit grand-chose.

— Est-ce normal ?

— Pas vraiment.

Il trouva son ton bizarre. Elle avait l'air… triste.

— C'est un garçon intelligent et drôle. Il réussira à gérer tout ça, dit-il sans savoir qui il essayait de rassurer.

— Je l'espère, soupira Tilda. Il doit passer avant tout le reste, Blaine.

— Je suis d'accord.

Elle le regarda droit dans les yeux.

— Alors je t'en supplie : ne le laisse pas s'enthousiasmer à l'idée qu'il a un père si tu as l'intention de repartir.

Il avait l'intention de repartir. Sa situation n'était que temporaire.

— Même si je...

Il laissa sa phrase en suspens.

Josh pouvait très bien l'accompagner s'il repartait, mais ce n'était pas le moment d'avoir cette discussion – et la dispute qu'elle provoquerait inévitablement.

— Même si quoi ?

— Même si je laisse Josh s'enthousiasmer, je suis sûr que tu sauras le refroidir.

C'était cruel de sa part et il n'en était pas fier, mais elle l'avait mis sur la défensive.

Elle soupira.

— Il faut que je ferme ma salle, dit-elle. Va-t'en, s'il te plaît.

Il devait lui présenter des excuses.

— Je...

— Au revoir, Blaine, le coupa-t-elle.

Il s'en alla sans rien dire.

Quand Tilda rentra, Josh et son ami Isaac étaient sur le canapé avec deux paquets de chips et un paquet de cookies.

— Bonjour ! leur lança-t-elle. Ça va ?

Josh ne répondit pas.

— La routine, madame Deeds, répondit Isaac. L'école est à mourir d'ennui et Josh a un nouveau père.

Tilda se réjouit que Josh se soit confié à son meilleur ami. Il avait besoin de parler à quelqu'un puisqu'il ne lui parlait plus à elle.

— Grande nouvelle, non ? répondit-elle avec le sourire.

— Ça, c'est sûr ! dit Isaac. Vous êtes riches, maintenant.

— Alors pourquoi n'y a-t-il que quarante dollars dans mon portefeuille ? répliqua-t-elle.

Si elle se laissait marcher sur les pieds par le meilleur ami de son fils, elle ferait bien d'abandonner l'enseignement.

— J'ai dit à Josh qu'il devrait demander des cours gratuits au Chalet. Pour nous deux.

— Sûrement pas, répondit-elle avant de se tourner vers son fils. Comment était ta journée ?

— Bonne, répondit-il sans quitter la télévision des yeux. Allons dans ma chambre, Isaac.

— D'accord. Je prends les chips, tu prends les cookies.

Tilda aurait sans doute dû leur dire de ne pas se couper l'appétit avant le dîner, mais elle n'en trouva pas la force. Elle attendit d'entendre la porte de la chambre de Josh se fermer, puis se laissa tomber sur le canapé. Elle se tourna sur le côté et posa sa joue sur le coussin que Josh avait dans le dos quelques instants plus tôt.

Il était encore chaud.

Quand Josh était bébé, combien de nuits avait-elle tenu son petit corps chaud dans ses bras ? À cette époque, il lui était terriblement difficile de le faire passer pour le fils de Dorian. Elle s'y était faite peu à peu parce que Dorian connaissait la vérité et qu'elle ne le dérangeait pas. Dans le fond, le plus important était que Josh avait un père qui voulait de lui. Un père qui avait entendu ses premiers mots et vu ses premiers pas. Un père qui voulait élever une famille à Roaring Springs.

Un père dont la famille ne la terrifiait pas.

Le déjeuner de samedi chez Mara Colton planait comme une ombre maléfique sur la semaine. Elle pouvait sans doute changer d'avis et laisser Blaine accompagner Josh. Éviter la confrontation.

Mais elle ne pouvait pas laisser son fils rencontrer ses nouveaux grands-parents sans être là pour veiller au grain. Josh aurait sans doute préféré qu'elle ne vienne pas. Il semblait ne plus supporter de respirer le même air qu'elle. Mais Josh ne comprenait pas ces gens aussi bien qu'elle. Et s'ils croyaient pouvoir l'écarter de leur chemin, ils se trompaient lourdement.

7

Le vendredi, Blaine déjeunait dans son bureau quand on frappa à la porte. C'était sa cousine Sloane.

Il se leva pour la serrer dans ses bras.

— C'est bon de te revoir ! lui dit-il. Je suis désolé d'avoir raté ton mariage.

— C'était une cérémonie sans prétention, répondit-elle avec le sourire. Rien que la mairie.

— Ça fait beaucoup de changements. Un nouveau travail, un mari...

— Et n'oublie pas que j'élève une enfant de deux ans. À ce propos, il paraît que Chloe n'est pas la seule Colton de la nouvelle génération.

— Laisse-moi réfléchir, répondit-il en fronçant les sourcils. Wyatt et Bailey attendent un enfant...

Elle lui donna un petit coup de poing dans l'épaule.

— Ne fais pas l'idiot.

Il l'invita à s'asseoir.

— Oui, j'ai un fils, dit-il. Joshua - mais tout le monde l'appelle Josh.

— Et tu n'en savais rien ?

La question le vexa.

— Crois-tu que je serais parti treize ans si je l'avais su ?

— Bien sûr que non, répondit Sloane. Je me suis mal

exprimée. C'est juste que Tilda et toi n'êtes pas sortis ensemble très longtemps.

— Il suffit d'une fois. Le soir du bal de la promo.

Elle haussa un sourcil.

— Il n'est pas question que Chloe prenne des cours de danse, déclara-t-elle.

— Tilda s'en est aperçue juste avant la remise de diplômes. J'admets que la nouvelle m'a assommé. Mais elle m'a dit ensuite qu'elle avait perdu le bébé. Elle m'a expliqué qu'elle croyait avoir fait une fausse couche et n'avait compris qu'elle était encore enceinte que plusieurs semaines plus tard.

— Alors que tu étais déjà parti.

— Oui.

— Comment ça va entre vous ? demanda Sloane.

— Ça...

Il s'interrompit avant de dire que tout allait bien. Il pouvait être honnête avec Sloane.

— C'est très dur, reconnut-il. Je lui en veux.

— Je comprends, mais tu étais parti et tu as dit à tout le monde que tu ne voulais pas revenir à Roaring Springs. Elle le savait forcément. N'est-il pas possible qu'elle t'ait caché sa grossesse pour que tu ne te sentes pas obligé de revenir ?

— Elle m'a dit qu'elle avait l'intention de faire adopter son bébé, mais qu'elle n'a pas pu s'y résoudre quand il est né.

Sloane esquissa un sourire attendri.

— La première fois que j'ai tenu Chloe dans mes bras, j'étais si heureuse que j'ai cru que mon cœur allait exploser. Je n'aurais jamais pu m'en séparer. Je comprends que Tilda ait changé d'avis.

— Elle aurait pu me le dire à ce moment-là.

— Je pense qu'elle a fait ce qui lui semblait le mieux pour son fils. J'ai fait la même chose quand j'ai divorcé du père de Chloe. Ça a été difficile, mais je l'ai fait pour Chloe et je ne l'ai jamais regretté.

Ses propos étaient sensés et pas si éloignés de ce que Tilda lui avait dit. Mais il avait quand même perdu treize ans.

— Je ne suis pas sûr d'être capable de le lui pardonner, avoua-t-il.

Sloane se leva.

— Mon divorce m'a fait oublier que le bonheur était un choix jusqu'au jour où j'ai rencontré Liam, dit-elle. Ne fais pas un mauvais choix par colère. Tu vaux mieux que ça.

Blaine fixa la porte un long moment après son départ. Cela semblait si facile, à entendre Sloane... Mais il savait que la situation dans laquelle Tilda, Josh et lui se trouvaient était horriblement compliquée.

D'un autre côté, il n'était pas connu pour se défiler face aux difficultés. Il avait été un béret vert.

Et l'une des difficultés serait le déjeuner du lendemain au manoir des Colton. Tilda semblait se moquer éperdument du fait qu'il y participe ou non. Mais ce n'était pas pour elle qu'il irait. C'était pour Josh.

Tilda essaya de se concentrer sur ses cours, mais elle se demanda toute la journée si Blaine referait une apparition le soir. Était-ce de la crainte ou du désir ? Difficile à dire.

Toby ne rendit pas de devoir et ne lui fournit aucune explication. Raeann entra dans sa classe alors qu'elle rangeait ses affaires.

— Youpi ! C'est le week-end ! lança son amie en s'asseyant sur son bureau. Tu as des projets ?

— Je déjeune au manoir des Colton avec Mara Colton, Josh et Blaine, répondit Tilda.

— Mon Dieu ! Je veux tout savoir sur cette maison. Elle est magnifique de l'extérieur. Peux-tu prendre des photos ?

— On verra. Si j'en prends, elles seront floues parce que mes mains trembleront.

— Ne sois pas nerveuse, chérie. Ma mère me disait toujours

que les riches mettent leurs pantalons de la même manière que nous : une jambe à la fois.

— J'essaierai de m'en souvenir.

— J'ai vu Mara Colton de loin en deux ou trois occasions. Elle est toujours parfaite. Ses coiffures sont parfaites. Ses vêtements sont parfaits. Elle sent bon – c'est ce qu'on m'a dit, du moins.

— Ça ne m'aide pas à me sentir mieux, répondit Tilda.

— Que comptes-tu lui offrir ?

— Euh... J'avoue que je ne me suis pas posé la question.

— Tu dois apporter quelque chose – un présent à la fois cool et classe. Sans doute pas du vin, si c'est un déjeuner.

Elle devait trouver un cadeau, songea Tilda. Un souci de plus. Elle gagnerait bientôt une ride permanente au milieu du front.

— J'y réfléchirai, répondit-elle.

Ou pas. Ce n'était sans doute pas ce qui compterait le plus dans l'opinion que Mara Colton se ferait d'elle.

— Et toi, des projets ?

— On va peindre la buanderie, répondit Raeann.

Cela ressemblait au paradis.

— On échange ? plaisanta Tilda.

— Blaine Colton est-il inclus dans l'échange ? Je l'ai vu dans le couloir hier et je dois dire que c'est un bien bel homme. Si je n'étais pas heureuse en mariage la plupart des jours, j'aurais trouvé une raison de l'aborder. J'aurais pu faire semblant d'être perdue et lui demander mon chemin.

— Et quand il aurait découvert que ta salle est à côté de la mienne ?

— Il aurait déjà été si amoureux que ça n'aurait eu aucune importance. Bien sûr, il aurait sans doute été moins amoureux quand il aurait découvert que j'ai des jumeaux.

Tilda haussa les épaules.

— Je n'en suis pas si sûre. Il est gentil avec Josh.

— Ça ne te contrarie pas, j'espère ? demanda Raeann. C'est une bonne chose.

— Je sais. J'ai déjà eu cette conversation avec moi-même, reconnut Tilda. Le soir où Blaine a emmené Josh dîner dehors. J'étais… jalouse parce que Blaine avait l'air de savoir s'y prendre. J'étais stupide.

Raeann secoua la tête.

— Tu n'es jamais stupide. Tu es responsable et attentionnée. Il faut juste que tu admettes qu'il se produit un grand changement dans ta vie et qu'il te faudra peut-être plus de deux minutes pour t'y faire.

Tilda la serra dans ses bras.

— As-tu vraiment besoin de peindre ta buanderie ? demanda-t-elle. Si je te ramenais à la maison, je t'aurais sous la main la prochaine fois que j'aurai besoin d'encouragements.

— Tu peux toujours m'appeler, répondit Raeann. Je suis capable de parler pendant que je peins. Je suis capable de parler en faisant n'importe quoi.

Deux heures plus tard, Tilda et Josh dînaient chez ses parents. Il y avait des pizzas et de la salade, et personne ne parlait des Colton. Ses parents voulaient peut-être laisser Josh aborder le sujet lui-même s'il en avait envie.

Tilda appréciait l'interlude. Il lui permettait de reléguer leur convocation chez les Colton dans un coin de son esprit et de goûter à la vie telle qu'elle avait été pendant treize ans. Josh et elle s'apprêtaient à rentrer quand elle entendit son téléphone tinter. Elle le sortit de son sac. C'était un texto de Blaine. Un instant, elle s'autorisa à espérer qu'il avait réfléchi à leur conversation de la veille et voulait lui présenter des excuses.

Non. Elle avait été stupidement optimiste. Il confirmait juste qu'il la retrouverait chez ses parents à 13 heures. Le cœur lourd, elle répondit « merci ».

— Tout va bien ? s'inquiéta sa mère.

Elle eut envie de dire la vérité à sa mère. Elle eut envie de lui avouer que le retour de Blaine avait réveillé des sentiments qu'elle croyait enfouis pour toujours. Qu'elle ne savait pas quoi faire du désir qu'il lui inspirait et qu'elle avait peur qu'il ne lui pardonne jamais son mensonge. Mais sa mère n'avait pas besoin de soucis supplémentaires.

— Oui, tout va bien, répondit-elle. Josh et moi allons déjeuner au manoir des Colton demain. Blaine sera là, lui aussi. D'après mon amie Raeann, il faudrait que j'apporte quelque chose.

— Une jolie boîte de chocolats, suggéra sa mère.

— Je ne sais pas… Mara Colton est super mince.

— Super mince… Super riche… Ça ne change rien. Si elle ne les mange pas elle-même, elle pourra toujours les emporter à son travail pour les distribuer.

Tilda lui offrit un sourire.

— Comment fais-tu pour avoir une solution à tous mes problèmes ?

— Je suis ta mère, chérie. C'est mon boulot.

Tilda la serra dans ses bras. Sa mère en profita pour lui chuchoter à l'oreille :

— N'oublie pas que tu ne vaux pas moins que les Colton.

Les mots de sa mère lui trottèrent dans la tête pendant le trajet de retour. Dans la nuit, elle rêva qu'elle se tenait devant le manoir des Colton, le poing levé, et criait : « Je ne vaux pas moins que vous ! »

Elle se réveilla avec une migraine. Elle entendit Josh se déplacer dans sa chambre. Il était sans doute trop nerveux ou trop excité pour faire la grasse matinée comme les autres samedis.

Elle alla dans la cuisine. Josh n'avait pas allumé la cafetière

– une preuve de plus qu'il lui en voulait. Elle mit un filtre et du café dans la machine, et attendit que le breuvage soit prêt.

Finalement, une tasse de café dans une main et un toast dans l'autre, elle alla donner de petits coups de pied dans la porte de Josh.

— Oui ? répondit-il.

— Bonjour ! lança-t-elle à travers la porte.

— Bonjour.

C'était un progrès.

— Tu t'es réveillé tôt.

— Ce n'est pas tous les jours qu'on rencontre des grands-parents dont on ignorait l'existence, répondit-il sur un ton sarcastique.

Leur complicité s'était volatilisée. Tilda se réjouit d'être dans le couloir, où il ne pouvait pas lire sa tristesse sur son visage.

— On part à midi, annonça-t-elle. Ne mets pas un jean.

Les Colton devaient comprendre qu'elle avait bien élevé Josh. Il respectait les autres et il avait de bonnes manières. Elle lui en toucherait deux mots sur le trajet.

Alors qu'elle repartait vers la cuisine, Tilda se rappela les paroles de sa mère et s'arrêta net. Elle n'avait rien à prouver aux Colton. Elle fit demi-tour et posa sa tasse par terre pour pouvoir frapper proprement à la porte de Josh.

— Oui ?

— Est-ce que je peux entrer ? demanda-t-elle.

— Je suppose.

Elle ouvrit la porte. Josh était assis sur son lit, encore en pyjama, son ordinateur devant lui. Il ressemblait beaucoup au gentil garçon qui avait vécu sous son toit pendant toutes ces années.

Parce que c'était lui.

— Tu peux porter ce que tu veux, en fait, se corrigea-t-elle. Et je tiens à te dire que je suis désolée. Je suis désolée de ne pas t'avoir révélé la vérité plus tôt et qu'elle te soit tombée dessus de cette manière. Tu ne le méritais pas. Si je pouvais faire quoi que ce soit pour arranger les choses, je le ferais, crois-moi. Parce que je t'aime. Tu ne peux pas savoir à quel point – pas avant d'avoir un enfant toi-même.

Il la fixa un long moment avant de répondre :

— J'aimerais juste savoir pourquoi.

Elle ne pouvait pas le lui dire. Cela influencerait ce qu'il penserait des Colton – et peut-être même de Blaine.

— C'est compliqué, répondit-elle. Mais j'avais de très bonnes raisons, je t'assure. Et je te promets qu'on surmontera tout ça.

— J'ai dit à Blaine que ça me faisait bizarre de l'appeler papa.

— Comment l'a-t-il pris ?

— Il a dit que ce n'était pas grave, que je pouvais l'appeler Blaine pour le moment.

Elle s'assit au bord du lit.

— Je pense que Blaine a très envie d'avoir une relation avec toi, mais qu'il se rend bien compte que tout doit être très étrange pour toi.

— Et sa mère ? Dois-je l'appeler mamie ?

Tilda avait du mal à imaginer qui que ce soit appeler l'élégante Mara Colton « mamie ».

— Pas si ça te met mal à l'aise, répondit-elle.

Si Mara insistait, Tilda l'entraînerait à l'écart et lui expliquerait qu'elle devait laisser du temps à Josh.

— On va juste déjeuner, ajouta-t-elle. On restera une heure ou deux et on s'en ira.

— J'ai entendu dire que leur maison était si grande qu'on s'y perdait.

Elle esquissa un sourire.

— Personne ne se perdra aujourd'hui, je te le promets. Et vois le bon côté des choses : tu auras une histoire intéressante à raconter à Isaac.

Josh se mordit la lèvre.

— Je suis désolé d'avoir joué les sales gosses, dit-il.

— Tu n'as rien d'un sale gosse. Tu as toujours été et tu seras toujours un champion.

Elle le serra dans ses bras.

— Je vais prendre ma douche, maintenant, annonça-t-elle.

— Mets-tu un jean ? demanda Josh.

— Je ne sais pas. Peut-être bien.

Finalement, ils n'étaient en jean ni l'un ni l'autre. Josh portait le pantalon bleu qu'elle lui avait offert pour Noël et une chemise à carreaux. Elle avait mis une longue jupe noire, un pull blanc et des bottines. Elle s'était aussi maquillée et avait même mis un peu de parfum.

Qui voulait-elle impressionner ? Mara Colton ? Russ, s'il était présent ?

Blaine ?

Quand ils étaient en terminale, il disait qu'elle était la plus jolie fille du lycée. Il disait que ses lèvres étaient faites pour ses baisers et ses seins pour ses caresses. Ce n'était pas très poétique, mais c'était clair. Plus d'une fois avant le soir fatal du bal de la promo, elle avait senti son érection quand il la tenait dans ses bras. Il la désirait, mais il ne l'avait jamais brusquée.

La malchance avait voulu qu'elle tombe enceinte la seule fois où ils avaient fait l'amour. Le soir du bal de la promo.

Elle était un vrai cliché.

Non : *ils* étaient un vrai cliché. Il était aussi responsable qu'elle, après tout. Et il était prêt à assumer ses responsabilités, même si sa grossesse ne le ravissait pas. Son soulagement quand elle lui avait annoncé qu'elle avait fait une fausse couche avait été immense et sincère.

Ils partirent assez tôt pour qu'elle ait le temps d'acheter une grande boîte de chocolats en ville. La vendeuse fit un joli paquet-cadeau. Josh et elle n'échangèrent pas un mot pendant la première moitié du trajet.

— Et si elle a préparé quelque chose de sophistiqué que je déteste ? demanda subitement Josh. Quelque chose qu'on ne peut pas déplacer éternellement dans son assiette...

Elle lui jeta un bref coup d'œil.

— Comme des pieds de cochon sautés dans du beurre à la lavande ?

— Ou des cervelles de mouton au fromage fondu.

C'était un jeu auquel ils jouaient le mercredi soir, quand elle regardait son émission de cuisine préférée. Ce soir-là, au lieu de s'enfermer dans sa chambre, Josh restait avec elle et ils inventaient des recettes aussi compliquées que répugnantes.

— J'espère qu'on aura des intestins de vache avec des escargots et du caviar, dit-elle.

— Des œufs de poisson ? pouffa-t-il. Tu peux trouver mieux.

Elle éclata de rire.

— Ça m'amusera de voir ta tête s'il y a effectivement du caviar.

— Aucun problème. Je peux déplacer ça dans mon assiette toute la journée s'il le faut.

Blaine frappa à la porte du manoir de ses parents. Ce fut sa mère qui lui ouvrit. Elle était aussi élégante que d'habitude – dans un pantalon turquoise et un chemisier blanc.

— Ça fait plaisir de te voir, dit-elle en l'embrassant.

Dès qu'il avait su qu'elle avait invité Josh et Tilda à déjeuner, il avait envoyé un texto à Mara pour la prévenir qu'il serait là. Elle lui avait répondu qu'il était toujours le bienvenu, ce qui était sans doute vrai.

Elle recula pour l'observer.

— On dirait que tu te prépares à une séance chez le dentiste, commenta-t-elle.

Il y avait de bonnes chances pour que ce déjeuner soit plus douloureux qu'une séance chez le dentiste, songea-t-il amèrement.

— Ça me fait plaisir que tu rencontres Josh, lui assura-t-il. C'est un bon garçon.

— J'en suis sûre : j'ai fait des recherches sur Tilda et lui, répondit Mara.

Cela ne ravit pas Blaine, mais cela ne l'étonna pas non plus. Mara Colton détestait les surprises et préparait soigneusement tout ce qu'elle faisait.

— Qu'as-tu découvert ? demanda-t-il.

— Tilda est le prof que tous les élèves veulent avoir. Les parents la respectent. Elle a même reçu une récompense il y a deux ans.

Il ignorait ce détail.

— Quoi d'autre ?

— Son mari est mort d'un cancer de la gorge et elle ne sort presque jamais avec personne.

Presque jamais signifiait que cela se produisait parfois. Cette idée le contraria - sûrement parce que les hommes avec lesquels elle sortait entraient en contact avec Josh.

— Et qu'as-tu appris sur Josh ? demanda-t-il.

— C'est un bon élève et un bon sportif. Il imite très bien les bruits de pets en cours.

Elle esquissa un sourire.

— Je tiens ça de Stella Witman, qui travaille pour moi au Château et dont la fille est dans la même classe que lui.

— Il est bon de savoir qu'il a des talents, ironisa Blaine.

Sa mère avait élevé des garçons. Les imitations de bruits de pets ne lui étaient pas inconnues.

— Effectivement, répondit-elle.

— J'aimerais que ça se passe bien, maman, dit-il.

Il avait pensé à Josh et à Tilda toute la semaine. Tilda semblait si tendue quand il était allé la voir au lycée... C'était peut-être à cause de l'élève auquel elle parlait, mais il était à peu près sûr que c'était aussi à cause de lui.

La veille au soir, il avait eu envie d'appeler Josh, mais il se l'était interdit pour laisser le temps de respirer à son fils.

C'était un enfant heureux et Blaine ne voulait pas que cela change. Mais ils avaient aussi perdu treize ans et Blaine ne voulait pas perdre une minute de plus.

— Moi aussi, répondit Mara. Et je ne vois pas pourquoi ça se passerait mal.

— Est-ce que papa déjeunera avec nous ?

— Pas aujourd'hui, répondit Mara d'une voix parfaitement neutre.

Russ avait peut-être d'autres engagements. Ou bien ses parents ne mangeaient plus ensemble. Ou alors Russ n'avait pas envie de rencontrer son petit-fils.

Cela n'avait aucune importance dans l'immédiat.

— On déjeunera dans la véranda, dit sa mère. Le cadre sera un peu plus relaxant que dans la salle à manger. Qu'en penses-tu ?

— C'est très bien, répondit-il sans avoir la moindre idée de l'endroit où se trouvait la véranda. Je vais les attendre ici, si ça ne t'ennuie pas.

— Comme tu voudras.

Il la regarda s'éloigner, puis se mit à faire les cent pas. Il avait peur que Tilda et Josh ne viennent pas depuis qu'il s'était réveillé. Il avait songé à envoyer un texto à Tilda pour lui demander de confirmer, mais il avait réussi à s'abstenir. Même si Tilda et lui n'avaient aucune chance de retrouver la relation qu'ils avaient perdue, ils devaient apprendre à se faire confiance, au moins en ce qui concernait Josh.

Il soupira de soulagement quand il vit la voiture de Tilda s'engager dans l'allée.

Ils se garèrent devant le manoir et sortirent de la voiture. Tilda était d'une beauté à couper le souffle. Quant à Josh... C'était son fils. Il était forcément parfait.

Il ouvrit la porte et les salua.

— Bonjour ! lança Tilda.

— Je suis content de vous voir, dit Blaine. Bonjour, Josh.

— Bonjour, répondit Josh.

— J'ai l'impression qu'on n'aura plus qu'un cours de snowboard, dit Blaine pour se raccrocher à ce que Josh et lui avaient en commun. L'hiver touche à sa fin.

Le Chalet, qui était ouvert toute l'année, allait bientôt basculer dans sa version estivale. Blaine élaborait de nouveaux parcours d'escalade depuis deux jours.

— J'attends le printemps de pied ferme, répondit Tilda. Et notre mois d'été.

Le Colorado avait plus d'un mois d'été, mais il comprenait ce qu'elle voulait dire. Cette saison paraissait toujours trop courte. Quelques semaines plus tôt, il était certain qu'il repartirait avant l'été. À présent...

Josh et lui pourraient faire du camping, pêcher, mieux faire connaissance...

— Il me semblait bien avoir entendu des voix.

Il tourna la tête vers sa mère qui approchait, le sourire aux lèvres. Elle tendit la main à Tilda.

— C'est un plaisir de vous revoir, Tilda.

— Merci de m'avoir invitée, répondit Tilda en lui serrant la main.

Elle tendit un joli paquet à sa mère.

— Des chocolats de chez Bethel ! s'écria Mara. On les goûtera avec le café.

Alors sa mère se tourna vers son fils.

— Bonjour, Josh, dit-elle sans lui tendre la main.

Blaine s'aperçut à un léger tremblement de la voix de sa mère qu'elle n'était pas aussi sereine qu'elle le paraissait.

— Bonjour, répondit Josh d'une voix à peine audible.

— Je parie que tu as faim, dit Mara. Blaine avait toujours faim quand il avait ton âge. Suivez-moi !

Josh lui emboîta le pas. Tilda et Blaine se retrouvèrent deux mètres derrière.

— Comment va-t-il ? chuchota Blaine.

Le parfum de Tilda l'enveloppa. Il le trouva aussi sexy qu'elle.

— Ça va, répondit-elle. Il est un peu nerveux.

— Ne le sommes-nous pas tous ? répondit-il avec une grimace qui la fit rire.

Mara leur jeta un coup d'œil par-dessus son épaule.

— Tu ne m'aides pas, murmura Tilda.

— Désolé, répondit-il.

Mais il ne l'était pas. Il avait toujours aimé faire rire Tilda – certainement plus que de se disputer avec elle.

Une table carrée avait été dressée dans la véranda. Mara choisit sa place et invita Josh à se mettre à sa droite. Tilda s'assit à sa gauche et Blaine prit la dernière place.

— Jolie table, commenta Tilda.

Elle l'était sans doute, songea Blaine. Il y avait un vase rempli de tulipes au milieu. Les sets de table étaient à carreaux bleus et blancs, et les assiettes jaune pâle. Les couverts brillaient tant qu'il voyait son reflet dans le couteau.

— Merci, répondit sa mère. J'avais envie d'une touche de printemps.

— On en a bien besoin, dit Tilda.

Blaine apprécia qu'elles fassent toutes les deux un effort d'amabilité. Le regard de Josh balaya la pièce et s'arrêta sur un buffet. Blaine comprit aussitôt ce qui avait retenu son attention. Il se leva pour aller chercher l'une des photos qui étaient posées dessus.

— C'est toi ? demanda Josh.

— Oui. Je devais avoir quatorze ou quinze ans. On a gagné le tournoi régional quand j'étais en seconde.

Il avait aussi gagné le titre de Meilleur Espoir, ce qu'il garda pour lui.

— Tu ne me l'as pas dit l'autre soir.

— Ce n'était pas important, répondit Blaine. On parlait de ton équipe.

Il ne voulait pas être l'un de ces pères qui incitaient leurs enfants à suivre leurs traces.

Sa mère le regarda très bizarrement pendant le silence inconfortable qui s'ensuivit.

— J'espère que vous aimez la cuisine thaïlandaise ! lança-t-elle tout à coup avec un grand sourire. J'ai commandé le déjeuner chez AppeThaizer.

Josh jeta un coup d'œil à sa mère et hocha la tête.

— J'adore ce restaurant, dit-il.

— AppeThaizer ? répéta Blaine.

— C'est un restaurant réputé en centre-ville, expliqua Tilda. Tout est fait sur place et délicieux. C'est peut-être le restaurant préféré de Josh.

Sa mère rayonnait de joie.

— Je suis ravie d'avoir deviné juste, dit-elle. Blaine, peux-tu m'aider à servir, s'il te plaît ?

Elle partit en direction de la cuisine.

Alors que Blaine se levait, Josh se pencha vers sa mère et chuchota :

— Pas d'intestins de vache.

— Ni de cervelles de mouton ? Qui l'eût cru ? répondit Tilda avec un petit sourire.

— Qu'est-ce que vous dites ? demanda Blaine.

— C'est juste un truc entre maman et moi, répondit Josh.

Blaine comprit parfaitement ce que cela signifiait : Tilda et lui avaient leur monde à eux et il était un intrus.

Mais il ne se laisserait pas décourager si facilement.

— Ça a l'air amusant et dégoûtant, commenta-t-il. Je reviens.

Quand il entra dans la cuisine, sa mère posait des bols aux parfums alléchants sur deux plateaux.

— Bien joué pour le menu, la complimenta-t-il.

— J'ai été aidée, répondit Mara. Stella a posé la question à sa fille.

Sa mère avait un meilleur réseau d'espions que certains petits pays.

— Merci pour tous ces efforts, dit-il.

Elle plongea son regard dans le sien.

— Je sais que j'aurais pu être une meilleure mère, répondit-elle. Mais j'espère avoir compris en chemin ce qui était vraiment important dans la vie. Je ne referai pas les mêmes erreurs avec mes petits-enfants.

Il faillit lui répondre qu'elle s'en était bien sortie, qu'il n'avait pas à se plaindre, mais elle n'aimait pas les platitudes. Et cela semblait très important pour elle. L'expérience avait enseigné à Blaine que sa mère était une force de la nature à laquelle il ne fallait pas s'opposer quand elle s'était mis quelque chose en tête.

— Que penses-tu de Josh ? ne put-il s'empêcher de demander.

— Il me rappelle beaucoup le garçon que tu étais à son âge.

La ressemblance ne le frappait pas tant que cela, mais il était ravi que d'autres la voient. Était-il fou ?

« Tu ne voulais pas de lui. »

Les mots de Tilda arrêteraient-ils un jour de résonner dans sa tête ?

— Je veux être un bon père, murmura-t-il.

Sa mère savait aussi bien que lui qu'il n'avait pas eu un excellent modèle.

— Tu seras un bon père, Blaine. Tu es doué dans tout ce que tu fais.

Mais c'était plus important que beaucoup de choses.

— J'espère sincèrement que tu as raison, maman.

8

Le déjeuner se passa mieux que Tilda ne s'y attendait – même si elle ne savait pas vraiment à quoi s'attendre. Le monde grandiose des Colton était très différent du sien. Elle enseignait. Elle essayait d'être une bonne mère, une bonne fille et une bonne amie.

Et cela lui suffisait jusqu'ici.

Mais voilà que de nouveaux besoins germaient en elle. Sa libido se réveillait. Elle n'avait pas senti la chaleur d'un autre corps contre le sien depuis longtemps.

Maudit Blaine. Elle ne pensait plus qu'à lui depuis qu'il était revenu.

Mara avait beaucoup parlé à Josh pendant le déjeuner. Elle l'avait interrogé sur l'école et sur ses différentes activités. Quand il lui avait dit qu'il jouait au base-ball, elle avait exigé un calendrier de ses matchs. Tilda avait eu du mal à imaginer Mara sur des gradins dans l'un de ses tailleurs hors de prix, mais l'intérêt de la mère de Blaine semblait sincère.

Celle-ci avait aussi parlé de son travail au Château pour donner une idée de son monde et de ses centres d'intérêt à Josh. Quand ils étaient partis, elle s'était contentée de les remercier d'être venus.

Blaine les avait raccompagnés à leur voiture. Il avait retenu Tilda par le bras quand elle avait glissé sur du verglas. Il ne l'avait touchée qu'un instant, mais c'était ce contact qui l'empêchait de trouver le sommeil. Il avait réveillé le souvenir d'autres attouchements.

Blaine avait rappelé à Josh qu'il donnerait ce qui serait sûrement le dernier cours de snowboard de la saison le lendemain. Josh avait promis de venir. Le reste de la journée avait été calme. Isaac était arrivé dans l'après-midi et il était resté pour dîner. Les garçons avaient mangé des ailes de poulet et des frites dans la chambre de Josh, ce qu'elle permettait rarement. Elle estimait que Josh avait bien mérité de se détendre.

Elle avait fait du ménage et essayé de regarder la télévision, mais elle avait surtout ressassé ses inquiétudes. Où en était-elle avec Blaine ? Il restait indéchiffrable et ne semblait vraiment détendu que lorsqu'il parlait à Josh.

Il ne fallait pas que Josh ait l'impression qu'ils se disputaient son affection. Cela signifiait que Blaine et elle devaient trouver un moyen de s'entendre.

Tilda se réveilla avant Josh le lendemain matin. Josh la rejoignit dans la cuisine alors qu'elle prenait son petit déjeuner. Il portait un pantalon de jogging et un T-shirt qu'elle aurait dû jeter depuis longtemps.

— Bonjour, dit-elle.

— Bonjour, marmonna-t-il.

Il sortit un paquet de céréales du placard, en versa une portion généreuse dans un bol et ajouta du lait presque jusqu'à ras bord. Par miracle, il réussit à poser son bol sur la table sans rien renverser.

— Range le paquet, s'il te plaît, dit-elle.

Il soupira, mais il lui obéit avant d'attaquer ses céréales.

— Doit-on vraiment aller à l'église ? demanda-t-il.

Ils avaient la même discussion tous les dimanches matin.

— Oui. On ira déjeuner chez papi et mamie, et je te déposerai au Chalet à 14 heures pour le cours de Blaine.

— J'ai du mal à vous comprendre, dit Josh.

— Comment ça ? demanda Tilda en posant sa tasse.

— Vous me parlez tous les deux, mais vous parlez à peine entre vous. Vous avez bien dû vous apprécier à un moment, non ?

Elle se sentit rougir. Josh savait que les bébés n'étaient pas livrés par des cigognes. Même s'il n'avait que treize ans et même s'il ne s'intéressait pas encore aux filles – à la connaissance de Tilda, du moins —, elle lui avait déjà parlé plusieurs fois de l'importance de la contraception. Cela n'avait pas été facile, mais cela lui semblait nécessaire.

— Bien sûr qu'on s'appréciait, répondit-elle.

Elle avait même cru être amoureuse. Mais le soulagement de Blaine quand elle avait cru faire une fausse couche avait tout changé.

— Ne t'inquiète pas pour nous. On s'entendra bien, promit-elle en espérant que ce soit vrai.

Josh finit ses céréales en silence.

— M'aurais-tu dit la vérité si Blaine n'était pas revenu ? demanda-t-il quand il posa sa cuillère.

— Je ne sais pas, répondit-elle honnêtement.

Elle n'aurait pas pu dire la vérité à Josh et lui demander de garder le secret. Elle aurait au moins dû le dire aussi à ses parents et à Russ et Mara Colton. Aurait-elle volontairement donné autant de pouvoir à Russ Colton ? Cela aurait été très risqué.

— Dorian n'était pas ton père biologique, mais il a été un très bon père, dit-elle. Il a disparu bien trop tôt.

— Ils sont très différents l'un de l'autre, dit Josh. Blaine et papa.

Dorian Stoll avait un grand cœur. Il lui avait offert une famille. Il l'avait aidée de bien des manières et il l'avait toujours soutenue. Mais il ne lui avait jamais inspiré le désir que Blaine lui inspirait. Il devait le savoir, même s'ils n'en avaient jamais parlé. Il ne le lui avait jamais reproché.

— C'est vrai, mais avec de grandes qualités tous les deux.

J'espère que tu comprendras un jour qu'ils t'ont l'un et l'autre apporté quelque chose. Dans le fond, je me réjouis que Blaine soit revenu. Et j'ai su que je lui dirais la vérité avant qu'il ne me pose la question. Il méritait de la connaître. Vous le méritiez tous les deux.

— J'ai l'impression que tout a changé, lui confia Josh.

Elle aussi.

— Je comprends, mais ce n'est pas forcément une mauvaise chose, répondit-elle.

Une heure plus tard, Josh et elle attendaient que le service commence quand Blaine s'assit à côté d'eux. Il sourit à Josh, puis croisa les bras. Il était grand, solide, et il sentait merveilleusement bon. Tilda eut envie de se blottir contre lui.

— Bonjour, dit-elle.

Sa présence la surprenait, mais elle ne voulait pas le montrer. Il avait le droit d'aller à l'église si cela lui faisait plaisir. Mais elle avait l'impression qu'il était surtout venu pour que les habitants de Roaring Springs le voient. Il faisait passer un message : la rumeur était vraie ; Josh était bien son fils.

— Bonjour, Tilda, répondit-il.

— Tu ne travailles pas ? s'étonna-t-elle. Vous n'avez plus que quelques jours de neige.

— Je peux m'absenter une heure ou deux.

Elle haussa un sourcil.

— Comment savais-tu qu'on serait là ?

— Tu allais à l'église, autrefois.

— Je ne pensais pas que tu t'en souvenais.

— Je me souviens de beaucoup de choses, répondit-il alors que le pasteur entrait.

Comme quoi ? eut-elle envie de lui demander.

Mais elle se tut. Ils attiraient déjà assez l'attention générale. Trois quarts d'heure plus tard, le service s'acheva sans qu'elle ait retenu un mot de ce que le pasteur avait dit.

Quand ils sortirent de l'église, ses parents les attendaient sur le parvis. Tilda appréhendait cette rencontre, mais elle savait qu'elle était inévitable. Elle obliqua vers eux.

— Bonjour, leur dit-elle.

— Bonjour, chérie, répondit son père.

— Vous vous souvenez de Blaine ?

Blaine s'approcha et tendit la main à son père.

— Monsieur Deeds, le salua-t-il respectueusement.

— Vous pouvez m'appeler Howard, vu les circonstances, répondit son père.

— Comme vous voudrez, monsieur.

— Je vous présente ma femme Janell, dit son père.

— Madame, murmura Blaine.

L'armée lui avait enseigné les bonnes manières, c'était certain… Mais personne ne trouva rien à dire une fois les présentations faites.

— Il faut qu'on y aille, dit Tilda à Blaine. On a prévu de déjeuner ensemble.

— Voulez-vous vous joindre à nous ? proposa sa mère.

Traîtresse !

— Blaine donne des cours au Chalet cet après-midi, intervint-elle. Je suis sûre qu'il doit se préparer…

— Tilda a raison, dit Blaine. Dimanche prochain, peut-être ?

— Avec plaisir, répondit sa mère. C'est bon de vous revoir, Blaine.

— Merci, répondit Blaine avant d'ébouriffer les cheveux de Josh. À tout à l'heure, Josh.

Il s'éloigna sans accorder un regard à Tilda.

Ses parents ne firent aucun commentaire, au grand soulagement de Tilda. La présence de Blaine l'avait surprise et elle avait sans doute mal réagi.

— Ce n'était pas très poli, maman, lui dit Josh.

— Allons-y, répondit-elle. Il faut que tu manges quelque chose avant ton cours.

— Comment était le déjeuner ? demanda Blaine.

— Bon, répondit Josh. Du rôti et de la tarte aux pommes pour le dessert.

Cela semblait délicieux. Lui-même avait mangé un hamburger après les avoir quittés. Les parents de Tilda avaient été très polis envers lui.

Howard et Janell Deeds étaient des gens bien, qui avaient toujours soutenu leur fille. Josh avait de la chance de les avoir pour grands-parents.

— Voilà Isaac ! dit Josh avant d'agiter la main.

— Bonjour, père de Josh, dit Isaac.

— Bonjour, ami de Josh, répondit Blaine.

Isaac pouffa.

— Tout tourne autour de Josh, on dirait, plaisanta-t-il.

Sauf que c'était vrai, songea Blaine. Sa perspective avait changé du jour au lendemain, comme si l'on avait appuyé sur un interrupteur. Mais il n'était pas assez stupide pour devenir sentimental devant des adolescents.

— Allons-y ! dit-il. C'est sûrement notre dernier cours.

Ils étaient dans l'un des parcs de snowboard vingt minutes plus tard.

— Le half-pipe ! Le half-pipe ! entonnèrent en chœur ses élèves.

C'était aujourd'hui ou l'année prochaine. Il se réjouissait que son fils ait envie d'ouvrir ses ailes et d'essayer de nouvelles choses, mais un autre sentiment qui ressemblait beaucoup à de l'inquiétude l'envahit.

Il se souvint d'une conversation qu'il avait eue avec sa mère lors d'une de ses rares visites à Roaring Springs. Elle lui avait dit qu'elle s'inquiétait pour lui tous les jours. Il lui avait répondu que ce n'était pas nécessaire, qu'il était aussi prudent qu'il pouvait l'être. Elle avait dit que cela ne changeait rien : elle était une mère, *donc* elle s'inquiétait.

Il comprenait, à présent.

Mais il ne laissa pas son inquiétude l'emporter. Comme

la fois précédente, il exécuta plusieurs figures, puis laissa les garçons essayer à tour de rôle. Josh n'était peut-être pas le plus habile du groupe, mais c'était clairement le plus athlétique. Blaine ne put s'empêcher d'en être fier.

Une heure plus tard, il autorisa le groupe à faire une descente de la piste.

— Ta mère vient te chercher ? demanda-t-il à Josh quand celui-ci arriva en bas.

Josh secoua la tête.

— Non. Elle a un rencard.

— Quoi ? s'écria Blaine. Je ne savais pas que ta mère sortait avec quelqu'un.

— Chuck Pearce, répondit Josh.

— Tu l'as rencontré ?

Son fils haussa les épaules.

— On a mangé des hamburgers chez lui une fois. Il a un grand aquarium.

Blaine eut envie de lui demander s'ils avaient passé la nuit là-bas, mais il réussit à se retenir.

— Que fait-il ? demanda-t-il.

— Il travaille à la banque. Je crois que c'est comme ça que maman et lui se sont rencontrés.

— Tu passes la soirée tout seul, alors ?

— Non. Je vais chez Isaac. Maman viendra me chercher à 8 heures. Il y a école, demain.

Il prononça ces derniers mots en imitant très bien sa mère.

— À plus tard ! ajouta Josh avant de rejoindre Isaac.

Il ne fallut que cinq minutes à Blaine pour trouver Chuck Pearce sur les réseaux sociaux. Il n'y mentionnait ni Tilda ni Josh. Il y avait posté des dizaines de photos d'une randonnée dans les Appalaches. D'après celles-ci, il était grand, mince et dans la trentaine.

Ce type était capable de mettre des bottes et de porter un sac à dos, et alors ? Lui aussi. Il avait traversé la moitié de l'Afghanistan en portant vingt kilos d'équipement et en risquant sa vie à chaque instant.

Il y avait aussi une photo de Chuck avec sa sœur Anniston et leurs parents, le jour où ceux-ci fêtaient leurs quarante ans de mariage. Une gentille petite famille.

Chuck espérait-il l'agrandir ? Voulait-il y ajouter une femme, un fils et peut-être un autre enfant dans un an ou deux ?

Blaine se rendait bien compte que sa réaction était disproportionnée, mais c'était plus fort que lui. Josh était *son* fils. Pas celui de Chuck Pearce.

Il devait savoir si cette relation était sérieuse. Voilà pourquoi, quatre heures plus tard, il attendait dans sa voiture devant la maison de Tilda quand elle rentra avec Josh. Quand elle eut fermé la porte du garage, il lui laissa cinq minutes avant de frapper.

Tilda s'essuyait les mains quand on frappa à la porte. Elle avait pris l'habitude de les laver à chaque fois qu'elle rentrait chez elle. Les lycées étaient des nids de microbes, et elle ne voulait pas tomber malade bêtement.

Comme elle n'attendait personne, elle regarda par l'œil-de-bœuf avant d'ouvrir. C'était Blaine. Que faisait-il là ?

Elle ouvrit la porte.

— Bonsoir, l'accueillit-elle.

Il la regarda de la tête aux pieds comme s'il l'inspectait. Il n'y avait pas grand-chose à voir. Elle portait un jean et un pull. Elle avait eu peur d'avoir froid au cinéma.

— Je peux entrer ? demanda-t-il.

— Bien sûr, répondit-elle en s'écartant.

Josh était dans sa chambre. Il devait avoir ses écouteurs et n'avait sans doute pas entendu frapper.

— Veux-tu parler à Josh ? demanda-t-elle.

Blaine secoua la tête.

— Veux-tu t'asseoir ? proposa-t-elle en commençant à s'inquiéter.

S'était-il passé quelque chose pendant le cours ? Elle avait interrogé Josh le plus délicatement possible et n'en avait rien tiré. Pour lui, c'était une nouvelle journée *super cool*.

Elle avait été un peu jalouse. Elle avait bien failli oublier son rendez-vous – la quatrième fois qu'elle sortait avec Chuck Pearce. La soirée avait été *agréable*, comme les trois précédentes. Le saumon qu'elle avait mangé était bon et le film amusant. Mais quand Chuck l'avait embrassée, elle avait juste pensé que son haleine sentait l'ail.

Elle était certaine qu'elle ne s'en serait même pas aperçue s'il avait été Blaine. Plus tard, quand Josh avait décrit sa journée, elle avait songé qu'il était impossible de confondre *agréable* et *super cool*.

Blaine s'assit sur le canapé.

— Veux-tu du thé ou du café ? demanda-t-elle.

Il secoua la tête.

— Josh m'a dit que tu avais un rencard, ce soir.

— C'est vrai, répondit-elle, désarçonnée.

— Cette relation est-elle sérieuse ?

Quoi ?

Quatre rendez-vous ne faisaient certainement pas une relation sérieuse, mais le fait que Blaine lui demande des comptes l'irrita profondément.

— Pourquoi me demandes-tu ça ? riposta-t-elle. Tu ne t'es pas beaucoup intéressé à ma vie ces treize dernières années.

— J'étais occupé, répondit-il sèchement. Et il me semble que j'ai le droit de m'y intéresser. Ça a une influence sur la vie de mon fils. Je n'aime pas qu'on le range chez un ami. J'espérais que tu pensais d'abord à lui.

Rangé chez un ami ?

Ces mots lui firent l'effet d'une gifle. Rien n'était plus important que Josh à ses yeux.

— Tu ne sais pas de quoi tu parles, dit-elle de la voix la plus neutre possible.

— Alors explique-moi.

Certainement pas. Soit, elle ne lui avait pas annoncé la naissance de Josh, mais il n'avait pas non plus fait beaucoup d'efforts pour la contacter. Il avait couché avec elle et il était monté dans le premier car qui quittait la ville quand il avait cru échapper aux conséquences.

— Ce que je fais et avec qui je le fais ne te regarde pas, dit-elle.

Elle donnait l'impression que sa relation avec Chuck était plus sérieuse qu'elle ne l'était réellement, mais tant pis.

— Si, ça me regarde. Je ne veux pas qu'il vienne ici.

Chuck n'avait jamais mis les pieds chez elle. Elle était prudente et l'avait toujours retrouvé dans des lieux publics.

— C'est chez moi. Ce n'est pas à toi d'en décider.

— Je te prenais pour une femme raisonnable, Tilda.

— Je ne suis plus une jeune fille de dix-huit ans qu'il est facile d'intimider.

— Quand t'ai-je intimidée ? s'écria-t-il.

— Le soir du bal de la promo.

Les mâchoires de Blaine se crispèrent.

— Je ne t'ai jamais forcée à rien. Tu étais tout à fait consentante.

C'était vrai. Mais il ne savait pas ce que c'était que d'attirer l'attention du garçon le plus beau et le plus riche du lycée. Même s'il ne l'avait forcée à rien, une petite voix dans la tête de Tilda lui avait dit qu'elle serait stupide de dire non.

Finalement, elle avait été stupide de dire oui.

Mais Josh était le résultat de son erreur et elle l'adorait.

— Je suis désolée, murmura-t-elle. Je n'aurais pas dû dire ça. Mais tu n'as pas le droit de te mêler de ma vie privée.

— As-tu parlé de moi à ton petit ami ?

Elle l'avait fait, parce que ce n'était qu'une question de temps avant que la rumeur ne l'atteigne. Il avait réagi comme elle s’y attendait : « Les Colton ? Ça alors ! Ce sont les meilleurs clients de la banque. »

— Oui.

Blaine hocha la tête.

— Tant mieux.

— Comment ça, tant mieux ? demanda-t-elle d’une voix lasse.

Elle était épuisée, tout à coup.

— Je veux qu’il sache que quelqu’un veille sur Josh.

Tilda reçut une nouvelle gifle. Veiller sur Josh avait été son activité principale des treize dernières années.

— Je veille sur lui, répondit-elle.

Blaine haussa les épaules.

— Peut-être. Mais je pense que tu veilles encore plus sur toi. Je pense que tu es égoïste, Tilda. C’était très égoïste de me cacher l’existence de Josh.

Des larmes de rage envahirent les yeux de Tilda. Elle eut envie de lui abattre son poing dans la figure. Il ne savait rien.

— Il est temps que tu t’en ailles, Blaine.

Elle fonça vers la porte et l’ouvrit.

Il se leva lentement.

— J’emmène Josh dîner dehors demain soir, déclara-t-il. Je passerai le prendre à 18 heures.

C’était une information, pas une requête.

— 18 h 30, répondit-elle. Il doit faire ses devoirs d’abord.

— Très bien.

— Et il y a école le lendemain, ajouta-t-elle.

— Je le ramènerai à 20 heures, dit-il en sortant.

— J’espère bien, grommela-t-elle avant de claquer la porte.

9

Tilda mangeait un sandwich à la dinde dans sa salle quand Raeann y entra.

— Tu vas attirer de grosses fourmis qui piquent dans ta salle si tu continues à y manger, la prévint son amie.

— Tu sais que je n'ai plus huit ans, répondit Tilda. Ça ne marchera pas sur moi.

— Alors, comment s'est passé le déjeuner ? demanda Raeann. Et n'oublie pas que je mange surtout des salades et des hot-dogs. Ne sois pas avare de détails.

— Je ne me suis pas étouffée et je n'ai rien dit d'inconvenant, répondit Tilda. J'ai offert une boîte de chocolats à Mara Colton, qui avait commandé de la nourriture thaïlandaise. Je crois avoir toujours mâché la bouche fermée et rien n'est resté coincé entre mes dents. Je me donne un bon quinze sur vingt.

Elle sourit à son amie. Malgré sa dispute avec Blaine la veille, elle s'était réveillée déterminée. Elle voulait rester positive.

— Il paraît que Blaine était avec vous à l'église dimanche, dit Raeann. Ma sœur vous a vus. Je lui ai fourni assez d'informations pour qu'elle ne se laisse pas berner par les rumeurs.

Tilda réprima un soupir. En apprenant la nouvelle, les gens allaient tous choisir un camp, même ceux qui ne savaient rien de son histoire avec Blaine.

— Je me moque de ce que les gens pensent, du moment que Josh n'en souffre pas, répondit-elle.

« Les gens » n'incluaient pas Blaine, mais il lui en voulait bien trop pour qu'elle espère le convaincre qu'elle croyait avoir pris la meilleure décision pour eux tous.

— Tu as raison, répondit Raeann. T'ai-je dit que je redoutais la soirée de samedi ?

Les professeurs du lycée avaient la responsabilité d'encadrer le bal de la promo à tour de rôle. Cette année, cela tombait sur Raeann et elle. À son époque, il avait lieu dans le gymnase, qu'on décorait avec des guirlandes lumineuses. À la demande des parents, il était organisé au Château depuis quelques années, ce qui n'arrangeait pas les professeurs.

— T'ai-je dit que c'était le soir du bal de la promo que j'étais tombée enceinte de Josh ? répondit Tilda.

— Non, tu ne me l'avais pas dit. On distribuera des préservatifs à l'entrée, plaisanta Raeann.

— Je devrais peut-être leur parler de mon expérience...

Raeann lui sourit.

— C'est l'esprit, répondit-elle. Il faut faire avec ce qu'on a.

Ce qu'elle avait, c'était la sagesse qu'on gagnait en traversant des épreuves.

— Blaine emmène Josh dîner dehors ce soir.

— Et toi ? Tu as un rendez-vous ?

— Non. J'ai parlé de Blaine à Chuck hier soir. J'ai l'impression qu'il ne veut pas courir le risque de se mettre les Colton à dos.

— Le sale rat !

— Cette relation n'allait nulle part, de toute manière, reconnut Tilda.

— Inscris-toi sur un site dès ce soir, lui conseilla Raeann. Ne prends pas racine.

— On verra, répondit Tilda.

Elle n'en avait aucune intention, mais elle n'avait pas la force d'expliquer pourquoi. Elle avait trop de choses à gérer pour chercher une nouvelle relation. Et vu ce que Chuck inspirait à Blaine, elle ne voulait pas savoir comment celui-ci réagirait si elle rencontrait quelqu'un sur Internet.

Son téléphone tinta. C'était un texto de Josh.

La répétition de l'orchestre sera plus longue que d'habitude. Je rentrerai tard.

Elle répondit.

D'accord. Merci de m'avoir prévenue.

L'orchestre du collège donnait un concert en fin d'année. Le professeur de musique devait estimer que ses élèves n'étaient pas prêts.

La sonnerie retentit.

— Au boulot ! dit Raeann en grimaçant. Espérons que personne ne mette le feu au labo cet après-midi.

Tilda regarda son amie quitter la salle. Elle n'avait pas ce genre de souci. Par contre, elle avait un gros problème à gérer en la personne de Toby Turner, qui rendit une copie blanche à l'interrogation surprise. Elle le retint à la fin du cours.

— M'as-tu rapporté le mot signé par tes parents ? demanda-t-elle.

— Je l'ai donné à mes parents, mais ils ont oublié de le signer, répondit-il.

— As-tu donc envie de redoubler ? demanda-t-elle pour la dixième fois.

Elle en avait assez, mais il fallait qu'il comprenne bien les conséquences de ses actes.

— Je m'en moque, répondit-il.

Elle n'arrivait pas à le croire. Il avait une attitude hostile, mais elle lisait de la vulnérabilité dans son regard.

— Tes parents seront-ils là ce soir ?

— Je ne sais pas.

— Demande-leur de signer le mot.

Il ne répondit pas. Que se passait-il donc dans sa tête ?

— Tu peux t'en aller, dit-elle, au comble de la frustration.

Comment l'aider s'il restait fermé comme une huître ?

Après le départ de Toby, elle rangea le paquet de copies dans son sac. Elle aurait largement le temps de les corriger, puisque Josh dînait avec Blaine.

Elle ne l'avait pas dit à Josh. Elle était trop énervée après sa dispute avec Blaine, et Josh n'avait pas décollé les yeux de son téléphone pendant le petit déjeuner. Il avait à peine répondu quand elle lui avait adressé la parole. Elle avait trouvé cela bizarre, mais c'était peut-être son imagination. Elle-même n'était pas dans son état normal après la visite de Blaine.

Avait-il raison ? Était-elle égoïste ?

Elle était surtout terrifiée, à l'époque. Elle avait peur de Russ Colton et la perspective d'élever un enfant toute seule à dix-huit ans la pétrifiait.

Mais avait-elle trouvé une solution qui leur convenait, à Josh et à elle, sans se soucier de Blaine ?

Elle rentra chez elle et s'effondra sur le canapé. Quand son estomac gargouilla, elle se prépara des tranches de pomme et de fromage. Elle les mangea dans le salon en regardant un feuilleton qui était sorti dix ans plus tôt.

Quand tout était simple. Quand elle était mariée à Dorian et que Josh était petit.

Elle était épuisée. Elle ferma les yeux et se réveilla en sursaut un peu plus tard. Il y avait les informations à la télévision.

Elle regarda sa montre. Il était presque 18 heures. Elle ne s'attendait pas à ce que Josh ait un tel retard. Blaine serait là dans une demi-heure. Elle consulta son téléphone en espérant trouver un message de Josh. Rien.

Elle l'appela et tomba sur le répondeur, puis envoya un texto sans recevoir de réponse.

Elle s'interdit de paniquer, mais son cœur battait à tout rompre. Elle ouvrit l'application qui lui permettait de localiser le téléphone de Josh et soupira de soulagement en découvrant qu'il était au collège.

L'orchestre répétait encore ?

Elle appela Isaac, qui répondit dès la deuxième sonnerie.
— Bonjour, mère de Josh, dit-il.
— Bonjour, Isaac. Est-ce que Josh est avec toi ?
— Euh... Non. On s'est quittés après l'école.
— Après la répétition de l'orchestre, tu veux dire ?
Isaac jouait du tuba.
— Il n'y avait pas de répétition aujourd'hui.
Le cœur de Tilda manqua un battement.
— Alors vous êtes rentrés à pied après l'école ?
— Oui.
— Josh avait-il son téléphone ?
Isaac hésita quelques instants avant de répondre :
— Je ne sais pas. Peut-être pas.
Josh adorait son téléphone. Il ne s'en séparait jamais. Un frisson parcourut Tilda.
— S'est-il passé quelque chose aujourd'hui, Isaac ?
— Des idiots ont posté des choses sur Internet à propos de Josh et des Colton.
Mon Dieu.
— Des choses méchantes ?
— Je ne sais pas. Je ne suis pas allé voir et j'ai conseillé à Josh d'en faire autant.
Josh était un garçon sensible...
— Josh t'a-t-il dit qu'il comptait aller quelque part ?
— Non, mais il ne m'a pas dit grand-chose, répondit Isaac.
Quoi ? Isaac était le meilleur ami de Josh...
— Dis-lui de m'appeler si tu as de ses nouvelles, d'accord ?
— D'accord, répondit Isaac avant de raccrocher.
Le téléphone de Josh était au collège, mais elle était presque sûre que Josh n'y était pas. Où pouvait-il aller s'il avait besoin de parler à quelqu'un ? Elle appela ses parents.
— Bonsoir, chérie, répondit sa mère.
— Bonsoir, maman. Josh ne serait pas chez vous, à tout hasard ?
— Non. Pourquoi ?

— Il est en retard, c'est tout, dit-elle pour ne pas inquiéter ses parents.

— As-tu appelé son collège ? demanda sa mère.

— Non. C'est une bonne idée. Merci, maman. Je vous rappellerai quand il rentrera, promit-elle avant de raccrocher.

Elle appela le collège et tomba sur le répondeur. Il ne devait plus y avoir personne dans les locaux. Mais elle connaissait certains des professeurs de Josh. Elle appela Sarah Trent, son professeur de physique, avec qui il lui arrivait de jouer au bowling.

— Bonsoir, Sarah, c'est Tilda Deeds, dit-elle le plus calmement possible. Je n'arrive pas à joindre Josh. D'après le GPS, son téléphone est au collège. Est-il possible qu'il y soit encore ?

— Ça m'étonnerait, répondit Sarah. Il n'y avait déjà presque plus personne quand j'en suis partie il y a une heure.

— Tu as la clé, n'est-ce pas ?

— Oui.

— Je sais que je te demande un grand service, mais pourrait-on se retrouver devant la porte ?

— Bien sûr. Je serai au collège dans dix minutes.

— Merci, Sarah.

Tilda essaya d'appeler Josh une fois de plus avant de mettre ses chaussures. Elle tomba encore sur le répondeur.

Elle ouvrit la porte du garage deux minutes plus tard et recula par réflexe. Le temps avait changé. La journée avait été printanière, mais il tombait maintenant un mélange de pluie et de neige qui allait se transformer en verglas sur les routes.

Elle regarda sa montre. Il était 18 h 15. Elle fonça vers le collège en essayant de donner du sens à ce qu'elle savait. Josh avait raccompagné Isaac chez lui après les cours. S'était-il rendu compte qu'il avait oublié son téléphone au collège et avait-il fait demi-tour pour le récupérer ? Attendait-il devant le bâtiment que quelqu'un en sorte pour pouvoir entrer ?

Non. Josh se serait servi d'un autre téléphone pour l'appeler.

C'était une prof, après tout. Il devait se douter qu'elle pouvait faire ouvrir la porte.

Son fils n'était pas du genre à rester les bras croisés.

Quelque chose n'allait pas. Elle en était certaine. Elle songea à rappeler ses parents. Depuis des années, ils étaient sa bouée de sauvetage quand elle avait un problème qu'elle ne savait pas résoudre.

Alors qu'elle allait appuyer sur le bouton, elle se rappela brusquement qu'elle devait d'abord appeler quelqu'un d'autre.

Le père de Josh.

Pourquoi n'y avait-elle pas pensé plus tôt ? Josh était-il avec Blaine ? Blaine ne voulait sûrement pas qu'elle s'inquiète, mais Josh ne lui avait peut-être pas dit qu'il l'avait laissée sans nouvelles.

Elle appela Blaine, qui répondit à la deuxième sonnerie.

— Tilda ?

— Josh est-il avec toi ? demanda-t-elle avant de retenir son souffle.

— Non. Que se passe-t-il ?

— Il ne t'a pas appelé ?

— Non, répondit Blaine. Je compte toujours l'emmener dîner. Je suis en route.

— Oh ! Blaine ! gémit-elle. Quelque chose ne va pas. Je n'arrive pas à le joindre. Je ne sais pas où est notre fils.

10

Quand Blaine avait reconnu le numéro de Tilda, il avait immédiatement cru qu'elle voulait annuler son dîner avec Josh et s'était raidi. Il ne s'attendait pas à ce qu'elle lui annonce que leur fils avait disparu.

Il était un soldat bien entraîné, capable d'analyser des situations compliquées. Mais les pleurs de Tilda le perturbaient. Il se força à se concentrer. Il ne voulait pas perdre de précieuses minutes parce qu'il avait mal écouté.

— À quelle heure devait-il rentrer ? demanda-t-il.

— À 17 heures ou 17 h 30. Il m'a envoyé un texto à midi pour me dire qu'il avait une répétition d'orchestre. Comme il n'était pas rentré à 18 heures, j'ai appelé Isaac, qui est aussi dans l'orchestre. Il n'y avait pas de répétition.

Il arrivait que les enfants mentent. Ce n'était pas forcément grave, mais cela contraria Blaine.

— Est-ce que ça s'est déjà produit ?

— Il ne m'avait jamais menti jusqu'ici, répondit Tilda.

Il ne put s'empêcher d'entendre : « Avant ton retour. » Cela le contraria encore plus, mais ce n'était pas le moment de provoquer une dispute.

— Tu l'as appelé, j'imagine ?

— Oui. Et j'ai localisé son téléphone. Il est encore au collège.

— Je te retrouve là-bas, répondit-il.

— Merci, murmura Tilda, qui semblait sur le point de recommencer à pleurer.

— Je suis sûr qu'il va bien, dit-il sans savoir pourquoi il éprouvait le besoin de la réconforter. On est à Roaring Springs.

Il raccrocha sur ces mots. Ils étaient dans une petite ville américaine – au pays des Colton, auraient plaisanté certains membres de sa famille. C'était un endroit sûr.

Mais existait-il encore des endroits parfaitement sûrs ? Il songea aussitôt à Kendall, la femme de Decker, qui avait été blessée à un vernissage dans la galerie de leur cousine Bree, et à Rylan Bennet, l'un de ses anciens camarades, qui avait reçu une balle en faisant un rempart de son corps à Bree.

Il y avait des gens qui n'aimaient vraiment pas les Colton – et Josh était le Colton dont tout le monde parlait ces temps-ci.

Il appela Josh deux fois pendant le trajet et tomba sur le répondeur. Il laissa un message la première fois.

— C'est Blaine. Il est très important que tu nous rappelles tout de suite, ta mère ou moi.

Son téléphone ne sonna pas.

Tilda était déjà là quand il se gara sur le parking du collège. Elle sortit de sa voiture pour le rejoindre. Comme ils n'avaient de parapluie ni l'un ni l'autre, ils seraient vite trempés.

— J'ai appelé l'un des professeurs de Josh, qui est aussi une amie, pour qu'elle nous ouvre la porte, dit Tilda. Sarah Trent.

Ce nom ne dit rien à Blaine. Une chose était certaine : il trouverait un autre moyen d'entrer si cette amie n'arrivait pas vite.

— Redis-moi ce que tu sais, demanda-t-il.

— Isaac m'a dit que Josh l'avait raccompagné chez lui après les cours, répondit-elle sans protester. Apparemment, Josh était contrarié par des choses qu'il avait lues sur Internet.

— Quelles choses ?

— Tout ce que je sais, c'est que c'est en rapport avec le fait qu'il soit un Colton.

— D'accord. Où aurait-il pu aller ?

— J'ai pensé à mes parents et je les ai appelés, mais il n'est pas chez eux. Je ne leur ai pas dit qu'il... avait disparu.

— Il n'a pas disparu, Tilda, répondit-il avec assurance. Il est peut-être dans ce bâtiment à l'instant même. Il a pu se lancer dans une activité et perdre la notion du temps. Sait-il que j'ai prévu de l'emmener dîner dehors ?

— Non. Je n'ai pas eu l'occasion de le lui dire.

C'était sans doute un mensonge. Elle devait avoir espéré qu'il annulerait.

Une voiture se gara sur le parking et une femme en sortit. Elle avait un parapluie. Tilda la salua.

— Merci d'être venue, lui dit-elle. Voici Blaine Colton. Blaine, Sarah Trent.

— Vous êtes le père de Josh, dit-elle avant d'offrir un sourire compatissant à Tilda. La nouvelle a circulé dans les couloirs.

— Isaac m'a dit que des camarades de Josh avaient posté des choses qui avaient pu le contrarier sur Internet.

Sarah ouvrit la porte.

— Je n'ai rien vu, mais c'est tout à fait possible. Les enfants peuvent être très cruels. Ils écrivent des choses sur Internet qu'ils n'auraient jamais le courage de dire en face à la personne concernée. Alors tu as une application qui te permet de localiser son téléphone ?

— Oui, répondit Tilda. Elle me permet aussi de le faire sonner, ce qui devrait nous aider à le retrouver.

— C'est calme, dit Blaine.

Si Josh s'était lancé dans une activité, celle-ci ne produisait aucun son.

— Oui. L'équipe de nettoyage vient beaucoup plus tard, répondit Sarah.

— J'aimerais d'abord aller voir dans son casier, dit Tilda. C'est l'endroit le plus logique.

— Tu connais le numéro ?

— Quatre cent trente-six.

— C'est au premier étage, dit Sarah.

Sarah posa son parapluie près de la porte et les guida. Les portes de toutes les salles étaient ouvertes, sans doute pour faciliter le travail de l'équipe de nettoyage. Blaine jeta un coup d'œil dans chaque salle, ce qui lui fit prendre du retard sur Sarah et Tilda. Quand il les rejoignit près d'une rangée de casiers, il entendit une sonnerie.

— J'ai la combinaison, dit Tilda en pianotant sur son téléphone. Je suis venue chercher des manuels quand il a eu la grippe, cet automne.

Elle ouvrit le casier une minute plus tard. Le téléphone était sur l'étagère du haut, posé sur une feuille. Blaine les ramassa et tendit la feuille pour que Tilda puisse lire en même temps que lui. C'était un message destiné à ceux qui risquaient de chercher Josh – comme sa mère.

Ne vous inquiétez pas. Je vais bien. Je rentrerai demain.

Tilda jura.

Blaine fouilla le casier à la recherche d'indices, mais il ne vit que ce que l'on pouvait s'attendre à trouver dans un casier. Il y avait un sweat-shirt à capuche pendu au crochet de la porte.

— C'est à lui ? demanda-t-il à Tilda.

Elle hocha la tête.

Blaine prit le sweat-shirt. Il était imprégné de l'odeur de Josh, ce qui aiderait des chiens à le retrouver si l'on devait en arriver là.

— J'aimerais visiter le reste de l'école, dit-il à Sarah.

— D'accord, répondit-elle.

Alors il prit Tilda dans ses bras.

— On le retrouvera, lui promit-il. Rappelle Isaac. Demande-lui s'il voit un endroit où Josh aurait pu aller pour être seul. Demande-lui de bien réfléchir.

Tilda acquiesça.

Blaine s'éloigna. Il ne lui restait qu'un étage à fouiller, ce qui ne serait pas très long. Son instinct lui disait que Josh n'était pas dans le bâtiment. Il avait marché jusque chez Isaac. De là, il était allé ailleurs.

Ils pouvaient prévenir la police. Le mot prouvait que Josh n'avait pas été enlevé, mais les disparitions d'enfants étaient prises très au sérieux.

Il pouvait aussi requérir l'aide de ses parents. Les Colton avaient des ressources. Ils avaient des chevaux qui pouvaient aller là où les voitures de patrouille n'allaient pas. Ils avaient des employés à qui on pouvait demander de faire une battue. Ils avaient même un hélicoptère et une équipe de sauvetage.

Mais si Josh était déjà l'objet de railleries, que devrait-il supporter après cela ? C'étaient de bien grands moyens si son fils voulait seulement rester seul quelques heures.

Il parcourut le deuxième étage et retrouva vite Sarah et Tilda, qui était encore au téléphone.

— Merci, Isaac. C'est très utile, dit-elle avant de raccrocher.

Il lut une lueur d'espoir dans ses yeux.

— J'ai terminé, dit-il. Merci de nous avoir ouvert la porte, Sarah.

— Aucun problème, répondit-elle. Puis-je faire autre chose ?

— Non, je te remercie, dit Tilda avant de la serrer dans ses bras.

Ils sortirent du collège. Blaine attendit que Sarah soit montée dans sa voiture, puis se tourna vers Tilda.

— Qu'as-tu découvert ? demanda-t-il.

— Isaac m'a dit que Josh et lui avaient repéré une cabane à l'ouest de la piste du Chevreuil, quand ils sont allés skier la semaine dernière. Pour plaisanter, ils se sont dit que c'était l'endroit parfait pour ceux qui ont besoin de se cacher.

Blaine voyait très bien la cabane dont elle parlait. Ce n'était pas l'un des chalets que ses parents avaient fait construire pour la clientèle. Cette cabane était déjà là quand ses grands-parents avaient acheté le terrain. Personne ne s'en servait, mais Russ refusait qu'elle soit détruite. Blaine était sûr qu'elle était toujours fermée à clé. D'après la météo, la température devait descendre jusqu'à – 5 °C pendant la nuit. Josh risquait l'hypothermie.

— Il y a un bus qui s'arrête au Chalet, ajouta Tilda en se passant la main dans les cheveux.

— Et il a pu arriver avant la fermeture des télésièges. Une fois en haut, il y a encore une bonne distance à parcourir hors piste.

— C'est un bon skieur, dit Tilda.

Blaine le savait. Mais il savait aussi que c'était un trajet périlleux – les bons jours.

Et ce n'était pas un bon jour. La température tombait. Des plaques de verglas se formaient déjà sur les trottoirs. Il devait faire encore plus froid dans la montagne et le verglas pouvait y être très dangereux.

— Je vais voir s'il est là-bas, déclara-t-il.

— Je t'accompagne, dit Tilda.

— Non. J'irai plus vite tout seul.

— Et s'il t'arrivait quelque chose ? Comment le saurais-je ?

— Il ne m'arrivera rien, lui assura-t-il. Comme il n'y a presque pas de réseau dans la montagne, je ne pourrai peut-être pas te donner des nouvelles tout de suite, mais il ne faut pas que tu t'inquiètes.

— Et si on se trompait ? Et si tu perdais des heures précieuses à le chercher là-bas alors qu'il est ailleurs ?

C'était un risque. Mais il savait qu'Isaac tenait à Josh. S'il avait parlé de la cabane à Tilda, c'était parce qu'il pensait sincèrement que son ami s'y trouvait.

— Je te jure de faire tout mon possible pour le ramener sain et sauf, répondit-il. Si je ne le trouve pas là-bas, on appellera la cavalerie.

— Il est tout pour moi, murmura-t-elle.

— Je le sais.

Il se pencha pour déposer un baiser sur ses lèvres avant de répéter :

— Je te le ramènerai, c'est juré.

Blaine repartit vers le Chalet sur une route glissante. Il appela sa mère sur le trajet.

— Bonsoir, Blaine. Ça va ? demanda Mara.

— Es-tu à la maison ?

— Malheureusement non. J'ai trop de travail.

— J'ai un problème, annonça-t-il. Josh s'est enfui cet après-midi.

— Il s'est enfui ? répéta sa mère.

— Oui. Tilda et moi avons trouvé son téléphone dans son casier, au collège, avec un mot qui disait qu'il rentrerait demain.

— Je vois.

Sa mère avait élevé de nombreux enfants, qui avaient dû lui causer bien des frayeurs.

— Nous pensons qu'il est allé se cacher dans la cabane qui se trouve à l'ouest de la piste du Chevreuil.

— Je n'y ai pas mis les pieds depuis des années, dit sa mère.

— J'y vais maintenant.

— Tout seul ? demanda-t-elle.

— Oui. Je préviendrai Decker s'il est encore au Chalet. Et je prendrai l'un des téléphones satellite.

Mara se tut quelques secondes avant de répondre :

— Je sais que tu as survécu à des situations dangereuses pendant treize ans sans que ta mère te recommande d'être prudent, mais sois prudent, s'il te plaît. Et ramène-moi mon petit-fils sain et sauf.

— C'est promis.

— Où est Tilda ?

— Chez elle.

Il dérapa et reprit de justesse le contrôle de sa voiture.

— Il faut que je te laisse, maman, dit-il. Tu devrais peut-être rester au Château ce soir. Les routes sont mauvaises.

Il raccrocha et se concentra sur la conduite. Malgré tous ses efforts, le trajet fut deux fois plus long que d'habitude. Il tombait plus de grêle que de neige. Sa promenade à skis s'annonçait particulièrement périlleuse.

Au Chalet, il trouva Decker dans son bureau. Son frère proposa de l'accompagner dès qu'il lui eut exposé la situation.

— Merci, mais non, répondit Blaine.

Son fils, son problème. Et il ne voulait pas embarquer son frère dans une aventure dangereuse.

— J'ai prévenu maman, au cas où, précisa-t-il.

Au cas où il ne reviendrait pas, sous-entendait-il, ce que son frère comprit parfaitement. Il devrait passer très près de la zone qu'ils avaient fermée à cause des risques d'avalanches.

— Tout ce que je te demande, c'est de m'aider à monter là-haut, ajouta-t-il.

En semaine, les télésièges s'arrêtaient à 17 heures.

— Il suffit d'un coup de fil, répondit Decker.

— Merci.

Blaine avait la main sur la poignée de la porte quand son frère demanda d'une voix dure :

— Comment Tilda réagit-elle ?

— Elle est terrifiée, répondit Blaine. C'est une bonne mère.

— C'est vraiment ce que tu crois ? demanda Decker.

Son frère en voulait toujours à Tilda par solidarité. Au lieu de réconforter Blaine, cela lui donnait mauvaise conscience, à présent. Il avait sans doute été injuste envers Tilda.

— Quand j'aurai retrouvé Josh, on se débrouillera pour construire une famille, répondit-il. Il faut que j'y aille.

Son frère se leva pour venir le prendre dans ses bras.

— Bonne chance, lui dit-il.

Il fallut un quart d'heure à Blaine pour rassembler ce dont il avait besoin : un compas, de la nourriture, de l'eau, deux couvertures, des vêtements de rechange parce que Josh devait être mouillé, des allumettes, une lampe de poche, une lampe frontale, un transpondeur, une pelle, une petite boîte à outils et une trousse de secours dont il espérait bien ne pas avoir besoin. Pour finir, il se munit d'un téléphone satellite.

Quand son sac fut prêt, il enfila une combinaison, prit ses skis et sortit. Le télésiège était en marche et il y avait quelqu'un dans la cabine de contrôle. Blaine mit ses skis et s'assit sur le siège. Il était si chargé qu'il dut rester penché vers l'avant – ce qui n'était pas plus mal pour se protéger de la grêle.

Il pria pour que Josh ait trouvé un moyen d'entrer dans la cabane.

Parvenu au sommet, il alluma sa lampe frontale. Le soleil ne se coucherait officiellement qu'une demi-heure plus tard, mais il faisait si mauvais qu'on n'y voyait déjà presque plus rien.

Heureusement, il avait un bon sens de l'orientation, c'était un bon skieur et il était en forme.

Un bon skieur pouvait parcourir plus d'un kilomètre en deux minutes. Sur une bonne piste et dans de bonnes conditions météorologiques.

Il devait parcourir plus de deux kilomètres sur une neige verglacée et chargé comme un mulet. Ce serait un miracle s'il atteignait sa destination en moins d'une heure. Il frémit en songeant que Josh avait sans doute fait le même trajet. Bien sûr, il y avait plus de lumière et il faisait moins froid à ce moment-là. Son fils devait aussi être moins chargé. Mais il n'avait que treize ans. Il n'avait pas l'endurance d'un adulte.

Blaine allait donc devoir s'arrêter régulièrement pour scruter l'obscurité et tendre l'oreille.

Et aussi éviter les bêtes sauvages qui risquaient de ne pas apprécier son incursion sur leur territoire.

Il inspira profondément et s'élança.

Blaine l'avait embrassée.

Et ce baiser avait réveillé le souvenir de leur tout premier baiser, quelques semaines avant le bal de la promo. Ils étaient allés au cinéma et Blaine l'avait raccompagnée chez ses parents. Il avait pressé ses lèvres contre les siennes sur le perron. Elle avait décrit ce baiser à sa meilleure amie pendant des jours.

Il avait été bref et délicat, comme celui de ce soir.

En se garant devant chez ses parents, elle crut presque les voir sur le perron, Blaine et elle, à un moment où ils ne se doutaient pas que leurs vies étaient sur le point de changer radicalement. Elle allait avoir un enfant et se marier. Il allait partir faire la guerre. Deux voies très différentes.

Mais ils s'étaient retrouvés treize ans plus tard. Ils avaient une deuxième chance d'élever ensemble l'enfant qu'ils avaient fait ensemble. Elle posa son front sur le volant.

Je t'en supplie, Dieu tout-puissant, pria-t-elle. *Rends-moi Josh et Blaine sains et saufs. J'ai besoin d'eux deux.*

Elle sortit de sa voiture. Elle avait promis à ses parents de les tenir informés.

Elle entra dans la maison avec sa clé et trouva ses parents devant la télévision. Son père tourna la tête le premier.

— Où est Josh ? demanda-t-il aussitôt.

Sa mère ramassa la télécommande pour couper le son de la télévision.

— Que se passe-t-il ? demanda-t-elle.

— On a trouvé son téléphone dans son casier avec un mot qui disait qu'il rentrerait demain, répondit-elle. Il a dit à Isaac qu'il avait besoin d'être seul.

Cela lui semblait irréel. Josh n'avait que treize ans...

— C'est ridicule, balbutia sa mère.

— Non, ce n'est pas ridicule, répondit Tilda. Les enfants d'aujourd'hui subissent une pression énorme, même s'ils n'y réagissent pas de la même manière que les adultes.

— Désolée, chérie, répliqua sa mère. Ce n'est pas ce que je voulais dire. Ce qui est ridicule, c'est qu'il croie pouvoir passer la nuit dehors sans dire à personne où il se trouve.

— On croit savoir. Isaac et lui ont repéré une cabane quand ils faisaient du ski la semaine dernière.

— À qui appartient-elle ?

— Elle est sur le terrain des Colton. Blaine est en train de s'y rendre.

Ses parents se turent un long moment.

— D'après ce que j'ai appris sur Blaine, personne n'a de meilleures chances que lui de retrouver Josh. Il paraît que c'est un héros.

— Voilà pourquoi l'autre rumeur est grotesque, répondit sa mère.

— Quelle autre rumeur ? demanda Tilda.

Ses parents échangèrent un regard entendu.

— Ce n'est pas important pour le moment, dit son père. Concentrons-nous sur Josh.

Elle eut envie de lui répondre qu'elle n'y pensait déjà que trop en ne pouvant rien faire.

— Blaine m'a prévenue qu'il ne pourrait peut-être pas appeler de là-haut, mais il a promis de me tenir au courant. Je vous donnerai des nouvelles dès que j'en aurai.

Sa mère se leva pour la serrer dans ses bras.

— Est-ce qu'on peut faire quelque chose, chérie ? demanda-t-elle.

— Vous pouvez prier, répondit Tilda.

Elle quitta la maison de ses parents, remonta en voiture et s'effondra en larmes.

Dix minutes plus tard, elle fermait la porte de son garage sans avoir aucun souvenir du trajet. Elle posa son téléphone sur la table basse, se prépara un thé et sortit un paquet de cookies du placard. Elle ne se sentait pas capable d'avaler quoi que ce soit d'autre.

Deux thés et cinq cookies plus tard, elle sortit son paquet

de copies de son sac. Les corriger valait mieux que de fixer le mur.

Une heure plus tard, alors qu'elle avait corrigé la moitié des copies, elle posa son stylo, s'étira et consulta son téléphone pour la dixième fois. Toujours aucune nouvelle de Blaine. Le vent hurlait dehors. Cette nuit devait être terrible dans la montagne.

Elle se souvint des paroles de son père. Oui, elle avait de la chance que Blaine soit là pour l'aider.

Il n'avait pas hésité un instant.

Il n'aurait peut-être pas hésité il y a treize ans non plus, chuchota une petite voix dans sa tête.

Elle savait que c'était vrai, mais l'on ne pouvait pas changer le passé. On pouvait juste essayer de réparer ses erreurs.

Elle pria pour la sécurité de Josh et de Blaine, puis ferma les yeux. Elle dut s'endormir, parce que des coups frappés à la porte la réveillèrent en sursaut. Elle ramassa aussitôt son téléphone. Toujours aucun message. Et il était 21 h 30. Qui cela pouvait-il être ?

On frappa encore.

— Tilda ? C'est Mara Colton !

Tilda écarquilla les yeux. Blaine avait-il prévenu sa mère ? Elle s'empressa d'ouvrir en espérant contre tout espoir que Josh était avec Mara, mais Mara était seule.

— Des nouvelles ? demanda-t-elle.

Elle savait donc ce qui se passait.

Tilda secoua la tête.

— Puis-je entrer ? demanda Mara.

— Bien sûr, répondit Tilda en s'écartant.

Mara ferma la porte derrière elle, puis retira son manteau, ses gants et son écharpe, qu'elle posa sur le dossier d'une chaise. Tilda savait qu'elle aurait dû les lui prendre pour les suspendre, mais son cerveau était bloqué.

Mara Colton était dans son salon ! Et elle semblait avoir l'intention de rester.

— C'est charmant, chez vous, dit Mara.

— Merci, murmura Tilda.

Tilda aimait sa maison, mais elle avait bien conscience que c'était un logement très humble en comparaison de ce à quoi Mara était habituée.

Mara s'assit dans un fauteuil et posa ses mains sur ses genoux.

— J'ai pensé qu'il ne fallait pas que vous restiez seule, dit-elle.

Il n'en fallut pas plus pour que les nerfs de Tilda lâchent. Elle s'effondra en larmes et cacha son visage dans ses mains.

Quelques secondes plus tard, elle sentit une main sur son épaule.

— Je suis désolée, sanglota-t-elle en relevant la tête.

— Ne le soyez pas, répondit Mara. Ce doit être terriblement difficile pour vous. Mais ça finira bien, j'en suis sûre. Je n'ai rencontré Josh qu'une fois, mais il me semble être un garçon intelligent, capable de prendre de bonnes décisions. Et j'ai élevé son père. Il n'existe pas d'homme plus déterminé. Il s'est juré de ramener Josh sain et sauf : il le fera. Mais dites-moi... Est-ce bien du thé que vous buvez là ?

Blaine skiait, marchait et rampait même par moments depuis plus d'une heure. Il était tombé une fois et s'était cogné le tibia contre un tronc d'arbre. Il était sûr d'avoir un bel hématome. Il s'arrêtait régulièrement pour s'assurer qu'il n'avait pas dévié de sa route et essayer de repérer la cabane.

Il venait enfin de la voir. Elle n'était plus qu'à deux cents mètres. Il les parcourut en scrutant le sol sans grand espoir de voir des empreintes. Même s'il y en avait eu deux heures plus tôt, le vent les avait effacées. Il n'y avait pas de skis posés près de la porte, mais il n'en conclut rien. Josh avait pu les emporter à l'intérieur pour ne pas les perdre dans la tempête.

Blaine retira ses skis en priant pour que son fils soit là.

Il éteignit sa lampe frontale pour ne pas aveugler Josh et tourna la poignée de la porte. Celle-ci était verrouillée.

Il frappa.

— Josh ! cria-t-il. C'est Blaine. Ouvre !

Il attendit, le cœur affolé, puis frappa encore.

— Josh ! S'il te plaît, ouvre-moi...

11

La porte s'ouvrit et son fils apparut. Il avait l'air effrayé et frigorifié, mais il était sain et sauf.

Blaine entra, posa ses skis et le prit dans ses bras.

— C'est bon de te voir, lui dit-il d'une voix rauque.

Il ferma la porte, ce qui ne changea pas grand-chose aux courants d'air, puis il balaya la cabane du faisceau de sa lampe de poche. Il n'y était pas venu depuis vingt ans, mais tout était comme dans son souvenir. Il y avait un lit de camp vissé à l'un des murs. Josh y avait posé son sac à dos. Des étagères rudimentaires étaient fixées au mur opposé.

Il n'y avait pas d'autre meuble – rien qui puisse tenter des voleurs. Il n'y avait pas non plus d'évier ni d'appareils ménagers parce que la cabane n'avait jamais eu l'eau courante ni l'électricité. Il y avait une grande cheminée au milieu de l'un des murs. On y avait mis du bois et des boules de papier, mais elle n'avait pas été allumée. Les skis de Josh étaient posés dans un coin.

La cabane était glaciale. La vitre brisée n'arrangeait rien. Voilà donc comment Josh était entré...

— Comment m'as-tu trouvé ? demanda Josh.

— Avec beaucoup de détermination et un peu de chance, répondit Blaine. As-tu essayé de faire du feu ?

— Mes allumettes sont mouillées, balbutia Josh en baissant les yeux.

Une erreur de débutant.

— Je crois que les miennes sont sèches, dit Blaine.

Il fouilla dans son sac. Le bois un peu humide eut du mal à prendre, mais ils avaient du feu cinq minutes plus tard.

— Approche, ordonna Blaine en s'écartant de la cheminée.

Il observa son fils pendant que celui-ci se réchauffait. Il portait encore son manteau et ses gants. Il ne semblait pas blessé.

— Ça va ? lui demanda-t-il. Tu n'es pas tombé sur le trajet ? Tu ne t'es pas coupé en passant par la fenêtre ?

Josh secoua la tête.

— J'ai été stupide. Je n'avais pas imaginé qu'il ferait aussi froid.

— Tu n'as pas été stupide. Tu manques juste un peu d'expérience, répondit Blaine. Il faut faire quelque chose pour cette fenêtre.

Il sortit une bâche de son sac et la cloua autour de la fenêtre pour bloquer le vent.

— Ce n'est pas parfait, mais ça aidera, dit-il.

— Je n'ai pas su en faire autant, grommela Josh. Je croyais que la porte serait ouverte puisque personne n'habite ici.

— Personne n'habite ici, mais quelqu'un passe régulièrement pour s'assurer qu'il n'y a pas d'intrus ou de nuisibles, répondit Blaine.

— Je paierai pour la vitre.

Blaine réprima un sourire. Il se réjouissait que son fils soit un garçon responsable.

— On verra ça plus tard, répondit-il. Je suis content que tu aies trouvé un moyen d'entrer.

— J'aurai au moins été assez malin pour faire ça.

— Je n'ai jamais douté de ton intelligence, lui assura Blaine. Maintenant, je vais annoncer la bonne nouvelle à ta mère. Il faut que je sorte, pour ça Tu dois avoir faim… J'ai des barres de céréales, si ça te tente.

Josh pouffa.

— Je mangerais n'importe quoi, répondit-il.

Blaine retrouva les barres de céréales dans son sac et les lui lança avant de sortir. Il s'éloigna un peu de la cabane, déplia l'antenne du téléphone et pria.

— Allez ! grommela-t-il en marchant en rond.

Tilda devait être folle d'inquiétude...

Mais la communication ne passait pas. Il se résigna.

Josh et lui partiraient à l'aube, songea-t-il en rentrant dans la cabane. Il trouva Josh assis par terre devant la cheminée et s'assit à côté de lui. Le lit de camp devait être plus confortable, mais il était bien trop loin du feu.

— Qu'a dit maman ? demanda Josh.

— Je n'ai pas réussi à la joindre.

— Je préfère ça, quelque part, avoua Josh. Elle sera furieuse.

— Elle sera soulagée, le corrigea Blaine. Peut-être un peu furieuse, mais surtout soulagée.

Il ne voulait pas faire culpabiliser Josh, juste lui faire comprendre que ses actes avaient des conséquences.

— Elle t'aime de tout son cœur, ajouta-t-il.

— Je sais, répondit Josh. Mais tu ne l'aimes pas beaucoup, toi, n'est-ce pas ?

La question surprit Blaine.

— Ce n'est pas vrai, se défendit-il.

— Je vous ai entendus vous disputer hier soir.

Blaine réprima un juron.

— J'en suis désolé, dit-il. J'ai vu rouge quand tu m'as dit que ta mère sortait avec quelqu'un et j'ai eu une réaction disproportionnée.

— Je crois que ce type ne lui plaît même pas tant que ça.

— Ça ne change rien, répondit Blaine en essayant d'ignorer le plaisir que ces mots lui procuraient. Ta mère a le droit de sortir avec qui elle veut.

— Tu as une petite amie, dit Josh sur le ton d'une accusation.

— Non, je n'en ai pas.

— Tu as eu des problèmes parce que vous avez couché ensemble.

Son histoire avec Honor Shayne était donc de notoriété publique.

Il inspira profondément.

— Si Honor – c'est comme ça qu'elle s'appelle – et moi avons eu des problèmes, c'est parce que notre commandant a estimé notre relation inconvenante.

— Alors c'est vrai. Tu as été renvoyé de l'armée.

Ces deux phrases firent l'effet d'un coup de poignard en plein cœur à Blaine.

— Oui, admit-il. Et je n'en suis pas fier. Par contre, je suis très fier d'avoir servi mon pays pendant treize ans. Ta mère m'a dit que tu avais lu des choses méchantes sur Internet. C'était à ce propos ?

— Oui. On raconte que tu en es sorti blanc comme l'agneau parce que les Colton se sortent toujours de tout.

— C'est quelqu'un de ta classe qui a écrit ça ?

— Oui.

Il devait avoir entendu ses parents le dire.

— Les Colton vivent à Roaring Springs depuis le début du XIXe siècle, expliqua-t-il. Ils ont travaillé dur et fait fortune. Ça ne fait pas d'eux des gens détestables.

— Alors pourquoi y a-t-il autant de gens qui les détestent ? demanda Josh.

— Ils sont peut-être jaloux. Ou bien ils sont amers, parce que leurs familles ont travaillé dur, elles aussi, mais n'ont pas aussi bien réussi. Quoi qu'il en soit, il arrive que les gens disent des choses méchantes sur nous. Maintenant que tu es un Colton, il faut que tu t'endurcisses un peu pour ne pas en souffrir.

— Je ne suis qu'un bâtard, le corrigea Josh.

Sarah avait raison, songea Blaine : les enfants pouvaient être très cruels entre eux.

— C'est un vilain mot, Josh, répondit-il. Un mot dont les gens se servent pour rabaisser quelqu'un.

Il s'éclaircit la voix et regarda son fils droit dans les yeux.

— Sache que je suis fier que tu sois mon fils, lui dit-il. Je n'étais pas marié avec ta mère quand tu es né, mais ça ne change rien. Je t'aime.

C'était la première fois qu'il le disait. C'était peut-être trop tôt, mais il voulait que Josh le sache.

— Je ne veux pas avoir à choisir entre vous.

— Tu n'auras pas à le faire, lui promit Blaine. Ta mère et moi voulons tous les deux être de bons parents.

— Je l'ai entendue pleurer.

Blaine s'en voulut terriblement.

— Je ferai tout mon possible pour que ça ne se reproduise pas.

Ils restèrent un long moment à regarder le feu sans rien dire.

— Je suis vraiment content que tu m'aies trouvé, finit par murmurer Josh.

— Moi aussi.

— Je tombe de fatigue, avoua-t-il.

Blaine attira sa tête sur sa cuisse, étendit l'une des couvertures sur lui et enroula l'autre autour de ses propres épaules.

— Dors bien, mon fils, dit-il. On partira à l'aube.

Mara Colton dormit dans la chambre d'amis, dans un T-shirt emprunté à Tilda. Le lendemain, elle remit les vêtements qu'elle avait portés la veille et but un café dans la cuisine comme si c'était parfaitement normal.

Quand Tilda reçut un texto à 7 h 12, elles sursautèrent toutes les deux. Tilda se jeta sur son téléphone, lut le message, laissa échapper un sanglot et tendit l'appareil à Mara. Alors elles pleurèrent dans les bras l'une de l'autre.

Après un long moment, Mara se redressa.

— Il faut que j'y aille, dit-elle.

— Mais ils ne devraient plus tarder, protesta Tilda. Vous êtes sûre de ne pas vouloir les attendre ?

— Merci, mais non, répondit Mara. Maintenant que je sais qu'ils vont bien, j'aimerais rentrer prendre une douche et me changer avant d'aller travailler. Dites à Josh que je serais ravie qu'il vienne déjeuner samedi.

— Il viendra, promit Tilda.

— Vous aussi, bien sûr, ajouta Mara en mettant son manteau. Au revoir, Tilda.

— Merci d'être venue, dit Tilda. C'était très gentil à vous.

Mara répondit par un sourire.

Tilda lui ouvrit la porte et resta sur le perron jusqu'à ce que sa voiture ait disparu au coin de la rue. Alors elle rentra et relut le texto.

On est tous les deux en un seul morceau et on est en route. Tout va bien.

Elle en fit une petite danse de joie jusqu'à ce qu'elle aperçoive son reflet dans le miroir du couloir. Elle avait l'air d'avoir pleuré toute la nuit. Il ne fallait pas que Josh la voie comme ça.

Elle courut dans la salle de bains. Avant d'entrer dans la douche, elle envoya un texto à ses parents pour les rassurer. Sa mère répondit par de petits cœurs.

Tilda prit la douche la plus rapide de sa vie, puis elle enfila un pantalon de yoga et un T-shirt. Elle était en train de se sécher les cheveux quand on frappa à la porte.

Elle s'empressa d'aller ouvrir et serra son fils dans ses bras.

12

Le manteau de Josh sentait la fumée. Tilda tourna la tête vers Blaine, qui semblait épuisé.

— Merci, murmura-t-elle.

Il hocha la tête.

— Le téléphone satellite n'a pas marché, dit-il. Je t'ai envoyé un texto dès que j'ai pu.

Son fils s'écarta d'elle.

— Je suis désolé, sanglota-t-il.

— Tu n'as rien. C'est tout ce qui compte, lui assura-t-elle.

— Il doit mourir de faim, dit Blaine.

Tilda les invita à entrer et ferma la porte.

— Des crêpes ? proposa-t-elle à Josh.

— Et du bacon ? demanda-t-il, le regard plein d'espoir.

Elle lui sourit. Il avait de la cendre sur le front et dans les cheveux, mais il était sain et sauf.

— Tu devrais peut-être commencer par prendre une douche, suggéra-t-elle.

— Faut-il que j'aille à l'école ?

— Pas aujourd'hui. Et je resterai à la maison aussi.

— Tu as pris la journée ?

— Oui.

Elle avait appelé le proviseur dans la soirée, quand elle avait compris qu'elle n'aurait pas de nouvelles avant le lendemain.

Josh partit vers la salle de bains.

— En général, il faut que j'insiste au moins trois fois pour qu'il aille se doucher, dit-elle à Blaine quand elle fut certaine que Josh ne pouvait plus l'entendre. Je crois qu'il est content d'être rentré.

— On est tous les deux contents de ne plus être dans la montagne, répondit-il.

— Veux-tu un café ?

— Avec plaisir.

Quand ils allèrent dans la cuisine, elle s'aperçut qu'il boitait.

— Tu es blessé ? s'inquiéta-t-elle.

Il secoua la tête.

— Ce n'est qu'un bleu. Je suis tombé contre un arbre. C'était un trajet... délicat.

Cela avait dû être horrible. Mais il avait retrouvé Josh et l'avait ramené sain et sauf. Elle s'empressa de lui tourner le dos quand ses yeux s'emplirent de larmes. Il en avait déjà assez fait. Elle n'allait pas l'obliger à la consoler.

Elle servit un café et essuya des éclaboussures imaginaires le temps de refouler ses larmes.

— Merci, dit Blaine quand elle posa la tasse devant lui. Josh est très fatigué et sans doute un peu déshydraté, mais je pense qu'il va bien. Emmène-le chez le médecin si tu veux être tout à fait rassurée.

— Je vais sans doute le faire. Il n'a que treize ans et il faisait si froid...

Blaine hocha la tête.

— Par ailleurs, il s'en veut, comme tous les garçons de treize ans qui réagissent de manière disproportionnée à quelque chose qui les a blessés et qui sous-estiment les dangers de la montagne.

— En avez-vous parlé ? demanda-t-elle en commençant la pâte à crêpes.

— Oui. Ces derniers jours n'ont pas été faciles pour lui.

Elle s'attendit à un reproche et serra les dents.

— Je m'en veux de ne pas m'en être rendu compte, ajouta Blaine.

Quoi ? Pas de reproche ? S'était-il aussi cogné la tête ? Elle jeta un coup d'œil par-dessus son épaule. Il fixait son café.

— Ta mère est venue hier soir, dit-elle.

Il releva vivement la tête.

— Je suis désolé, répondit-il. Je ne lui ai pas demandé…

— Je sais, le coupa-t-elle. Elle est partie il y a vingt minutes, quand on a reçu ton texto.

— Je l'appellerai. Ça s'est bien passé entre vous ?

— Elle a été très gentille, répondit Tilda en versant du lait dans le saladier.

— Que comptes-tu faire aujourd'hui ? demanda Blaine après quelques secondes de silence.

— Ce que j'aimerais faire, c'est le serrer dans mes bras toute la journée et lui faire jurer qu'il ne recommencera jamais. D'abord, je vais l'emmener chez le médecin et le laisser se reposer, mais il ne faut pas qu'il fasse ce qu'il veut toute la journée. Ce serait comme si je récompensais sa bêtise. C'en était une et il faut qu'il le comprenne.

— Il est difficile d'être un parent, dit Blaine.

— Très.

— Alors, quel est ton plan ?

— Je veux lui parler. Je veux comprendre ce qui l'a motivé et lui faire entendre qu'il y a d'autres manières de gérer les choses qui nous blessent. Il a eu beaucoup de chance. Il n'en aurait peut-être pas autant une autre fois.

Cette pensée lui arracha un sanglot.

— Je suis désolé de ne pas avoir pu te prévenir plus tôt.

— Je comprends et je ne t'en veux pas.

— Il a eu peur, dit doucement Blaine. Il a dû casser une vitre pour entrer dans la cabane et il n'a pas réussi à faire un feu parce que ses allumettes étaient mouillées. Il faisait très froid quand je suis arrivé.

Le cœur de Tilda se serra. Son fils avait souffert. Elle espérait que cette mésaventure lui avait enseigné quelque chose. La montagne était belle, mais elle était aussi dangereuse, même pour les hommes les mieux préparés.

Heureusement que Blaine l'avait retrouvé.

— Je ne veux pas savoir ce qui se serait passé si tu n'avais pas été là, murmura-t-elle.

— Il ne serait peut-être jamais allé dans cette cabane.

Elle secoua la tête.

— Mais il aurait pu se passer autre chose, répondit-elle. J'étais si certaine d'être tout ce dont Josh avait besoin… Mais je me rends compte qu'il a aussi besoin d'un père. Merci d'avoir été là pour lui.

Ils entendirent la douche s'arrêter.

— Il ne veut pas qu'on se dispute, dit Blaine après avoir jeté un coup d'œil en direction de la salle de bains. Il ne veut pas avoir à choisir entre nous.

— Ça ne devrait pas être nécessaire.

— Je suis d'accord, répondit Blaine. Et je suis prêt à essayer, Tilda. Pour Josh.

La porte de la salle de bains s'ouvrit.

Ce que Blaine lui demandait impliquait qu'elle partage Josh et qu'elle accepte qu'il soit un Colton. En était-elle capable ?

Mais si Blaine était prêt à essayer…

— Moi aussi, répondit-elle. Je ferais n'importe quoi pour mon fils.

Blaine prit le petit déjeuner avec Josh et Tilda. Ils ne se dirent pas grand-chose. Josh et lui étaient affamés, et Tilda ne faisait que regarder leur fils.

C'était le deuxième repas qu'ils partageaient. Il était plus agréable que le déjeuner chez sa mère, presque… normal.

Bien sûr, il n'avait pas la moindre idée de ce qu'était une vie de famille normale. C'étaient Russ et Mara Colton qui l'avaient élevé.

Mais il pouvait faire mieux que ses parents. Il *voulait* faire mieux.

Alors qu'il finissait son assiette, le téléphone de Tilda tinta. Elle le prit, lut le texto et fronça les sourcils.

— C'est qui, maman ? demanda Josh.

— La mère d'un élève, répondit Tilda.

— Tu donnes ton numéro de téléphone aux parents de tous tes élèves ? s'étonna Blaine.

Elle hocha la tête.

— À la première rencontre entre les parents et les professeurs, en début d'année, répondit-elle. Mais c'est curieux... Je ne me souviens pas avoir rencontré cette femme. Elle veut que j'aille chez elle.

— Tu fais ce genre de chose ?

Cela semblait très dangereux à Blaine, comme entrer dans un bâtiment en territoire ennemi sans repérage préalable.

— Personne ne me l'a jamais demandé, répondit Tilda. Mais je suis contente qu'elle me contacte. C'est la mère de Toby, l'élève qui m'inquiète.

— Le garçon auquel tu parlais quand je suis allé te voir au lycée ?

— Oui.

Blaine se souvenait parfaitement de son animosité.

— Vas-tu y aller ?

Tilda posa son téléphone.

— Je ne devrais pas. Le règlement du lycée l'interdit. Mais j'aimerais vraiment rencontrer les parents de Toby. Il y a peut-être un autre moyen... J'y réfléchirai plus tard, parce que j'ai l'intention de ne m'occuper que de ce garçon-ci, aujourd'hui.

Blaine en conclut qu'il était temps qu'il s'en aille. Il emporta son assiette vide dans l'évier.

— Merci pour le petit déjeuner, dit-il. C'était délicieux.

— De rien, répondit Tilda.

Blaine ébouriffa les cheveux de Josh.

— Essaie de dormir un peu, d'accord ? lui dit-il.

— D'accord, répondit Josh. Merci... Blaine.

Avait-il failli dire « papa » ? Blaine essaya de se convaincre que cela n'avait pas d'importance, mais il savait qu'il adorerait entendre ce mot dans la bouche de son fils.

— Je suis content de m'être rendu utile. À plus tard, Tilda !

— Veux-tu emmener Josh dîner dehors ce soir ? demanda-t-elle.

Elle était prête à s'effacer pour le laisser passer du temps avec son fils... Mais comment Josh le comprenait-il ?

— Et si je vous emmenais dîner dehors tous les deux ? proposa-t-il.

Cela surprit clairement Tilda.

— D'accord, répondit-elle d'une voix hésitante.

— Alors je passerai vous prendre à 18 heures.

Après le départ de Blaine, Josh emporta son assiette dans l'évier, puis se tourna vers Tilda.

— Il a été génial, hier soir, dit-il.

La gorge de Tilda se serra.

— Je suis contente qu'il t'ait trouvé, répondit-elle.

— Je n'ai pas été très malin, n'est-ce pas ?

— Que s'est-il passé, Josh ? Pourquoi t'es-tu enfui ?

Il haussa les épaules.

— Des garçons de ma classe ont dit des trucs.

— Sur Blaine ?

— Oui. Et sur les autres Colton. Et sur moi, maintenant que je suis un Colton. Et d'autres trucs.

Tilda traduisit aussitôt « d'autres trucs » par « des trucs dont je ne peux pas parler ».

— Sur moi ?

Josh hocha la tête avec un air malheureux.

— Ne t'inquiète pas. Je peux tout entendre, lui assura-t-elle.

— Ils ont dit que tu étais une salope et que tu avais fait croire à ton mari qu'il était le père de ton bébé.

Elle ne pouvait pas nier que c'était cruel. Mais elle ne pouvait pas non plus empêcher les ragots.

— Je n'ai pas menti à Dorian, répondit-elle. Il connaissait la vérité depuis le début.

— Je le sais et je le leur ai dit... Ils ont répondu que je ne pouvais pas le prouver parce qu'il était mort.

— Je comprends que ça t'ait blessé, mais tu connais la vérité. Tous les gens que nous aimons connaissent la vérité. Je sais que c'est plus facile à dire qu'à faire, mais il faut que tu apprennes à laisser glisser ce que disent les autres.

— J'essaierai, répondit Josh.

— As-tu parlé de ça à Blaine ?

— Pas de ce qu'on dit sur toi. Juste de ce qu'on dit sur lui : qu'il a été renvoyé de l'armée.

Quoi ? Elle se rappela subitement l'échange cryptique que ses parents avaient eu la veille. Elle ne s'en était pas souciée sur le coup parce qu'il y avait plus grave. Ses parents avaient-ils entendu cette rumeur ?

— Et que t'a dit Blaine ?

— Que c'était vrai.

Quoi ?

— T'a-t-il dit pourquoi l'armée l'avait renvoyé ?

— Parce qu'il a eu une relation avec une femme de son unité qui a un prénom bizarre. Honor.

Le cœur de Tilda se serra. Qui était cette femme ? Blaine l'aimait-il ? Elle eut envie de poser des dizaines de questions à Josh, mais elle ne devait pas se servir de son fils pour essayer d'obtenir des informations sur la vie sexuelle de son père.

— Ce que ton père fait avec ses amis ne nous regarde pas, dit-elle. Ce que tu dois garder à l'esprit, c'est que Blaine est un bon soldat et quelqu'un de bien.

— J'ai hâte que l'année se termine.

— Bientôt. Mais tu sais qu'on ne peut pas se contenter de souhaiter que nos problèmes disparaissent ?

— Je sais. Ce sera juste plus facile quand je ne verrai plus ces crétins tous les jours.

Elle pouvait difficilement le contester.

— Tu veux bien me rendre mon téléphone ? demanda Josh.

— D'accord, mais interdiction d'envoyer des textos à tes amis. Ils sont en cours – là où tu devrais être. Et pas de réseaux sociaux. Tu as le droit de jouer un peu, mais je veux que tu fasses tes devoirs et que tu dormes quelques heures. Et je t'emmènerai chez le médecin.

— D'accord, répondit-il.

Il semblait prêt à tout accepter, à cet instant.

— Je suis désolé, maman, ajouta-t-il.

Elle le prit dans ses bras.

— Tout le monde fait des erreurs, lui dit-elle. L'important, c'est d'en apprendre quelque chose.

— Oh ! j'ai appris des choses : il fait très froid dans la montagne pendant la nuit et il faut être idiot pour ne pas protéger ses allumettes de l'humidité.

— Ce sont deux très bonnes leçons. Maintenant, va te coucher !

Tilda resta dans la cuisine, le regard dans le vide. Il ne lui était pas venu à l'esprit que Blaine pouvait sortir avec quelqu'un. Elle était stupide. Bien des femmes devaient s'intéresser à lui. Honor le rejoindrait-elle à Roaring Springs ? Se marieraient-ils ? Josh aurait-il une belle-mère ?

Elle avait eu beaucoup d'affection pour Blaine Colton à une époque. Elle savait que ce n'était pas pleinement réciproque et elle l'avait accepté – au point d'épouser un autre homme. Mais Blaine avait toujours gardé un morceau de son cœur.

Et ce morceau venait de se briser.

13

Blaine, qui n'avait dormi qu'une heure dans la cabane, aurait dû aller se coucher. Mais il savait qu'il était trop tendu pour réussir à s'endormir. Il était dans sa voiture, sur le parking du Chalet. Il n'y avait pas grand monde dehors. Il était encore trop tôt et il faisait encore trop froid.

Il se sentait engourdi. Pas physiquement – il faisait bien assez chaud dans sa voiture – mais mentalement. Il avait déjà participé à des opérations de sauvetage, mais leur enjeu n'était pas aussi important pour lui.

Il avait éprouvé le besoin instinctif de protéger son fils et il aurait pu déplacer des montagnes. Quand ils avaient regagné le Chalet, au petit matin, il avait songé à la responsabilité énorme que Tilda assumait depuis treize ans. À présent, il repensait à sa conversation avec Sloane, qui le trouvait trop dur envers Tilda.

Elle avait raison. Il n'avait pas été là pour les otites, les chutes et les cauchemars. C'était Dorian qui avait aidé Tilda à gérer tout cela. Il était peut-être temps qu'il arrête de jalouser un mort et qu'il lui soit reconnaissant de ne pas avoir laissé Tilda se débrouiller toute seule.

Il était aussi temps qu'il admette qu'elle avait fait du très bon boulot.

Il s'en voulait de lui avoir dit qu'elle était égoïste. C'était une mère exemplaire. La suspecter de faire passer son intérêt avant celui de Josh était ridicule. Il ne le ferait plus.

Blaine vit deux employés sortir du bâtiment en portant des cartons et en se parlant avec animation. Même s'il ne connaissait pas leurs noms, leurs visages lui étaient familiers. Il baissa sa vitre, mais ils étaient trop loin pour qu'il les entende.

Ils mirent les cartons qu'ils portaient dans leurs voitures et s'en allèrent. Blaine entra dans le Chalet et prit la direction du bureau de Decker. Il lui avait envoyé un texto pour lui dire qu'il avait retrouvé Josh, mais il était sûr que son frère voudrait des détails.

Penny lui offrit un sourire. Il la sentit tendue. Elle lui dit que son frère était en rendez-vous et lui demanda d'attendre. Dix minutes plus tard, Decker sortit de son bureau avec un homme et une femme d'une quarantaine d'années.

— Merci, dit-il en leur serrant la main.

L'homme et la femme – des managers du Chalet – s'en allèrent sans accorder un regard à Blaine.

— Que se passe-t-il ? demanda-t-il à Decker en le suivant dans son bureau.

— Pourquoi cette question ?

— Parce que j'ai vu deux employés sortir avec des cartons et parce que Penny fait une tête bizarre.

— On a eu un problème, mais ce n'est pas très grave, dit son frère. Tu as retrouvé Josh, alors ?

— Oui. Il était bien dans la cabane. Il faudra que quelqu'un change la vitre d'une fenêtre quand il fera un peu plus chaud. On a passé la nuit là-haut et on est rentrés ce matin. Il doit être en train de dormir, à l'heure qu'il est.

— T'a-t-il dit pourquoi il s'était enfui ?

— Oui. Des garçons de sa classe lui ont dit des choses sur moi. Les amateurs de rumeurs ont découvert que j'avais été renvoyé de l'armée et que mon dossier avait été modifié.

— Je vois, murmura son frère.

— Ça n'a pas l'air de te surprendre.

— Deux gars de la maintenance chantaient le même refrain, tout à l'heure. Leurs managers leur ont demandé d'arrêter parce que ça mettait leurs collègues mal à l'aise. Les types ont répondu qu'ils préféraient démissionner que de travailler pour « ces privilégiés de Colton ».

Decker dessina des guillemets en l'air autour des derniers mots.

— Je suis désolé, répondit Blaine.

— Ce n'est pas très grave. C'est juste que ça tombe à un mauvais moment. L'un de leurs collègues se fait opérer du dos et un autre a pris deux semaines de congé pour aider sa mère à s'installer dans une maison de retraite.

— Je peux donner un coup de main, si tu veux, proposa Blaine. Je n'aurai plus grand-chose à faire quand la neige aura fondu.

— Ce n'est pas un travail palpitant, le prévint Decker. Il s'agit de changer des ampoules, de déboucher des lavabos...

— J'en suis capable.

Decker haussa les épaules.

— Comme tu voudras. Je préviendrai les managers. Quand peux-tu commencer ?

— Tout de suite, répondit Blaine malgré son besoin de sommeil.

Trois heures plus tard, alors qu'il allait chercher de la colle au sous-sol et attendait devant l'ascenseur, il reconnut un homme qui traversait le hall, et se raidit.

David James.

Blaine ne lui avait jamais été présenté, mais il avait vu des photos de lui et il en avait beaucoup entendu parler.

David James était l'ex-mari de Honor. Elle était déjà divorcée quand ils étaient sortis ensemble. D'après ce qu'Honor lui avait dit, il était un peu dérangé.

Que faisait-il à Roaring Springs ?

À la connaissance de Blaine, il vivait à Stamford, dans le Connecticut.

Les portes de l'ascenseur s'ouvrirent, mais Blaine n'y entra pas. Il était à peu près sûr que David James ne l'avait pas vu. Il parlait avec l'hôtesse d'accueil. Blaine l'observa. Cinq minutes plus tard, James balaya le hall du regard, puis s'en alla. Blaine, qui s'était posté près de la porte, le vit monter dans une voiture noire.

Alors Blaine aborda l'hôtesse d'accueil, qu'il ne connaissait pas.

— Bonjour, lui dit-il. Je suis Blaine Colton.

— Je sais, répondit-elle d'une voix neutre. Je m'appelle Patty.

— Qui est l'homme à qui vous venez de parler, Patty ?

Elle baissa les yeux vers un calepin, sur lequel elle avait griffonné un nom.

— Jim Park, répondit-elle.

Blaine était sûr de ne pas s'être trompé. David James avait un visage long et étroit qu'il était difficile d'oublier.

Blaine avait maintenant deux questions : que faisait-il là et pourquoi se présentait-il sous un faux nom ?

— Que voulait-il ? demanda-t-il à Patty.

— Juste des informations sur Roaring Springs. Le département des événements me l'a envoyé après lui avoir fait visiter les locaux. Il songe à se marier ici.

C'était bien loin de chez lui... Bien sûr, il pouvait épouser une femme du Colorado, mais cela n'expliquait pas le faux nom.

— Qui l'a reçu au département des événements ?

— Janey Maxwell.

— Merci.

Blaine était dans le bureau de Janey Maxwell cinq minutes plus tard. C'était une femme efficace d'une cinquantaine d'années. Elle fit une grimace quand il lui parla de Jim Park.

— J'avoue que ça m'a surprise qu'il vienne sans sa fiancée, dit-elle. Ce sont elles qui prennent la décision, en général.

— Quand se marie-t-il ?

— À l'automne prochain. Il m'a dit qu'ils étaient souples et je lui ai proposé plusieurs dates en octobre et en novembre. J'ai bien cru que je n'arriverais jamais à m'en débarrasser. Il voulait tout visiter : la salle de bal, les salons, les restaurants, les salles de sport, la piscine… Il a pris des photos de tout.

— Vous a-t-il montré une pièce d'identité ?

— Nous ne le demandons pas, répondit Janey, visiblement surprise par la question.

— Évidemment. Pourriez-vous me prévenir s'il vous recontacte ?

— Bien sûr. Ai-je fait quelque chose que je n'aurais pas dû faire ?

— Absolument pas.

— Monsieur Colton ? lança-t-elle alors qu'il avait la main sur la poignée de la porte.

— Oui ?

— J'ai entendu parler de l'incident de ce matin. Je voulais juste vous dire que la plupart des employés soutiennent votre famille. Et… J'ai un fils qui a servi dans les marines. Il a fait deux fois l'Afghanistan et il nous a raconté des choses… Merci aussi pour ce que vous avez fait là-bas.

— C'est moi qui vous remercie, répondit Blaine, profondément touché. Et saluez votre fils de ma part.

Dès qu'il eut quitté le bureau de Janey, il appela Honor pour lui demander si elle savait ce que son ex-mari faisait à Roaring Springs sous un faux nom. Il tomba sur le répondeur et laissa un message.

— Bonjour, Honor, c'est Blaine. J'espère que tu vas bien. Pourrais-tu me rappeler, s'il te plaît ? Merci.

Il raccrocha, frustré, et alla chercher sa colle.

Il était presque 17 heures quand il regagna son bureau. Honor ne l'avait pas rappelé, mais il était sûr qu'elle le ferait.

Il ne répondit qu'aux mails les plus urgents. Il lui restait juste le temps de prendre une douche avant d'aller chercher Tilda et Josh.

Il espérait qu'ils avaient passé une bonne journée et il était impatient de les revoir.

Vingt-cinq minutes plus tard, il monta en voiture. Son téléphone sonna avant qu'il ne démarre. C'était Honor.

— Allô ?

— Bonjour, Blaine.

Ils s'étaient séparés en bons termes sans avoir vraiment l'intention de se revoir. Son message avait dû la surprendre.

— Bonjour, Honor. Comment ça va ?

— Bien. Je suis très occupée. Et toi ?

— De retour à Roaring Springs. Je travaille pour mon frère au Chalet.

— Je suis sûr que tu feras du bon boulot, comme toujours, lui dit-elle.

— Merci. Si je t'ai appelée, c'est parce que je suis à peu près sûr d'avoir vu ton ex-mari au Chalet aujourd'hui.

— David ?

— Tu en as d'autres ?

— Non, mais je ne vois pas ce qu'il faisait là. Il vit dans le Connecticut.

— Il prétend vouloir se marier ici et il se fait appeler Jim Park.

— Ça n'a aucun sens. Je sais qu'il fréquente des sites de rencontres sur Internet. Il utilise peut-être un pseudonyme pour ça. Il a pu rencontrer quelqu'un de ton coin… Mais ce n'est qu'une hypothèse. On ne s'est pas parlé depuis des mois.

— Peux-tu interroger quelqu'un d'autre ?

— Sa sœur. On est restées en bons termes. Mais elle est hôtesse de l'air. Il me faudra peut-être quelques jours pour la joindre.

— Ce n'est pas grave. Rappelle-moi si tu apprends quelque chose.

— D'accord. Prends soin de toi, Blaine.

— Toi aussi. Et merci.

Il raccrocha et démarra. Comme il n'avait pas reneigé de

la journée, la route n'était plus glissante. Il se gara devant la maison de Tilda et frappa à la porte. Quelques secondes plus tard, il frappa plus fort.

Josh ouvrit. Il avait des écouteurs dans les oreilles.

— Désolé, dit-il. J'écoutais de la musique.

— Ce n'est pas grave. As-tu fait une sieste ?

— Oui. J'ai super bien dormi.

— Où est ta mère ? demanda Blaine.

— Elle avait une course à faire, répondit Josh avant de jeter un coup d'œil à la pendule. C'est bizarre qu'elle ne soit pas encore rentrée.

— Regarde si elle t'a laissé un message.

Josh tira son téléphone de sa poche.

— Non.

— Appelons-la.

Blaine composa le numéro de Tilda et tomba sur le répondeur. Il laissa un message.

— Bonsoir, Tilda. Je suis chez toi et on aimerait savoir quand tu rentreras. Rappelle-moi.

— J'espère qu'il ne lui est rien arrivé, dit Josh quand il eut raccroché. Elle n'est jamais en retard.

— Je suis sûr qu'elle va bien. Es-tu prêt ?

— Pas tout à fait, répondit Josh.

— Alors va finir de te préparer.

Blaine s'assit sur le canapé et posa son téléphone sur la table basse.

Josh revint dix minutes plus tard. Tilda n'avait pas appelé et Blaine n'aimait pas ça.

— Sais-tu quelle course elle devait faire ? demanda-t-il à Josh.

— Je crois qu'elle a parlé d'un pressing.

Il ne devait pas y en avoir beaucoup à Roaring Springs. Il fit une recherche sur Internet et en trouva deux.

— Allons-y, dit-il. On la retrouvera en ville.

Ils approchaient du premier pressing quand le téléphone de Blaine sonna. C'était Tilda.

— Je suis désolée, dit-elle. Je sais que je suis en retard pour le dîner.

— Ce n'est pas grave. Tout va bien ?

— Pas vraiment.

— Es-tu blessée ? s'inquiéta-t-il aussitôt.

— Non. Ma voiture, par contre...

— Tu as eu un accident ?

— Non. J'ai trouvé mes quatre pneus crevés.

— Où es-tu ? demanda Blaine.

— Sur le parking de chez Smith. Je regarde une dépanneuse charger ma voiture.

— Rentre dans le pressing et reste loin de la vitrine, lui ordonna-t-il en accélérant.

— Pourquoi ?

— Fais-le, s'il te plaît.

— Mais...

— Tilda !

— Comme tu voudras, finit-elle par dire avant de raccrocher.

14

Blaine commença par observer Tilda de la tête aux pieds quand il entra dans le pressing avec Josh.

— Ça va ? demanda-t-il.

— Bien sûr, répondit-elle.

Elle ne voulait pas admettre que l'incident l'avait un peu secouée.

— Pour commencer, il faut qu'on appelle la police, dit-il.

— Je l'ai déjà fait. Ils viennent de partir.

— Bravo.

C'était absurde, mais l'approbation de Blaine l'emplit de joie.

— Je suis désolée d'avoir raté ton appel, dit-elle. J'avais mis mon téléphone sur vibreur et je n'ai pas vu le temps passer.

— Ce n'est pas grave, répondit Blaine. Je suis content que tu n'aies rien. Qu'a dit la police ?

— Ils vont regarder les enregistrements des caméras de surveillance du quartier et consulter leurs fichiers pour voir s'il y a eu d'autres incidents du même genre.

— Leur as-tu parlé de Toby Turner ?

Elle secoua la tête.

— Je n'ai aucune raison de penser qu'il y est pour quelque chose.

— Tu menaces de le faire redoubler.

— Il sait que c'est sa faute. Il ne rend pas les devoirs.

— Ce n'est encore qu'un gamin. Ses réactions ne sont pas forcément rationnelles.

— Je t'accorde que Toby a un problème que je ne comprends pas, répondit-elle. Mais je suis sûre d'une chose : je ne le comprendrai jamais si la police débarque chez lui à cause de moi.

— Comme tu voudras, dit Blaine, visiblement contrarié.

— Et si on allait dîner ? suggéra-t-elle.

— Italien ? répondit Josh en montrant le restaurant qui se trouvait de l'autre côté de la rue.

— Ça me va, répondit Blaine.

— Les pâtes font toujours mon bonheur, dit-elle.

Elle ramassa la robe qu'elle avait posée sur le comptoir.

— C'est ce que tu porteras au bal de la promo ? demanda Josh.

— Le bal de la promo ? répéta Blaine.

— Les professeurs l'encadrent à tour de rôle, expliqua-t-elle.

— Jolie robe, la complimenta Blaine.

Elle se sentit rougir et essaya de se concentrer sur la robe, qui était effectivement jolie. Elle l'avait achetée pour un mariage deux ans plus tôt. Ce serait la deuxième fois qu'elle la porterait.

— Merci, balbutia-t-elle.

Quelques minutes plus tard, ils avaient une table dans le restaurant italien d'en face et ils attendaient leurs plats.

— Sais-tu que j'ai emmené ta mère au bal de la promo quand on était en terminale ? demanda Blaine à Josh.

Il n'allait quand même pas lui raconter *cette* histoire...

— C'est vrai ? répondit Josh. Cool.

— Très cool, surenchérit Blaine. Elle portait une robe rouge. Je peux te la montrer, si tu veux.

Tilda faillit avaler une gorgée d'eau de travers.

— Mon Dieu, murmura-t-elle quand il sortit une photo tellement abîmée qu'elle devait être dans son portefeuille depuis tout ce temps.

— Tu étais jolie, dit Josh.

— Avant de devenir vieille et décrépite, plaisanta-t-elle pour alléger l'atmosphère.

Elle avait les nerfs à vif depuis la fugue de Josh. Même aujourd'hui, alors qu'elle était rassurée, elle s'était sentie bizarre toute la journée. Elle s'était répété que c'était parce qu'elle n'était pas au travail, mais elle sentait bien que ce n'était pas une explication suffisante.

Après l'incident des pneus, qui n'avait rien arrangé, elle ne se sentait pas capable de gérer Blaine s'il devenait sentimental.

Heureusement, ce ne fut pas le cas. Il rangea la photo et se mit à interroger Josh sur ses entraînements de base-ball.

Il parla ensuite de sa famille. Wyatt serait bientôt père. Decker venait de se marier et Sloane de se remarier. Ensuite, il les amusa en leur parlant d'une cliente qui l'avait appelé parce que le tapis de sa chambre bougeait. Quand il s'était étonné de le trouver bien fixé au sol, elle lui avait expliqué que c'était le *motif* du tapis qui bougeait. Il n'avait pas vu ce qu'il pouvait faire pour l'aider.

Ils prirent une glace en dessert. Tilda se sentait si bien qu'elle faillit oublier qu'ils ne dînaient tous ensemble que pour offrir un semblant de normalité à Josh.

Puis Blaine les raccompagna.

— Est-ce que je peux entrer ? demanda-t-il en se garant devant chez elle.

— Il y a école, demain, protesta-t-elle. Josh a besoin de dormir.

— C'est à toi que j'aimerais parler.

— D'accord, répondit-elle, même si cela semblait de mauvais augure.

Elle envoya Josh dans sa chambre dès qu'ils eurent franchi la porte.

— Je veux que la lumière soit éteinte dans une demi-heure, dit-elle. Mais fais-moi d'abord un câlin.

Josh lui obéit après avoir levé les yeux au ciel, puis il la surprit en faisant un câlin à Blaine.

— C'était bon, commenta celui-ci, l'air aussi surpris qu'elle, après le départ de Josh.

— N'est-ce pas ? Je n'ai même pas honte de demander.

— On ne se câlinait pas beaucoup dans ma famille, dit Blaine. Ça nous aurait sûrement aidés.

Elle n'avait pas envie de parler de Russ et de Mara Colton. Cela semblait être le meilleur moyen de gâcher une bonne soirée.

— Un café ? proposa-t-elle.

Il secoua la tête.

— Il faut que je te dise quelque chose.

— D'accord...

— Je veux que tu l'entendes de ma bouche, commença-t-il en s'adossant au canapé. Si je fais des travaux de maintenance au Chalet, c'est parce que deux employés ont démissionné ce matin après avoir critiqué les Colton en général et moi en particulier.

— Pourquoi ?

— Ils m'ont accusé d'être un privilégié parce que mon dossier militaire a été modifié. Je suis sorti avec une femme de mon unité. Elle s'appelle Honor Shayne. Malheureusement, notre commandant l'a mal pris. Il nous a renvoyés pour faire de nous des exemples. Je suis sûr que j'aurais pu faire réviser mon dossier par la voie officielle, mais mon père est intervenu avant. Il a appelé mon oncle Joe.

— L'ancien président ?

— Oui. Alors tout est allé beaucoup plus vite. Et ça s'est su, visiblement. Bien sûr, les gens ont déformé l'histoire en se la racontant. À présent, on croirait que j'ai trahi mon pays et qu'on me l'a pardonné parce que je suis un Colton.

Elle avait des dizaines de questions à lui poser, mais il ne la laissa pas en placer une.

— Il faut que tu saches tout ça parce que j'ai vu l'ex-mari de

Honor au Chalet aujourd'hui. Il prétend vouloir y organiser son mariage – alors qu'il n'habite pas dans la région – et il se sert d'un faux nom. Honor n'a pu me fournir aucune explication.

Il avait parlé à Honor. Aujourd'hui même. Tilda en perdit le fil de ce qu'il racontait.

— … pneus crevés.

Elle essaya de se concentrer.

— Quoi ?

— J'ai dit que c'était peut-être David James qui avait crevé tes pneus. J'ai du mal à croire aux coïncidences.

— Je ne le connais même pas. *Il* ne me connaît pas.

— On est à Roaring Springs, Tilda. S'il a discuté avec les gens du coin, il ne lui aura pas fallu longtemps pour découvrir que Josh était mon fils et que tu étais sa mère. Que tu étais importante pour moi.

— C'est vrai ?

— Quoi ?

— Que je suis importante pour toi ?

Il posa son téléphone, qu'il tapotait depuis deux minutes.

— Je veux ton bien, Tilda, dit-il.

Il n'avait pas répondu à sa question. Devait-elle la répéter ? Se rapprocher pour être sûre de capter son attention ?

Il avait gardé la photo du bal de la promo. Cela devait bien signifier quelque chose.

Elle inspira profondément.

— Je sais que ça ne me regarde pas, mais j'aimerais savoir si Honor et toi sortez encore ensemble.

— Non. Notre relation n'a pas duré longtemps.

Le soulagement étourdit Tilda. Cette inquiétude dissipée, il lui fut plus facile de se concentrer.

— Revenons à David James. Comment peux-tu être sûr que c'était lui s'il se sert d'un faux nom ?

— Il a un visage marquant. Je l'avais vu en photo.

— Décris-le-moi.

— Je peux faire mieux que ça. Je l'ai trouvé sur un réseau social.

Il tapota son téléphone quelques instants et le lui tendit.

Tilda regarda la photo. David James avait la trentaine et un visage qu'il était effectivement difficile de confondre avec un autre.

— Je ne l'ai jamais vu, dit-elle.

— Tant mieux.

— Vas-tu dire à la police qu'il est à Roaring Springs ?

Il acquiesça.

— Je compte appeler Liam Kastor, le nouveau mari de Sloane. Tu te souviens de lui ? Il s'entendait bien avec Fox, au lycée.

— Oui, je me souviens de lui. C'est une bonne idée.

— Promets-moi d'être prudente ces prochains temps, Tilda. À ce propos, comment comptes-tu aller travailler demain matin ?

— Je pensais demander à mes parents de me conduire au lycée.

— Je passerai te prendre.

Elle secoua la tête.

— Tu ne vas quand même pas venir du Chalet rien que pour me conduire… N'as-tu pas de nouvelles responsabilités ?

— Ça ne me dérange pas.

— J'aimerais partir tôt.

Elle voulait avoir le temps de lire les notes de son remplaçant, si celui-ci lui en avait laissé.

— Très bien. À quelle heure ?

— 6 heures et demie.

— Et Josh ?

— Il ne part que vers 7 heures et quart et il va au collège à pied.

— Pas demain, répondit Blaine. Pas tant que j'ignore ce que David James fait à Roaring Springs. Je peux aussi venir vous chercher en fin de journée.

— Ce n'est pas nécessaire, lui assura-t-elle. J'ai demandé au garagiste de déposer ma voiture au lycée dans la journée. Et Josh a une répétition d'orchestre. C'est au tour de la mère d'Isaac d'aller les chercher.

— D'accord.

Il alla dans la cuisine pour s'assurer que la porte de derrière était bien verrouillée.

— Ton téléphone est chargé ? demanda-t-il en revenant dans le salon.

— Oui, répondit-elle après avoir vérifié.

— Bien. Garde-le à portée de main. Si quelque chose te rend nerveuse, appelle la police, puis appelle-moi.

— C'est toi qui me rends nerveuse.

— Ce n'est pas mon intention. Mais je veux que tu sois vigilante.

Il ouvrit la porte et parut hésiter.

Allait-il l'embrasser ?

Les secondes s'égrenèrent au ralenti.

— Verrouille derrière moi, finit-il par dire. Bonne nuit, Tilda.

— Bonne nuit, parvint-elle à répondre.

Elle verrouilla aussitôt parce qu'il devait attendre d'entendre le bruit de la clé. Alors elle se posta à la fenêtre et le regarda monter dans sa voiture.

Il était beau, fort, plein d'assurance…

Et il n'avait pas envie de l'embrasser.

15

Blaine appela Liam alors qu'il repartait vers le Chalet.

— Bonsoir, Blaine, dit Liam. Sloane m'a dit que tu étais revenu et que tu travaillais au Chalet.

— Oui. Mes félicitations pour votre mariage. Et je suis désolé de t'appeler aussi tard.

— Ce n'est pas grave, répondit Liam. J'ai quelques minutes avant la lecture du soir. Et je te félicite aussi. Ça ne fait pas très longtemps que je suis père, mais je peux t'assurer que c'est fabuleux.

— Merci. J'espère ne pas commettre trop d'erreurs.

— Les enfants ont juste besoin d'amour, lui assura Liam.

— Tu as sans doute raison. Malheureusement, je n'appelle pas que pour te féliciter.

— Tu m'appelles à propos des pneus de Tilda Deeds ?

— Tu es au courant ?

Liam pouffa.

— C'est une petite ville.

— Je m'en réjouis, pour une fois, répondit Blaine. Ça nous fera gagner du temps. Il faut que tu saches que je suis sorti avec une femme de mon unité quand j'étais dans l'armée. Elle s'appelle Honor Shayne. Or il se trouve que j'ai vu son ex-mari au Chalet aujourd'hui. Ce type s'appelle David James et il est possible qu'il m'en veuille, même s'il n'a pas de bonne raison de le faire. Il a visité le Chalet sous le nom de Jim Park en prétendant vouloir y organiser son mariage. J'ai appelé Honor, qui n'y comprend rien non plus.

— As-tu une photo récente de ce David James ?

— Oui. Je te l'enverrai dès que j'aurai raccroché.

— D'accord. Je la ferai circuler. Comment va Tilda ?

— Elle est chez elle avec Josh. Ses portes sont bien verrouillées et je lui ai demandé d'être prudente.

— J'appellerai le poste pour demander qu'une patrouille passe devant chez elle deux ou trois fois dans la nuit.

— Merci. Je l'emmènerai au lycée demain matin.

— Très bien. Préviens-moi si tu revois David James.

— C'est promis. Merci pour ton aide.

— Avec plaisir, répondit Liam. Tu fais partie de la famille, Blaine.

Tilda se leva très tôt le lendemain – ce qui n'avait aucun rapport avec le fait que Blaine vienne la chercher, songea-t-elle en prenant cinq minutes de plus que d'habitude pour se maquiller.

Quand on frappa à la porte, elle regarda par l'œil-de-bœuf pour s'assurer que c'était bien Blaine avant d'ouvrir.

— Bonjour, lui dit-elle, le souffle court.

Ressaisis-toi ! s'ordonna-t-elle.

Elle se comportait comme si c'était elle qui avait treize ans.

— Bonjour, répondit-il. Tu es très jolie. Je ne crois pas avoir jamais eu une prof aussi sexy.

Elle se sentit rougir.

— Josh n'est pas encore prêt, dit-elle. Veux-tu un café ?

— Avec plaisir. Je n'ai pas eu le temps d'en prendre un avant de partir.

Elle remplit deux tasses.

— As-tu faim ? demanda-t-elle en lui tendant la sienne.

Il secoua la tête.

— Ne prépare rien pour moi, répondit-il. Je déjeunerai

plus tard. J'ai appelé Liam, hier soir. Il était déjà au courant pour tes pneus. Je lui ai parlé de David James et je lui ai envoyé une photo.

— Que feras-tu si tu tombes sur lui ? demanda-t-elle avant de mordre dans son toast.

Blaine haussa les épaules.

— Ça dépend de son attitude. Je ne le laisserai pas s'en prendre à moi ou à ma famille.

Elle était sûre que David James n'avait aucune chance contre Blaine.

— Il ne doit pas être très malin s'il te cherche des poux, dit-elle. Il sait forcément que tu as été un béret vert et que tu peux le réduire en bouillie.

Blaine tendit la main pour faire tomber des miettes qu'elle avait au coin de la bouche. Elle réprima un gémissement de plaisir.

— D'après ce que je sais, David James est intelligent, au contraire, répondit-il. C'est un ingénieur. Il paraît qu'il est très doué pour l'informatique.

Elle entendit la porte de Josh s'ouvrir et se leva pour préparer des toasts.

— Bonjour, champion, lui dit Blaine quand il entra dans la cuisine.

— Bonjour, grommela Josh. Il fait encore nuit.

Elle lui servit un bol de céréales et des toasts.

— Il fait moins froid, aujourd'hui, mais tu auras encore besoin de ton blouson, lui dit-elle.

— La saison de ski est terminée, alors ? demanda Josh à Blaine.

— Ce n'est plus qu'une question de jours. On tiendra peut-être jusqu'à ce week-end parce qu'il fait plus froid en altitude, mais c'est tout.

— Est-ce que je peux aller skier dimanche, maman ? Si c'est la dernière occasion...

— On verra, répondit Tilda.

— C'est la réponse que donne un parent quand il veut éviter de prendre une décision tout de suite ou de s'engager dans des négociations, dit Josh à Blaine.

Tilda ne put s'empêcher de sourire.

— Mange ! lui ordonna-t-elle.

Cinq minutes plus tard, ils montèrent dans la voiture de Blaine, qui était particulièrement propre. Tilda se promit de nettoyer la sienne avant de le laisser monter dedans. Elle n'était pas une souillon, mais il devait bien y avoir un ou deux gobelets sous les sièges.

— Pourquoi nous conduis-tu à l'école, Blaine ? demanda Josh.

— Tu te souviens de ce que je t'ai dit l'autre soir ? Il y a des gens qui n'aiment vraiment pas les Colton. Comme ta mère s'est fait crever ses pneus, il me paraît important d'être encore plus prudent que d'habitude. Tu me promets d'être particulièrement attentif à ce qui se passe autour de toi ?

— C'est promis, répondit Josh.

Blaine se gara sur le parking du lycée. Avant de sortir de la voiture, Tilda se tourna vers Josh.

— Ça ne te dérange pas de retourner au collège, j'espère ? lui demanda-t-elle.

Il fallait au moins qu'elle pose la question. Elle avait failli appeler Isaac pour lui demander de veiller sur Josh. Son fils l'étranglerait s'il le savait.

— Non. Ceux qui vous insultent, Blaine et toi, ont toujours été des crétins. J'ai l'intention de les ignorer.

— Bonne idée, conclut-elle avant de se tourner vers Blaine. Merci d'avoir servi de chauffeur.

— Avec plaisir, répondit-il en effleurant son bras. Toi aussi, sois vigilante.

— C'est promis.

À 14 heures, Tilda était déjà à bout de forces. Sa dernière classe de la journée entra dans la salle.

Toby Turner n'était pas là. Que se passait-il donc chez lui ? Elle avait répondu au message de sa mère. Elle lui avait dit qu'elle ne pouvait pas se rendre chez elle, mais qu'elle serait ravie de la rencontrer dans le lieu public de son choix. Elle n'avait pas reçu de réponse.

Alors qu'elle rangeait ses affaires après le cours, la secrétaire entra dans sa salle et lui tendit un morceau de papier.

— Ce monsieur a appelé il y a un quart d'heure, dit-elle. Il m'a demandé de vous transmettre ce message.

Tilda prit la feuille et lut.

Il faut que je te voie. Peux-tu venir au Chalet après tes cours ? Je travaille dans l'aile est, au deuxième étage. Blaine.

Elle songea immédiatement à David James. Blaine l'avait-il revu ?

— Merci, dit-elle à la secrétaire.

Elle enfila son manteau et sortit du lycée. Une fois en voiture, elle fut tentée d'appeler Blaine, mais elle y renonça. Il n'avait pas voulu la déranger pendant qu'elle travaillait. Elle pouvait lui rendre la politesse.

Elle résista aussi à la tentation d'appeler Josh. Leur professeur de musique leur faisait éteindre leurs téléphones, de toute manière. Elle lui envoya un texto.

Je vais voir Blaine au Chalet. Je serai rentrée à 17 heures.

Elle se gara le plus près possible de l'aile est, entra dans le Chalet et prit l'ascenseur. Le deuxième étage était entièrement en travaux. Il y avait des bâches en plastique partout et des fils électriques pendaient du plafond. Elle ne vit personne.

— Blaine ? appela-t-elle.

Seul l'écho de sa voix lui répondit.

Il était peut-être retourné dans son bureau. Elle appuya sur le bouton de l'ascenseur, qui s'éteignit dès qu'elle retira son doigt. Était-ce le bouton ou l'ascenseur qui avait un problème ?

Un frisson la parcourut. Elle sortit son téléphone et appela Blaine.

— Bonjour, Tilda, répondit-il. Que se passe-t-il ?

— Je suis là. Au deuxième étage, dans l'aile est.

— Quoi ?

— On m'a transmis ton message. Je suis là, mais je ne te vois pas.

— Je ne t'ai pas laissé de message, Tilda.

— Mais...

— Ne bouge pas, dit-il d'une voix aussi calme qu'autoritaire. Je serai là dans cinq minutes.

— D'accord.

Elle raccrocha avant de le supplier de se dépêcher.

Elle n'avait aucune raison d'avoir peur. Il faisait encore jour et il devait y avoir des gardes dans le bâtiment.

Cinq minutes seraient vite passées.

Alors elle entendit une porte s'ouvrir au bout du couloir.

Blaine fonça, mais son bureau se trouvait tout au bout de l'aile ouest de la station. Lorsqu'il atteignit l'aile est, il trouva l'ascenseur en panne, ce qui était signalé par une feuille collée sur la porte. C'était étrange. Personne ne l'en avait averti.

Il prit l'escalier, qu'il monta deux à deux. La porte du deuxième étage était verrouillée, ce qui était parfaitement normal puisqu'il était en travaux. Il l'ouvrit avec sa clé passe-partout. Alors il courut vers l'ascenseur.

Tilda était plantée devant. Elle avait l'air terrifiée.

Il la prit dans ses bras.

— Ça va ? s'inquiéta-t-il.

— Je suis désolée d'être aussi trouillarde, répondit-elle d'une voix tremblante. J'ai entendu une porte s'ouvrir et quelque chose rouler juste après t'avoir appelé. Tous les films d'horreur que j'ai vus me sont revenus en mémoire.

— Il n'y a que des drames familiaux sur cette chaîne, répliqua-t-il.

Cela la fit sourire, comme il l'espérait.

— Que se passe-t-il ? demanda-t-elle.

— Je n'en sais rien. À quelle heure suis-je censé t'avoir appelée ?

— Un peu avant 15 heures. Je n'ai pas imaginé une seconde que cela pouvait ne pas être toi.

— De quel côté as-tu entendu une porte s'ouvrir ? demanda-t-il.

— Par là, répondit-elle en indiquant sa gauche.

— Allons voir.

Il enroula un bras autour de ses épaules et l'entraîna dans le couloir. Il y avait un chariot chargé de divers outils en plein milieu.

— Est-ce que ça peut être ce que tu as entendu rouler ? demanda-t-il.

— Oui, ça peut.

Il essaya d'ouvrir la porte de secours qui donnait sur un autre escalier, mais elle ne bougea pas. Avait-elle été verrouillée de l'autre côté ? Bloquée ? Il n'y avait pas de serrure de ce côté-ci, en tout cas.

— Sommes-nous coincés ? demanda Tilda.

Il secoua la tête.

— Je suis arrivé par une autre porte, répondit-il. Suis-moi.

Elle ne s'ouvrit pas davantage.

— Quelqu'un a dû la verrouiller après mon passage…

— J'appelle la police, annonça Tilda.

— Inutile. Il y a un monte-charge de ce côté.

Cela parut la rassurer.

— Josh trouvera cette histoire hilarante, dit-elle.

— On ferait peut-être bien de garder ça pour nous, répondit-il.

Il se réjouit que Tilda se détende un peu, mais ce n'était pas son cas. Quelqu'un avait attiré Tilda ici et l'avait enfermée. Il commençait à avoir du mal à croire qu'il s'agissait d'une simple mauvaise plaisanterie.

Plus vite ils sortiraient de là, mieux cela vaudrait.

— Là ! dit-il.

Il appuya sur le bouton du monte-charge et la porte s'ouvrit.

Tilda leva le pied. Blaine la tira si brutalement vers l'arrière qu'elle tomba sur les fesses. Elle s'apprêtait à protester quand elle se rendit compte qu'elle était la moins à plaindre des deux.

— Blaine ! cria-t-elle.

Il était dans une position invraisemblable. Ses pieds étaient encore dans le couloir, mais il était appuyé, les bras tendus, contre le fond du conduit.

Il avait réussi à la sauver et à se rattraper.

Mais il ne tiendrait pas longtemps dans cette position... Elle jeta un coup d'œil en contrebas. Le conduit était bien trop sombre pour qu'elle y voie quoi que ce soit, mais elle imagina facilement sa profondeur.

Si le monte-charge descendait jusqu'au sous-sol, cela faisait une chute de trois étages.

Une mort certaine.

16

— Que puis-je faire ? demanda-t-elle, affolée.

— Tu peux appeler la police, maintenant, répondit-il.

Elle sortit son téléphone de son sac d'une main tremblante et composa le numéro.

— Bonjour. Quel est votre problème ? demanda l'opératrice.

— Je suis au deuxième étage de l'aile est du Chalet des Colton, répondit Tilda. Quelqu'un est... suspendu dans le conduit du monte-charge.

— Une équipe est en route, annonça l'opératrice après l'avoir mise en attente quelques secondes. Y a-t-il des blessés ?

Pas encore, songea Tilda.

— Non. Dépêchez-vous !

— Restez en ligne, s'il vous plaît.

— Mets-les en attente et appelle Decker, dit Blaine.

Il lui dicta le numéro. Comment pouvait-il être aussi calme ?

— Ici le bureau de Decker Colton. Penny à l'appareil.

— Passez-moi Decker, dit Tilda.

— Il est en rendez-vous.

— Allez le chercher ! s'écria Tilda. C'est une urgence. Deuxième étage, aile est. Qu'il se dépêche !

Quand elle raccrocha, Blaine bougeait. Il se redressait très lentement en déplaçant une main après l'autre.

— Reste par terre, cale tes pieds contre le mur et attrape ma ceinture, dicta-t-il.

Elle lui obéit.

— C'est bien, l'encouragea-t-il. Maintenant, je vais compter jusqu'à trois et tu me tireras de toutes tes forces. Ne retire surtout pas tes pieds du mur.

Elle n'était pas assez forte… Il pesait au moins vingt kilos de plus qu'elle. Mais elle ne pouvait pas être moins courageuse que lui.

— D'accord, dit-elle.

— Un, deux, trois !

Elle tira de toutes ses forces en même temps que Blaine se projetait vers l'arrière. Leur acrobatie ne fut pas très gracieuse, mais elle produisit le résultat désiré.

Blaine tomba sur ses jambes. Il s'empressa de rouler sur le côté, sourit et lui ouvrit ses bras.

— Bien joué, chérie, dit-il.

Elle se jeta à son cou avec un sanglot de soulagement.

Il venait de faire un effort colossal. Un homme moins bien entraîné que lui n'aurait pas survécu.

— Comment as-tu fait ça ? balbutia-t-elle.

— *On* a fait ça, la corrigea-t-il. Merci, Tilda.

Alors il pressa ses lèvres contre les siennes. Ce deuxième baiser ne fut ni délicat ni réconfortant. Il exprimait la soif de vie qui nous dévore quand on vient de tromper la mort.

Elle aurait pu l'embrasser jusqu'à la fin des temps, mais la porte qui était sur leur droite s'ouvrit.

— C'était *ça*, l'urgence ? s'écria Decker.

Blaine esquissa un sourire.

— Non, c'était *ça*, répondit-il en indiquant le monte-charge d'un signe de tête.

Decker s'en approcha et jura.

Des pas précipités résonnèrent dans l'escalier. Quelques instants plus tard, des pompiers, des infirmiers et des policiers apparurent. Liam Kastor était parmi eux. Tilda le salua.

Decker était déjà au téléphone. Un infirmier prit la pression de Blaine et examina ses pupilles.

Les questions fusèrent. Blaine y répondit clairement et précisément.

Ce qui l'empêchait de l'embrasser.

Alors qu'il y avait des gens tout autour d'elle, Tilda se sentit brusquement très seule.

Le chef du service de maintenance était formel : personne n'avait signalé de problème avec l'ascenseur de l'aile est. Decker et Blaine décidèrent de garder cette information pour eux. Il y avait trop de monde dans le couloir.

Finalement, les pompiers, les infirmiers et une partie des policiers s'en allèrent. Ils pensaient sans doute que les Colton avaient décidément beaucoup de chance. Seuls Liam et un de ses collègues, le sergent McDonald, restèrent avec Decker, Tilda et Blaine.

— Racontez-moi tout depuis le début, s'il vous plaît, dit Liam.

— Après mon dernier cours, on m'a transmis un message de Blaine qui me demandait de le rejoindre ici, commença Tilda. Je l'ai appelé quand l'ascenseur est tombé en panne.

— Je savais que je ne lui avais pas demandé de venir, enchaîna Blaine. Mais j'ai pensé que c'était une mauvaise plaisanterie. Je n'ai commencé à m'inquiéter que lorsque j'ai découvert que les portes étaient bloquées. C'est sans doute parce que j'étais en alerte que j'ai eu un bon réflexe avec le monte-charge.

Tilda était devant lui. Elle aurait fait une chute mortelle s'il n'avait pas réagi aussi vite. Un frisson le parcourut et il eut envie de faire beaucoup de mal à celui qui leur avait tendu ce piège.

— Après l'arrivée de Tilda, quelqu'un a saboté l'ascenseur et collé un mot sur la porte pour éviter qu'un client aille se plaindre à la maintenance, dit Decker. On le voit sur l'enregistrement de la caméra du rez-de-chaussée. Ce n'est pas l'un de nos employés.

— David James ? demanda Liam.

— Je ne sais pas, répondit Decker. Il n'a jamais tourné son visage vers la caméra. Ce qu'on sait, c'est qu'il a volé la clé magnétique d'un employé pour entrer dans le local où se trouvent les commandes de l'ascenseur. L'employé en question n'a rien dit parce qu'il pensait avoir simplement égaré sa clé.

— Et on sait que le coupable a des connaissances en mécanique, intervint Blaine.

— Je me demande qui était visé, murmura Tilda. Toi, moi ou nous deux ?

— C'est dément, grommela Decker, qui regardait à peine Tilda.

Son frère se méfiait encore d'elle.

— Elle n'y est pour rien, dit sèchement Blaine.

— Je ne l'ai pas accusée, se défendit Decker.

Liam les ramena au problème du moment.

— Nous examinerons l'enregistrement de la caméra et nous chercherons des empreintes sur la feuille, même si j'ai peu d'espoir, dit-il. Nous aurons aussi besoin d'interroger vos employés.

Ce qui signifiait que l'incident serait bientôt l'objet de tous les potins. Blaine et Decker échangèrent un regard résigné.

— Faites ce que vous avez à faire, répondit Decker. Nous devons découvrir qui est cet homme.

— Je vais commencer par jeter un œil sur les commandes de l'ascenseur, annonça Liam. Je passerai te voir dans ton bureau tout à l'heure.

— D'accord, répondit Decker.

Liam les quitta. Blaine se tourna vers Tilda.

— On trouvera le coupable, lui promit-il. Il le paiera.

— Je ne veux pas qu'on le dise à Josh, murmura Tilda. Ça le terrifierait.

— Il faut quand même qu'il en sache assez pour ne pas être surpris si quelqu'un lui en parle, répondit Blaine.

— Le strict minimum, alors.

— Je suis content que papa n'ait pas été là pour voir ça, soupira Decker.

Russ était en voyage d'affaires.

— Moi aussi, répondit Blaine.

— Mais il faut que quelqu'un le prévienne, ajouta Decker. Tu es son fils et c'est son entreprise.

— Tu as raison. Peux-tu t'en charger ?

— Oui. J'appellerai aussi maman. Et je préviendrai Seth Harris pour qu'il gère la presse si elle s'en mêle.

Blaine plongea son regard dans celui de Tilda. Il savait que ce qu'il s'apprêtait à dire ne lui plairait pas.

— Je ne veux pas que Josh et toi restiez seuls chez toi.

— Nous avons des chambres de libres, proposa Decker. Il doit aussi y en avoir au Château et il y en a plein au manoir.

— Merci, mais ce serait trop perturbant pour Josh, répondit Blaine. Tilda, j'aimerais m'installer chez toi le temps que ça se tasse.

Tilda ouvrit la bouche, mais aucun mot n'en sortit.

— Tu crois vraiment que c'est une bonne idée ? demanda Decker.

— Oui.

— Que dirons-nous à Josh ? balbutia Tilda.

— Nous n'aurons qu'à lui dire que j'ai dû libérer mon logement parce que quelqu'un d'autre en avait besoin.

Tilda hocha la tête. Cela ne semblait pas la ravir, mais il s'en moquait éperdument. S'il était sur place, il pourrait les protéger, Josh et elle.

17

Blaine s'installait chez elle. Cela aurait fait son bonheur, autrefois, songea Tilda.

Mais il s'installait chez elle parce que quelqu'un avait essayé de le tuer, de la tuer ou de les tuer tous les deux.

Ils quittèrent le Chalet un peu avant 18 heures. Blaine l'avait enfermée dans son bureau le temps de préparer un sac. Comme elle avait sa voiture et qu'il aurait besoin de la sienne, il la suivait. Elle se réjouissait d'avoir vingt minutes de solitude pour mettre de l'ordre dans ses pensées.

Elle avait une chambre d'amis. Il n'y avait aucune raison pour que la présence de Blaine bouleverse tout.

Elle eut envie de se cogner la tête contre le volant. De qui se moquait-elle ?

Elle se gara devant la maison des parents d'Isaac, à qui elle avait téléphoné pour leur demander de garder Josh jusqu'à son retour. Elle réussit à parler poliment à la mère d'Isaac pendant que Josh ramassait ses affaires, et oublia immédiatement de quoi.

— Comment était ta journée ? demanda-t-elle à Josh quand ils montèrent en voiture.

— Bonne. On a fait des expériences sympas en chimie.

— Quelle chance ! Et l'orchestre ?

— Ça s'est bien passé, répondit-il en regardant dans le rétroviseur. C'est Blaine, derrière nous ?

Il était observateur, comme son père.

— Oui, répondit-elle.

— Pourquoi nous suit-il ?

Tout comme elle, Josh gérait mieux les problèmes quand il les comprenait. Blaine et elle devaient trouver un moyen de lui dire la vérité sans le traumatiser.

— Parce qu'on a quelque chose à te dire, répondit-elle.

— Dois-je m'inquiéter ?

— Ce n'est pas une mauvaise nouvelle, lui assura-t-elle.

Pour toi, du moins, ajouta-t-elle mentalement.

— Je peux avoir un indice ?

— On n'est plus qu'à cinq minutes de la maison et la patience est une vertu.

— J'espère que tu t'en souviendras la prochaine fois que tu voudras que je range ma chambre, grommela-t-il.

Elle éclata de rire.

— Je t'aime, Josh.

— Hum, hum, répondit-il comme s'il en doutait.

Blaine se gara devant la maison tandis qu'elle rentrait sa voiture dans le garage. Elle se força à sourire. Elle pouvait inviter le seul homme qu'elle ait jamais aimé chez elle en sachant qu'il partirait.

Elle l'avait déjà fait et elle avait survécu.

Mais avait-elle vraiment conscience de ce qu'elle perdait à dix-huit ans ?

— Bonsoir, champion ! lança Blaine à Josh.

— Je t'ai vu derrière nous, mais maman n'a pas voulu me dire pourquoi tu nous suivais, dit son fils.

Blaine tourna la tête vers elle.

— Ça va ? s'inquiéta-t-il.

— Oui. Et si on se faisait livrer des pizzas pour le dîner ?

— Vendu, répondit Blaine.

Josh posa son sac sur la table de la cuisine, retira son blouson et se laissa tomber sur le canapé.

— Je vous écoute, dit-il.

— Blaine va s'installer ici pour quelque temps, annonça-t-elle. Il dormira dans la chambre d'amis.

Josh fronça les sourcils.

— C'est cool, mais pourquoi ?

Heureusement, Blaine se chargea de répondre.

— Parce que certaines choses nous inquiètent. Tu te souviens de mon amie Honor ?

Josh hocha la tête.

— J'ai vu son ex-mari au Chalet hier et je pense qu'il m'en veut. Et un incident vient de se produire. Quelqu'un a appelé le lycée de ta mère en se faisant passer pour moi pour l'attirer au Chalet. Je pense que cette personne n'avait pas de bonnes intentions.

— Est-ce que c'est cet homme qui a crevé les pneus de la voiture ? demanda Josh.

— Peut-être. Mais on ne sait pas où il est. Il ne s'est pas servi de sa carte de crédit ces derniers temps.

— Il utilise peut-être un faux nom, suggéra Josh.

— C'est le cas, répondit Blaine. Mais ça ne nous a pas aidés à le retrouver pour le moment. Ta mère et toi allez devoir réduire vos activités jusqu'à ce qu'on lui ait mis la main dessus. J'apprécierais que tu coopères.

— Je ne devrais peut-être pas aller à l'école, dit Josh sans plaisanter.

Blaine esquissa un sourire.

— Bien essayé, mais non, répondit-il. Tu ne risques rien à l'école. Par contre, je veux que tu me promettes de ne dire à personne – et ça comprend Isaac – que je suis ici.

Il était leur arme secrète, songea Tilda. Il mettait sa vie en danger pour eux.

Elle se leva brusquement.

— Et si je te montrais ta chambre ? proposa-t-elle.

Josh la regarda comme s'il la trouvait malpolie, mais elle s'en moqua. La journée avait été très éprouvante pour ses nerfs.

Le fait que Blaine et elle viennent d'échapper à la mort la hantait. Elle avait failli mourir avant d'avoir eu l'occasion de dire à Blaine qu'elle était désolée de lui avoir menti et de ne pas avoir su tenir tête à son père.

— Je peux commander les pizzas ? demanda Josh.

— Oui.

— Et des bâtonnets au fromage ?

— Si tu veux, lui accorda-t-elle.

Elle entraîna Blaine dans le couloir et lui ouvrit la porte de la chambre d'amis.

— J'espère que le lit est confortable, dit-elle. Je n'y ai jamais dormi.

— J'en suis sûr, répondit Blaine.

Il l'attira dans la chambre et ferma la porte.

— Es-tu sûre que ça ne te dérange pas ? murmura-t-il.

— C'est toi que ça dérange le plus, répondit-elle.

— Ça ne me dérange pas. Josh et toi êtes les deux personnes les plus importantes du monde pour moi.

Le cœur de Tilda se serra. Était-elle égoïste parce qu'elle préférait être aimée plutôt qu'importante ?

— Il faut que je mette la table, dit-elle.

Elle courut presque dans la cuisine.

— On sera livrés dans vingt minutes, annonça Josh. On lance un film ?

— Si tu veux.

Elle mit la table et le rejoignit sur le canapé. Lorsque Blaine revint dans le salon quelques minutes plus tard, elle se concentra sur l'écran comme si le film la passionnait. Blaine fut plus rapide qu'elle quand on frappa à la porte. Il ouvrit au livreur et paya la pizza.

Ils venaient de finir de dîner quand le téléphone de Tilda sonna. Elle ne reconnut pas le numéro.

— Allô ?

— Bonsoir. C'est le sergent McDonald.

— Bonsoir, sergent.

— Mets le haut-parleur, chuchota Blaine.

Elle le fit.

— Je voulais vous tenir informée, dit McDonald. Malheureusement, les enregistrements des caméras de sécurité ne nous ont pas permis d'identifier la personne qui a crevé vos pneus.

Tilda fut déçue mais pas surprise. Si c'était David James, il semblait être doué pour effacer ses traces.

— Je vous préviendrai s'il y a du nouveau, ajouta McDonald.

— Très bien, répondit-elle. Merci de m'avoir appelée.

— Ça ne me plaît pas que tu encadres le bal de la promo ce week-end, déclara Blaine quand elle eut raccroché. Je préférerais que tu n'y ailles pas.

— Il faut que j'y aille, répondit-elle. Comme le lycée avait du mal à trouver des volontaires, cette corvée a été ajoutée à nos contrats il y a quelques années. Il faudrait que je sois mourante pour y échapper… Et je ne serai pas seule.

Blaine fronça les sourcils.

— Chuck Pearce t'accompagne ?

Quoi ?

— Bien sûr que non.

Elle n'avait pas eu de nouvelles de Chuck depuis leur dernier rendez-vous et elle n'avait pas aimé sa réaction quand elle lui avait dit que le père de Josh était un Colton. Par ailleurs, elle ne mélangeait jamais sa vie professionnelle et sa vie privée.

— Je veux dire qu'il y aura d'autres professeurs, précisa-t-elle. Ma meilleure amie, Raeann Johnson, sera là.

Blaine eut l'élégance de prendre un air embarrassé.

— Et si on regardait la fin du film ? suggéra-t-elle alors qu'elle en avait oublié le début.

— D'accord, répondirent en chœur Blaine et Josh.

Ils regagnèrent le salon.

— Au lit ! dit-elle à Josh quand le film se termina. Et pas de jeux vidéo.

Josh fit une moue de dépit, mais il se leva.

— Bonne nuit, dit-il avant de partir vers sa chambre.

— Moi aussi, je vais me coucher, dit-elle à Blaine. Il y a école, demain.

Elle prit une douche et enfila une chemise de nuit. Avant de se glisser entre les draps, elle entrouvrit la porte de sa chambre. Le salon était plongé dans l'obscurité. Elle ferma sa porte.

Il n'était pas question qu'elle pense à Blaine en s'endormant, songea-t-elle. Elle penserait à son programme du lendemain. Cela valait mieux.

Elle se coucha. De qui se moquait-elle ? Blaine Colton était devenu l'unique objet de ses pensées.

Elle grommela une guirlande de jurons.

Le lit était confortable et Blaine avait du sommeil à rattraper, mais il gambergeait trop pour réussir à s'endormir.

Tilda était contrariée et il était presque sûr que l'incident du monte-charge n'expliquait pas tout.

Il voulait lui parler – et pas le lendemain matin, parce qu'ils manqueraient de temps. Il se leva et sortit de sa chambre.

Il s'arrêta d'abord devant la porte de celle de Josh et hésita un instant avant de l'ouvrir.

La lumière d'une veilleuse posée par terre lui permit de contempler le visage de son fils endormi.

Il était si jeune, si innocent... Dire que lui-même n'avait que cinq ans de plus quand il s'était engagé dans l'armée.

Il n'avait pas bien géré les choses avec Tilda parce qu'il était loin d'être aussi mûr qu'il le croyait.

Il était peut-être temps qu'ils aient la conversation qu'ils n'avaient pas pu avoir treize ans plus tôt. Il ferma la porte de Josh et alla frapper à celle de Tilda.

— Oui ? répondit-elle.

Il ouvrit la porte. Elle n'avait pas fermé ses rideaux. Le clair de lune donnait une teinte bleutée à tout. Tilda était dans son lit.

— Il y a un problème ? demanda-t-elle aussitôt.

— Non, la rassura-t-il. Je peux entrer ?

— Bien sûr.

Elle se redressa et s'adossa à son oreiller.

Comme il n'y avait pas de fauteuil dans la pièce, il s'assit au bord du lit, près de ses pieds.

— Il faut qu'on parle, lui dit-il.

— De quoi ?

— Du fait que je me sois conduit comme un salaud.

Elle écarquilla les yeux.

— Je t'ai donné de bonnes raisons de le faire, répondit-elle.

— Non, c'est moi qui t'ai donné une bonne raison de me cacher ta grossesse. Tu n'as pas présenté les choses comme ça à Josh, mais je voulais m'enfuir de Roaring Springs. Je ne voulais pas travailler pour mon père, je ne voulais pas me marier et je ne voulais certainement pas d'un enfant.

Voilà. C'était la vérité dans toute sa laideur.

— Nous étions très jeunes, dit Tilda.

— C'est vrai. Nous n'étions pas prêts à devenir des parents. Mais tu l'as fait quand même. Toute seule. Tu devais être terrifiée.

— J'ai pleuré toutes les nuits pendant neuf mois, murmura-t-elle. Je ne l'ai dit à personne et je ne veux pas que Josh le sache, mais j'étais dépassée par la situation.

Il se rapprocha d'elle et prit sa main.

— Je ferai tout ce que je pourrai pour que tu ne ressentes plus jamais ça, promit-il. Je suis là, maintenant. Je ne m'en irai pas. J'aurais dû mieux réagir il y a treize ans. Je suis désolé.

— Cent fois, j'ai eu envie de t'écrire un mail...

— Le seul que tu m'aies envoyé était parfaitement neutre.

— Je pensais que cela valait mieux. Tu es un homme honorable, Blaine. Je sais que tu serais revenu si je t'avais parlé de Josh. Je ne voulais pas que tu t'y sentes obligé.

Elle soupira.

— J'ai réussi à me convaincre que je t'avais rendu service en te laissant partir, reprit-elle. Ça m'a aidée à mieux dormir.

— L'idée que tu dormais auprès de Dorian me contrarie, avoua-t-il. Je suis ridicule. Je suis jaloux d'un mort.

— Dorian était merveilleux avec Josh et j'ai appris à l'aimer, mais... il n'était pas toi.

— Vous avez très bien élevé Josh. Même si je suis jaloux de lui, je dois toute ma reconnaissance à Dorian.

— Je crois que vous auriez pu être amis.

— N'abusons pas ! s'écria-t-il en grimaçant.

Tilda éclata de rire. Elle était si belle au clair de lune qu'il ne put s'empêcher de l'attirer dans ses bras.

Elle posa son front sur son épaule.

— On aura au moins réussi une chose, murmura-t-elle.

— Quoi ?

— Josh.

Il prit son visage entre ses mains pour la forcer à relever la tête.

— Il est parfait, comme sa mère, répondit-il avant de presser ses lèvres contre les siennes.

Oui ! songea Tilda.

Blaine l'embrassa avec beaucoup de passion et une pointe de timidité.

— Je te veux dans mon lit, murmura-t-elle contre ses lèvres parce qu'ils avaient déjà perdu trop de temps.

Elle n'eut pas besoin de le lui dire deux fois. Il se leva et retira son T-shirt. Quand il s'attaqua à sa ceinture, elle posa ses mains sur les siennes pour les écarter avec douceur.

Treize ans plus tôt, elle n'aurait pas osé se montrer aussi entreprenante.

Elle fit glisser son jean et son boxer jusqu'à ses chevilles. Il s'en débarrassa habilement.

Treize ans plus tôt, elle n'avait même pas osé regarder son membre. Elle se pencha pour le prendre dans sa bouche.

Elle lui arracha un grognement de plaisir.

— Tu me tues, gémit-il quelques secondes plus tard.

Il la repoussa doucement jusqu'à ce qu'elle soit couchée sur le dos.

— J'adore cette culotte, mais je ne veux plus la voir, dit-il d'une voix rauque.

Il la déshabilla, puis la couvrit de baisers.

— Je t'en supplie, Blaine, maintenant ! finit-elle par gémir, toute tremblante.

Alors il la pénétra d'un seul coup. Ils n'étaient plus handicapés par la maladresse des premières fois. Tilda sentit vite son orgasme approcher.

— Blaine..., supplia-t-elle.

— Je sais, chérie, répondit-il avant de leur faire atteindre le sommet de la jouissance d'un dernier coup de reins.

Il était 4 heures et demie du matin quand elle sentit Blaine quitter le lit.

— Je retourne dans ma chambre, lui dit-il. Je pense que c'est mieux pour Josh.

Elle lui sourit. Il avait raison.

— Je me lève dans une heure, de toute manière, répondit-elle.

Il se pencha pour l'embrasser.

— C'était...

Elle posa un doigt sur ses lèvres.

— C'était merveilleux, dit-elle. Mais n'essayons pas de comprendre ce que ça signifie tant qu'on a David James sur les bras.

C'était un prétexte, certes, mais il était raisonnable.

— D'accord, répondit Blaine.

Après son départ, elle resta étendue à fixer le plafond. Son corps était merveilleusement détendu... Pas son esprit. Elle n'avait pas été honnête avec Blaine. Quelles étaient leurs chances si elle poursuivait sur cette voie ?

Mais la croirait-il ? Elle n'avait pas de preuve.

C'était sa parole contre celle du père de Blaine.

Elle n'était sûre que d'une chose : il lui serait de plus en plus difficile de cracher le morceau si elle ne le faisait pas maintenant.

Elle repoussa la couverture. Ce n'était pas le moment de tergiverser. C'était le moment d'agir.

Elle sortit de sa chambre et alla frapper à la porte de Blaine. Il ouvrit aussitôt.

— Il y a un problème ? s'inquiéta-t-il.

— Il faut qu'on parle.

18

— D'accord, répondit Blaine.

— Dans la cuisine. Je nous fais du café.

Il la rejoignit dans la cuisine quelques minutes plus tard.

— Je n'ai pas été complètement honnête avec toi, commença-t-elle. Quelques semaines après ton départ, j'ai trouvé ton père devant la maison de mes parents en rentrant du travail.

— Mon père ? répéta-t-il, surpris.

Elle aussi avait été surprise. Et elle s'était sentie minuscule en face du puissant Russ Colton avant même qu'il n'ait ouvert la bouche.

— Oui. Il est venu me menacer, reprit-elle. Il m'a dit que je devais bien comprendre que je n'avais aucune chance de t'épouser, sinon ma famille le regretterait.

— Je ne comprends pas, balbutia Blaine. Je n'ai dit à personne que j'avais l'intention de t'épouser. Je...

Il s'interrompit net.

— Quoi ?

— Je l'ai dit à Decker.

— Alors il l'a dit à ton père.

Blaine hocha la tête.

— Mes parents travaillaient tous les deux à l'usine, reprit-elle. J'ai eu peur qu'il ne les fasse renvoyer.

— Mais pourquoi ? Je m'étais déjà engagé.

— Je ne sais pas pourquoi. Ce que je savais, c'était que ta

famille vivait dans un univers très différent de celui de la mienne. Il m'a terrifiée. J'ai eu peur que tes parents ne me prennent Josh s'ils découvraient qu'il était un Colton.

Blaine resta silencieux un long moment.

— Je suis vraiment désolé, finit-il par dire. Tu avais déjà bien assez de soucis. Tu n'avais pas besoin de ça.

— Crois-tu que ta mère le sache ? demanda-t-elle.

Il haussa un sourcil.

— Je n'en sais rien, mais je vais le découvrir.

Après le petit déjeuner, Blaine déposa Tilda au lycée et Josh au collège, puis il prit la direction du Château, où Tilda encadrerait le bal de la promo le samedi suivant. Cela le contrariait toujours profondément. Malheureusement, elle ne semblait vraiment pas pouvoir s'y soustraire.

Il était encore tôt quand il se gara sur le parking du Château, mais il était sûr que sa mère travaillait déjà.

Il la trouva dans son bureau et frappa à la porte entrouverte.

— Blaine ? Je ne t'attendais pas, dit-elle. Decker m'a raconté ce qui s'est passé hier. Comment va Tilda ?

— Bien. Elle est plus forte qu'elle n'en a l'air. C'est sans doute pour ça qu'elle n'a pas craqué quand papa l'a menacée il y a treize ans.

Sa mère s'enfonça dans son fauteuil. Elle était au courant. Il en était certain. Sa trahison le blessa plus profondément que celle de son père.

— Qu'est-ce qui vous a pris ? grogna-t-il.

Si son père n'avait pas terrorisé Tilda, elle lui aurait peut-être écrit pour lui parler de Josh. Il n'aurait peut-être pas perdu treize ans.

— Que t'a dit Tilda ? demanda Mara.

Il n'y avait aucune agressivité dans sa question, ce qui apaisa un peu Blaine.

— Que papa a menacé de s'en prendre à sa famille si elle ne renonçait pas à moi.

Mara soupira.

— Je ne savais pas qu'il avait menacé ses parents, mais ça ne m'étonne pas. Il ne m'a parlé de cette conversation que plusieurs semaines plus tard. Ton père a toujours voulu ton bien. Malheureusement, il n'a jamais pu l'imaginer ailleurs qu'au sein de son entreprise. Quand Decker lui a dit que tu voulais épouser Tilda, il a eu peur que cela ne compromette ton avenir. Puis tu t'es engagé. Ça l'a rendu fou de rage, mais il ne pouvait pas s'en prendre à l'armée. Alors il s'est défoulé sur Tilda. Elle a payé pour ta décision.

Dire qu'il avait toujours cru que cette décision ne regardait que lui...

— Il en a voulu à l'armée, à Tilda et à moi, mais il ne s'est jamais demandé pourquoi je tenais tant à partir, dit-il avec amertume.

— Ton père et moi ne sommes pas parfaits, dit Mara. Et nous n'avons pas été des parents parfaits. Si ça peut te consoler, je crois qu'il sait que ses choix ont profondément altéré votre relation. Je pense qu'il aimerait arranger les choses et que c'est pour ça qu'il s'est aussi vite occupé de ton dossier.

— Il doit des excuses à Tilda, même si elle préférerait sans doute ne jamais le revoir, grommela-t-il. Et je jure qu'il le regrettera s'il essaie encore de faire du mal ou de faire peur à Tilda.

— Quelque chose a changé entre vous, dit Mara en l'observant attentivement.

— Je tiens à elle, c'est tout.

Il n'allait pas dire à sa mère qu'il aimait Tilda avant de l'avoir dit à Tilda.

— Je suis ravie d'entendre ça, déclara sa mère. Quand vous avez déjeuné chez moi, la tension qu'il y avait entre vous était palpable malgré tous vos efforts. Ce n'est pas un bon environnement pour un enfant. Tu es mieux placé que personne pour le savoir.

Il était bien décidé à ne pas commettre les mêmes erreurs que ses parents, et l'expérience lui avait déjà donné une première leçon : il avait compris qu'il n'était pas facile d'élever un enfant.

— Tout était si simple, dans l'armée, confia-t-il à sa mère. Il y a des procédures pour tout et on s'entraîne en permanence. Et voilà que je me retrouve sans manuel à devoir faire des choix aux conséquences potentiellement catastrophiques.

Sa mère lui décocha un grand sourire.

— Bienvenue dans la vie d'un parent ! répondit-elle.

— Je suis désolé de t'être tombé dessus comme ça.

— Je suis contente qu'on se soit parlé, répondit sa mère.

Il s'approcha pour la serrer dans ses bras. Non, elle n'avait pas été une mère parfaite, mais il l'adorait.

— Je t'aime, maman, lui dit-il.

— Moi aussi, je t'aime. Où vas-tu ?

— Au Chalet. Il faut que je parle à Decker.

19

— Je ne m'attendais pas à te voir d'aussi bonne heure, dit Decker quand Blaine entra dans son bureau. Je pensais que tu aurais besoin de te reposer après ton aventure d'hier. Ça va ?

— Non. J'ai quelque chose à te dire.

— Tu as un autre enfant quelque part ?

Cela ne fit pas rire Blaine.

— Il y a treize ans, je t'ai dit que je voulais épouser Tilda et tu l'as dit à papa.

— C'est vrai, reconnut Decker en baissant les yeux. Je suis désolé d'avoir trahi ta confiance. Je savais que papa serait furieux et j'ai pensé qu'il valait mieux que vous en parliez avant que tu ne fasses quoi que ce soit. Je le regrette, Blaine. Je ne ferais pas la même chose aujourd'hui.

— Après mon départ, papa est allé voir Tilda pour la menacer et menacer sa famille.

Son frère soupira comme sa mère l'avait fait.

— Ça ne me surprend pas, dit-il. Je suis vraiment désolé.

— Papa est le seul responsable de ses actes. Si je t'en parle, c'est parce que je veux que tu comprennes que Tilda a eu peur de notre famille. Elle n'a pas été cruelle. J'aimerais que tu arrêtes de lui en vouloir.

Decker haussa un sourcil.

— Tu es venu pour me demander d'arrêter d'en vouloir à ta copine ? Tu es amoureux, n'est-ce pas ?

— Oui, reconnut Blaine.

Decker avait toujours été son meilleur ami et c'était bon de le dire à voix haute.

Il n'était pas sûr que Tilda partage ses sentiments, mais il était bien décidé à gagner son amour.

— On n'a rien découvert de plus sur l'incident d'hier, j'imagine ? demanda-t-il.

— Rien, confirma son frère. Je sais que c'est un peu tard, mais je compte faire installer une caméra supplémentaire dans le local de maintenance. Et je peux t'assurer que tout le monde est en alerte. David James ne nous échappera pas s'il remet les pieds ici.

Blaine avait presque fini sa journée quand son téléphone sonna. C'était Liam.

— Allô ?

— Bonjour, Blaine, dit Liam. J'ai une bonne nouvelle. David James s'est servi de sa carte. Il a acheté un billet de car. Il part vers la côte Est. Il a aussi payé par carte dans un restaurant sur le trajet, deux heures après le départ du car.

— Vous avez une confirmation visuelle ?

— Oui. On le voit sur un enregistrement à la gare routière de Denver.

Blaine soupira de soulagement, mais le doute s'empara de lui presque aussitôt. Cela semblait trop facile.

— Peux-tu continuer à surveiller sa carte de crédit, s'il te plaît ? demanda-t-il.

— Bien sûr, répondit Liam.

— Merci, Liam. J'apprécie tout ce que tu fais.

Impatient d'annoncer la bonne nouvelle à Josh et à Tilda, Blaine éteignit son ordinateur et enfila son manteau.

En plus, Tilda avait prévu de faire des tacos.

— Bonne nouvelle ! lança-t-il vingt minutes plus tard en entrant dans la maison.

— Une bonne nouvelle et des tacos. Quelle soirée ! ironisa Josh.

— Ignore-le, lui conseilla Tilda.

— David James est dans un car qui part vers l'est, annonça-t-il.

— Problème résolu ? demanda Josh. Est-ce que ça veut dire que tu t'en vas ?

Blaine interrogea Tilda du regard avant de répondre :

— Je resterais bien encore peu. J'aime vraiment les tacos.

— D'accord, dit Josh comme si la décision lui appartenait.

Tilda esquissa un sourire.

— D'accord, répéta-t-elle.

— Et est-ce que ça veut dire que je peux aller skier ce week-end ? demanda Josh.

Même si David James était dans un car, Blaine n'aimait pas l'idée que Josh s'éloigne trop de lui.

— Et si on allait skier tous les trois ? suggéra-t-il.

— Comme une vraie famille ? demanda Josh sans mesurer le poids symbolique de ces mots.

— Oui, comme une vraie famille, répondit Blaine.

Le lendemain matin, Tilda trouva Blaine dans la cuisine avec son ordinateur quand elle se leva. Josh dormait encore. Elle était profondément soulagée que David James ait quitté la région, même si elle n'aimait pas l'idée que ses méfaits restent impunis parce qu'il avait changé d'État.

Cela l'aidait aussi à envisager plus sereinement de laisser Josh et Blaine tout seuls toute la soirée, pendant qu'elle serait au bal de la promo.

Elle se répéta que tout se passerait bien et qu'il était bon que Josh passe du temps avec son père sans elle.

Isaac arriva à 14 heures et les deux garçons restèrent dans la chambre de Josh jusqu'à 16 heures. Après le départ d'Isaac, Josh s'assit sur le canapé à côté de Blaine, qui lisait un livre.

— Je vais me préparer, annonça Tilda.

Elle devait être au Château à 17 h 30.

Elle passa une heure dans la salle de bains. Quand elle en sortit. Josh était seul dans le salon. Il leva à peine les yeux de son téléphone.

— Où est Blaine ? demanda-t-elle.

— Il avait une course à faire, répondit Josh.

Tilda jeta un coup d'œil à sa montre et espéra qu'il rentrerait vite parce qu'elle devait partir dix minutes plus tard.

Elle venait juste de s'asseoir quand on frappa à la porte. Elle fronça les sourcils. Blaine avait la clé...

— J'y vais, dit-elle.

Elle regarda par l'œil-de-bœuf.

Que se passe-t-il ? songea-t-elle.

Elle jeta un coup d'œil à Josh, qui la fixait avec un grand sourire.

— Nouveau plan, championne, lui lança-t-il.

— Qu'est-ce que c'est que cette histoire ? balbutia-t-elle.

— Tu devrais peut-être ouvrir la porte, répondit son fils en haussant les épaules.

Elle le fit et se retrouva en face de Blaine, d'une beauté à couper le souffle en smoking.

— Bonsoir, Tilda.

— Bonsoir, Blaine, répondit-elle après s'être éclairci la voix. Tu es drôlement bien habillé pour manger des sandwichs à la dinde avec Josh.

— Personne ne mangera de sandwichs à la dinde ce soir, répondit-il. Tu es prêt, Josh ?

— Oh oui !

Josh courut chercher un sac dans sa chambre.

— Que se passe-t-il ? demanda-t-elle.

— Au cas où tu ne l'aurais pas encore compris, je t'emmène au bal de la promo, répondit Blaine. Josh passera la nuit au manoir, si tu n'y vois pas d'inconvénient.

Elle fut touchée qu'il lui laisse le droit de refuser après tout le mal qu'il s'était donné pour organiser cette surprise.

— Non, je n'y vois pas d'inconvénient.

— Mon père rentrera de son voyage d'affaires ce soir, précisa Blaine. Il sera là aussi. Je lui ai parlé il y a une heure. Il veut que tu saches qu'il est impatient de rencontrer Josh... Si tu es d'accord.

L'était-elle ? Russ Colton avait eu tort de la menacer treize ans plus tôt, mais de l'eau avait coulé sous les ponts et elle comprenait qu'il avait surtout voulu protéger son fils, maintenant qu'elle était mère.

— Je pense qu'il est temps que Josh rencontre son grand-père, répondit-elle.

Elle avait la ferme intention de parler à Russ Colton pour bien lui faire comprendre qu'il ne l'intimiderait plus jamais – mais pas ce soir.

Ce soir, un prince charmant l'emmenait au bal de la promo.

20

Tilda était magnifique – la plus belle femme de la salle. Blaine était déjà impatient de rentrer pour lui retirer sa robe alors que le dîner n'était pas terminé. Comme Josh ne serait pas là, ils pourraient faire l'amour dans toutes les pièces de la maison. La table de la cuisine semblait assez solide.

Il connaissait certains des autres professeurs, qui enseignaient déjà à son époque ou avaient été des camarades de classe. *Tout le monde* s'intéressait à lui. Pas parce qu'il était un Colton, mais parce que tout le monde aimait Tilda. C'était évident.

— J'ai l'impression d'être un insecte sous un microscope, chuchota-t-il à l'oreille de Tilda.

— C'est parce que toutes les filles t'admirent et tous les garçons te surveillent, répondit-elle.

— Je suis pris, répondit-il d'un ton léger.

— Il faudra féliciter ta mère pour le dîner. Tout était délicieux.

De fait, le Château avait mis les petits plats dans les grands.

L'éclairage changea et le D-J lança la première chanson.

— Mais je crois que je préférais le gymnase, avoua-t-il.

— Moi aussi, répondit Tilda. Même si je dois admettre qu'il y a un gros avantage à organiser la soirée ici : ce n'est pas sur les profs que tombe la corvée de nettoyage. On pourra rentrer dès que ce sera terminé.

— J'ai hâte. En attendant, me feriez-vous l'honneur de m'accorder une danse, mademoiselle ?

Il ne restait plus qu'une heure à tenir quand elle éprouva le besoin d'aller aux toilettes. Elle traversa la salle en souriant à tous ceux qu'elle croisait. Tout s'était bien passé jusque-là. Personne n'avait essayé d'alcooliser le punch et il n'y avait qu'une fermeture Éclair cassée à déplorer. Quelques épingles à nourrice avaient suffi à résoudre le problème.

Alors qu'elle se lavait les mains, Toby Turner entra dans les toilettes. Il empestait l'alcool.

Le cœur de Tilda s'affola. Elle n'aurait pas dû avoir peur d'un adolescent, mais Toby était musclé et beaucoup plus grand qu'elle.

— Ce sont les toilettes des femmes, Toby, lui dit-elle.

— On n'est pas au lycée, répondit-il agressivement. Je n'ai pas à vous obéir.

— Va-t'en, Toby, si tu ne veux pas avoir d'ennuis.

— Je m'en fiche ! s'écria-t-il. Tout le monde s'en fiche.

— Pas moi. Je veux t'aider, Toby, mais il faut d'abord que tu t'aides toi-même. Sors. On se parlera dans le couloir.

— Non, dit-il en faisant un pas vers elle.

Elle évalua ses chances de le contourner par surprise et les estima mauvaises. L'alcool devait amoindrir les réflexes de Toby, mais il n'y avait pas beaucoup de place pour manœuvrer.

Toby fit volte-face quand la porte s'ouvrit.

— Dégage ! cria-t-il à la fille qui voulait entrer.

Elle lâcha la porte.

— Elle va prévenir quelqu'un, dit Tilda avec plus d'assurance qu'elle n'en éprouvait.

— Ce n'est pas grave. Nous ne sortirons d'ici ni l'un ni l'autre.

Blaine consultait sa montre pour la deuxième fois quand une petite blonde se précipita vers lui.

— Toby Turner est dans les toilettes des filles avec Mlle Deeds ! s'écria-t-elle.

Blaine s'élança aussitôt.

Il essaya d'ouvrir la porte des toilettes, mais elle était verrouillée.

— Tilda ? cria-t-il. Tu m'entends ?

— Je suis là, Blaine.

— Ouvre la porte, s'il te plaît.

— Pas tout de suite, répondit-elle d'une voix hésitante.

Une foule commençait à s'attrouper dans le couloir. Blaine chassa tout le monde sauf Raeann Johnson et son mari.

— Es-tu blessée ? demanda-t-il à travers la porte.

— Non.

— Toby ? C'est Blaine Colton. Laisse sortir Mlle Deeds immédiatement !

— Non, répondit l'adolescent.

Blaine connaissait assez bien le Château. Il savait que les fenêtres des toilettes étaient haut placées pour que l'on ne puisse pas regarder à l'intérieur. La chambre qui se trouvait au-dessus de ces toilettes-ci avait un balcon très long, mais pas très profond.

— Appelez la police et assurez-vous que Liam Kastor soit averti, dit-il à Raeann avant de s'éloigner au pas de course.

Un homme qui ne portait qu'un pantalon de pyjama lui ouvrit la porte de la chambre 318.

— Nous avons une urgence juste en dessous de votre chambre, lui dit Blaine.

Il l'écarta de son chemin et traversa la pièce sans accorder un coup d'œil à la femme qui était dans le lit.

S'il s'y prenait bien, il devrait pouvoir descendre sur la corniche de l'étage inférieur. S'il s'y prenait mal, il ferait une chute de plusieurs mètres.

Il enjamba la balustrade du balcon, s'accroupit, puis se

suspendit aux barreaux. Il avait mal calculé son coup. Le bout de ses bottes touchait à peine la corniche, en retrait par rapport au balcon.

Mais il ne pouvait pas renoncer maintenant.

Il prit un peu d'élan et lâcha les barreaux en bandant tous ses muscles pour déplacer son centre de gravité vers l'avant.

Il eut la chance de ne pas rebondir contre la façade.

Il resta immobile quelques secondes pour reprendre son souffle, puis il s'approcha de la fenêtre et jeta un coup d'œil dans les toilettes.

Tilda était dos à lui, une main sur le bord d'un lavabo. Toby Turner était en face d'elle. Il avait le visage tout rouge et les cheveux ébouriffés. Il fixait Tilda comme s'il l'écoutait.

La fenêtre s'ouvrait en glissant sur le côté. Comme tout au Château, elle était parfaitement entretenue. Elle s'ouvrit sans un bruit.

Blaine sauta dans les toilettes, se redressa et attira Tilda derrière lui. En face de lui, Toby Turner semblait avoir vu un fantôme.

— Ça va, chérie ? demanda Blaine à Tilda sans quitter l'adolescent des yeux.

— Oui, ça va.

— Il ne t'a pas touchée ?

— Non. Il a bu, Blaine. Il n'est pas lui-même.

— Ouvre cette porte, Toby, ordonna Blaine.

— Allez-vous appeler la police ?

Elle était sans doute déjà là et il méritait ce qui l'attendait.

— Non, répondit Tilda avec assurance. Mais je vais appeler tes parents. Nous aurons une petite conversation tous ensemble et tu leur expliqueras ce que tu ressens.

Blaine lui jeta un coup d'œil par-dessus son épaule. À quoi jouait-elle ?

— Après ça, tu vas rentrer chez toi, dessoûler et te mettre au travail. Je te donne trois jours pour me rendre tous tes devoirs en retard ?

— C'est vrai ? demanda Toby avec espoir.

— Oui, mais c'est ta dernière chance. Ne la gâche pas.

— Je ne la gâcherai pas. C'est juré.

— Tourne le verrou, Toby, ordonna Blaine.

L'adolescent lui obéit.

— On est sur le point de sortir ! cria Blaine, qui ne voulait pas se faire tirer dessus par un policier à la gâchette facile.

— Blaine ? C'est Liam. Est-ce que tout va bien ?

— Oui. Tilda sortira la première, annonça-t-il. Écarte-toi, Toby. Laisse sortir Mlle Deeds.

L'adolescent se redressa et regarda Tilda droit dans les yeux.

— Non, répondit-il.

21

Le cœur de Tilda se serra.

— Allons, Toby... C'est terminé.

— Je voudrais juste m'excuser, répondit Toby.

Elle soupira de soulagement.

— J'accepte tes excuses. Laisse-moi sortir, maintenant.

Toby s'écarta.

Tilda fut soulagée de ne trouver que Liam et six de ses collègues dans le couloir. Au moins, il n'y aurait pas de photo d'elle sur les réseaux sociaux le lendemain.

— Ça va ? s'inquiéta Liam.

Elle acquiesça.

— Toby a trop bu et il a beaucoup de problèmes, mais il ne m'a fait aucun mal.

— On peut quand même l'arrêter pour des tas de raisons...

— Sûrement pas. Je vais appeler ses parents.

— J'espère qu'il est conscient de sa chance, grommela Liam alors que Blaine approchait.

— Merci d'être venu, lui dit celui-ci.

— Il n'y a pas de quoi. Je te prierais juste de ne plus te suspendre à des balcons.

Voilà donc comment Blaine était entré dans les toilettes, songea Tilda. Elle en eut la nausée.

— Je vais appeler les parents de Toby, dit-elle pour chasser les acrobaties de Blaine de son esprit.

— Je t'accompagne, annonça Blaine, qui ne la laisserait sans doute plus s'approcher de Toby hors de sa présence. Merci encore, Liam.

Il fallut vingt-cinq minutes à la mère de Toby Turner pour arriver et un quart d'heure de plus à son père. Ils ne vivaient clairement plus ensemble.

Tilda avait fait boire du café à Toby. Il n'était pas sobre quand ses parents arrivèrent, mais il ne titubait plus.

Blaine laissa Tilda s'enfermer avec Toby et ses parents dans un salon, et resta près de la porte pour écouter ce qui se passait. Les parents de Toby n'avaient reçu aucun des messages que Tilda leur avait envoyés parce que leur fils avait modifié leurs coordonnées dans le répertoire du lycée. C'était aussi Toby qui avait envoyé un texto à Tilda en se faisant passer pour sa mère. Il savait que Tilda n'avait pas le droit d'aller chez eux et il espérait la décourager.

Il y eut des cris et des pleurs, mais les parents de Toby parurent prendre conscience de la gravité de la situation.

Tilda fut admirable. Elle resta calme et professionnelle pendant tout l'entretien. Quand ils sortirent du salon, elle semblait à bout de forces.

— Rentrons, chérie, lui dit-il après le départ de Toby et de ses parents.

Elle secoua la tête.

— Je dois rester jusqu'au bout.

— Tu plaisantes ? Tu veux retourner danser ?

Elle regarda sa montre.

— Il n'y en a plus que pour un quart d'heure. Allez, viens ! Je crois qu'ils vont passer notre chanson.

— On a une chanson ?

— On en aura une dans cinq minutes.

— Je suis épuisée, reconnut Tilda en montant dans la voiture.
— Je me demande bien pourquoi, ironisa Blaine.
— Il faut que je t'avoue quelque chose, dit-elle.
Blaine lui jeta un regard furieux.
— Si tu m'as menti et qu'il t'a frappée...
— Non, ce n'est pas ça, le coupa-t-elle. Mais je lui ai raconté notre histoire.
— C'est que tu devais avoir une bonne raison de le faire, répondit Blaine.
— Ses parents ont entamé une procédure de divorce il y a trois mois, expliqua-t-elle. Son père a tout de suite quitté la maison et sa mère s'est mise à boire. Toby et ses trois sœurs, qui ont quatorze, douze et neuf ans, se sont retrouvés plus ou moins livrés à eux-mêmes. Je pense que Toby a pris beaucoup de responsabilités chez lui pour ses sœurs. Il faisait les courses et la lessive, il préparait les repas...
— Et il n'avait plus le temps de faire ses devoirs, intervint Tilda.
— Ni l'envie. Et je pense qu'une part de lui voulait échouer pour que ses parents se sentent coupables.
— Ça n'explique pas ce qu'il a fait ce soir, grommela Blaine.
— C'est le résultat d'une série de mauvaises décisions. Toby s'est disputé avec sa mère hier soir. Il l'a traitée d'ivrogne et il a dit qu'il lui ferait retirer la garde de ses sœurs.
— Elle avait l'air sobre, tout à l'heure.
— Elle m'a dit que la dispute l'avait secouée et qu'elle n'avait pas bu un verre depuis.
— Alors il en est sorti quelque chose de bon, conclut Blaine.
— Oui, mais ça ne s'est pas arrêté là. Toby est parti en claquant la porte. Il a passé la nuit à conduire sans but. Vers 10 heures ce matin, il est tombé sur quelqu'un qui a bien voulu acheter de l'alcool pour lui et il s'est mis à boire.
— Pour résoudre ses problèmes de la même manière que sa mère ?

— L'ironie ne lui a pas échappé, répondit-elle. C'est pour ça qu'il en voulait au monde entier, à commencer par lui-même.

— Mais pourquoi s'en est-il pris à toi ? Tu n'as fait qu'essayer de l'aider.

— Peut-être pour me prouver qu'il n'en valait pas la peine.

— Je l'ai vu t'écouter attentivement. Que lui as-tu dit ?

— Comme il croyait sa vie fichue, je lui ai dit que je savais ce qu'on ressentait quand on croyait avoir commis une erreur irréparable. J'ai bien vu qu'il ne me croyait pas... Alors je lui ai donné des détails.

— Lesquels ?

— Je lui ai dit que je m'en voulais horriblement d'avoir été assez stupide pour tomber enceinte. Et que j'étais triste de décevoir mes parents, qui avaient travaillé dur pour que j'aille à l'université. Et que j'avais honte de ne pas avoir le courage de te dire la vérité.

— Mais tu t'en es très bien sortie.

— Ça m'a aidée à le convaincre qu'il pouvait s'en sortir aussi.

— Tes élèves ont beaucoup de chance, dit Blaine. Mais tu n'as pas peur qu'il raconte tout ça à d'autres ?

Elle y réfléchit quelques instants avant de répondre :

— Non. Je pense qu'il ne le fera pas. Ça t'inquiète ?

— Non, je m'en fiche, répondit Blaine. Je n'ai pas honte de notre histoire.

— Si tu démarrais, maintenant ? suggéra-t-elle parce qu'ils étaient toujours sur le parking du Château. J'ai hâte de retirer cette robe.

— J'ai hâte de te l'enlever, répondit Blaine.

— C'est une invitation ?

— Une promesse, plutôt.

Tilda se réveilla à 8 heures et demie le lendemain. Blaine et elle avaient fait l'amour trois fois dans la nuit. Elle se sentait à la fois un peu vulnérable et parfaitement détendue.

— Bonjour, dit-elle en trouvant Blaine dans la cuisine.

— Bonjour.

Elle se servit un café et s'assit en face de lui.

— J'ai envoyé un texto à Josh pour le prévenir qu'on passerait le chercher dans une demi-heure, dit-elle.

— D'accord, répondit Blaine. Je suppose qu'il nous attend avec impatience.

— Il n'y avait que des smileys dans sa réponse. Pourquoi ne voulais-tu pas qu'il aille skier avec Isaac ? Crains-tu encore un mauvais coup de David James ?

— Pas vraiment, répondit Blaine. Il a l'air d'être parti pour de bon. Tu as le droit de m'accuser de vouloir tout contrôler, mais c'est juste que j'aime être là pour protéger les gens auxquels je tiens.

Comme il l'avait protégée la veille.

— Hier soir, j'ai fait des projets pour cette table, ajouta-t-il.

— Des projets ?

Il se pencha pour lui chuchoter à l'oreille en quoi ils consistaient. Elle se sentit rougir et se servit du journal pour s'éventer.

— Il nous reste vingt-sept minutes, dit Blaine après avoir consulté sa montre.

— Alors ne perdons pas un instant !

Ils arrivèrent au manoir avec dix minutes de retard.

— Es-tu prête à revoir mon père ? demanda Blaine.

— Certainement pas, répondit Tilda. Mais je sais que je dois le faire dans l'intérêt de Josh.

— Si tu n'en peux plus, fais-moi un signe et on partira en courant, plaisanta-t-il.

Ils sonnèrent. Ce fut Josh qui leur ouvrit.

— Vous êtes en retard, leur reprocha-t-il.

— Désolé, champion, répondit Blaine. Un contretemps indépendant de notre volonté.

— Ce n'est pas grave, dit Josh. On jouait au billard.

— Qui ça, « on » ? demanda Tilda.

— Le père de Blaine et moi.

— Gagnes-tu ? demanda Blaine.

— Loin de là ! répondit Russ en approchant, une queue de billard à la main. Bonjour, Tilda. Merci d'avoir laissé Josh passer la nuit ici. Quel phénomène ! Vous devez être très fière de lui.

— Oui, je le suis, répondit Tilda. Merci de l'avoir hébergé.

Mara les rejoignit. Elle enlaça d'abord Blaine, puis Tilda.

— C'était un vrai plaisir de passer la soirée avec Josh, dit-elle. Je n'avais pas autant ri depuis très longtemps.

— Il me rappelle beaucoup Blaine à son âge, ajouta Russ.

Le test de paternité n'était plus d'actualité, visiblement.

Mara se tourna vers Josh.

— Tu peux revenir quand tu veux, chéri, lui dit-elle. Vous aussi, Tilda.

— Mais pas moi ? fit semblant de s'indigner Blaine.

Sa mère leva les yeux au ciel.

— Tu es toujours le bienvenu, évidemment, répondit son père. J'espère que tu le sais.

— Alors tu as passé une bonne soirée ? demanda Tilda à Josh quand ils montèrent dans la voiture.

— Oui. On a regardé des films et mangé des glaces. Ce matin, le père de Blaine a fait des crêpes.

Blaine haussa un sourcil. Il n'avait jamais vu son père cuisiner.

— Les cochons devraient bientôt savoir voler, ironisa-t-il.

— Quoi ? demanda Josh.

— Rien. Je suis content que tu aies passé une bonne soirée. Prêt à faire du ski ?

— La Méchante est-elle toujours fermée ?

— Oui.

Cela décevrait beaucoup de gens, mais le Chalet avait évité de nombreuses catastrophes en prenant les risques d'avalanches très au sérieux.

— Dommage, soupira Josh. J'avais vraiment envie de la descendre.

— On peut aller au Pays des Merveilles, suggéra Blaine. C'est la piste d'à-côté et elle ne manque pas de défis.

— N'oubliez pas que je ne suis pas montée sur des skis depuis l'an dernier, intervint Tilda.

— Tu es bonne. Ça te reviendra, lui assura Josh.

— J'espère, parce que je n'ai pas envie de finir aux urgences.

Blaine se gara sur le parking du personnel et les entraîna dans son bureau, où il récupéra son équipement. Même s'il ne comptait pas faire de hors-piste, il prit aussi une trousse de secours et une balise. Il avait pris l'habitude de se tenir prêt à toutes les éventualités, même si cela alourdissait un peu les sacs.

Ils sortirent à 10 heures. Parce que la saison touchait à sa fin, il y avait très peu de monde dans la station. Cette journée ne serait pas très profitable pour l'entreprise familiale, mais Josh, Tilda et lui ne manqueraient pas d'espace et ils n'auraient pas besoin de faire la queue au télésiège.

Ils se dirigèrent vers celui du Pays des Merveilles. Comme on ne pouvait monter qu'à deux par siège, il laissa Josh et Tilda partir devant. Il éprouva une envie absurde de s'agripper à leur siège quand il les emporta dans les airs, mais le bon sens l'emporta. Il attendit le siège suivant.

La journée était magnifique. Il n'y avait pas un nuage dans le ciel.

Josh et Tilda l'attendirent au sommet.

— Que la fête commence ! s'écria Josh.

Tilda semblait moins enthousiaste.

— Inquiète ? demanda Blaine.

— Prudente, répondit-elle.

— Je resterai avec toi, promit-il avant de se tourner vers son fils. Tu peux partir devant, Josh, mais reste sur cette piste.

— Mets tes skis, maman ! s'écria Josh en s'élançant.

— J'ai mis mes skis, grommela Tilda.

Blaine éclata de rire.

— Je crois que ce n'est pas ce qu'il voulait dire.

— Je sais très bien ce qu'il voulait dire. Il n'est pas facile d'être la mère d'un garçon de treize ans qui n'a peur de rien, crois-moi.

Elle inspira profondément, puis tourna la tête vers lui.

— C'est maintenant ou jamais, dit-elle avant de s'élancer à son tour.

Elle commença prudemment en faisant des zigzags pour contrôler sa vitesse, mais elle rata un virage et tomba. Elle se releva aussitôt.

Blaine l'attendit et en profita pour essayer de repérer Josh avec ses jumelles. Il avait déjà descendu un tiers de la piste.

— Tu t'en sors très bien, chérie, dit-il à Tilda quand elle le rejoignit.

— Si je survis à cette journée, je ne pourrai certainement plus bouger demain, répondit-elle.

Il éclata de rire, la prit dans ses bras et pressa ses lèvres contre les siennes.

— On fait la course ? proposa-t-il.

— Quelle est la récompense du gagnant ? demanda-t-elle comme s'il était évident que ce serait elle.

— Que veux-tu ? répondit-il.

— Bonne réponse. Je veux… une soirée en amoureux. Rien de grandiose, mais juste toi et moi.

Il ne demandait pas mieux.

— On a raté quelques étapes, n'est-ce pas ?

— On était impatients de franchir la ligne d'arrivée, plaisanta-t-elle.

Il eut une envie soudaine de lui promettre qu'il serait

toujours là pour Josh et pour elle, mais le moment était bien mal choisi.

Il planta ses bâtons dans la neige.

— Prête ? demanda-t-il.

Elle acquiesça.

— Go !

Tilda gagna la course, ce qui signifiait que Blaine avait dû s'arrêter en chemin pour manger un hamburger. Il arriva quelques secondes après elle en faisant semblant d'être essoufflé.

— Tu as gagné, dit-il.

Elle eut envie de le taquiner, mais la tendresse qu'elle lut dans ses yeux l'en dissuada. Elle s'approcha de lui et enroula les bras autour de son cou.

Ils reçurent une grande giclée de neige alors qu'ils s'embrassaient. Elle tourna la tête. Josh venait de s'arrêter près d'eux. Qu'allait-il penser ? C'était la première fois qu'il les voyait s'embrasser.

Il semblait… ne pas s'en soucier.

— C'est déjà ma deuxième descente, dit-il. Je commençais à me demander ce que vous faisiez. Je comprends mieux, maintenant.

Elle se sentit rougir.

— Et ça ne te dérange pas ? demanda-t-elle.

— Que mes parents s'embrassent ? Je suppose que je peux m'y faire.

Blaine sourit et secoua la tête.

— Tu n'arrêtes pas de m'étonner, Josh, tu sais ça ? dit-il.

— Je sais. Je suis un garçon génial. On y retourne ?

22

Blaine était presque sûr de ne s'être jamais senti aussi bien quand ils attaquèrent leur quatrième descente. Il attendit un moment au sommet pour laisser Tilda prendre de l'avance. Il ne voulait pas la brusquer. Elle était tombée trois fois jusqu'ici, mais elle gagnait en assurance à chaque descente.

Il sortit ses jumelles pour essayer de repérer son fils.

Ce qu'il vit faillit les lui faire lâcher.

David James.

Il portait une combinaison blanche. Heureusement, il ne portait pas de casque, ce qui avait permis à Blaine de reconnaître ses traits singuliers.

Il était censé être dans un car en route pour la côte Est.

Blaine se gifla mentalement. David James s'était simplement arrangé pour leur faire croire qu'il était parti et ils étaient tombés dans le panneau. Il avait dû donner sa carte de crédit à quelqu'un pour qu'il l'utilise à sa place.

Blaine s'élança, rattrapa Tilda et lui demanda de s'arrêter.

— Que se passe-t-il ? demanda-t-elle.

— Je viens de voir David James. Je vais rattraper Josh. Suis-moi aussi vite que tu peux sans risquer ta peau, d'accord ?

— Bien sûr, répondit-elle. Rattrape Josh. Ne t'en fais pas pour moi.

Comme il ne pouvait pas surveiller David James et skier en même temps, Blaine décida de foncer. Il ne lui fallut que quelques minutes pour rattraper son fils. Il s'arrêta devant lui et tendit la main pour l'inciter à en faire autant.

— Est-ce que maman est tombée ? s'inquiéta aussitôt Josh.

— Non, mais j'ai vu l'homme qu'on croyait dans le car, répondit Blaine le plus sereinement possible pour ne pas l'affoler. Alors on va arrêter le ski pour aujourd'hui. Ta mère est derrière nous.

Il la repéra avec les jumelles. Elle allait bien plus vite qu'à aucun moment de la journée.

— Elle est presque là, dit-il à Josh. Attendons-la.

Alors qu'elle n'était plus qu'à deux cents mètres d'eux, Blaine entendit une détonation et vit de la neige voler près d'elle.

On leur tirait dessus ! Ce devait être David James.

Il y avait des arbres sur leur droite, mais ils étaient dangereusement près de la zone fermée à cause des risques d'avalanches… Tant pis. Ils devaient se mettre à couvert.

— Va sous les arbres, là-bas ! dit-il à Josh. Tout de suite !

— C'était un coup de feu, n'est-ce pas ? demanda Josh.

— Oui. Mais on va s'en sortir, je te le promets. Maintenant, vas-y !

Son fils s'éloigna.

Blaine fit de grands signes à Tilda pour l'inciter à obliquer vers les arbres et fut soulagé quand il la vit changer de trajectoire. Il essaya vainement de repérer David James avant de s'élancer dans la même direction.

Tilda et lui rejoignirent Josh à quelques secondes d'intervalle.

— Est-ce que c'était un coup de feu ? demanda Tilda.

— Oui, répondit Blaine. On nous tire dessus.

— On n'est pas dans la zone interdite, là ? demanda Josh.

— Si, répondit Blaine en sortant la balise de son sac. Prends ça !

Le coup de feu l'inquiétait – et pas seulement parce que les balles étaient mortelles. Une détonation pouvait suffire à provoquer une avalanche. Après une brève hésitation, il sortit un rouleau de corde.

— Retirez vos skis, tous les deux, ordonna-t-il. Tilda, fais un câlin à cet arbre. Je vais t'attacher à lui.

Quand il eut terminé, il essaya encore de repérer David James. Cette fois, il le trouva. L'homme était armé d'un fusil.

Alors que Blaine l'observait, un grand *boom* fit trembler le sol. Qu'avait donc fait David James ? Étrangement, Blaine lut de la surprise sur son visage.

Il n'eut pas le temps d'y réfléchir, parce que ce qu'il redoutait venait de devenir leur réalité.

— Avalanche ! cria-t-il.

Il devait attacher Josh.

Il ramassa le rouleau de corde… Trop tard. L'avalanche était sur eux.

Il se jeta sur Josh et le serra dans ses bras… pour que le torrent de neige le lui arrache deux secondes plus tard.

23

L'avalanche dura sans doute moins d'une minute, mais elle emporta Blaine et Josh – tout ce à quoi Tilda tenait.

Et elle était attachée à un arbre.

Elle cria et pria pour qu'on lui vienne en aide. Ses prières furent exaucées cinq minutes plus tard quand des motoneiges approchèrent. Elle reconnut Decker sur l'un des engins.

— Blaine et Josh ! lui cria-t-elle. Ils ont été emportés. Blaine a donné sa balise à Josh.

Decker acquiesça.

Pendant qu'il la détachait, les autres hommes se dispersèrent sur la pente.

— J'ai un signal ! cria l'un d'eux.

Ils se mirent à creuser. Tilda, qui savait que chaque seconde comptait, essaya de les aider à mains nues.

Un bras apparut. C'était Blaine. Les hommes de Decker dégagèrent sa tête et son buste. Il ne bougeait pas. Respirait-il ?

Un sanglot échappa à Tilda.

Alors Blaine cligna des yeux.

— Josh, gémit-il.

— Il a quelque chose dans l'autre main, dit l'un des hommes.

C'était le blouson de Josh. Une minute plus tard, les hommes de Decker avaient déterré son fils, qui reprit vite conscience.

Blaine ne l'avait pas lâché. Son courageux Blaine... Elle serra les deux hommes de sa vie dans ses bras.

Blaine expliqua à Decker où il avait vu David James juste avant l'avalanche.

— On est déjà en train de creuser de ce côté, répondit Decker. A-t-il causé l'explosion, à ton avis ?

— Je ne sais pas, répondit Blaine. J'étais en train de l'observer au moment de l'explosion et j'ai eu l'impression qu'il était aussi surpris que moi.

— J'espère qu'on le retrouvera, dit Decker. Mais je suis surtout content qu'on vous ait retrouvés.

— Moi aussi, répondit Blaine. Merci d'être intervenu si vite.

— On était déjà en route parce que quelqu'un a dit avoir entendu un coup de feu.

Tilda rencontra le regard de Blaine, qui semblait penser la même chose qu'elle. Ironiquement, David James avait sauvé la vie de Josh et de Blaine en leur tirant dessus.

Ils montèrent à l'arrière de motoneiges. Dix minutes plus tard, ils étaient installés devant un bon feu dans l'un des salons du Chalet. Une jeune femme leur apporta des chocolats chauds.

— J'ai mis du whisky dans les vôtres, dit-elle à Blaine et à Tilda. Sur les ordres de Decker.

Ils burent leurs chocolats en silence.

Quand Decker réapparut, il avait du nouveau.

— On a retrouvé le corps de David James, leur dit-il. C'est la seule victime de l'avalanche à notre connaissance.

Lorsqu'il repartit, Tilda posa sa tête sur l'épaule de Blaine.

— Je n'en reviens pas que David James soit mort, murmura-t-elle. Du coup, on ne saura jamais si c'est lui qui a causé l'explosion.

— C'est vrai, répondit Blaine. Mais si quelqu'un devait mourir, j'aime autant que ça ait été lui. Je sais que ce n'est sans doute ni le bon endroit ni le bon moment pour te le dire, mais je t'aime, Tilda.

— Moi aussi, je t'aime, répondit-elle. Quand j'ai cru que je vous avais perdus, Josh et toi... On a déjà gaspillé bien trop de temps. Je me suis juré que je ne perdrais pas une minute de plus si vous vous en sortiez.

Elle le prouva en pressant ses lèvres contre les siennes.

— Je vous vois, dit Josh. Par ailleurs, je commence à avoir envie de prendre le nom de Colton.

— C'est vrai ? demanda Blaine sans réussir à cacher son émotion.

— Ça t'ennuierait, maman ? demanda Josh.

— Absolument pas, répondit-elle.